YANNICK CHAZARENG

HOMMAGE À J.R.R. TOLKIEN

PROMENADE EN TERRE DU MILIEU

YNNIS

SOMMAIRE

CHAPITRE III
TOLKIEN, PATRIARCHE DUNE FAMILLE IMMENSE

CHAPITRE IV
ANNEXES

AVANT-PROPOS

TOLKIEN, CRÉATEUR D'UNIVERS

Au fond d'un trou vivait un Hobbit.

Par ces quelques mots griffonnés au revers d'une copie parmi des dizaines d'autres à corriger, John Ronald Reuel Tolkien a, vers 1930, ouvert un coffre au trésor. La première étape de création d'une œuvre qui marquera à tout jamais la littérature et l'imaginaire collectifs. Une œuvre traduite dans 56 langues, qui a inspiré directement d'autres écrivains, des cinéastes, des producteurs de télévision, des musiciens, des paroliers, des sculpteurs... Une œuvre qui a failli lui échapper de son vivant, et qui perdure aujourd'hui, plus de quarante ans après sa mort.

Pourtant, la carrière d'écrivain de Tolkien est une suite de malentendus. Avant la Première Guerre mondiale, le processus d'émulation avec ses amis étudiants à Oxford l'a amené à écrire de la poésie, puis de la prose, pour prolonger la création de l'univers d'Arda, dont ces mêmes étudiants s'étaient montrés très friands. Tolkien, après la guerre, est devenu enseignant d'anglo-saxon à Oxford. Féru de langues européennes anciennes, il s'est attaché à étudier les textes le plus forts dans lesquelles elles lui sont parvenues, et parfois à en livrer ses propres versions ou des traductions dont l'érudition le dispute à la qualité de l'écriture. Certains de ces textes font encore, trois quarts de siècle plus tard, autorité dans sa partie. Devenu père, il s'est mis à écrire des contes pour ses enfants; le manuscrit de l'un deux, racontant l'histoire d'une créature humanoïde de courte taille, a fini entre les mains d'une assistante éditoriale chez Allen & Unwin. De fil en aiguille, *Le Hobbit* a été publié en 1937, devenant quasiment instantanément un classique de la littérature pour enfants dans le cercle littéraire britannique. Son éditeur lui a alors demandé une sorte de suite; mais Tolkien avait alors bien avancé dans ce qui s'appelait encore *Le Livre des contes perdus*, une sorte de patchwork narratif rassemblant de nombreux fragments relatifs à Arda. Devant le refus de son éditeur, il s'est attelé à l'écriture d'un récit plus classique, lié à son premier roman, mais dont la teneur, contre toute attente, était beaucoup plus adulte. *Le Seigneur des Anneaux* a mis dix-sept ans à voir le jour, mais son succès n'était alors que d'estime. Inconsciemment ou non, Tolkien transfère cette tendance au malentendu dans son œuvre : ainsi, on notera que dans les deux romans publiés de son vivant, c'est la personne la plus humble, la plus inattendue, qui est amenée à sauver son monde ou celui d'un peuple dont elle n'avait cure, et que se retrouve sur un trône un aventurier dont ce n'était pas vraiment l'intention...

C'est grâce à une édition pirate du *Seigneur des Anneaux*, publiée en 1965 aux États-Unis, que Tolkien est entré dans une autre dimension. Le roman est devenu une sorte de symbole de la lutte pour la liberté, en circulant de façon virale sur les campus outre-Atlantique. À tel point que Tolkien a déclaré[1] avoir « *créé un monstre* », lequel lui a échappé, et faisant de lui quasiment une *rock star*, alors qu'il n'aspirait qu'à vivre tranquillement sa retraite près d'Oxford, auprès de son épouse adorée et au milieu de sa nature tout aussi adorée. Universitaire, baignant

1 Dans ses *Lettres*.

dans un milieu essentiellement masculin, conservateur, patriarcal, catholique fervent, il s'est retrouvé vénéré par des jeunes gens plutôt de gauche, fumant de la marijuana, voyant en lui un parangon de la contre-culture et un symbole de la résistance à l'oppression.

Mais Tolkien n'est pas que l'auteur de deux romans, bien qu'ils aient été aussi importants dans l'histoire de la littérature mondiale. Ils s'inscrivent tous les deux dans un corpus d'une étendue absolument étourdissante, dont on n'a peut-être pas encore exploré toutes les composantes quarante-cinq ans après sa mort. Un monde fait de contes, de poèmes, de chansons, de listes, de chronologies, de dessins... Et nous allons, à notre modeste niveau et avec une déférence totale, essayer de vous ouvrir à cette richesse, unique dans l'histoire de la littérature. D'abord en vous racontant sa vie, dont les vingt-cinq premières années ne furent pas très heureuses, puis en vous présentant son œuvre, de la manière la plus respectueuse possible, ainsi que les thèmes les plus représentatifs qu'il a pu y assembler, puis en terminant par un vaste mais rapide panorama de sa postérité. Nous sommes heureux de vous proposer tout cela dans un ouvrage abondamment illustré et élégamment maquetté, car l'œuvre de Tolkien est propice aux plaisirs des sens, sa langue invitant aux voyages et développant l'imagination. S'il ne devait exister qu'un auteur que l'on pourrait qualifier de démiurge, John Ronald Reuel Tolkien serait celui-là. Mais attention, pour s'embarquer sur son navire vers d'autres rivages, il vous faut, comme il le dit lui-même dans son essai *Du conte de fées*, suspendre votre incrédulité, expression qu'il a empruntée à son devancier Samuel Coleridge : le lecteur d'une œuvre de fiction doit pour cela accepter, le temps de la consultation de l'œuvre, de mettre de côté son scepticisme.

Son œuvre parle de beaucoup de choses, qui vont vous être dévoilées, mais une atmosphère de mélancolie est le point commun des dizaines de milliers de pages (blanches, verso de copies d'étudiants, feuilles de blocs-notes...) qu'il noircissait dès qu'il avait du temps libre pour développer son imaginaire. La lutte éternelle entre le bien et le mal, bien sûr inspirée de sa propre foi catholique mais avec une portée bien plus vaste, traverse également tout son légendaire[2].

Pour nous accompagner dans ce voyage, nous avons sollicité un certain nombre d'experts de Tolkien ou des thèmes qu'il a brassés dans son œuvre. Ceci afin de vous donner un aperçu encore plus précis de la portée et de la pertinence de celle-ci.

Tolkien n'a pas fini de nous émerveiller. Après sa mort, en 1973, son fils Christopher a mis en ordre et édité des milliers de pages d'inédits de son père, révélant une grande partie de l'iceberg littéraire qu'il a constitué au fil des décennies. Même si Christopher Tolkien, décédé à l'âge de 95 ans, disait en avoir fini avec cette œuvre, elle n'a probablement pas fini de nous charmer. Car dans les archives de la bibliothèque de Bodley (Bodleian Library), à Oxford, dorment encore probablement de nombreux cartons, qui ne demandent qu'à être ouverts et dévoilés...

Si l'homme nous a quittés, son œuvre est, elle, bien vivante : si vous tournez les pages qui suivent, nous allons essayer de vous le prouver. Enseignant adulé, mari aimant, père imaginatif, créateur d'univers, mythographe, traducteur, poète, parolier de chansons, philologue de haut niveau, les mille et une facettes de John Ronald Reuel Tolkien vous sont contées dans les quelques pages qui suivent[3].

BONNE LECTURE,
YANNICK CHAZARENG

Nota : Les différents noms cités dans ces pages sont ceux de la nouvelle traduction du *Hobbit* et du *Seigneur des Anneaux*, réalisée par Daniel Lauzon pour le compte des éditions Christian Bourgois.

2 Il s'agit de l'ensemble du corpus linguistique, historique, mythologique et géographique développé par Tolkien en rapport avec la Terre du Milieu.
3 Une partie des articles présents dans cet ouvrage sont issus du blog www.an-sible.com, propriété de l'auteur.

J.R.R. TOLKIEN, UNE VIE DE HOBBIT

La vie de J. R. R. Tolkien se caractérise par une banalité assez surprenante, surtout au regard des coups du sort dont le destin l'a accablé pendant sa jeunesse. Mais il fut un enseignant adulé, à l'instar de sa carrière d'auteur. Et un auteur encore plus admiré, qui a fait l'objet de nombreuses recherches. Il est intéressant de noter qu'il a entretenu une correspondance discrète mais soutenue avec le révérend père Louis Bouyer, ecclésiastique français qui a ouvert la voie (avec d'autres) à la recherche sur Tolkien en France.

LA JEUNESSE

John Ronald Reuel Tolkien est né le 3 janvier 1892 à Bloemfontein, alors capitale de l'État libre d'Orange, province de l'actuelle Afrique du Sud. Il est le fils de Mabel Suffield et d'Arthur Tolkien, employé de banque anglais qui était parti sur les terres australes pour faire fortune. Son frère Hilary Arthur Reuel naît en 1894. Si Hilary grandit et s'adapte bien au climat sec et chaud de la région, John Ronald semble péricliter dès son plus jeune âge. Un retour en Angleterre paraît dès lors inévitable; la carrière d'Arthur n'étant pas encore assurée, il ne peut cependant s'absenter longuement. Mabel embarque donc seule en compagnie de ses deux enfants en bas âge et rejoint sa sœur à Birmingham en avril 1895. Arthur, resté à Bloemfontein, décède d'une hémorragie due à un rhumatisme infectieux en février 1896. Mabel décide alors de s'installer dans la région de Birmingham, à Sarehole, un endroit charmant où la campagne anglaise berce les premières années des deux jeunes frères. Quelques excentriques du voisinage, comme un meunier maculé de farine, forgeront l'imaginaire des deux enfants; ledit meunier recevra ainsi le surnom d'« Ogre Blanc »... Leur mère s'occupant de leur éducation, le jeune John Ronald développe très vite un goût pour les langues, la peinture et la botanique, ainsi qu'un fort attrait pour la religion, Mabel s'étant convertie au catholicisme en 1900 contre l'avis d'une partie de son entourage. John Ronald adore lire et dévore les contes de fées, les récits arthuriens, les histoires de pirates ainsi que l'œuvre de George MacDonald, auteur de contes pour enfants dans un dialecte écossais un peu âpre. Étrangement, il déteste *L'Île au trésor* et juge *Alice au Pays des Merveilles* perturbant.

À 8 ans, John Ronald entre à l'école King Edward's, à Birmingham, et la famille déménage à Moseley, dans la banlieue, nettement plus sinistre et industrialisée que Sarehole. John Ronald devient très tôt fasciné par les noms baroques des trains de transport de charbon qui défilent près de sa maison en direction du pays de Galles : Nantyglo, Penrhiwceiber, Senghenydd...

~ Le père Francis Morgan (Colm Meaney), *Tolkien*, Dome Karukoski.

C'est à cette époque que le goût de John Ronald pour les langues se confirme, avec la découverte du gallois et du grec ancien. Rencontré à l'oratoire de Birmingham, le père Francis Morgan apparaît également dans l'entourage de Mabel, et devient l'ami de la famille, ainsi qu'une figure paternelle pour les deux enfants. C'est lui qui permet à la famille de déménager provisoirement à Rednal, dans un logement habituellement destiné à la retraite des prêtres, peu onéreux. Au lycée, initié par le professeur Brewerton, Tolkien va découvrir l'ancien anglais et de nombreux récits médiévaux. John Ronald et Hilary sont heureux...

Mais, en 1904, Mabel apprend qu'elle est diabétique, et meurt avant la fin de l'année, à 34 ans. Les enfants, dévastés par le chagrin, sont confiés au père Francis Morgan, qui les installe chez leur tante à Birmingham. Pendant trois ans, leur vie s'avère difficile : les privations sont fréquentes, mais le lycée et son atmosphère de camaraderie aident John Ronald à ressentir moins de chagrin. Membre de l'équipe de rugby scolaire, il commence doucement à s'épanouir. Les deux garçons trouvent également chez le père Francis Morgan une aide bienvenue, puisqu'il leur trouve une pension peu chère mais décente dans les faubourgs de Birmingham. C'est là que John Ronald fait la connaissance d'Edith, une voisine plus âgée de trois ans, passionnée de musique et elle aussi orpheline. Le coup de foudre est mutuel et les deux jeunes gens s'amusent beaucoup à faire des blagues à leurs voisins. Leurs sentiments grandissent, mais John Ronald, qui souhaite obtenir une bourse

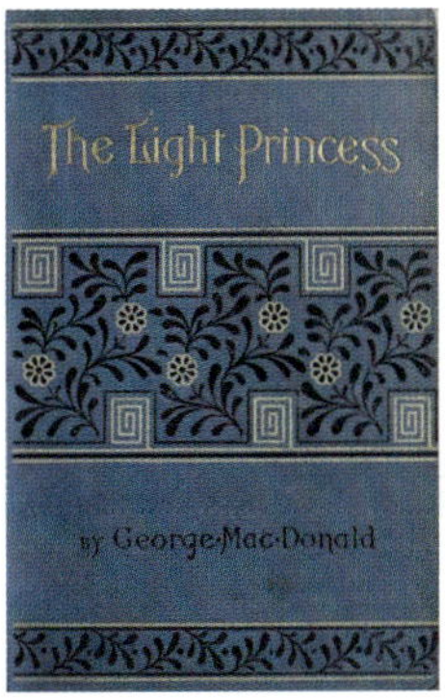

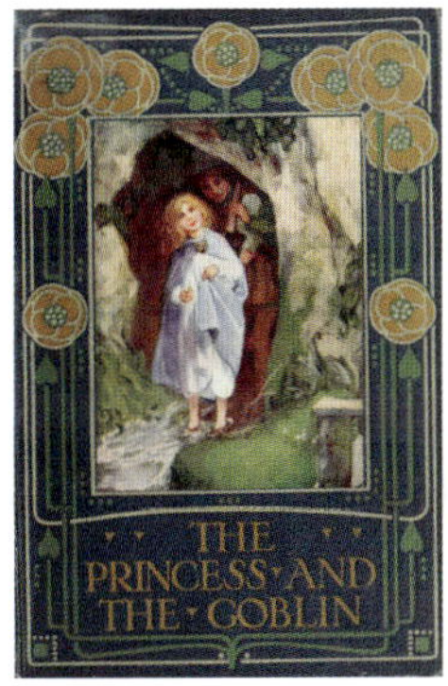

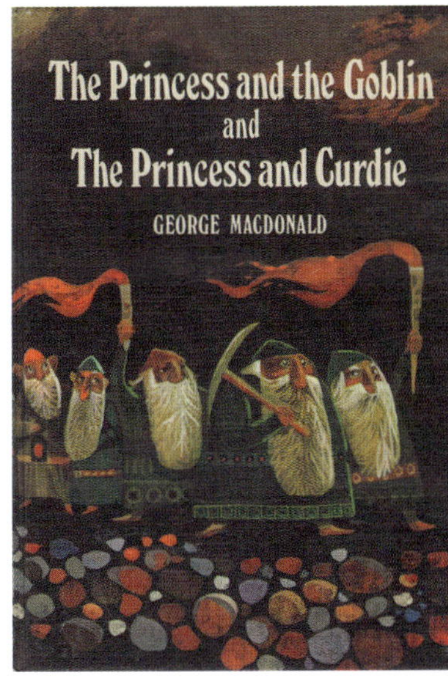

~ De gauche à droite : *The Light Princess*. *The Princess and Curdie*, 1883. *The Princess and the Goblin*, 1911. *The Princess and the Goblin and The Princess and Curdie*, 1970. *At the Back of the North Wind*, 1919. *At the Back of the North Wind*, 1909. par George MacDonald. *3 minutes pour comprendre Tolkien* par Gary Raymond, Le Courrier du Livre, 2013.

pour étudier à Oxford, échoue, par manque de sérieux. Le père Francis Morgan lui interdit alors de revoir la jeune femme, craignant que cela ne gâche l'avenir du jeune homme. Son frère et lui doivent trouver un autre logis, et Edith est confiée à des membres de sa famille. La séparation est cruelle, mais la promesse de se revoir à la majorité de John Ronald (alors fixée à 21 ans) permet au jeune homme de tenir bon. Il se lance plus sérieusement dans les études, et en décembre 1910 obtient une bourse partielle pour le collège d'Exeter, à Oxford. Pendant les vacances d'été précédant sa rentrée, John Ronald participe à des excursions dans les Alpes suisses, à l'invitation de la famille Brookes-Smith, des amis de la famille. Avec Hilary, les traversées dangereuses des cols et la rencontre de personnages locaux pittoresques le marquent durablement.

Les années oxoniennes et la Grande Guerre

Une nouvelle vie commence donc pour John Ronald à Oxford. Entre études classiques, sport (en particulier rugby), promenades dans les parcs et soirées estudiantines, le jeune homme ne s'ennuie pas. Inscrit dans la filière des « classiques » (littérature et langues latines et grecques), il étanche sa soif de découverte des lettres nordiques en accédant à des fonds exceptionnels sur le médiévalisme et les langues anciennes dans les bibliothèques de l'université. Avec trois amis de King Edward's, Robert Gilson, Christopher Wiseman et Geoffrey Bache Smith, il continue d'entretenir le club secret fondé à l'été 1911, le Tea Club and Barrovian Society (ou TCBS), un petit cercle où, entre une dégustation de thé au salon des magasins Barrow (d'où « Barrovian ») et des séances d'études à la bibliothèque, les jeunes gens, dotés de talents artistiques divers, se motivent mutuellement pour accomplir leurs rêves et changer le monde. C'est à cette époque que John Ronald découvre le finnois, langue dans laquelle est écrit le *Kalevala*, recueil d'histoires traditionnelles de Finlande, dont la musicalité l'envoûte. Ces appétences pour les langues, qu'elles soient anciennes ou inventées, sont également encouragées par le professeur Joseph Wright, enseignant en philologie comparée, dont il suit assidûment les cours. Il commence à imaginer le cadre de ses futurs récits, le monde d'Arda. En parallèle, il s'exerce au dessin et à la calligraphie pour accompagner ses histoires.

John Ronald ronge cependant son frein concernant Edith. La veille de ses 21 ans (qui interviennent le 3 janvier 1913), il lui écrit une lettre enflammée lui annonçant son désir de la revoir. Mais la jeune femme lui répond qu'elle est fiancée. Parti la rejoindre, il réussit à la convaincre de rompre ses fiançailles pour s'engager avec lui, en janvier 1914, après qu'Edith se soit résolue, un peu à contrecœur, à se convertir au catholicisme. John Ronald, libéré de cette inquiétude, obtient enfin d'excellentes notes dans ses travaux universitaires et voit son avenir s'éclaircir. Sa fiancée, mise au ban de sa famille, déménage à Warwick, une charmante ville du centre de l'Angleterre, mais à portée d'Oxford, avec son cher piano qu'elle conservera toute sa vie. John Ronald lui rend régulièrement visite, mais cela lui coûte cher, et il doit trouver un travail alimentaire pour y remédier, comme par exemple en tant que guide accompagnateur de deux jeunes Mexicains en visite chez leur tante en France, un pays que Tolkien rêvait de découvrir. Mais son séjour est ruiné par la mort accidentelle de ladite tante.

Inspiré par ses lectures et par les paysages qu'il rencontre au fil de quelques voyages (en Cornouailles,

~ En haut : *Tolkien*, Nicholas Hoult dans le rôle titre et Lily Collins dans le rôle d'Edith.
~ À droite : Le Tea Club and Barrovian Society dans le film.

en Suisse...), il commence à développer par écrit un univers qui sera condensé plus tard dans *Le Silmarillion*. Il achève ses études en juin 1915, avec la mention « très honorable », ce qui atteste d'un très haut niveau, avant de se marier avec Edith en mars 1916, à Warwick. Suivent une courte lune de miel dans le Somerset, un déménagement de Tolkien dans le Staffordshire puis son départ pour la France alors en guerre, au sein des fusiliers du Lancashire. Auparavant, il a vu sa première œuvre publiée (en dehors des journaux de King Edward's), le poème *Goblin Feet* (*Pieds de Gobelin*), une histoire qu'il désavoue par la suite. Impressionné par le sens du sacrifice et le courage des simples soldats qui l'entourent, il s'en inspirera plus tard pour le personnage de Sam Gamgie : « *Mon Sam Gamgie*[1] *est effectivement le reflet du soldat anglais, de simples soldats et de soldats-ordonnances que j'ai connus pendant la guerre de 1914, et que j'ai reconnus comme supérieurs à moi*[2]. » Ses amis Gilson et Smith, engagés comme lui dans la bataille de la Somme, meurent au combat ou des suites de leurs blessures. Peu après son arrivée sur les lieux de la bataille, il contracte la fièvre des tranchées, ce qui lui vaut d'être rapatrié en Angleterre, dans un hôpital militaire. Durant sa convalescence, il élabore les bases de son légendaire et les langues qui l'accompagnent. Plusieurs récits importants, comme *La Chute de Gondolin*[3], voient ainsi le jour. La Grande Guerre a profondément modifié la personnalité de Tolkien, qui a perdu une partie de sa joie de vivre. Mais John Ronald peut enfin commencer sa vie d'adulte, auprès d'Edith.

1 Personnage du *Seigneur des Anneaux*, caractérisé par son abnégation absolue.
2 *J. R. R. Tolkien, une biographie*, Humphrey Carpenter.
3 Voir le chapitre « Les trois grands contes » page 86.

Un enseignant remarquable et un père comblé

En novembre 1917 naît John Francis Reuel, leur premier enfant. Quelque temps après, la famille s'installe à Oxford, où John Ronald donne des cours privés et travaille, à l'invitation de son ancien tuteur William Alexander Craigie, sur la nouvelle édition du dictionnaire d'Oxford[4]. Il obtient en 1920 un poste d'enseignant à l'université de Leeds, où sa famille, agrandie par l'arrivée de Michael Hilary Reuel, s'installe l'année suivante. Il y travaille sur l'anglo-saxon et devient très populaire parmi les étudiants et les enseignants. Son premier travail « professionnel » publié sera un glossaire du moyen anglais dans l'ouvrage dirigé par Kenneth Sisam intitulé *Fourteenth Century Verse and Prose*, sorti en 1921. En 1923, après avoir contracté une pneumonie, Tolkien passe un peu de temps pour sa convalescence chez son frère à Evesham, dans le Worcestershire. Le calme environnant lui permet d'avancer sensiblement dans ce qu'il nommait alors *Le Livre des contes perdus*. En 1924 naît Christopher John Reuel, et John Ronald est désormais un enseignant de haut niveau,

4 *Oxford English Dictionary*, ouvrage de référence pour la langue anglaise en 12 volumes, finalement sorti en 1928.

ainsi qu'un père attentionné, qui passe beaucoup de temps avec ses enfants. Après de longues promenades inspirantes dans les bois autour d'Oxford, il n'hésite pas, le soir, à leur lire des histoires ou à leur raconter des récits de son cru. Certains feront plus tard l'objet de véritables publications. Sa vie de couple est également épanouie, quoiqu'Edith se sente quelque peu isolée dans l'environnement oxonien. L'affection profonde qu'ils se portent l'un à l'autre durera jusqu'à la mort d'Edith, en 1971. Elle lui inspire deux de ses personnages féminins les plus marquants, Arwen et Lúthien.

Avec son ancien élève E. V. Gordon, il édite en 1925 une version érudite et fondatrice du poème arthurien *Sire Gauvain et le Chevalier vert*, chez Oxford University Press, un ouvrage qui l'installe définitivement en tant que philologue de premier plan. La même année, il est nommé professeur d'anglo-saxon à Oxford (au Pembroke College), et toute la famille revient dans l'Oxfordshire. Tolkien fonde le club des Coalbiters (« croqueurs de charbon »), dont l'objectif est d'accroître la place de l'islandais dans les langues enseignées à Oxford. Il est exceptionnellement populaire parmi les étudiants et les enseignants jusqu'à son départ au collège voisin de Merton en 1945. Son principal trait de caractère est la gentillesse; il se lie facilement d'amitié, sans tenir compte des différences de classe. Il est tout sauf froid, et peut même se montrer passionné en dehors du cercle professionnel et particulièrement concerné par l'industrialisation galopante et la disparition des lieux enchanteurs de son enfance. Il rencontre à Oxford C. S. Lewis, autre enseignant émérite du département d'anglais, et futur

~ Ci-dessus : *The Kalevala*, éditions Oxford, 1989.

~ De gauche à droite : *Fourteenth century verse & prose*, deux éditions oxoniennes de l'ouvrage, Kenneth Sisam, 1975 et 1962. *Middle english vocabulary*, J. R. R. Tolkien, 1922. *Kalevala*, 1835.

auteur du cycle de *Narnia*. Ils ont plusieurs points communs : leur dynamisme d'enseignants, leur expérience de la guerre, leur passion pour les sagas norroises et leur foi inaltérable. Ensemble, ils fréquentent les Inklings, un groupe d'amis aimant discuter et lire leurs productions littéraires autour d'une pipe et d'une bière; après la dissolution du club, Tolkien et Lewis en reprendront le nom pour leur propre groupe, qui se réunit dans la salle de cours de Lewis au Magdalen College, ou dans le pub *Eagle & Child*, à Oxford. Venus de milieux différents, les membres des Inklings se lancent régulièrement des défis, lisent leurs œuvres à voix haute et corrigent celles de leurs confrères. John Ronald y lit les premiers extraits du *Silmarillion*, sur lequel il travaille depuis 1917. Son fils Christopher, qui commence à collaborer avec son père en tant que secrétaire, en fait également partie.

Le Hobbit, la révélation d'un auteur original

Très investi dans la recherche philologique, Tolkien participe à de nombreux travaux, notamment une édition revue de *Beowulf* ou des articles sur la langue anglaise. C'est à cette époque que naît Priscilla, dernière des quatre enfants d'Edith et John Ronald (en 1929). À cette date, il commence un récit destiné à ses enfants, *Le Hobbit*, lequel circule parmi son entourage; il finit par atterrir entre les mains d'une étudiante, Elaine Griffiths, qui le prête à Susan Dagnall, alors salariée de l'éditeur Allen & Unwin. Sir Stanley

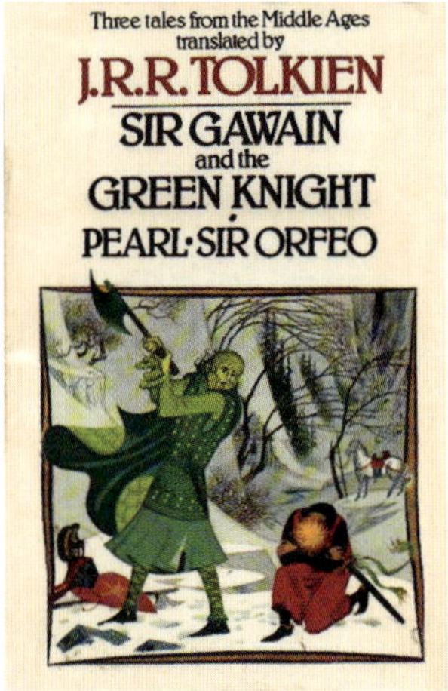

~ *Three tales from the Middle Ages*, traduit par J. R. R. Tolkien, Houghton Mifflin, 1978.

Unwin charge son fils Rayner, alors âgé de 10 ans, de le lire, pour la modique somme d'un shilling. Conquis, le garçon le recommande à son père.

Le Hobbit paraît le 21 septembre 1937 et remporte un très grand succès ; à tel point que l'éditeur demande à Tolkien une sorte de suite. Tolkien aimerait faire publier *Le Silmarillion* (encore inachevé), mais cet ouvrage complexe ne correspond pas aux souhaits du public, selon Unwin ; Tolkien s'attelle donc à la rédaction d'un autre récit, avec une dimension épique plus prononcée, à destination d'un public plus mature que celui du *Hobbit*, mais selon lui indissociable du *Silmarillion*. Commence alors une longue rédaction…

La Seconde Guerre mondiale éclate. Tolkien est trop âgé pour combattre, mais il ne reste pas inactif pour autant. Il devient vigile et patrouille la nuit dans les rues de Birmingham pour surveiller les artères et inciter les gens à se calfeutrer chez eux, compliquant ainsi la tâche de la Luftwaffe qui se repère aux lumières des villes pour les bombarder. Se tenant au courant grâce notamment à la radio, le professeur est lourdement affecté par le carnage perpétré par les combats qui font rage. En 1945, à la fin de la guerre, il est nommé professeur en littérature et langue anglaise, avec pour spécialité l'anglo-saxon d'avant 1500. À cette époque, les trois fils d'Edith et John Ronald Tolkien sont suffisamment grands pour voler de leurs propres ailes, et la famille, réduite à trois personnes, déménage à Manor Road (au centre d'Oxford) en 1947.

L'explosion du *Seigneur des Anneaux*

En 1939, il donne une conférence remarquée à l'université de St Andrews, en hommage à Andrew Lang, au cours de laquelle il évoque son rapport à la création littéraire. Selon lui, celle-ci a pour vocation de rendre plus belle la vie réelle. L'invention d'une mythologie pour l'Angleterre, en quelque sorte. Un véritable manifeste qui guidera Tolkien dans toute son œuvre. Pendant cette période, il échange beaucoup (par lettres notamment) avec son fils Christopher sur de nombreux sujets dont le processus de création littéraire dans son œuvre ; Christopher devient un temps son secrétaire et réalise également la carte de référence de la Terre du Milieu. L'ami C. S. Lewis est également un lecteur et auditeur attentif de ce roman, et son enthousiasme aide Tolkien à l'achever et à le présenter à son éditeur. La rédaction et la publication du *Seigneur des Anneaux* s'étale sur dix-sept années. Tolkien tape seul les textes à la machine à écrire, et l'activité littéraire est irrégulière, en raison des responsabilités accrues de Tolkien à Oxford, mais aussi de sa vie familiale. Une fois le texte achevé (à Noël 1949), Tolkien, assez mécontent du travail d'Allen & Unwin sur les dernières éditions du *Hobbit* et du *Fermier Gilles de Ham* (sorti en cette même année 1949), tente de rompre son contrat au bénéfice de Collins, dont il connaît l'un des éditeurs. Le conflit est cependant déminé par Rayner Unwin, qui est entre-temps devenu une personne importante dans la maison d'édition familiale. Ainsi le manuscrit est-il arrivé entre les mains de Rayner alors que son père se trouve au Japon. Il lui écrit pour lui indiquer que l'édition de ce roman volumineux semble financièrement risquée mais qu'il s'agit cependant de l'œuvre d'un génie. Convaincu, son père accepte de le publier[5]. *Le Seigneur des Anneaux* paraît finalement en trois tomes, en 1954 et 1955.

“ Fuyez, pauvres fous ! ”

(*Le Seigneur des Anneaux : La Fraternité de l'Anneau*, livre II, chap. v)

Ce second roman connaît une carrière honorable pendant une décennie. En 1966 sortent deux éditions états-uniennes du roman qui en font un succès planétaire. Dans l'intervalle, il publie *Les Aventures de Tom Bombadil* (1962, repris en français dans *Faërie et autres textes*) puis *Tree and Leaf* (1964, également publié en français dans *Faërie et autres textes*). Tolkien continue à rédiger son *Silmarillion*, espérant que son éditeur tiendra sa parole de le publier une fois achevé (ce qui n'arrivera pas de son vivant). Sollicité de tous côtés, Tolkien vit comme un reclus dans les faubourgs d'Oxford, répondant à ses

5 Selon une interview donnée au *Telegraph* en 1966 et publiée en 1968 (www.telegraph.co.uk/books/authors/tolkien-interview-its-easier-to-film-the-odyssey).

~ Pub The *Eagle and Child*.

obligations académiques et prenant soin d'Edith, dont la santé n'est pas brillante. Il est submergé de lettres d'admirateurs qui estiment pouvoir lui expliquer la signification de ses œuvres... En 1966, lors d'une interview accordée au magazine *Telegraph*, il indique même[1] : « *Je ne m'attendais pas à un succès financier. En fait, je n'avais même jamais envisagé une publication commerciale lorsque j'ai commencé à écrire* Le Hobbit... » Tolkien prend sa retraite d'enseignant en 1959. Il prononce un discours d'adieu dans la grande salle de Merton, devant un auditoire de plusieurs centaines de personnes. À cette occasion, il lit un extrait de *Namárië*, un poème d'adieu en langue elfique de sa composition.

La retraite et la fin du voyage

Il réduit ses sorties mondaines, du fait de la santé déclinante d'Edith, percluse d'arthrite. En 1963, il est nommé membre honoraire du collège d'Exeter et membre émérite du collège de Merton. La même année, il perd son ami C. S. Lewis (le même jour que l'assassinat de John F. Kennedy), événement qui entraîne la fin des Inklings. Ses éditeurs lui adjoignent à cette époque Joy Hill, une jeune assistante, pour l'aider à faire du tri dans ses archives. John Ronald déménage en compagnie d'Edith à Poole, dans le Dorset (côte sud de l'Angleterre), se consacrant, à la demande de ses éditeurs, à la remise au propre de ses milliers de pages de fragments, de poèmes, de notes, accumulées depuis la fin des années 1910, un labeur qui doit l'amener à achever *Le Silmarillion*. Une tâche titanesque qu'il ne pourra terminer. Edith meurt en novembre 1971, après cinquante-huit ans de vie commune. Dévasté par le chagrin, John Ronald revient cependant à Oxford, où l'université le dote d'un statut lui permettant de bénéficier d'un logement et de personnel attaché à son bien-être. Il réapparaît alors en société, dînant avec les étudiants et les enseignants, rendant visite à son frère Hilary dans sa ferme et passant du temps avec son vieil ami Christopher Wiseman. L'année 1972 est celle où il reçoit deux distinctions majeures : il est nommé commandeur de l'ordre de l'Empire britannique par la reine à Buckingham et reçoit un doctorat honorifique ès lettres à Oxford, une récompense très rare. Lors d'un voyage chez un ami à Bournemouth fin août 1973, il tombe malade et meurt au bout de quelques jours.

Sur sa tombe et celle de son épouse Edith se trouvent les inscriptions suivantes :
Edith Mary Tolkien, Lúthien, 1889-1971
John Ronald Reuel Tolkien, Beren, 1892-1973

Lúthien est une princesse elfe qui vit une histoire d'amour flamboyante et dramatique avec un mortel, Beren, dans le conte *Beren et Lúthien*, écrit par Tolkien et publié après sa mort.

Conclusion

On peut ainsi dire que la vie de Tolkien ressemble – un peu – à celle de son héros Bilbo. Menant une vie tranquille avec ses amis, il se retrouve envoyé au loin pour une affaire qui ne le concerne en rien, se retrouve dans une guerre dont l'horreur le marquera à jamais, avant de rentrer chez lui et de raconter des histoires. Mais à la différence de cet *alter ego* de papier, Tolkien réussit sa vie professionnelle et familiale. Et lorsqu'il se retrouve l'objet d'un culte un peu tardif, il s'en défend vigoureusement. « *Mon travail a échappé à mon contrôle et j'ai créé un monstre : une romance immensément longue, complexe, plutôt amère et terrifiante, particulièrement inadaptée aux enfants (si elle l'est pour quelqu'un)*[6]. »

6 *Lettres*, n°124, 24 février 1950.

~ Frodo (Elijah Wood) et Sam (Sean Astin), *Le Retour du roi*, Peter Jackson, 2003.

Christopher Tolkien

Christopher Tolkien est le troisième des enfants de J. R. R. Tolkien. Outre le fait qu'il a été le premier public de certaines de ses histoires, il a été pendant plusieurs années son premier relecteur, un proche collaborateur de l'écrivain, et après sa mort, l'exécuteur littéraire de son père. Il mérite donc quelques mots.

Les jeunes années

Christopher John Reuel Tolkien naît le 21 novembre 1924 à Leeds en Angleterre, alors que son père est maître de conférences à l'université de la même ville. Son prénom est un hommage à l'ami d'enfance de son père, Christopher Wiseman, membre du TCBS[1]. En raison d'une affection cardiaque, Christopher reste chez lui pendant ses premières années, et développe un goût certain pour l'astronomie et les trains. Il fait partie du premier public qui profite des incroyables talents de conteur et d'improvisateur de son père. Christopher est par la suite formé à la Dragon School d'Oxford, puis à l'Oratory School de Reading. En juillet 1943, il entre dans la Royal Air Force où il devient pilote. Il est envoyé en formation en Afrique du Sud, pays où son père est né. En 1945, il est stationné quelques temps dans le Shropshire (ouest de l'Angleterre).

Une vie d'étude et d'enseignement

Après la guerre, il retourne terminer ses études à l'université d'Oxford, au Trinity College. Pendant un temps, son tuteur a été C. S. Lewis, ami proche de son père et futur auteur du cycle de *Narnia*. Passionné lui aussi par les langues et les mythes anciens, il suit les pas de son père à l'université; sa thèse est une traduction de la *Saga de Hervor et du roi Heidrekr* (*Hervarar saga ok Heiðreiks*), laquelle raconte dans trois poèmes des événements présentés comme réels se déroulant entre le IVe et le Xe siècle. Il enseigne ensuite le vieil anglais, le moyen anglais et le vieux norrois, en tant que *tutor* (chargé de travaux dirigés) et *lecturer* (maître de conférences). Il se fait connaître en tant que médiéviste et philologue, étudie les éléments historiques figurant dans *The Battle of the Goths and Huns* (ou *Hlöðskviða*, poème en vieux norrois contenu dans *Hervarar saga ok Heiðreiks*) et publie un article afférent dans le journal *Saga-Book* du University College de Londres. Il se fait connaître par de nombreux travaux sur des mythes nordiques et des éditions des *Contes de Canterbury* de Chaucer. Il abandonne sa charge universitaire en 1975 pour se consacrer totalement à l'héritage littéraire de son père, mort deux ans plus tôt.

~ Christopher Tolkien © D. R.

> **« Nous sommes perdus dans les ruines d'un monde qui s'écroule, et il n'y a pas d'issue. »**
>
> (*Le Seigneur des Anneaux : Le Retour du roi*, livre VI, chap. IV)

1 TCBS : sigle de Tea Club and Barrovian Society, nom informel du club de discussion fondé par Wiseman, Tolkien et quelques autres, au sein duquel ils débattaient de différents sujets, et se lisaient leurs productions personnelles dans un esprit d'émulation et de camaraderie.

~ *The Lion, the Witch and the Wardrobe*, C. S. Lewis, Édition Geoffrey Bles, 1950.

Auprès de son père

Christopher est pendant longtemps le premier critique des travaux « non professionnels » de son père; d'abord quand il est enfant, avec notamment l'histoire intitulée *Le Hobbit* (il a été d'ailleurs payé deux pence la correction sur le manuscrit de son père[2]). Christopher a grandi dans le monde inventé par son père. Pour lui, « *les villes du* Silmarillion *ont plus de réalité que Babylone*[3] ». Quand il est adolescent puis jeune adulte, il suit attentivement l'écriture du *Seigneur des Anneaux* pendant la quinzaine d'années de son élaboration, y compris en étant mobilisé (durant la Seconde Guerre mondiale) à des milliers de kilomètres d'Oxford; il en lit les chapitres aux réunions des Inklings[4] – dont il est entre-temps devenu un membre permanent – après la fin de la Seconde Guerre mondiale. À cette époque, Tolkien n'ayant pas les moyens de se payer un ou une secrétaire, Christopher a notamment pour tâche de reprendre les cartes de son père, pour les mettre au propre en vue de la publication. Plus tard, il réalise la totalité des bandeaux en *tengwar*[5] ornant les œuvres posthumes de son père publiées par ses soins. Sa précision et sa connaissance intime de l'œuvre ont permis à son père de gommer un certain nombre d'erreurs et de contradictions.

2 Comme ce dernier le raconte dans ses *Lettres*.

3 Comme il l'explique dans un entretien accordé au *Monde* en 2012.

4 Club de lecture et de réflexion animé notamment par Tolkien, C. S. Lewis et Charles Williams, actif à Oxford.

5 Système d'écriture du quenya, langue elfique inventée par Tolkien.

Après la mort de son père, Christopher entame son mandat d'exécuteur littéraire. Il se retrouve face à plus de cinquante ans d'archives. Rien n'est classé, les écrits sont fourrés dans le plus grand désordre dans des dizaines de boîtes. Rédigés à la main, biffés, en plusieurs couleurs, avec de l'encre qui a parfois passé, les fragments sont parfois à la limite du lisible. C'est un peu, et même beaucoup, comme se retrouver devant un monceau de manuscrits médiévaux; Christopher est cependant dans son élément. Mais la tâche est immense. La première œuvre posthume de J. R. R. Tolkien est une réécriture de *Sir Gawain and the Green Knight, Pearl and Sir Orfeo,* trois poèmes regroupés en un volume. Christopher ne perd pas de vue sa tâche prioritaire : finir l'œuvre maîtresse de son père, la clé de voûte de son légendaire. Il se fait assister pendant un an par Guy Gavriel Kay, étudiant canadien et futur écrivain de *fantasy*, et parvient à terminer *Le Silmarillion*, qu'il publie en 1977, soixante ans après que son père l'a entamé. Mais de nombreux autres travaux sont encore inédits. En 1979, il sort un recueil d'illustrations et de peintures de son père, intitulé *Peintures et aquarelles de J. R. R. Tolkien*. En 1981, il approuve le script d'une adaptation radiophonique (pour BBC Radio 4) du *Seigneur des Anneaux*. Puis viennent les *Contes et légendes inachevés* (1980), les *Lettres* (avec Humphrey Carpenter, biographe de son père, en 1981), *Les Monstres et les Critiques et autres essais* (1983), puis les douze volumes de *L'Histoire de la Terre du Milieu* (1983-1995). En 1998, il édite une nouvelle édition de *Tree and Leaf*, qui contient le poème *Mythopoeia*.

En 2007, Christopher reprend sa tâche et publie *Les Enfants de Húrin*, que son père avait écrit et récrit plusieurs fois et qu'il avait presque terminé avant de l'abandonner. Vient ensuite *La Légende de Sigurd et Gudrún* (2009), deux lais reprenant l'histoire de Sigurd telle qu'elle est relatée dans la *Völsunga saga*, et *La Chute d'Arthur* (2013), une vision inachevée des derniers événements de la légende arthurienne. Puis *Beowulf* en 2014, et en juin 2017 paraît *Beren et Lúthien*. Quelques mois après cette sortie et à l'âge de presque 93 ans, Christopher Tolkien renonce à ses fonctions à la direction du Tolkien Estate. En 2018, *La Chute de Gondolin* marque bien l'achèvement du travail d'éditeur entamé une quarantaine d'années auparavant.

L'héritage artistique de Tolkien

En 2001, Christopher sort de son habituel silence médiatique en exprimant des doutes quant à la viabilité des films de Peter Jackson : selon lui, l'interprétation filmique ne saurait s'imprégner de l'essence du travail littéraire. « *Ils ont éviscéré le livre, en en faisant un film d'action pour les 15-25 ans,* regrette Christopher dans un entretien accordé au *Monde*[6] en 2012. *Et il paraît que* Le Hobbit *sera du même acabit.* [...] *Tolkien est devenu un monstre, dévoré par sa popularité et absorbé par l'absurdité de l'époque. Le fossé qui s'est creusé entre la beauté, le sérieux de l'œuvre, et ce qu'elle est devenue, tout*

6 Raphaëlle Rérolle, « Tolkien, l'anneau de la discorde », *Le Monde*, 5 juillet 2012, www.lemonde.fr/culture/article/2012/07/05/tolkien-l-anneau-de-la-discorde_1729858_3246.html

~ DE GAUCHE À DROITE : *THE HOBBIT*, J. R. R. TOLKIEN, 1995, ILLUSTRATION DE L'AUTEUR. *BILBO LE HOBBIT*, J. R. R. TOLKIEN, J'AI LU, 1973, ILLUSTRATION DE SYLVAIN NUCCIO.

cela me dépasse. Un tel degré de commercialisation réduit à rien la portée esthétique et philosophique de cette création. Il ne me reste qu'une seule solution : tourner la tête. »

Le 31 octobre 2016, la bibliothèque Bodléienne d'Oxford, où sont conservés une grande partie des manuscrits originaux de J. R. R. Tolkien, a décerné sa plus haute distinction à Christopher Tolkien, pour avoir « *consacré les quatre dernières décennies à publier l'œuvre inédite de son père, veillant à ce que son riche héritage littéraire soit accessible à tous les lecteurs*[7] ». Voici sa réaction, relayée par le communiqué de presse : « *Même si je ne m'attendais absolument pas à une telle chose, à laquelle je n'ai jamais songé, il me semble que la Bodley Medal correspond particulièrement bien au caractère absolument unique de l'œuvre de mon père, et qu'elle accorde une place de premier plan, au sein de la République des lettres, aux recherches qui s'y rapportent. J'éprouve un plaisir particulier à ce que cette distinction vienne de la Bodleian, et soit à son initiative, puisque c'est là que sont conservés une grande partie des manuscrits de mon père et que je garde des souvenirs très heureux de la bibliothèque elle-même.* »

7 D'après une traduction par Vincent Ferré du communiqué de presse officiel, à retrouver sur www.fabula.org/actualites/christopher-tolkien-recoit-la-medaille-bodley-de-l-universite-d-oxford-bodleian-libraries_76465.php

EN RÉSUMÉ...

À 94 ans, Christopher a dit adieu – pour la deuxième fois – à l'œuvre de son père, à laquelle il aura consacré la moitié de sa vie, ou peu s'en faut, si l'on compte les relectures étant enfant, le dessin des cartes, la lecture des ébauches du *Seigneur des Anneaux*, la lecture d'extraits de celui-ci auprès des Inklings, et bien sûr la tâche pharaonique de tri, de choix, de complétion et d'édition des œuvres posthumes de son père. Sans lui, seulement quelques bribes de son univers si riche seraient parvenues jusqu'à nous...

En 2024, pour commémorer les 100 ans qu'aurait eus Christopher, Vincent Ferré a dirigé un livre-hommage publié aux éditions Adar avec des textes de Baillie Tolkien, Alan Lee, Leo Carruthers, Thomas Honegger, Christine Laferrière, Damien Bador, Vivien Stocker, Isabelle Pantin, Richard Ovenden, Jean-Philippe Qadri, Chris Smith (éditeur anglais de Christopher), Laurence Lebourg, Lucas Zembrzuski, Vincent Ferré. Outre des analyses sur son apport à l'œuvre de son père, l'ouvrage comporte des photos qu'il a lui-même réalisées, révélant son goût méconnu pour la nature.

Sans Christopher, Tolkien n'aurait pas été tout à fait Tolkien...

Tolkien, une saga familiale

Contrairement à ce qu'on peut croire, John Ronald Reuel ne fut pas le seul artiste de la famille, bien qu'il ait été le plus exposé aux feux des projecteurs. Nous avons déjà consacré un chapitre à Christopher, plus jeune enfant de l'écrivain, mais l'auteur était aussi entouré de toute une galaxie de personnalités remarquables.

À commencer par sa mère, Mabel Tolkien (née Suffield), qui a une grande sensibilité artistique, et initie ses enfants à différentes disciplines comme la musique et le dessin. C'est sûrement de là que vient l'habitude de Ronald d'illustrer ses histoires, dans un style naïf, mais très efficace. Son grand frère Hilary, quant à lui, a été fermier toute sa vie, mais des recherches récentes ont révélé qu'il a écrit des contes, rassemblés dans un ouvrage intitulé *Black & White Ogre Country: The Lost Tales of Hilary Tolkien*[1]. Il y a quelques années un projet de publication sous forme de recueil de ces contes, accolé à une biographie, dirigé par Angela Gardner et Neil Holford, était en cours. Cette publication a été annulée, à cause d'un différend au sein du Tolkien Estate. Cependant, en fin d'année 2021 l'éditeur ADC Arts & Books sortit une édition très limitée de l'ouvrage sous forme d'épreuves. Hilary peignait très régulièrement, illustrant par exemple les cartes de vœux qu'il envoyait à ses proches au fil des années.

L'une des cousines de Tolkien du côté de sa mère, Marjorie Incledon (1891-1973), était également une artiste accomplie. Elle se fait connaître en tant que peintre, travaillant notamment l'aquarelle et l'huile sur toile. Elle donne plusieurs expositions en Angleterre dans les années 1940-1950, après avoir suivi des cours à l'École d'art de Birmingham, à l'École centrale des arts et de l'artisanat de Londres et à l'École d'art de Brighton. Très active dans sa région du Sussex, elle est l'administratrice du Club féminin des arts locaux et participa de manière significative aux activités du groupe des artistes unis de Brighton. Sa sœur cadette Friede Mary, dite Mary (1895-1940), n'a pas laissé une trace plus importante. On notera tout de même que dans ses jeunes années, elle a élaboré avec son cousin (et sa sœur) un code appelé l'« animalique », qui consistait à remplacer les mots d'une phrase par des noms d'animaux. Plus tard, après 1907, Ronald et Mary ont inventé une autre langue, appelée « nevbosh » ou « nouveau non-sens ».

L'épouse de J.R.R. Tolkien, Edith Bratt (1889-1971), était une pianiste talentueuse à la voix suave. Avant sa rencontre avec le futur enseignant et écrivain, elle se destinait à une carrière de professeur de musique. Mais son mariage en 1916 et l'arrivée rapide de leur premier enfant met fin à ces ambitions, Edith restera femme et mère au foyer jusqu'à son décès en 1971.

La première femme de Christopher, Faith Lucy Tilly Faulconbridge (1928-2017), fut une sculptrice renommée, spécialisée dans les bustes souvent inspirés par la religion catholique : elle a par exemple produit une Vierge à l'Enfant pour la chapelle de l'université de Birmingham. Elle a aussi réalisé un buste de son beau-père, exposé à l'université d'Oxford (chapelle d'Exeter College). Selon Simon Tolkien, sa mère « *pouvait capter l'essence d'une personne dans ses bustes : cette insaisissable individualité qui distingue chaque humain au milieu des milliards de visages qui furent ou seront jamais* ».

Baillie Jean Klass, deuxième épouse de Christopher, est née en 1941 à Winnipeg, capitale du Manitoba (Canada). Elle n'est pas à proprement parler une artiste, mais elle a contribué à promouvoir l'œuvre de celui qui est devenu son beau-père. En 1965, elle est sa secrétaire, et travaille sur l'index du *Seigneur des Anneaux*. Elle se charge aussi de la correspondance avec son éditeur. Après la mort de Tolkien, elle édite sa première œuvre posthume, *Les Lettres du Père Noël* (1976). Lors de la publication du catalogue d'une exposition des aquarelles de Tolkien dans un musée d'Oxford, elle écrit notamment que le travail pictural de Tolkien « *défie, comme son écriture, toute classification* ». Elle collabore à la publication des volumes de l'*Histoire de la Terre du Milieu* (1983-1996) par son mari Christopher. Baillie fait également partie du conseil d'administration du Tolkien Estate et du Tolkien Trust, veillant à la bonne utilisation des droits de publication de l'œuvre du professeur.

Priscilla Mary Reuel (1929-2022), seule fille du couple Tolkien, fut pendant un temps la secrétaire de son père, tapant notamment certains passages du *Seigneur des Anneaux* à la machine à écrire. En 1992, pour le centenaire de la naissance de son père, elle s'occupe (avec son frère John) des annotations et textes illustrant le *Tolkien Family Album*.

Michael George Reuel (né en 1943) est le fils aîné de Michael Tolkien et Joan Griffiths. Il a étudié

1 Publié pour la première fois en 2009 par Angela Gardner et illustré par Jef Murray.

la littérature et la langue anglaise[2] à l'université de St Andrews en Écosse, puis la littérature de la Restauration anglaise et du XVIIIe siècle anglais au Merton College à Oxford avant d'entamer une carrière d'enseignant. Il a écrit plusieurs romans et recueils de poésie et administre le Tolkien Estate. Rosemary Walters, la deuxième épouse de Michael, est quant à elle une peintre spécialisée dans l'acrylique et l'émulsion.

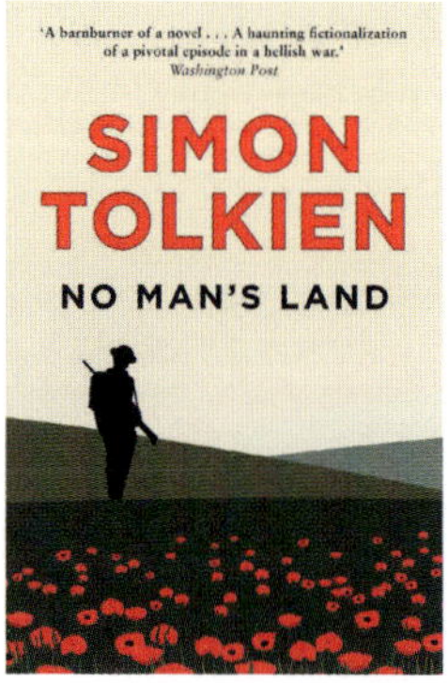

Simon Mario Reuel (né en 1959), fils de Christopher Tolkien et Faith Faulconbridge, a été élève à la Dragon School (Oxford) et a étudié l'histoire moderne au Trinity College d'Oxford. Il a exercé le métier d'avocat entre 1994 et 2009, avant de se consacrer à une carrière d'écrivain. Trois de ses premiers romans mettent en scène l'inspecteur Trave, de l'Oxfordshire Criminal Investigation Department. S'il écrit des polars, c'est pour « *amener les gens à tourner les pages* », dit-il. Il a publiquement tenu une ligne différente du Tolkien Estate et de son père par rapport aux films de Peter Jackson, en étant bienveillant et en offrant même sa collaboration à la production. Il a perdu pendant un temps son statut d'administrateur du Tolkien Estate. En 2011, il coécrit avec son fils Nicholas la série TV *Masquerade*, dans laquelle il joue également. En 2016, il a aussi publié le roman *No Man's Land*, dans lequel il a abordé la façon dont la Première Guerre mondiale, et la bataille de la Somme en particulier, a pu influencer la création littéraire de son grand-père. Simon est marié depuis 1984 avec Tracy Steinberg, elle-même autrice de plusieurs ouvrages sur les vêtements et les bijoux vintage.

Adam Tolkien, né en 1969, est le fils cadet de Christopher, né de son union avec Baillie Klass. Éclairagiste de profession, il a traduit en français les deux premiers volumes de la série *Histoire de la Terre du Milieu*, sous le titre *Le Livre des contes perdus* (1995) ainsi que les *Peintures et aquarelles de J. R. R. Tolkien* (1994). Il est crédité sur le site officiel du Tolkien Estate comme son concepteur et le directeur de l'équipe qui l'a réalisé.

Ruth Mary Reuel Tolkien est une chanteuse, musicienne et escrimeuse anglaise née en 1982 à Leicester. Elle est la fille cadette de Michael, fils de Michael Tolkien. Enfant, Ruth a appris à jouer du piano, de la trompette, avant de se consacrer à la guitare. Née avec une dégénérescence de l'œil, elle est non voyante et réputée pour être la seule escrimeuse non-voyante qui combat contre des voyants en Grande-Bretagne.

Royd Tolkien est un acteur et producteur anglais, né en 1969. Il est le fils aîné de Joanna Tolkien, fille de Michael Tolkien et Joan Griffiths. En 2010, Royd Tolkien a produit le film d'horreur américain *Tontine*. Parmi ses rôles les plus marquants figure celui du directeur dans le film *Pimp*, réalisé par Robert Cavanah. Il est surtout connu pour avoir joué le seigneur d'Anfalas Golasgil dans le film

Le Seigneur des Anneaux : le Retour du Roi et un croque-mort gondorien dans *Le Hobbit : la Désolation de Smaug*. Il apparaît également dans un spot promotionnel de la compagnie Air New Zealand, en passager hobbit donnant des consignes de sécurité. Il a également joué un sauvageon dans *Game of Thrones*.

Timothy (alias Tim) Tolkien est un sculpteur et musicien anglais, né en octobre 1962. Il est le fils aîné de Julian Tolkien, fils cadet de Hilary. *Sentinel* est son œuvre la plus connue. C'est une sculpture qui représente des Spitfire, les avions de chasse utilisés par les Alliés durant la Seconde Guerre mondiale, afin de rappeler l'histoire locale de la région de Birmingham, particulièrement celle de l'usine Jaguar de Castle Bromwich, située à proximité. Tolkien a également sculpté un hommage à l'acteur sir Cedric Hardwicke, dans la ville de Lye, dans les West Midlands, pour le compte du Dudley Metropolitan Borough Council. Le mémorial a la forme d'une pellicule de film géante. Tim Tolkien a réalisé une statue de Sylvebarbe, l'Ent du *Seigneur des Anneaux*, visible à Birmingham. Il est également bassiste et membre du groupe de musique Klangstorm, fondé en 1996.

~ DE GAUCHE À DROITE : *SPITFIRE, STATUE DE SYLVEBARBE.*

Nicholas Tolkien est un acteur, scénariste, producteur et réalisateur anglais. Il est né en 1990. Il est le fils aîné de Simon Tolkien et Tracy Steinberg. Il commence à écrire des pièces de théâtre à l'âge de 13 ans, puis décide de partir à Hollywood, seul, à 17 ans. Il est le scénariste, producteur et réalisateur d'*Anacapa* (2010). Il occupe les mêmes fonctions pour *Masquerade* (2011), dans lequel joue son père Simon. Trois autres longs métrages ont suivi, frappés du sceau de l'aventure et du mysticisme.

Kallum Tolkien, qui se revendique comme arrière-petit-fils de l'écrivain, est un acteur. Il aurait joué un soldat dans le biopic *Tolkien* (2019).

Les appétences familiales pour les arts se retrouvent encore chez Anna Tolkien, fille de Simon, qui poursuit des études en audiovisuel, écriture, analyse littéraire au Clermont McKenna College, en Californie. À l'instar de la *fantasy*, le nom de Tolkien est lourd d'attentes et de préjugés. Cependant, une partie de sa famille proche a su embrasser des carrières artistiques : acteurs, scénaristes, réalisateurs, musiciens, sculptrice, écrivains... Depuis cinq générations, un Tolkien peut en cacher beaucoup d'autres.

2 La littérature de la Restauration anglaise désigne la littérature produite en Angleterre, en Écosse et au pays de Galles de 1660 à 1689.

Entretien avec John Garth

John Garth est un écrivain britannique qui s'est pris de passion en particulier pour Tolkien, et qui nous a livré en 2003 un ouvrage passionnant, *Tolkien and the Great War.**

*Traduit en 2014 chez Christian Bourgois, sous le titre *Tolkien et la Grande Guerre*.

~ John Garth © Erin Beck

Pouvez-vous nous raconter comment vous avez découvert l'œuvre de Tolkien ? Comment avez-vous décidé d'écrire au sujet de sa vie ?

Quand j'avais à peu près 8 ans, *Le Seigneur des Anneaux* est apparu dans la bibliothèque de mes parents. Ses cartes, ses noms étranges et les inscriptions l'ont fait paraître comme une invitation au voyage vers un autre monde. Malgré son volume énorme, je me suis lancé et l'ai lu en 1975, à 9 ans. Je l'ai relu et relu pendant l'adolescence. J'ai lu *Le Silmarillion*, également, dès qu'il est sorti en 1977. Lire Tolkien si jeune a changé ma vie de façons tellement nombreuses qu'il serait vain de les lister. Mais j'ai ensuite appris à taper à la machine, afin de rédiger un dictionnaire elfique. La première biographie que j'aie jamais lue a été celle qu'Humphrey Carpenter a faite de Tolkien. Que Tolkien ait enseigné l'anglais à l'université d'Oxford est probablement à l'origine du fait que je l'ai fait moi aussi.

Beaucoup plus tard, alors que je travaillais pour l'*Evening Standard* de Londres, je suis devenu un biographe par accident. J'avais lu les douze volumes de l'*Histoire de la Terre du Milieu*, édités par Christopher Tolkien, lesquels détaillaient comment son père avait développé des histoires et ses langages au long de six décennies. À ce stade, je voulais réaliser un dictionnaire elfique expliquant chaque étape de son travail sur ces langues inventées. Cela sous-entendait étudier la chronologie de son écriture presque minute par minute.

Pour débuter, j'ai compulsé *Le Livre des contes perdus* – la première version du *Silmarillion* – écrit pendant la Première Guerre mondiale. Si je pouvais trouver d'autres témoignages de son expérience de la guerre, la chronologie en deviendrait plus claire. Cela a été la fin de mon dictionnaire elfique, parce que je suis devenu accro à la recherche d'informations au sujet de sa relation avec son œuvre. Les autres soldats n'ont pas inventé de mythologies féeriques. J'ai donc écrit *Tolkien et la Grande Guerre*, dans le but de découvrir pourquoi Tolkien, lui, l'avait fait.

À côté de ses études, Tolkien a développé son monde et l'a soumis à ses amis du TCBS. Lequel d'entre eux l'a le plus influencé, et pourquoi, d'après vous ?

Les trois autres membres du TCBS ont tous eu de l'influence sur lui. À l'école, Christopher Wiseman a été son meilleur ami et son partenaire dans des discussions philosophiques. Ils étaient très différents mais partageaient quelques centres d'intérêt, tels que les langages anciens, l'archéologie et le rugby.

Un autre membre, Robert Gilson, était le plus convivial et a cimenté le groupe. Il peignait et dessinait. Tout comme Tolkien, qui se montrait extrêmement compétitif sur ce terrain. Tous les deux ont peint de magnifiques paysages durant leurs années d'amitié.

Tolkien a commencé à écrire parce que le troisième membre, Geoffrey Smith, l'a encouragé à se mettre à la poésie. Tolkien était très bon en rimes et en rythmique, mais ne s'y est pas vraiment mis sérieusement. Cependant, l'insistance de Smith l'a amené à travailler dur sur les poèmes qui ont constitué les bases de la mythologie de la Terre du Milieu, en 1914-1915. Il y a justement une lettre fameuse, que Tolkien a conservée toute sa vie, dans laquelle Smith se décrivait lui-même comme un « *fervent et sauvage admirateur* » et le pressait de publier.

J'adorerais être en mesure d'écouter les discussions du TCBS. En fait, les trois autres avaient le sentiment de jouer chacun un rôle dans l'aide au développement de son légendaire par Tolkien. Bien que Smith et Gilson aient été tués pendant la bataille de la Somme, Tolkien n'a pas abandonné son projet, mais a au contraire commencé à écrire les *Contes perdus*. Je pense qu'il espérait que Wiseman le lirait. Ce qui pourrait expliquer pourquoi il a développé une création (du

~ DE GAUCHE À DROITE : *TOLKIEN, UNE BIOGRAPHIE*, HUMPHREY CARPENTER, CHRISTIAN BOURGOIS ÉDITEUR.
J. R. R. TOLKIEN ET LA BATAILLE DE LA SOMME, LECORSIER ET BEAUDRY, À CONTRESENS.

monde) en suivant une musique – la musique n'était pas la tasse de thé de Tolkien, mais certainement celle de Wiseman. Malheureusement les deux hommes semblent s'être perdus de vue à cette époque, et nous ne savons pas si Wiseman a pu lire quelque chose des *Contes perdus*.

Beaucoup de gens pensent que la Première Guerre mondiale a énormément influencé Tolkien dans ce qu'il a nommé sa « subcréation ». Êtes-vous d'accord ?

Oui, bien sûr. Comment quelqu'un pourrait-il traverser cela, et ensuite écrire au sujet de la peur et de l'héroïsme, et ne pas laisser ses histoires être influencées par cette expérience ? C'est une erreur de penser que, simplement parce qu'il y a une sensibilité médiévale et des éléments de *fantasy*, les histoires n'ont rien à voir avec la guerre moderne. Déjà, les soldats dans les tranchées lisaient des mythes et des légendes – celle du roi Arthur ou l'*Odyssée*. C'était le monde imaginaire qu'ils connaissaient.

C'est également une erreur de penser que les « gentils » de Tolkien sont inspirés des Anglais et de leurs alliés, et que ses « méchants » sont inspirés par l'Allemagne. C'est le genre d'allégorie, d'amalgame qu'il a largement méprisé, réfuté. En fait il a créé des mythes qui se sont affranchis des vertus et des vices qu'il a pu observer au sein des deux camps – pour se concentrer sur les vertus de courage, de fraternité et de respect de la nature, face aux vices du matérialisme et de l'industrialisme. Toute personne ayant lu le récit du voyage de Frodo vers le Mordor parallèlement aux mémoires d'officiers du front occidental constatera qu'ils ont beaucoup en commun, comme l'affirmation de l'individu luttant dans le chaos de la guerre. On a parfois dit que Tolkien a nié l'influence de la Première Guerre mondiale, mais ce n'est pas vrai. Il a juste déclaré qu'elle n'avait pas tout inventé, ce qui est certainement vrai. Il était ouvert en permanence à d'autres influences, au sein de son vaste intérêt pour l'histoire et les mythes, sans parler des véritables événements survenus par la suite dans sa vie.

Votre ouvrage *Tolkien et la Grande Guerre* est en quelque sorte un coffre au trésor pour toutes les personnes désireuses d'en savoir beaucoup plus au sujet de la vie de Tolkien. Comment avez-vous procédé pour rassembler toutes les données afin d'établir la chronologie ?

Les autres biographes ont apporté peu d'éléments supplémentaires au travail d'Humphrey Carpenter. J'ai commencé par le mettre de côté, et par porter un regard nouveau sur les informations disponibles. J'ai commencé en construisant une chronologie de l'écriture du *Livre des contes perdus*. Ensuite, lorsque les dossiers des officiers sont devenus disponibles aux Archives nationales en 1998, j'ai été le premier à lire le dossier militaire de Tolkien. J'ai consulté ceux de Smith et Gilson également, ainsi que les journaux de guerre de leurs bataillons respectifs, et un journal court de Wiseman au sujet de son passage dans la Navy. J'ai eu assez de chance pour pouvoir retrouver la famille de Gilson, et ils m'ont généreusement laissé consulter toutes les lettres qu'il a écrites à sa famille depuis l'université, les camps d'entraînement et les tranchées. Bien que Tolkien n'ait laissé aucun écrit concernant son passage dans les tranchées, j'ai trouvé des témoignages non publiés d'autres soldats placés à proximité. Et le Tolkien Estate m'a permis de compulser la petite collection de papiers de Tolkien au sujet de la Première Guerre, ainsi que – élément fondamental – les lettres entre membres du TCBS. Tout cela a permis d'ajouter beaucoup plus que des « données ». Cela a constitué une matière magnifiquement vivante d'une période courte mais intense de la vie de Tolkien.

Diriez-vous qu'il a été traumatisé par la guerre ?

Il n'y a rien dans son dossier indiquant qu'il ait été traumatisé, par conséquent je ne pense pas qu'il ait montré de symptômes post-traumatiques forts. D'un autre côté, cela n'a pas dû être facile de séparer les conséquences psychologiques et physiques : il a été chroniquement malade de la fièvre des tranchées, transmise par les poux, à partir d'octobre 1916, à l'intérieur puis à l'extérieur de l'hôpital, puis en convalescence jusqu'à la fin de la guerre. Mais je suspecte fortement Tolkien d'avoir trouvé le moyen d'utiliser son expérience et ses sentiments pour les transformer en créativité. C'est une puissante forme de thérapie (si l'on veut utiliser un jargon médical). Au lieu de contempler le chaos, vous pouvez trouver les motifs qui le rendent sensé; au lieu de vous sentir impuissant, vous pouvez y trouver une catharsis. Tolkien a parfois fait référence à sa créativité comme un moyen d'« exorciser » ses cauchemars.

Avez-vous vu le biofilm *Tolkien* ? Qu'en avez-vous pensé ?

C'est un film visuellement attrayant, bien dirigé et bien joué, avec un bon scénario, qui a tenté de s'attaquer à des choses presque impossibles à filmer – la passion pour les langages inventés, l'origine intime de la créativité... Mais il a échoué dans sa mission de raconter l'histoire de Tolkien car il modifie trop les faits. Cela semble être un problème récurrent dans les biofilms : regardez *Bohemian Rhapsody* ou *Imitation Game* (au sujet du casseur de codes et pionnier de l'ordinateur britannique Alan Turing). L'industrie du cinéma fait rarement des incursions en dehors de sa zone de confort, avec sa formule testée et approuvée pour s'assurer un carton plein. Et (pour donner du crédit à la créativité) les réalisateurs et les scénaristes ne sont pas des historiens; ils sont guidés par leurs propres urgences et agendas de production.

Pouvez-vous nous parler de votre prochain ouvrage, *Tolkien's Worlds* ?

C'est un livre adorable, richement illustré, idéal pour une table basse, sur un sujet populaire : les endroits qui ont inspiré Tolkien quand il a inventé la Terre du Milieu. Mais j'ajoute une recherche et une analyse profondes au sujet. J'y parle de son amour pour l'Angleterre; ses influences venues d'autres cultures; comment il a tenté d'insérer la Grande-Bretagne dans son légendaire, lequel a évolué entre les *Contes perdus* et *Le Seigneur des Anneaux*. J'y explore ses forêts, ses rivières, ses montagnes et ses côtes. J'y parle d'archéologie, d'artisanat, d'industrie, de guerre, mais aussi du souci profond pour Tolkien de garder la mémoire des jours anciens dans le vent du changement. Je mets tout cela en cohérence avec les endroits qu'il a pu visiter ou découvrir par le biais de ses lectures. J'ai dû écarter les revendications sur la Toile et les journaux au sujet d'endroits qui l'auraient inspiré, comme les deux tours à Birmingham, par exemple. À la place, l'observation minutieuse de la vie de Tolkien a permis de dégager des influences beaucoup plus convaincantes et intéressantes. L'inspiration est bien plus que simplement voir quelque chose et essayer de le copier. Dans le cas de Tolkien, le processus est fascinant, cela a été merveilleux de mettre tout cela en cohérence sous la couverture d'un seul livre.

~ ci-contre : Frodo et l'Anneau, *Le Retour du roi*, 2003.

Les Inklings

L'image de l'érudit que l'on associe à J.R.R. Tolkien a été en grande partie forgée par ces photos d'un homme d'âge mûr, en costume de tweed, fumant la pipe et prenant un air sérieux. Un professeur respecté, un auteur, comme nous l'analysons dans cet ouvrage, qui a marqué un genre : la *fantasy*. Mais il ne serait peut-être pas ce même personnage sans l'esprit d'émulation des Inklings qui régnait dans les clubs littéraires d'Oxford.

J.R.R. Tolkien a d'abord fait de brillantes études dans certaines des meilleures écoles du Royaume-Uni. Il a bénéficié pour cela d'un soutien décisif, celui du père Francis, qui l'a aidé financièrement au début de ses études, et l'a poussé à réussir, quitte à parfois menacer de lui couper son apport financier.

Pendant ses années d'études et d'enseignement, le jeune John s'est beaucoup amusé, il a aussi étudié et travaillé *ad nauseam*. Il a par ailleurs fréquenté des cercles créatifs, au sein desquels l'émulation et le respect étaient la règle. En 1926 il crée ainsi un premier club, les Coalbiters (ou Kolbitar[1]), littéralement « les mordeurs de charbon ». Les membres y parlaient de culture islandaise, lisaient et discutaient de textes s'inscrivant dans cette tradition. En 1929, certains membres ont commencé à fréquenter une autre association oxonienne regroupant étudiants et enseignants, les Inklings, fondée auparavant par un certain E.T. Lean.

La traduction approximative d'*inkling* en français est « soupçon ». Mais on notera également un jeu de mots en anglais avec *ink* (encre). Tolkien lui-même précise son sens : « *les Inklings sont des gens aux idées et aux pressentiments vagues ou à moitié formés* » mais aussi « *ceux qui barbotent dans l'encre* ». Plutôt évocateur pour un groupe d'écrivains et d'étudiants en littérature !

En 1933, Clive Staples Lewis, que Tolkien avait rencontré en 1926 à Oxford et qui était un membre des Coalbiters, reprend le club sous sa coupe et le transfère au Magdalen College. Au fil du temps une certaine routine s'installe : les membres se retrouvent le mardi avant le déjeuner au pub The Eagle and Child[2] où le propriétaire des lieux leur permet de se réunir dans un parloir séparé de la salle principale, et le jeudi après le dîner ils sont accueillis chez Lewis, qui loge au Magdalen College. Pendant la guerre, le groupe était amené à se réunir dans d'autres pubs d'Oxford. Les membres se retrouvaient pour déjeuner, boire, fumer dans les pubs, mais aussi et surtout partager leurs productions. Le club a perduré sous cette forme jusqu'à la fin des années 1940, puis en plus petit comité jusqu'au décès de Lewis, en 1963. L'ambiance propice à l'émulation a amené Tolkien à travailler sur ce qui deviendra *Le Hobbit* et à se remettre à son *Silmarillion*, commencé en 1917.

1 Ce mot signifie « les mordeurs de charbon » en islandais.

2 À noter que les Inklings surnommaient le lieu *The Bird and Baby*, voire *The Bird*.

~ Plaque dédiée aux Inklings située au fond du pub Eagle and Child. L'inscription dit : « C.S. Lewis, son frère, W.H. Lewis, J.R.R. Tolkien, Charles Williams et d'autres amis se rencontraient chaque mardi matin, entre 1939 et 1962, dans la salle du fond de ce bar, leur favori. Ces hommes, baptisés les "Inklings", se retrouvaient ici pour boire une bière et discuter, entre autres, de leurs ouvrages en cours d'écriture. »

C'est ainsi qu'il accepte, vers 1936 ou 1937, la proposition de Lewis de se lancer concomitamment dans un projet d'écriture : à lui le voyage dans le temps, à Lewis le voyage dans l'espace. Ce projet s'achève pour Lewis en 1938, sous la forme d'un roman intitulé *Au-delà de la planète silencieuse*, considéré comme le premier volume de sa *Trilogie cosmique*. Il conte les aventures d'un philologue nommé Ransom, fortement inspiré de Tolkien. Le projet de ce dernier ne sortira qu'en 1987 ; il s'agit de *La Route perdue*, publié près de quinze ans après sa disparition.

~ La Trilogie cosmique

Les Inklings ont créé un environnement où chacun pouvait lire ses productions, partager ses trouvailles, discuter de théologie, de philosophie... On suppose que Tolkien y a soumis des passages du *Seigneur des Anneaux* et on sait que son fils Christopher, qui suivait déjà les pas de son père au niveau universitaire, en a un temps fait partie. Le professeur a par la suite repris ce principe du club de discussion pour écrire *The Notion Paper Club*, un roman inachevé qui est cependant inclus dans le neuvième volume de l'*Histoire de la Terre du Milieu, La Défaite de Sauron*.

Les Inklings était un groupe informel, sans règles, sans chefs, sans agendas, sans comptes-rendus, etc. Il n'y avait que des hommes, comme au sein de la plupart des clubs de l'époque. Warren Lewis précise : *« Nous n'étions pas une société où l'admiration mutuelle était la règle : les éloges pour le bon travail n'étaient pas rares, mais la critique pour le mauvais travail – ou même pour un travail médiocre – était souvent brutalement franche*[3]. » Ainsi pendant que Tolkien a lu un passage du *Seigneur des Anneaux*, Hugo Dyson se serait écrié « *Oh non, pas encore un de ces p*** d'Elfes !* ».

« Les Inklings sont des gens aux idées et aux pressentiments vagues ou à moitié formés. »

J.R.R. Tolkien

Parmi les membres les plus éminents, outre Tolkien père et fils, se trouve Clive Staples Lewis, écrivain, enseignant en littérature, mais également théologien spécialisé en loi anglicane. Il est connu pour le cycle de *fantasy Narnia*, *La Trilogie cosmique* et de nombreux autres ouvrages relevant de la science-fiction, souvent teintée de discours religieux. Comme indiqué par ailleurs, il fut un ami intime de Tolkien[4], un partenaire influent, puis un rival amical avec lequel il se brouilla vers la fin de sa vie. C'est au fil des discussions avec Tolkien, catholique minoritaire, que Lewis revint à la religion dans les années 1930. Son prosélytisme transparaît dans son œuvre, ce qui irrite fortement son collègue et ami, qui refusait toute lecture allégorique, toute correspondance univoque entre son œuvre et l'Histoire ou les Écritures.

Charles Williams fut un poète, romancier et critique littéraire. Le surnaturel côtoie le spirituel dans ses histoires : dans *La Guerre du Graal* (*War in Heaven*) le Graal réapparaît en Angleterre tandis que *Descent into Hell* débute par la préparation d'un spectacle près de Londres ; ses personnages font ensuite face à des événements surnaturels qui vont les mener, suivant leurs choix, sur la voie du salut ou de la damnation. Il a été désigné comme l'un des trois meilleurs auteurs de *fantasy* chrétienne par le critique Colin Manlove.

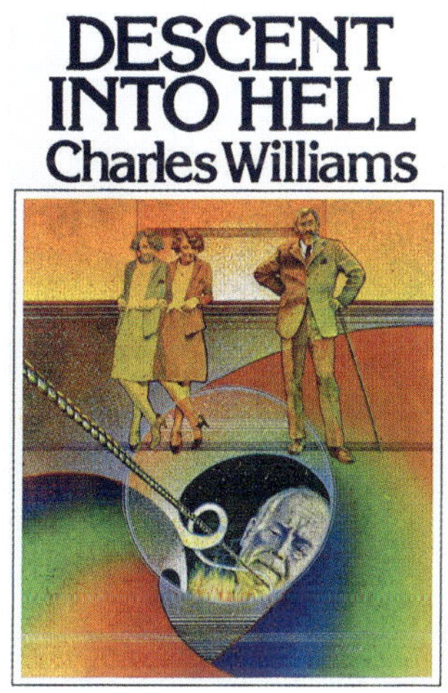

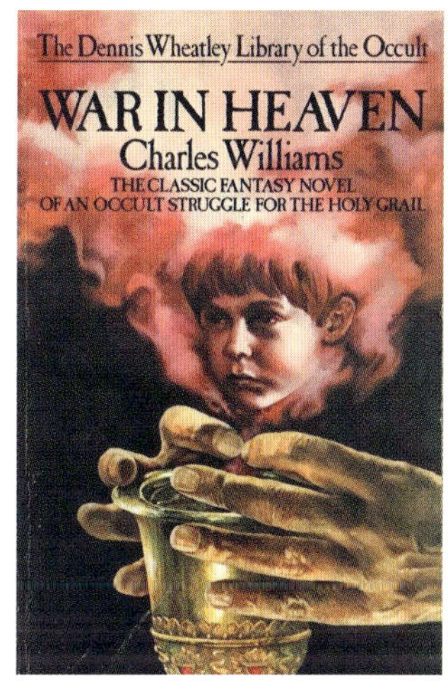

Owen Barfield est un philosophe et un théologien, dont la pensée a influencé Lewis et Tolkien. Ce dernier, par exemple, pour les notions d'élévation et de chute de Númenor, ou encore sur la place centrale que le mythe et la métaphore tiennent dans la littérature.

Une quinzaine d'autres personnes ont fait partie des Inklings, de manière plus ou moins régulière, comme lord David Cecil, historien, enseignant et biographe ; Adam Fox, doyen de Magdalen College ; Warren Lewis, frère aîné de C.S. Lewis, qui fut un historien et un officier de l'armée irlandaise ; ou encore Nevill Coghill, enseignant universitaire spécialiste de Chaucer. Il y avait également des scientifiques parmi les membres, comme sir James Dundas-Grant, chirurgien spécialiste du nez et de la gorge, Robert Havard, médecin de Lewis et Tolkien, et George Frederick James Temple, mathématicien émérite. On notera la présence ponctuelle de l'écrivain E. R. Eddison, lui aussi spécialisé dans la *fantasy* avec son *Serpent Ouroboros* (1922).

Les Inklings ont contribué à cimenter des amitiés, dont certaines étaient antérieures à la constitution du club, lesquelles ont souvent perduré après l'arrêt des réunions. De fait, plusieurs personnalités ont émergé grâce, au moins partiellement, à l'émulation des Inklings : Tolkien (qui leur a dédié la première édition du *Seigneur des Anneaux*), Lewis, Williams ou encore Barfield. Religion et création littéraire ont irrigué leurs discussions, donnant naissance, notamment, aux fondements de la *fantasy* moderne.

3 Inklings | Authors, Books, C.S. Lewis, J.R.R. Tolkien, & Oxford Literary Group | Britannica.

4 Cf. la biographie p. 6.

LE HOBBIT, L'ENTRÉE EN DOUCEUR

Paru en 1937, *The Hobbit, or There and Back Again* est la première œuvre de fiction en prose écrite par J. R. R. Tolkien. Jusque-là il ne s'était fait connaître que par une œuvre poétique ainsi que des conférences et essais centrés sur ou inspirés par les légendes et mythes nordiques et anglo-saxons. Le roman expose ainsi, de manière encore incomplète, l'univers que le professeur Tolkien a créé et développé depuis une vingtaine d'années, de manière intermittente.

Bilbo Bessac est un Hobbit tout ce qu'il y a de tranquille, dont la vie est partagée entre le thé de 4 heures et la fascination pour les volutes de fumée s'échappant de sa pipe. Un aventurier du quotidien, en somme. Quand, un jour, on frappe à sa porte. Surprise, c'est un Nain, qui s'invite de façon très cavalière. Puis on refrappe, et deux autres apparaissent. Puis encore deux. Finalement, le salon du paisible Demi-Homme est envahi par treize personnes de petite taille avec une longue barbe. Puis survient Gandalf, un ami magicien un peu loufoque, qui explique qu'ils sont venus sur sa recommandation, parce qu'il est un cambrioleur de première classe. Car les Nains ont besoin d'un Homme, ou plutôt d'un Hobbit, que le sorcier leur a présenté comme étant un professionnel de l'escamotage. Tout cela pour récupérer un trésor enfoui sous une montagne, et jalousement gardé par un dragon quelque peu récalcitrant appelé Smaug. D'abord réticent, Bilbo se laisse finalement convaincre, et voilà notre brave Hobbit parti avec cette drôle de compagnie. Il est loin d'imaginer toutes les aventures qu'il va vivre...

Destiné au départ à ses enfants, son manuscrit arrive un peu par hasard[1] chez l'éditeur londonien Allen & Unwin, dont le fils est emballé et convainc son père de l'éditer. Ce qui est fait, avec des illustrations de l'auteur[2]. Le roman devient très vite un succès de librairie, à tel point que l'éditeur demande à Tolkien au bout de quelques mois de mettre en chantier une suite, une sorte de « *Hobbit 2* ». La « suite » sortira dix-sept ans plus tard sous le titre de *The Lord of the Rings*, mais c'est une autre histoire, sur laquelle nous reviendrons.

~ *BILBO LE HOBBIT*, J. R. R. TOLKIEN, STOCK, 1969.
PREMIÈRE ÉDITION FRANÇAISE.

QU'EST-CE QUE *LE HOBBIT* ?

Tolkien écrit un magnifique conte de fées (tel qu'il le définit lui-même) destiné à la jeunesse, truffé de caractéristiques incontournables du genre, sous forme de quêtes, avec différentes étapes à accomplir. Il n'y a pas qu'un seul héros, mais tout un groupe, composé d'une quinzaine de personnages dont certains sont fortement caractérisés. Les personnages de trolls, de nains et d'elfes existent déjà dans le folklore des contes de fées, et permettent au public (jeune en particulier) de s'identifier avec tel ou tel personnage, le tout étant écrit dans un style direct, efficace et parfois humoristique. L'identification est d'autant plus aisée que Bilbo est un héros atypique, paresseux, ronchon et un peu enrobé. Plusieurs attributs en font même un personnage très familier des compatriotes de l'auteur. Il aime fumer la pipe ; il reçoit du courrier

1 Il passait de main en main parmi ses étudiants et étudiantes à Oxford, jusqu'à ce que l'une d'entre elles en parle à une amie assistante éditoriale.

2 Nous explorerons cette facette de Tolkien dans un autre chapitre, voir page 105.

~ De gauche à droite et de haut en bas :
Le Hobbit, Jules Bass et Arthur Rankin Jr., 1977.
The Hobbit, J. R. R. Tolkien, 1999, illustration d'Alan Lee.
Bilbo le Hobbit, J. R. R. Tolkien, 1976, illustration de Chica.

(un système à peu près établi en Angleterre au début du XIXe siècle); il aime l'heure du thé, coutume typiquement anglaise. Le Comté, patrie des Hobbits, est donc un concentré de tout ce qu'aime J. R. R. Tolkien dans la société anglaise de son temps.

Le récit, initialement écrit comme une histoire du soir pour ses enfants, va subir des réécritures et des révisions avant d'être présenté à l'éditeur à la fin de l'année 1936. Son premier roman sera progressivement happé par son grand œuvre[3] et finira par en faire intimement, quoique modestement, partie. Cette inscription a donc permis au récit de se bonifier, de prendre de l'ampleur tout en accentuant le côté héroïque, et finalement, de s'en éloigner quelque peu. Mais *Le Hobbit* possède un caractère unique, le plaçant dans une position très particulière : il est à la fois la porte d'entrée idéale vers le reste du légendaire[4], mais peut également se lire indépendamment de ce dernier, sans perte de sens et de compréhension pour la lectrice ou le lecteur lambda. Et ce malgré une révision importante du texte, après la publication du *Seigneur des Anneaux*, pour accroître la cohérence entre les deux récits, en 1966[5]. Il est cependant intéressant de noter que toutes les créatures que croisent Bilbo et ses amis, à l'exception de Gollum, Beorn et... des Hobbits, sont déjà présentes dans différentes parties du légendaire.

Bilbo va rencontrer deux créatures qui représentent plus ou moins son opposé : d'abord Gollum, gardien d'un monde souterrain dont on connaît le symbolisme dans certains contes (la recherche de l'être aimé, la connaissance, une renaissance ou... un objet magique). Gollum est un être oppressif, effrayant, torturé[6]. L'autre personnage négatif notable est celui que rencontre Bilbo à la fin de l'aventure : le dragon Smaug, objet de la quête pour laquelle il a été engagé. Lequel dragon est assis sur un trésor dont il ne jouit pas, ce qui ne l'empêche pas d'être méchant, menteur et rusé. Mais ni les Nains ni le Hobbit n'ont l'étoffe pour tuer le basilic. Tolkien ajoute donc un personnage typique des contes de fées, un héros surgi des décombres de la ville humaine proche de la Montagne Solitaire, où dort Smaug. Bard se rapproche de la qualité des héros supérieurs et des guerriers mythologiques.

Pourquoi un tel succès ?

Le Hobbit est considéré comme un jalon essentiel de la *fantasy*, ou plus précisément de la *high fantasy*, un sous-genre à dominante épique, qui raconte la quête d'un ou une jeune héros ou héroïne, ou plus souvent d'un groupe de héros et héroïnes, luttant contre un redoutable ennemi pouvant revêtir la forme d'un méchant sorcier ou d'un seigneur du mal. D'aucuns estiment d'ailleurs que le roman et sa suite ont en quelque sorte « tué » le genre, dans le sens où ils ont fixé des règles et un cadre dont peu d'auteurs ont su s'affranchir par la suite de manière durable et marquante[7]. Mais d'un autre côté, la complexité et la richesse de ce récit et de sa suite ont permis au genre de prendre son envol.

Un autre bon point quant à l'appropriation du public est l'inscription du *Hobbit* dans un monde secondaire, qui était en cours de construction par Tolkien, et qui possède sa propre logique, ses règles, sa géographie (la présence d'une carte de la Terre du Milieu permet d'ailleurs de bien suivre l'action et les déplacements des différents protagonistes). La rencontre de personnages très différents amène le lecteur ou la lectrice à comprendre qu'il ne s'agit que d'une exposition sommaire d'un panorama, d'un monde beaucoup plus vaste. Alléché.e par les bribes d'autres histoires, le lecteur ou la lectrice est curieux.se d'en savoir plus.

Le roman a reçu un prix littéraire en 1938, et Tolkien a gagné 50 £ à cette occasion[8]. *Le Hobbit* est un véritable phénomène éditorial : il a été traduit en une quarantaine de langues, réédité constamment depuis plus de quatre-vingts ans, avec parfois des extras d'une valeur incommensurable[9]. Le roman est l'un des rares à émerger dans plusieurs rayons en librairie : *fantasy*, littérature jeunesse, voire littérature blanche en domaine étranger... Sa lecture laisse une trace durable, voire indélébile, chez de nombreux lecteurs et lectrices, avec des passages emblématiques : la rencontre avec les trolls, la traversée de la forêt de Grand'Peur, la confrontation avec le terrible Smaug, le duel d'énigmes entre Bilbo et Gollum... Un indispensable du genre.

~ Ci-dessus : Supplément de l'édition DVD collector de *Les Deux Tours*. Figurine Gollum, making-of et livret.
~ Ci-contre : *Le Hobbit : La Désolation de Smaug*, Peter Jackson, affiche promotionnelle, 2013.

3 Œuvre publiée à titre posthume sous le titre *Le Silmarillion*.
4 Ainsi surnomme-t-on l'ensemble des écrits de Tolkien prenant pied dans le monde d'Arda.
5 Une autre révision a été publiée auparavant, en 1951.
6 Nous en parlons plus en détail plus loin.
7 Pour en savoir plus sur la postérité de Tolkien, voir le chapitre « Héritage littéraire » page 119.
8 Le meilleur livre pour la jeunesse de la saison du *New York Herald Tribune*, anecdote révélée dans sa Lettre n° 28.
9 Prenons l'exemple du Hobbit annoté, sorti en 2012 chez Christian Bourgois, qui comporte 460 pages et s'ouvre sur une impressionnante préface, qui retrace la composition (jamais terminée, toujours remise sur le métier), l'accueil critique, les aléas éditoriaux et la carrière du roman.

THE HOBBIT
THE DESOLATION OF SMAUG

Le Hobbit, une créature originale ?

L'origine du terme est sujette à de nombreuses théories, mais il est fort probable que l'on n'en saura jamais le fin mot. Au-delà de la création « canonique » du personnage par Tolkien (la fameuse inscription sur une feuille blanche d'examen de l'incipit « *Au fond d'un trou vivait un Hobbit* »), on sait qu'il n'en est pas l'inventeur. Ainsi le terme apparaît-il dans un recueil anglais de notes folkloriques composées par un étudiant appelé Michael Denham, entre 1846 et 1859, lequel recueil a été réédité en deux volumes par The Folklore Society en 1892 et 1895[10]. Cet ouvrage se trouvant notamment à la bibliothèque universitaire de Leeds à l'époque où Tolkien y enseignait, il est fort probable qu'il l'a lu, alors qu'il s'intéressait au folklore anglo-saxon. Mais le terme *hobbit* n'est pas pour autant plus explicite, se trouvant simplement au milieu d'une longue liste de créatures (150 à 200), dont certaines sont très confidentielles. Et aucun développement sur la nature de ces créatures. Ainsi peut-on imaginer que le terme soit resté dans la tête de Tolkien, alors en plein processus de création et d'expansion de son légendaire, à la recherche de noms dont la musicalité (critère essentiel chez l'auteur) lui plaisait particulièrement. Et que son esprit ait ouvert le tiroir où il avait rangé le mot *hobbit* dans une période où l'esprit de John Ronald Reuel vagabondait...

Mais la théorie la plus répandue reste la philologique, Tolkien étant spécialiste de la question[11] : en vieil anglais, le terme *holbytla* (*holbytlan* au pluriel) désigne littéralement un « creuseur de trous ». La sémantique aurait alors pris le pas sur la séduction phonétique, et les Hobbits auraient désigné ceux qui habitent dans des trous qu'ils creusent dans la terre. C'est en effet le type d'habitat préférentiel des Hobbits. Ils vivent de préférence dans des maisons creusées à flanc de colline, souvent constituées de tunnels en longueur dont les côtés desservent les autres pièces, souvent à des fins techniques (magasins, réserves, bureaux...). On appelle ces maisons troglodytiques des smials. Certains Hobbits vivent dans des maisons plus classiques, dans des zones périphériques du Comté.

Sans que la raison soit précisée ou explicitée, ce terme désigne donc, chez Tolkien, une peuplade de faible volume, vivant quasiment recluse dans un cadre champêtre. Selon Tolkien lui-même, un Hobbit personnifie un Anglais de l'époque du jubilé de diamant de la reine Victoria (qui a eu lieu en 1897). Un Anglais vivant des produits de la terre, respectueux de la nature, et profitant de plaisirs simples : la bière, la nourriture (un Hobbit fait six repas par jour !) et du bon tabac (appelé herbe à pipe ici). De même, le Comté, le pays où habitent les Hobbits est, de l'aveu même de Tolkien, fortement inspiré du comté de Warwick[12], où il a passé une partie de son enfance.

Les Hobbits, dont l'origine se perd dans les débuts du Troisième Âge[13], étaient des personnes vraisemblablement autrefois apparentées aux Hommes, de petite taille (entre 60 et 120 cm) qui s'installèrent (pour le plus grand nombre) en Comté en 1601 de ce même Troisième Âge, sous la houlette des frères Marcho et Blanco[14]. Appelés Demi-Hommes par leurs cousins humains, ils se démarquent également par leurs pieds recouverts de poils et faits de cuir très résistant, ce qui les exempte du port de chaussures. Au sein de leur race, trois groupes sont distingués : les Fortauds, les Peaublêmes et les Piévelus, distinction établie sur leurs caractéristiques physiques. Les Hobbits atteignent leur majorité à 33 ans, et vivent parfois jusqu'à plus de 100 ans. Bilbo Bessac, lorsqu'il quitte la Terre du Milieu à la fin du Troisième Âge, a ainsi atteint 131 ans.

La vie des Hobbits est rythmée par celle des saisons, dont ils célèbrent joyeusement les solstices. Peu désireux de se mêler des affaires du monde, ils vivent souvent repliés sur leur région, se méfiant de tout étranger venant à passer sur leurs terres. Dans des cas extrêmes, les Hobbits peuvent cependant se montrer vraiment courageux, malins et tenaces. Leur seule véritable action d'éclat ayant compté dans l'histoire de la Terre du Milieu reste la quête de l'Anneau, menée par Frodo avec ses amis Sam, Pippin et Merry.

La traduction de Francis Ledoux

Très vite après sa publication en Angleterre, des traductions du *Hobbit* dans différentes langues seront mises en route. Tolkien aurait aimé que son roman fût traduit en français par son amie Simonne d'Ardenne dès 1937, mais les choses prirent beaucoup plus de temps. Il faudra attendre 1969, chez Stock (dans une collection généraliste pour adultes), pour voir une traduction dans la langue de Molière.

Francis Ledoux, traducteur émérite de William Shakespeare, Charlotte Brontë et Edgar Allan Poe, se voit proposer par les éditions Stock de traduire *Le Hobbit*. Manquant de références sur l'univers de Tolkien, Ledoux livre une traduction qui gomme les niveaux de langage, comporte beaucoup de coquilles, d'approximations, voire de contresens. Une nouvelle édition sort en 1976 dans... la collection Bibliothèque verte, ce qui dénote un glissement vers la littérature « jeunesse ». L'éditeur Christian Bourgois, désireux de rendre justice au texte original, lancera une révision du texte par les soins de Daniel Lauzon, qui aboutira en 2012.

10 Cet ensemble est appelé *The Denham Tracts*.

11 La philologie est l'étude historique d'une langue par l'analyse critique des textes.

12 Le Warwickshire est un comté britannique situé au centre de l'Angleterre.

13 L'histoire d'Arda est divisée en grandes périodes, appelées Âges. *Le Hobbit* et *Le Seigneur des Anneaux* se déroulent à la fin du Troisième Âge. Le Quatrième Âge est celui des Hommes et n'est plus conté dans les récits tolkieniens.

14 En l'an 1601 du Troisième Âge, les frères Marcho et Blanco, établis à Brie, s'installent avec nombre de leurs congénères de l'autre côté du fleuve Baranduin, et avec l'autorisation du roi d'Arthedain d'alors, fondent le Comté.

Entretien avec Vincent Ferré

Vincent Ferré est enseignant-chercheur en littérature à l'université et connu pour ses nombreux travaux relatifs à J. R. R. Tolkien.

~ Vincent Ferré © Tobias M. Eckrich

Certains viennent à Tolkien par le jeu de rôle, en débroussaillant l'imaginaire. Vous, vous y êtes venu par la littérature médiévale…

… et par les jeux de rôles ! Au collège, à la fin des années 1980, j'ai découvert *Le Seigneur des Anneaux* grâce à un ami qui me voyait dévorer les récits médiévaux (dans des versions modernisées) et des recueils de contes du monde entier – à côté d'autres lectures, comme Steinbeck par exemple et son roman *Les Raisins de la colère*. J'appartenais aussi à un club de jeux de rôle au collège, où j'ai pratiqué de nombreux jeux, de *Donjons et Dragons* à *Légendes celtiques* en passant par *Rêve de dragon* ou *Paranoïa* (mais pas *JRTM* [*Jeu de rôle des Terres du Milieu*, NDLR] !). Parler de Tolkien et pratiquer les jeux de rôle ont été deux activités très liées pendant ces années, jusqu'au lycée.

L'auteur vous a marqué, mais curieusement vous n'y revenez que plusieurs années plus tard…

J'ai suivi un cursus classique mais très favorisé : né en Mayenne, j'ai fait deux ans de classes préparatoires littéraires à Paris, puis j'ai eu la chance d'entrer à l'École normale supérieure de Fontenay-Saint-Cloud (aujourd'hui ENS de Lyon). Ce qui signifie que j'ai travaillé sur des auteurs plus canoniques pendant deux années de prépa – et j'ai surtout eu la chance de lire de près des textes de Proust, qui m'ont profondément marqué – puis les premières années de scolarité à l'ENS. Ce n'est qu'en master, pendant ma quatrième année d'études, que j'ai associé littérature médiévale et littérature moderne en travaillant sur Chrétien de Troyes et Tolkien ; mais j'avais déjà décidé de consacrer ma thèse soit aux récits arthuriens, soit à Proust. J'ai finalement opté pour ce dernier, dans une perspective « comparatiste », en soutenant en 2003 une thèse de doctorat en littérature comparée sur les liens entre littérature et philosophie chez trois romanciers du XXe siècle (Proust, Broch, Dos Passos).

Vous dites que la recherche associée à Tolkien et votre activité d'enseignant en littérature comparée sont complémentaires ; pouvez-vous préciser ?

Longtemps, mon travail sur Tolkien (publication d'articles et de livres, traductions, organisation de colloques) est resté parallèle à celui sur Proust, comme dans une sphère isolée, une sorte d'activité gratuite, c'est-à-dire sans effet sur mon parcours professionnel à l'université. Ce sont mes travaux sur Proust, Broch et Dos Passos qui m'ont valu d'être élu professeur de littératures comparées à Paris-Est Créteil en 2012. Je n'ai jamais voulu « rentabiliser » professionnellement ce que je faisais sur Tolkien ; je le faisais pour son œuvre, pour ses lecteurs et lectrices, par fidélité au lecteur que je suis depuis trente ans. Bien sûr, ce n'était pas éloigné de l'esprit même de la recherche, puisque mon travail permettait de faire avancer la connaissance des textes et de les faire connaitre à un plus grand public.

Ce n'est toutefois qu'après mon élection que s'est opérée la jonction entre les deux versants de mon travail ; je devais être plus détendu, sur le plan professionnel ! Du fait de ma position institutionnelle à l'université, mon travail « parallèle » sur Tolkien ne semblait plus une bizarrerie à certains interlocuteurs, à l'université comme dans certains médias. L'attitude actuelle des médias, en 2019, est très positive et très différente de celle qui prévalait précédemment : s'intéresser à Tolkien, et même publier des ouvrages sur lui, exposait alors à être traité de « tolkien-maniaque » ou « tolkien-addict », comme s'il n'était pas possible d'être aussi rigoureux sur cet auteurs que sur d'autres… La passion n'exclut pas la rigueur !

THE LORD OF THE RINGS
THE RETURN OF THE KING™
NEW LINE CINEMA PRESENTS A WINGNUT FILMS PRODUCTION "THE LORD OF THE RINGS: THE RETURN OF THE KING" ELIJAH WOOD IAN McKELLEN LIV TYLER VIGGO MORTENSEN
SEAN ASTIN CATE BLANCHETT JOHN RHYS-DAVIES BERNARD HILL BILLY BOYD DOMINIC MONAGHAN ORLANDO BLOOM HUGO WEAVING MIRANDA OTTO DAVID WENHAM KARL URBAN JOHN NOBLE
FEATURING ANDY SERKIS AS GOLLUM WITH IAN HOLM AND SEAN BEAN JOHN HUBBARD AND AMY MACLEAN VICTORIA BURROWS NGILA DICKSON RICHARD TAYLOR WETA LTD., NZ JIM RYGIEL
HOWARD SHORE ANNIE LENNOX JAMIE SELKIRK GRANT MAJOR ANDREW LESNIE, A.C.S. RICK PORRAS JAMIE SELKIRK MARK ORDESKY BOB WEINSTEIN HARVEY WEINSTEIN
ROBERT SHAYE MICHAEL LYNNE BARRIE M. OSBORNE FRAN WALSH PETER JACKSON J.R.R. TOLKIEN FRAN WALSH & PHILIPPA BOYENS & PETER JACKSON PETER JACKSON
PG-13 PARENTS STRONGLY CAUTIONED
Some Material May Be Inappropriate for Children Under 13
INTENSE EPIC BATTLE SEQUENCES AND FRIGHTENING IMAGES
SOUNDTRACK AVAILABLE ON
DECEMBER 17
NEW LINE CINEMA
AMERICA ONLINE KEYWORD: Lord of the Rings www.lordoftherings.net
THE JOURNEY ENDS

En 2001, votre premier livre[1] est accepté par Christian Bourgois, l'éditeur « historique » de Tolkien. Ensuite, tout va très vite pour vous chez Bourgois…

Vous connaissez l'histoire du manuscrit envoyé par la poste qui atterrit sur le bureau d'un éditeur et qui, grâce à l'avis d'un lecteur ou d'une lectrice (une lectrice en l'occurrence, Isabelle Varange, maintenant aux éditions Bragelonne), finit par être publié ? C'est certainement un des épisodes qui ont changé ma vie. Christian Bourgois puis Dominique Bourgois, à partir de 2007, m'ont confié le soin de diriger les publications et republications des textes de Tolkien en français : vingt titres, de la nouvelle édition (revue, augmentée) de *Faërie et autres textes* à la série d'inédits de *L'Histoire de la Terre du Milieu* ou des *Enfants de Húrin*, jusqu'à *La Chute de Gondolin* en passant par la retraduction du *Hobbit* et du *Seigneur des Anneaux* ! Sans oublier quelques textes autour de Tolkien : le *Cahier de croquis* d'Alan Lee, la *Tapisserie pour Tolkien* de Cor Blok, ou encore l'ouvrage *Tolkien, trente ans après* que j'ai dirigé.

Pendant toutes ces années, quels ont été vos rapports avec Christopher Tolkien, le dernier fils de l'auteur et exécuteur littéraire de ce dernier[2] ?

C'est en 2003 que j'ai osé lui écrire : nous avons beaucoup échangé par courrier (quelle merveille de lire ses lettres manuscrites !), sur des questions d'édition et de traduction, puisque je traduisais avec Delphine Martin les *Lettres* de J. R. R. Tolkien, parues en 2005. Puis je lui ai rendu visite, chez lui et j'ai rencontré Baillie Tolkien ainsi qu'Adam Tolkien. Depuis, j'ai continué à lui rendre visite. Je l'ai fait très régulièrement pendant la préparation de l'exposition à la BnF, pour laquelle ses conseils et ceux de Baillie Tolkien ont été importants. On trouvera d'ailleurs une petite interview de cette dernière dans l'un des numéros de la revue *Chroniques* de la Bibliothèque nationale de France[3].

Le gros chantier de ces dernières années, chez Bourgois, a été la nouvelle traduction du *Hobbit*, puis du *Seigneur des Anneaux*, par les soins de Daniel Lauzon sous votre égide. Pouvez-vous retracer l'histoire de ce projet ?

Avec Daniel Lauzon, nous avons préparé la retraduction du *Seigneur des Anneaux* dès le début des années 2000, en compilant un relevé d'erreurs de traduction, de coquilles, tout en réfléchissant à des propositions différentes pour les noms propres – comme je l'avais fait moi-même en 2000-2001 lorsque j'ai travaillé sur le doublage du premier film de Peter Jackson. C'est à Dominique Bourgois que l'on doit l'idée d'avoir commencé par *Le Hobbit*, lorsque les éditions Bourgois ont fait paraître la version dite « annotée » proposée par Douglas Anderson en retraduisant le texte de J. R. R. Tolkien ! Puis la retraduction du *Seigneur des Anneaux* nous a occupés, avec Daniel Lauzon, pour tenir les délais et faire paraître trois tomes en 2014-2016, afin de marquer le soixantième anniversaire de la parution de *The Lord of the Rings*. Une longue genèse, donc, et des milliers d'heures d'échange par téléphone et par courriel ont précédé la retraduction proprement dite ; le souvenir de la découverte de cette nouvelle version du *Seigneur des Anneaux*, au fil de la relecture des chapitres, que je recevais par envoi successifs (un peu comme Christopher Tolkien les a reçus de son père pendant la Deuxième Guerre mondiale) restera gravé dans ma mémoire.

Après *La Chute de Gondolin*, sorti en 2018, Christopher Tolkien a en quelque sorte bouclé la boucle. Mais ce n'est visiblement pas fini : une édition de ses relectures de Chaucer vient de sortir en anglais, et il y aurait d'autres inédits dans les archives de la Bodleian Library à Oxford…

Effectivement, Christopher Tolkien avait annoncé que ce livre serait le dernier – mais c'était la troisième fois qu'il faisait cette annonce. Que penser ? Il était certainement sincère lorsqu'il déclarait avoir mené à terme l'édition des textes principaux de son père ; mais l'on sait que le travail éditorial sur les textes linguistiques de J. R. R. Tolkien, confié à une équipe des États-Unis, se poursuit. J'ai entendu dire, comme vous, que certaines caisses conservées à la Bodleian n'ont pas été inventoriées ; mais cela ne signifie pas qu'il reste des inédits à publier !

Et en français ? Quelles vont être les prochaines sorties ? Des volumes de *L'Histoire de la Terre du Milieu*, ou bien *L'Histoire de Kullervo* ?

La publication en français de tous les textes de Tolkien est bien sûr un horizon – quand on voit le travail accompli en moins de vingt ans, je suis optimiste pour les derniers volumes ! À une réserve près : les tomes VI à VIII de *The History of Middle-earth*, qui présentent les avant-textes du *Seigneur des Anneaux*, s'adressent à des lecteurs désireux de découvrir la naissance de ce texte ; très souvent, ils lisent Tolkien plutôt en anglais. Faut-il les traduire en français ?

~ Ci-dessus : *Dictionnaire Tolkien*, sous la direction de Vincent Ferré, Bragelonne, 2019.
~ Page de gauche : *Le Retour du roi*, Peter Jackson, 2003. Affiche promotionnelle.

1 *Tolkien : Sur les rivages de la Terre du Milieu*, Christian Bourgois, 2001.
2 Voir notre portrait de Christopher Tolkien, page 12.
3 Numéro 86.

~ *Lire J. R. R. Tolkien*, Vincent Ferré, Pocket. *Tolkien : Sur les rivages de la Terre du Milieu*, Vincent Ferré, Pocket.

En attendant, la Bibliothèque nationale de France a proposé une exposition sur l'œuvre de Tolkien[4]. Qu'a-t-on pu y voir ?

Sur 1 000 m², l'exposition a présenté 270 pièces liées à Tolkien (un tiers venues de l'université Marquette, deux tiers de la bibliothèque Bodleian d'Oxford) et 120 pièces de « contextualisation » pour montrer aux visiteurs des objets médiévaux ou modernes susceptibles de les aider à mieux imaginer les textes de Tolkien – pièces parmi lesquelles on trouve des tapisseries d'Aubusson, des tableaux préraphaélites, des armes et armures médiévales... Comme commissaire extérieur à la BnF, travaillant en collaboration avec les commissaires de la BnF (Louise Fauduet puis Emilie Fissier et Frédéric Manfrin), j'ai été chargé de sélectionner les pièces « Tolkien » parmi les milliers de documents conservés dans des archives de bibliothèques ou des archives privées : au cours des trois années et demie de préparation, j'ai veillé à respecter un équilibre entre les trésors susceptibles de parler à tous les visiteurs (aquarelles du *Hobbit* et manuscrits enrichis de dessins et cartes) et « reliques » destinées à émerveiller les amateurs de Tolkien – comme des brouillons du *Seigneur des Anneaux*, des chronologies utilisées par l'auteur pour suivre l'action des différents personnages.

Tolkien est redevenu (encore plus) « *bankable* » avec les films de Peter Jackson, un film sur sa vie récemment sorti, ainsi que la mise en route d'une série télévisée très ambitieuse par Amazon[5]... Quel est votre avis sur ces productions ?

Je ne mets pas sur le même plan la première trilogie de Peter Jackson (*Le Seigneur des Anneaux*), qui doit beaucoup au génie d'Alan Lee et de John Howe, et la seconde, qui n'a pas grand-chose à voir avec *Le Hobbit*; ni la future série Amazon, qui sera une sorte de « série dérivée » du *Seigneur des Anneaux*, une invention à partir de quelques lignes esquissées dans les appendices du roman, à propos de tel personnage ou événement... Et par charité, je préfère ne pas répondre sur le soi-disant biofilm composé de faits inventés à 95 % ! Mais je comprends que des lecteurs et lectrices de Tolkien aiment ces dérivés, car lorsqu'ils les visionnent, ils nourrissent leur perception de tout ce qu'ils connaissent des livres.

4 Terminée lors de la sortie du présent ouvrage.

5 Entretien réalisé en 2020 pour la première édition de ce livre, avant la sortie de la série *Les Anneaux de pouvoir* (2022).

Gollum et l'obsession de l'Anneau

Personnage complexe, Gollum est une créature inoubliable de l'univers de Tolkien.

Gollum est, comme Gandalf et Bilbo, l'un des personnages communs aux deux romans de Tolkien sortis de son vivant. Et l'un des plus marquants. Il apparaît dans *Le Hobbit* lors du chapitre « Énigmes dans le noir », au cours duquel Bilbo, errant dans les tunnels des Montagnes de Brume, fait sa connaissance au bord d'un lac souterrain. Affamée, la créature est tentée de manger le Hobbit mais accepte de jouer sa vie dans un concours d'énigmes. Sur le point de perdre, Bilbo sort alors le fameux « *Qu'est-ce qu'il y a dans ma poche ?* », question à laquelle Gollum ne peut répondre. Ce dernier laisse partir sa proie à contrecœur, puis se ravise et la poursuit sans succès. En effet, Bilbo a utilisé le fameux objet présent dans sa poche : un anneau magique, que Gollum avait égaré dans son repaire et que le Hobbit avait récupéré peu avant de le rencontrer.

Cet anneau sert de moteur annexe à l'intrigue du roman, et se trouve au cœur de celle de sa suite[1]. Il a été forgé par Sauron dans les forges de l'Orodruin, le volcan installé au cœur de son domaine du Mordor, et confère plusieurs pouvoirs, comme l'invisibilité lorsqu'il est passé au doigt, un allongement prodigieux de la vie de son porteur, ainsi qu'une forte influence sur les porteurs des autres Anneaux. Après que le roi Isildur le lui a pris, l'Anneau tombe dans le fleuve Anduin, dans lequel il est trouvé près de 2 500 ans plus tard par Déagol, un Hobbit, au cours d'une partie de pêche. Immédiatement pris par la convoitise, son ami Sméagol le lui demande. Devant son refus, Sméagol l'étrangle et camoufle le corps de son ami. Sous l'influence de l'Anneau, la personnalité du Hobbit commence à s'altérer : il se met à commettre des vols et à marmonner des paroles et des borborygmes pour lui-même (ce qui lui vaut le surnom de « Gollum ») et est rapidement mis au ban de son clan. Errant pendant plusieurs années, il choisit finalement de se réfugier avec son « précieux » sous les Montagnes de Brume, où il rencontre Bilbo.

Après la perte de l'Anneau, Gollum erre à nouveau à la recherche de son voleur, est capturé par Sauron, interrogé par Aragorn et Gandalf, puis retrouve la trace de l'Anneau en croisant la route de Frodo Bessac et Samsaget Gamgie, soixante ans plus tard. Nous sommes alors dans l'intrigue du *Seigneur des Anneaux*, et Gollum apparaît ainsi après la dissolution de la Fraternité de l'Anneau, étant recueilli et détenu par le nouveau Porteur de l'Anneau et son jardinier. Il les mène jusqu'aux portes du Mordor, mais la présence massive des troupes de Sauron inspire à la créature chétive l'idée de les faire passer par Torech Ungol, un tunnel habité par une créature cauchemardesque. Les deux Hobbits lui échappent, mais perdent leur guide, qui disparaît et ne réapparaît qu'au moment de sceller le sort de l'Anneau Unique. Le destin de Gollum est de portée biblique ; son histoire commence par un drame, il est chassé par les siens, et il meurt de façon tragique, au sens shakespearien du terme. Certains y ont vu une variation du mythe d'Abel et Caïn, ou de Caliban, personnage de *La Tempête*, de William Shakespeare.

~ *Bilbo le Hobbit*, J. R. R. Tolkien, J'ai lu, 1982, illustration de Jean Mascii. *Bilbo le Hobbit*, J. R. R. Tolkien, Le livre de poche, 1983, illustration d'Évelyne Drouhin. *Grendel*, John Gardner, Vintage, 1989. Grendel (Crispin Glover), *Beowulf*, Robert Zemeckis, 2007.

1 On parle parfois de « Cycle de l'Anneau » pour désigner les deux romans.

~ De gauche à droite et de haut en bas : *Caliban*, Kenny Meadows, publié dans *The Works of Shakespeare*, William S. Orr and Co, 1846. Sam, Frodo et Gollum, *Les Deux Tours*, Peter Jackson, 2002. Caliban (Frank Benson), dans la pièce *The Tempest*, Lyceum Theatre, 1900. La transformation de Sméagol en Gollum (Andy Serkis), *Le Retour du roi*, 2003.

Aux origines

Gollum est une création presque originale de Tolkien, la personnification de la corruption due à la convoitise. Aux origines du personnage se trouve Glip, une créature vivant dans une caverne surplombant la baie de Bimble (contrée inventée par l'auteur). Il ne sort que la nuit pour se nourrir des os laissés par les sirènes sur les rivages de la baie. Le personnage apparaît dans un poème composé vers la fin des années 1920, inspiré des histoires que l'auteur racontait à ses enfants. Dans *Le Hobbit*, les origines de Gollum sont obscures, et ce n'est qu'au cours de la rédaction du *Seigneur des Anneaux* que le personnage prend corps ; cela permettra d'ailleurs à Tolkien de le modifier après coup dans *Le Hobbit*. Il lui ajoutera d'ailleurs une complice, ou plutôt une partenaire, en la personne d'Araigne, une monstrueuse araignée qui comme lui hante les profondeurs des Montagnes de Brume. En échange de sa vie, il lui propose de lui apporter de la nourriture. C'est ainsi qu'il lui livrera Frodo. L'inspiration du personnage viendrait de Grendel, le monstre dévoreur d'humains du poème en vieil anglais *Beowulf*[2]. Les deux ont en commun un éloignement important du monde, vivent à proximité d'un lac souterrain et ont une apparence difforme. Ces différentes caractéristiques expliquent en partie la personnalité des deux personnages. Sméagol/Gollum, sous l'influence de l'Anneau, a développé au fil du temps une double personnalité, l'une facilitante et bienveillante, l'autre « chlingueuse » et « fouineuse ». Cette altération, exacerbée chez Sméagol, ronge et transforme physiquement les Porteurs de l'Anneau. En cinq cents ans d'existence, il est presque impossible de discerner le Hobbit dans cette créature décrite par Tolkien :

« *Là, dans les profondeurs près de l'eau sombre, vivait le vieux Gollum, une petite créature visqueuse. Je ne sais pas d'où il venait, ni qui il était, ou ce qu'il pouvait être. C'était Gollum : noir comme les ténèbres, hormis deux grands yeux ronds qui luisaient dans son visage émacié.* » (*Le Hobbit*, chapitre v.)

Un destin tragique

Du fait de son besoin quasiment vital de posséder l'Anneau, Gollum sortira de sa cachette et cherchera son « précieux » pendant plusieurs décennies. La rencontre avec Frodo et Sam le mettra à nouveau en contact avec lui, et le désir le brûle au point de le pousser à commettre l'acte qui causera leur perte à tous les deux. Gollum occupe donc une place centrale dans l'intrigue du *Seigneur des Anneaux*.

2 Pour en savoir plus sur ce texte, voir page 74.

Le Seigneur des Anneaux

L'œuvre maîtresse de John Ronald Reuel Tolkien est un monument, que l'on s'imagine long, besogneux, peut-être difficile à lire. Pourtant son approche est bien plus simple.

Note : Ce roman faisant suite au *Hobbit*, nous supposons que vous avez lu le chapitre qui lui est consacré, page 22 et suivantes. Si ce n'est pas le cas, nous vous recommandons de le faire avant de reprendre la lecture de celui-ci, car certains personnages sont communs.

~ Ci-dessus : *The Lord of the Rings*, J. R. R. Tolkien, édition du 50e anniversaire, Houghton Mifflin, 2004.
~ À droite : C. S. Lewis © D. R.

La genèse

À la suite du succès du *Hobbit*, l'éditeur Stanley Unwin demande à Tolkien d'écrire une suite, une sorte de *Hobbit 2*, car un large public réclamerait à cor et à cri dès l'année suivante qu'il leur en dise plus au sujet des Hobbits[1] ! Nous sommes donc en 1937, et Tolkien travaille depuis vingt ans sur son grand œuvre, son *Silmarillion*. Il pense pouvoir le faire publier à cette occasion, mais il part sur une autre piste, un autre récit issu de son légendaire. La rédaction est longue, chaotique. Elle est même interrompue pendant plus d'un an au tournant des années 1939 et 1940. Au début, le ton est bon enfant, un peu dans le sillon du *Hobbit*. Plusieurs pistes narratives sont rapidement envisagées : Bilbo a dépensé tous ses trésors et se met en quête de nouvelles aventures ; un dragon fait son apparition à Hobbiteville et les habitants sont forcés de faire preuve de courage ; Bilbo se rend sur une île dangereuse où les Elfes règnent toujours... Puis il change son fusil d'épaule pour partir sur quelque chose de plus sombre, de plus dramatique, l'élevant bien au-dessus du conte. L'idée de l'Anneau Unique comme centre du récit n'apparaît que progressivement dans le processus. Des ennuis de santé, un accroissement de responsabilités à Oxford et le début de la Seconde Guerre mondiale ralentissent le rythme d'écriture. Tolkien a deux relecteurs attentifs : son ami Clive Staples Lewis[2] et son fils Christopher, auquel il écrit régulièrement et soumet des extraits même lorsque celui-ci part pour l'Afrique du Sud pour s'entraîner avec la Royal Air Force.

Tolkien met plus de quinze ans à écrire et faire publier son chef-d'œuvre. Il est épuisé par l'écriture du monstre qu'est devenu *Le Seigneur des Anneaux*. Une fois

1 *Lettres*, n° 17 à Stanley Unwin, 15 octobre 1937.

2 Auteur du cycle de *Narnia*.

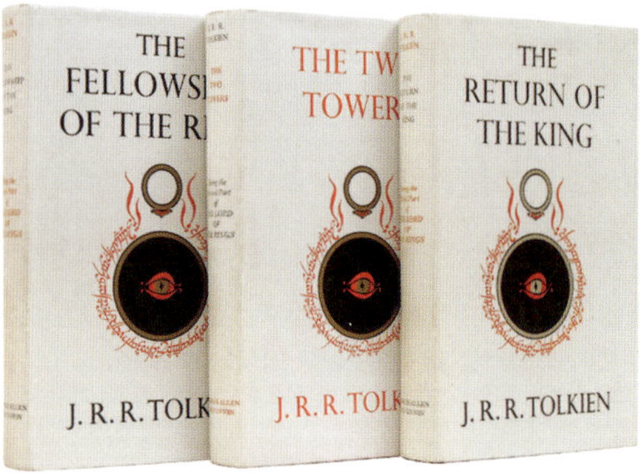

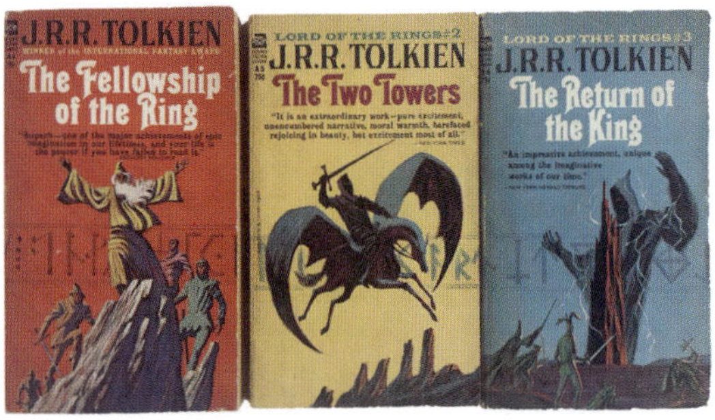

~ Les trois tomes de la saga :
Première édition britannique, Allen & Unwin, 1954-1955.
Édition pirate Ace Books, 1960.

le travail achevé, il déclare[3] : « *Il est écrit avec mon sang, pour ce qu'il vaut, concentré ou dilué; je ne pourrais l'écrire autrement.* » Le résultat est un pavé de 1 200 pages, que l'auteur souhaite faire publier en un seul volume. Mais le prix du papier étant trop élevé au milieu des années 1950, il est contraint de le couper en trois parties, lesquelles sortent donc de manière échelonnée entre 1954 (juillet et novembre) et 1955 (octobre). Leurs titres : *La Fraternité de l'Anneau* (*The Fellowship of the Ring*), *Les Deux Tours* (*The Two Towers*) et *Le Retour du roi* (*The Return of the King*). Tolkien, soucieux d'apporter du réalisme graphique à son récit, réalise des cartes reprises et améliorées par son fils Christopher, le dessin des Portes de Durin, l'épitaphe de la tombe de Balin et trois fac-similés du Livre de Mazarbul, une compilation de chroniques de la chute du royaume nain sous la montagne, censées être écrites par plusieurs personnes, avec des alphabets différents. L'auteur pousse le réalisme jusqu'à brûler une partie des pages avec sa pipe, asperger celles-ci avec de l'encre rouge pour figurer le sang ou ajouter quelques trous... Hélas, à cause de coûts de fabrication trop importants, l'éditeur refuse de reproduire ces pages exceptionnelles. L'édition anglaise de 2004 comblera ce manque. Un gros volume d'appendices vient compléter l'ensemble, visant à compenser – un peu – l'absence du *Silmarillion*. En voici un sommaire succinct :

- **L'appendice A** propose le récit succinct des royaumes des Hommes et des Nains.
- **L'appendice B** détaille la chronologie des Deuxième et Troisième Âges.
- **L'appendice C** compile les arbres généalogiques des Hobbits les plus présents dans le récit.
- **L'appendice D** analyse les différents calendriers utilisés par les Elfes, les Hommes et les Hobbits.
- **L'appendice E** introduit les deux principaux alphabets utilisés en Terre *du Mil*ieu, les *tengwar*[4] et les *cirth*[5], en donnant des précisions sur la prononciation des langues qu'ils transcrivent.
- **L'appendice F** s'arrête sur les langues de la Terre du Milieu et la façon dont on peut les traduire.

3 *J. R. R. Tolkien, une biographie*, Humphrey Carpenter, 1977.

L'AVENTURE ÉDITORIALE

Le premier tome, imprimé à 3 500 exemplaires, s'écoule en six semaines. Une nouvelle impression est lancée, mais bientôt la maison d'édition est submergée de lettres de lecteurs, qui veulent à toute force connaître la suite des aventures de Frodo et de ses amis. Allen & Unwin, l'éditeur britannique original, passe outre sa décision de ne publier qu'un volume par an : le deuxième tome est donc vite publié, et le troisième tome l'est l'année suivante. Le succès est honorable au début, puis devient planétaire au cours de la décennie suivante. Dans la seule année 1965, plus d'un million *d'exemplaires du Se*igneur des Anneaux sont vendus. Le succès est notamment dû à Ace Books, éditeur new-yorkais, qui propose une édition pirate du roman, qui devient symbolique de la lutte des peuples pour conserver leur liberté. Une bataille juridique voit la victoire de Tolkien et son éditeur d'origine, qui reçoivent par la suite des redevances sur chaque exemplaire vendu. Des clubs de fans se créent un peu partout aux États-Unis. Tolkien est littéralement assailli par ses fans, on parle du roman partout, même la radio en diffuse des extraits. Ce succès fulgurant est dû, en plus de son inventivité, de son aspect visionnaire et de l'aventure débridée qu'il propose, à l'écho qu'il fait à l'actualité : le XXe siècle voit le mal à l'œuvre, deux guerres mondiales se succèdent en trente ans, la planète est envahie par l'industrie et menacée par la pollution, les États sont aux mains de despotes assoiffés de pouvoir et d'argent, la violence éclate partout. Oui, Sauron semble bel et bien à l'*œuvre lorsque sort le Seigneur des Anneaux...*

4 Système d'écriture inventé par Tolkien.
5 Alphabet runique inventé par Tolkien.

~ *Le Seigneur des Anneaux*, Christian Bourgois Éditeur, 1972-1973.

~ *The Truth about Publishing*, Sir Stanley Unwin, Allen & Unwin, 1960. Sir Stanley Unwin © D. R.

L'histoire

Dans le Comté vivent les Hobbits. C'est à la faveur d'une fête d'anniversaire du plus fameux d'entre eux que l'histoire démarre véritablement. Car Bilbo Bessac a défrayé en son temps la chronique en allant vivre des aventures échevelées hors du Comté[6]. Ce qui fait de lui un original et une légende. Lors de la fête de ses 111 ans, il disparaît subitement, au propre comme au figuré, laissant son smial[7] richement rempli à son neveu Frodo. Mais son héritage le plus précieux est plutôt un anneau en or, portant d'étranges inscriptions en lettres elfiques, qui possède entre autres le pouvoir de rendre invisible celui qui le passe à son doigt. Mais cet Anneau, forgé par Sauron, seigneur maléfique qui étend ses tentacules depuis son domaine du Mordor, permet à son porteur, dont il ronge l'âme, d'exercer un pouvoir absolu sur la Terre du Milieu. Conseillé par Gandalf, un sorcier en qui Bilbo avait toute confiance, Frodo décide de partir à son tour quelques années plus tard afin de détruire l'Anneau, dont le seigneur ténébreux vient de se réveiller au loin. Commence alors pour Frodo, accompagné de son jardinier Sam et de ses amis Merry et Pippin, la plus incroyable des aventures...

Celle-ci les fait passer par Fendeval, cité elfique où le souverain Elrond convoque des représentants des peuples libres de la Terre du Milieu : Elfes, Nains et Hommes, avec Frodo et Gandalf en observateurs, afin de décider du sort de l'Anneau. Mais devant l'incapacité de tous de se décider, le Hobbit propose d'apporter lui-même l'artefact à l'endroit où il fut forgé, le Mont Destin, au cœur du Mordor... Le Conseil d'Elrond accepte, à la condition que Frodo soit accompagné par plusieurs personnes de confiance.

La Fraternité de l'Anneau compte ainsi neuf membres : aux quatre Hobbits vont s'ajouter le sorcier Gandalf, l'aventurier homme Aragorn alias l'Arpenteur, le Nain Gimli, l'Elfe Legolas ainsi que Boromir, le fils de l'Intendant du Gondor. Malheureusement les aléas vont séparer les Neuf, et tous ne reviendront pas vivants de l'aventure.

L'élément central du roman est bien sûr l'Anneau que porte Frodo, un terrible fardeau puisque celui-ci, outre une puissance quasi infinie, est aussi une maladie qui ronge son porteur. Gollum, ancien Porteur de l'Anneau, a été irrémédiablement transformé physiquement et psychologiquement, et Frodo n'en guérira jamais complètement.

Le mal

On a souvent reproché à Tolkien d'avoir fait de son roman une longue métaphore de la Seconde Guerre mondiale. Et surtout de faire l'apologie de la guerre et de la violence; il est vrai que plusieurs batailles sont décrites au fil du roman. Il faut nuancer cette impression, sachant que Tolkien a participé à la Première Guerre mondiale (dans les tranchées en France), laquelle l'a dégoûté au plus haut point, et qu'il était un humaniste convaincu. Cependant des passages du roman peuvent entraîner la confusion, comme par exemple lorsque Pippin espère à haute voix la fin de la guerre et que l'instant d'après il admire la prestance

6 Voir page 22.
7 Un smial est un trou dans un tertre faisant office de maison pour les Hobbits.

~ Saruman (Christopher Lee).

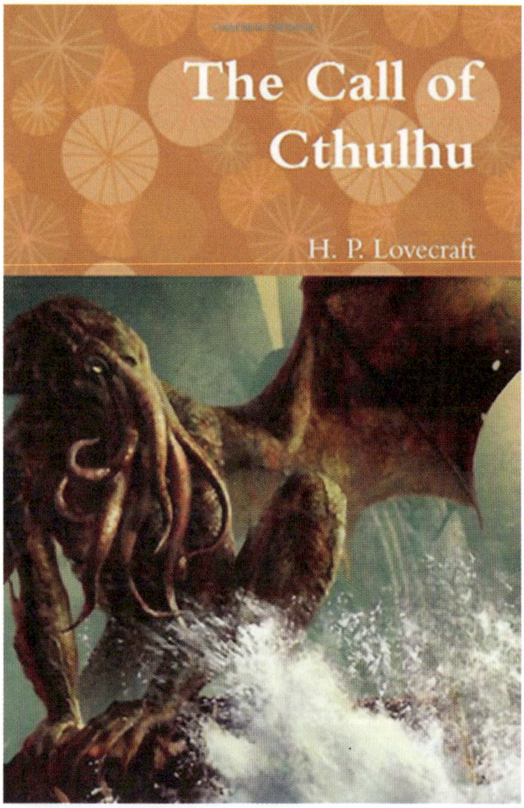

guerrière d'un allié qu'il vient de croiser. La naïveté, ou plutôt l'ingénuité du Hobbit permet d'affranchir Tolkien de toute ambivalence, les réflexions du Hobbit étant dictées par ses humeurs, un peu comme un jeune enfant.

Les premiers représentants du mal que croisent Frodo et ses amis à peine sortis du Comté sont les Nazgûl. Autrefois rois ou personnages de haut rang parmi les Hommes, ils reçurent les Neuf Anneaux destinés à leur race, lesquels les menèrent à leur perte. « *Un par un, l'un après l'autre, selon leur force première et le bien ou le mal qui les avaient poussés au départ, ils devenaient esclaves de l'Anneau qu'ils portaient et tombaient sous l'empire de l'Unique, celui de Sauron. Ils devenaient invisibles à jamais et pour tous, sauf le porteur du Maître Anneau, et ils entraient au royaume des ombres. C'étaient les Nazgûl, les Spectres de l'Anneau, les plus terrifiants serviteurs de l'ennemi*[8]. » Intimement liés à Sauron, ils disparurent quand celui-ci fut vaincu par Elendil en l'année 3441 du Deuxième Âge et ne reparurent pas avant un millénaire. Lorsqu'ils se lancent aux trousses du Porteur de l'Anneau, c'est pour le lui dérober et le ramener à leur maître. Chevauchant des montures monstrueuses, ils se présentent sous un long manteau sombre et la tête entièrement prise sous un capuchon de même couleur. Leur corps est invisible sauf aux yeux du Porteur de l'Anneau. Leur cri, un crissement qui n'a rien d'humain, permet parfois de déceler leur présence à l'avance. Condamnés à une non-vie ténébreuse, les serviteurs de l'Anneau n'existent que pour servir Sauron, et donc récupérer l'Unique.

~ Le Balrog (en haut). Les Nazgûl, *La Communauté de l'Anneau*, Peter Jackson, 2001. *The Call of Cthulhu*, H. P. Lovecraft, Dead Authors Society, 2016.

8 *Le Silmarillion*, « Les Anneaux de Pouvoir et le Troisième Âge ».

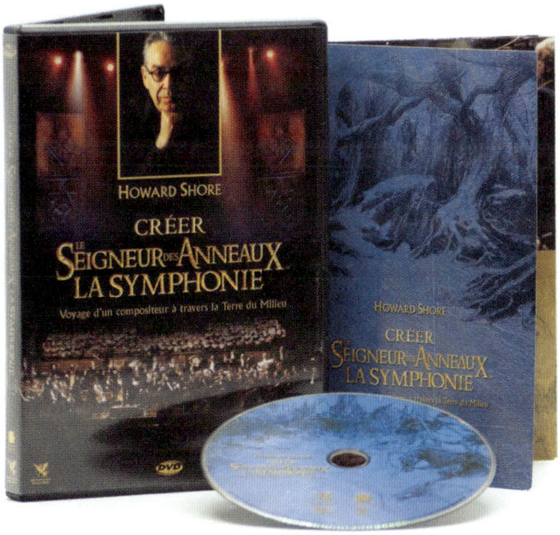

La musique

L'un des motifs saillants de ce roman est l'omniprésence, ou du moins la forte présence, des chants. Chacun des membres de la Fraternité, à un moment ou à un autre, entonne un chant. Pour se rassurer, pour exprimer ses sentiments comme la peur, la joie, la peine, pour évoquer des figures légendaires ou des temps lointains... La Terre du Milieu doit son existence à un chant ou une musique, celle des Ainur, avec l'aide d'Ilúvatar. Lorsque nos amis séjournent à la Lórien, ils entendent les chants des Elfes. Pendant la bataille, les Orques aussi chantent à leur façon. Même l'arc de Legolas chante ! La musique occupe ainsi une place essentielle dans l'œuvre de Tolkien.

~ *Créer Le Seigneur des Anneaux, la symphonie*, documentaire, 2004. Frodo, *La Communauté de l'Anneau*, Peter Jackson, 2001. Aragorn (Viggo Mortensen), *Les Deux Tours*, Peter Jackson, 2002. Gandalf (Ian McKellen), *Le Retour du roi*, Peter Jackson, 2003.

Au-delà de Sauron, de ses affidés (Saruman essentiellement) et de leurs séides (Orques, Uruk-hai, wargs...), on notera la présence dans le roman de deux créatures monstrueuses, également malveillantes envers les membres de la Fraternité de l'Anneau. En premier lieu le Balrog, dernier représentant des créatures apparues au cours du Premier Âge et censées avoir été éradiquées à la fin de celui-ci. Pourtant l'une d'entre elles, enfouie dans les profondeurs de la Moria, est réveillée par Sauron. Frodo et ses amis la rencontrent lors de leur passage en Moria, et celle-ci cherche à les tuer. Son apparition théâtrale fait à la fois penser à une créature infernale (contours imprécis dus à des flammes qui entourent en permanence un être semblant fait de ténèbres également, cris totalement inhumains...) et à celles créées par le contemporain Howard Phillips Lovecraft, qui a fait des créatures souterraines longtemps enfouies ses symboles.

La deuxième créature démesurée est bien sûr Araigne, dont le nom indique l'origine arachnéenne. Rejeton d'Ungoliant[9], elle vit recluse dans les couloirs de Cirith Ungol, un col reliant le Mordor au Gondor. Perpétuellement insatisfaite et hors de contrôle, elle jette son dévolu sur toute créature voulant passer par ce corridor. Alliée involontaire de Sauron, elle fait partie de ces « *choses hostiles et malfaisantes* » qu'évoque Aragorn lors du passage chaotique du Caradhras. Lorsque Frodo passe à sa portée, elle n'hésite pas et l'attaque, l'emprisonnant rapidement dans ses rets.

9 Ungoliant était un esprit malfaisant incarné dans une araignée géante qui se nourrissait de lumière. Melkor en fit son allié lors des Années des Arbres, et lui permit d'injecter son poison dans les Deux Arbres du Valinor.

La portée symbolique des personnages

Le roman s'attarde particulièrement sur trois personnages, très différents les uns des autres : Frodo, Gandalf et Aragorn. Frodo est un personnage de petite taille, modeste mais au cœur pur. Face au comportement puéril des grands de son monde, il décide de prendre en main une aventure, une histoire, un destin clairement trop grands pour lui. Ses amis Sam, Merry et Pippin, moins développés mais tout de même mis en lumière par certains chapitres, n'hésitent pas à lui emboîter le pas. Cet héroïsme, ce dévouement des « petites gens » a été inspiré à Tolkien par sa rencontre avec des soldats du rang lors de son engagement pendant la Première Guerre mondiale. Aragorn est un personnage ambivalent, qui apparaît de prime abord comme une sorte de brigand de grand chemin, et qui, lorsque sa véritable identité et son ascendance royale sont révélées, change de stature, confinant au christique par certains aspects. C'est un personnage typique de l'épopée. Gandalf, l'un des rares (avec Bilbo) à être apparu dans Le Hobbit, passe au cours du second roman du statut de magicien rigolo et fantasque à une créature capable de ressusciter après un combat titanesque contre un monstre souterrain. Magicien, guerrier, guide, homme politique et chef spirituel, il occupe une place essentielle dans l'avancée de l'intrigue, y compris lorsqu'il n'est pas au premier plan. Gandalf est en réalité un Ainur, les premiers êtres créés par Eru Ilúvatar. Frodo, Gandalf et Aragorn sont donc trois personnages très différents, dont les efforts conjugués vont sauver leur monde du chaos.

LES DEUX TRADUCTIONS FRANÇAISES DU *SEIGNEUR DES ANNEAUX*

À la relecture de la première version française[1], on remarque un certain nombre de défauts de traduction, des éléments qui se contredisent. Francis Ledoux fait par exemple référence au monde réel, rompant la suspension de l'incrédulité si chère à Tolkien, qui prônait une immersion totale dans le monde fictionnel. À sa décharge, *Le Silmarillion* (1977), les *Contes et légendes inachevés* (1980) et *L'Histoire de la Terre du Milieu* (1983-1995) n'étaient pas encore sortis. Le traducteur français n'avait donc pas de points de repères, d'ouvrages de référence concernant cet univers si particulier. Certaines références à la religion, intégrée au langage courant, peuvent également surprendre, alors que le monde du *Seigneur des Anneaux* est censé être préchrétien. La traduction de Francis Ledoux a été cependant récompensée du prix du meilleur livre étranger en 1972.

Tolkien a pris connaissance des différentes traductions de son œuvre réalisées de son vivant. Très à cheval sur la prononciation et le sens des noms qu'il a inventés, il a produit à l'intention des traducteurs un *Guide to the Names in the Lord of the Rings*, publié en 1975. Constatant les nombreuses erreurs et contresens présents dans la traduction initiale de Francis Ledoux, l'éditeur Christian Bourgois a entrepris en 2001 un programme de révision des traductions existantes et de traduction d'autres textes. Une quinzaine de volumes étaient ainsi concernés. Pour *Le Seigneur des Anneaux*, le Québécois Daniel Lauzon a officié, après avoir retraduit *Le Hobbit*, en corrigeant de nombreuses incohérences, en respectant la musicalité de la langue lorsqu'il semblait évident qu'elle faisait partie intégrante du récit (notamment à l'occasion des chansons, que Ledoux avait traduites mot à mot), tout en tenant compte des exigences léguées par Tolkien. Par ailleurs, il rétablit les différences de niveaux de langue des personnages (Hobbits, Gandalf, rois...) fortement influencés par leur éducation et leur expérience.

Cette deuxième traduction, plus encore que celle du *Hobbit*, a déchaîné les passions des fans sur les réseaux sociaux. L'effet de nostalgie joue à plein. Vincent Ferré, responsable des éditions relatives à Tolkien chez Christian Bourgois, tempère les hostilités : « *L'idée n'est pas de remplacer une traduction par une autre. Tolkien est devenu un auteur classique, et les deux versions se complètent*[2]. » Les deux vont encore coexister quelques temps sur les étals des librairies, mais comme le souhaitent les éditions Bourgois, l'ancienne ne sera plus rééditée, y compris en poche. Mais le mieux ne serait-il pas de lire Tolkien en version originale, comme lui-même le recommandait ?

1 Sur le travail de Francis Ledoux, voir encadré page 26.

2 Extrait d'une table ronde consacrée à la retraduction des œuvres de Tolkien, donnée à la Bibliothèque nationale de France en novembre 2016.

On doit dire quelques mots sur les « petites gens » qui font des grandes choses dans *Le Seigneur des Anneaux*. D'abord Frodo, l'archétype, après son oncle Bilbo, de l'anti-héros qui accepte de s'embarquer dans une aventure clairement trop grande et trop périlleuse pour lui, mais qui révélera des ressources insoupçonnées de courage et de sacrifice pour mener la mission à son terme. Une mission dans laquelle il échouera, mais des coups du destin l'aideront. Le sacrifice semble être un trait de caractère partagé chez les Hobbits, puisque Sam Gamgie, le jardinier de Frodo, accepte de le suivre jusqu'au bout, prenant son relais lorsque son « maître » flanche. Les deux autres Hobbits, Merry et Pippin, séparés du reste de la Fraternité de l'Anneau, d'abord prisonniers d'un groupe d'Orques et d'Uruk-hai, décident de ne pas dissiper la certitude de leurs ravisseurs au sujet de l'Anneau, et tiennent bon jusqu'à ce que la possibilité de s'enfuir se présente. Par la suite ils font preuve d'un grand courage à l'occasion de la bataille finale de la Guerre de l'Anneau. Tous ressortent transfigurés de la quête, certains grandis, plus matures ou auréolés d'un prestige conséquent, d'autres malades ou affaiblis.

LA COMPLEXITÉ DU ROMAN

Pour les néophytes, l'entame du roman pourrait constituer une barrière infranchissable. Tolkien y prend le temps de développer la société hobbite, du nom de ces petits êtres paisibles qui marchent pieds nus et vivent dans le Comté. On est clairement dans l'exposé sociologique, centré sur un personnage dont on ne sait rien, qui n'existait pas dans les traditions légendaires, au contraire de la plupart des autres peuplant son univers.

“ Il en va souvent ainsi, Sam, quand les choses sont en péril : quelqu'un doit y renoncer, les perdre, afin que d'autres puissent en jouir. ”

(*Le Seigneur des Anneaux : Le Retour du roi*, livre VI, chap. IX)

La dissolution de la Fraternité de l'Anneau est aussi l'occasion pour Tolkien de lancer son roman sur des chemins détournés, puisque nous suivons par la suite trois ou quatre fils narratifs séparés. Il y a dans *Le Seigneur des Anneaux* des allers-retours complexes ainsi que des passages rétrospectifs assez nombreux. Le tout est habilement entrecroisé. Le récit est nettement moins linéaire que dans *Le Hobbit*. Tolkien y est beaucoup moins dans un rôle de guide pour la lectrice ou le lecteur. Les différences de traitement de ces fils narratifs ont également engendré une grande richesse dans le récit qui n'est pas étrangère au succès du roman.

Sur l'ensemble de celui-ci, on notera que le second volume, *Les Deux Tours*, est moins jouissif que

~ Frodo, *Le Retour du roi*, Peter Jackson, 2003.

le premier. Il y a beaucoup de batailles, moins de découverte du monde merveilleux créé par Tolkien, même si, sur le plan narratif, il avance beaucoup. Beaucoup de questions se font jour. C'est d'ailleurs là le principal défaut inhérent au *Seigneur des Anneaux*. Tellement de choses sont suggérées, effleurées, que c'en est presque frustrant. Tolkien avait prévu de faire paraître *Le Seigneur des Anneaux* concomitamment au *Silmarillion*, qui contenait l'essentiel, sinon la totalité, de son légendaire. Cette parution ne se fera qu'une vingtaine d'années plus tard, après sa mort. *Le Retour du roi*, volet conclusif, nous montre l'achèvement des différents fils narratifs, le destin de nombreux personnages, principaux ou secondaires, et s'étire en une longue conclusion. Il fallait bien ça pour la foule des héros heureux ou malheureux. Il lui manque cependant une touche finale, un épilogue se déroulant quinze ans plus tard, mais que Tolkien n'a pas jugé bon d'inclure dans la version originale, un choix perpétué dans les éditions ultérieures. Le dernier quart du volet conclusif est constitué d'appendices en tous genres ayant pour vocation de compléter la lecture et d'ouvrir le lecteur au reste de l'œuvre de Tolkien : précisions sur l'histoire et la chronologie de la Terre du Milieu, arbres généalogiques de plusieurs personnages, notes linguistiques sur les langues inventées pour donner vie à cette Terre du Milieu, alphabets et calendriers divers.

Distinctions

En 1957, le roman a reçu l'International *Fantasy* Award, qui constitue alors l'une des plus hautes distinctions pour un roman de *fantasy.*

Conclusion

Le Seigneur des Anneaux remplit un double objectif : se suffire à lui-même (même s'il suit *Le Hobbit* et y fait référence), mais aussi laisser entrevoir un univers très vaste, aussi bien dans sa géographie et son histoire que dans sa mythologie et ses personnages. Le roman est un voyage dans le temps, qui nous propose un récit épique dans un décor médiéval, mais avec des créatures inventées pour l'occasion, comme les Orques, le Balrog ou encore… les Hobbits. C'est aussi un voyage dans l'espace, grâce bien sûr aux déplacements de membres de la Fraternité, dans une partie de la Terre du Milieu. Certains lieux sont seulement évoqués, mais permettent au lecteur de rêver, de fantasmer sur ce qu'ils pourraient être. La lecture du *Seigneur des Anneaux* sans de fréquents retours à la carte qui y est accolée n'aurait d'ailleurs pas la même saveur. Un voyage dans les mots, puisque la langue elfique en particulier y fait quelques apparitions, et que nous avons régulièrement des chansons. Mais malgré son caractère fini, *Le Seigneur des Anneaux* peut laisser la lectrice ou le lecteur frustré, car il laisse entrevoir un univers beaucoup plus large.

Tom Bombadil, l'esprit de la nature

« L'Aîné, voilà ce que je suis. Croyez-m'en, mes amis : Tom était ici avant la rivière et les arbres ; Tom se souvient de la première goutte de pluie et du premier gland. Il traçait des sentiers avant les Grandes Gens et a vu les Petites Gens arriver. Il était ici avant les Rois, et les tombeaux, et les Esprits des Tertres. Quand les Elfes ont passé dans l'Ouest, Tom était déjà ici, avant que les mers soient fléchies*. »

**Le Seigneur des Anneaux*, tome I, chap. VII, « Dans la maison de Tom Bombadil ».

Un personnage peu présent…

Cette appellation d'Aîné place d'emblée Bombadil dans une dimension très particulière. Tolkien a situé la plus grande partie de ses centaines de personnages dans des origines plus ou moins précises. Au sujet de ce personnage, on ne sait rien, ou presque. Son apparence est relativement détaillée : c'est un homme courtaud, arborant une barbe, d'humeur joyeuse. Son visage porte les marques du bonheur, qui encadrent ses yeux bleus. Son allure est bigarrée : une veste bleue, des bottes jaunes et un chapeau usé au ruban planté d'une plume bleue.

Il fait son apparition dans *Le Seigneur des Anneaux*, pour sauver Merry et Pippin des racines du Vieil Homme-Saule. Il accueille ensuite les quatre Hobbits en sa demeure, où ils font également la connaissance de l'épouse du maître des lieux, Baie-d'or, presque aussi mystérieuse que lui. Ils y restent deux nuits, buvant les contes et les chansons déclamées par leur hôte si surprenant. Bombadil les sauve une seconde fois des créatures des Tertres et les envoie sur le bon chemin vers Brie, non sans les avoir pourvus de dagues récupérées dans le trésor enfoui dans le tertre dont il avait rompu le sortilège. Absent de la suite du récit, son nom est cependant évoqué par le souverain elfe Elrond, lequel estime qu'il devrait être présent au cours du conseil qui décide du destin de l'Anneau Unique, essentiellement pour en être le gardien et le protecteur. À la fin du roman, le sorcier Gandalf envisage de lui rendre une longue visite.

… et peu concerné

À l'instar des Ents, également très anciens, il se sent peu concerné par les problèmes du monde, même s'il entretient des relations de voisinage avec les habitants du Pays-de-Bouc (à l'est du Comté) et le fermier Magotte

~ Barbebois, *Les Deux Tours*, Peter Jackson, 2002.

~ *THE ADVENTURES OF TOM BOMBADIL*, J. R. R. TOLKIEN, UNWIN HYMAN, 1990, ILLUSTRATION DE ROGER GARLAND.

> **“ L'arc de Legolas chantait. ”**
>
> (*Le Seigneur des Anneaux : La Fraternité de l'Anneau*, livre II, chap. IV)

(qui vit dans la Marêche, autre district du Quartier Est du pays hobbit). Les grands de ce monde, dont Elrond et Gandalf, le connaissent aussi. Vivant reclus dans la Vieille Forêt, dont il souhaite préserver la paix, il est cependant connu des différentes peuplades de la Terre du Milieu, au sein desquelles il porte plusieurs noms : Iarwain Ben-adar pour les Elfes, un nom qui signifie « jeune-vieux et doyen sans père » ; pour les Hommes du Val d'Anduin et du Rohan, il est Orald (« très ancien » en vieil anglais) ; pour les Nains, il s'appelle Forn, un nom issu du vieux norrois indiquant qu'il appartient aux Jours Anciens. Il est cependant très puissant, pouvant influencer de nombreuses créatures. L'Anneau Unique, que lui fait essayer Frodo, n'a aucune action sur lui. Durant les deux nuits qu'il passe chez Bombadil, le Porteur de l'Anneau fait des rêves de portée prophétique sur la suite de ses aventures et celles de ses amis. Tolkien décrit l'Aîné comme « le Maître » ; les spéculations des fans et spécialistes de Tolkien varient grandement sur sa véritable nature, d'un Elfe sage et reclus à l'incarnation terrestre d'Ilúvatar, à savoir le créateur d'Arda[1]... Pour Robert Foster[2], il s'agirait plutôt d'un Ainur, l'équivalent d'une créature angélique (ayant modelé Arda) tombée du ciel. Tom Bombadil est pour Tolkien « *l'esprit de la campagne d'Oxfordshire et du Berkshire*[3] » : un esprit amusant, bruyant et gai. Comme la nature.

Alors que son action et son esprit marquent durablement la mémoire des lecteurs malgré la brièveté de sa présence, Tom Bombadil n'apparaît dans aucune des adaptations cinématographiques ou télévisuelles du *Seigneur des Anneaux* à ce jour.

EN BREF

Tom Bombadil est une créature parmi les plus appréciées de l'univers créé par Tolkien, sans doute parce qu'elle garde sa part de mystère, comme le souhaitait le professeur. Elle est aussi, par son essence insouciante mais puissante, une incarnation très efficace de la nature.

~ *FARMER GILES OF HAM, THE ADVENTURES OF TOM BOMBADIL*, J.R.R. TOLKIEN, UNWIN PAPERBACKS, 1979, ILLUSTRATION DE PAULINE BAYNES.

1 Arda est le nom que Tolkien donne au monde qu'il crée, théâtre de la plupart de ses histoires.

2 Auteur de *The Complete Guide to Middle-Earth* (1978).

3 *Lettres*, n° 19.

~ *The Adventures of Tom Bombadil*, J. R. R. Tolkien, Allen & Unwin, première édition de 1962, illustration de Pauline Baynes. *Every Man In His Humour*, Benjamin Jonson, University Tutorial Press. *Les Aventures de Tom Bombadil*, J. R. R. Tolkien, Presses Pocket, 1992, illustration de Kéna.

Autres avatars

Outre l'épopée écrite par Tolkien, Tom Bombadil apparaît dans des poèmes regroupés dans le recueil intitulé *Les Aventures de Tom Bombadil* (sorti en 1962 en version originale).

Dans ce recueil, seuls les deux premiers poèmes (sur seize) concernent le personnage. Ils seraient la version écrite d'histoires que Tolkien racontait à ses enfants dans les années 1920-1930, inspirées par une poupée de son fils Michael. La préface du recueil indique que le poème provient du Pays-de-Bouc[4], et qu'il compile plusieurs légendes hobbites concernant Bombadil (un nom provenant lui-même du Pays-de-Bouc).

Dans le premier, *Les Aventures de Tom Bombadil*[5], celui-ci rencontre plusieurs créatures qui le menacent. Il les vainc sans coup férir, et parvient même à capturer et épouser Baie-d'or, qui était parmi ses adversaires.

Dans le poème *Bombadil en bateau*, notre héros rustique se rend chez son ami hobbit, le fermier Magotte, et doit se défaire d'autres rencontres peu amicales, comme un martin-pêcheur, une loutre, un cygne... Dans une lettre à Pauline Baynes[6], Tolkien indique que le poème « *renvoie à l'époque où l'ombre s'étend, avant que Frodo ne se mette en route* ». Cela fait en quelque sorte de ce court récit un prélude au *Seigneur des Anneaux*.

Une réédition augmentée de ces poèmes, et accompagnée de plusieurs textes inédits, dont un troisième concernant Bombadil (intitulé *Once upon a time*), est sortie en 2014.

L'origine du nom chez Tolkien reste obscure. Selon Paula Marmor[7], le terme *bobadil* serait une forme archaïque équivalente à « vantard », « fanfaron » : il s'agit du trait essentiel du personnage du Capitaine Bobadill de la pièce en ancien anglais *Every Man in His Humour* (1598), de Ben Jonson. D'autres experts ont remarqué la proximité avec Boabdil, surnom du dernier souverain maure de Grenade, Abû Abdil-lah Mohammed XII.

4 L'une des régions du Comté, pays des Hobbits.

5 Publié initialement dans *The Oxford Magazine* en 1934.

6 Illustratrice anglaise, dont Tolkien appréciait le travail. Elle a illustré plusieurs de ses récits.

7 Fondatrice du fanzine *Parma Eldalamberon*, lequel publie des textes inédits de Tolkien issus du fonds de l'université de Marquette, à Milwaukee (États-Unis).

~ Mohammed XII, date et lieu inconnus, connu en Europe sous le surnom de « Boabdil ».

Où sont les femmes ?

Un reproche fait à l'œuvre de Tolkien, et dont des raccourcis le taxent de misogynie, est l'absence ou le peu de présence des femmes dans ses écrits. D'un point de vue mathématique, c'est indéniable : 82 % des personnages de Tolkien sont de sexe masculin*. Plusieurs réponses peuvent être apportées à ce constat.

*www.lotrproject.com/statistics

Une histoire de tradition

John Ronald Reuel Tolkien, en tant que médiéviste, spécialiste de la société et surtout de la littérature médiévale, s'inscrit dans la tradition littéraire de cette époque, au sein de laquelle les femmes sont peu présentées. Il a remis au goût du jour ces motifs, tout en les aménageant.

L'histoire d'Aldarion et Erendis met en lumière l'importance de l'attention à l'autre. La passion de la mer d'Aldarion va l'éloigner inéluctablement de son épouse. C'est un thème intemporel qui nous parle encore aujourd'hui. Ce conte s'attache aussi aux effets de l'éducation et notamment aux effets de la rancune d'un parent contre l'autre : Erendis va élever sa fille dans la rancœur contre les hommes en général.

~ Arwen (Liv Tyler), *La Communauté de l'Anneau*, Peter Jackson, 2001. Rosie (Sarah McLeod) et Sam, *Le Retour du roi*, Peter Jackson, 2003.

~ Éowyn (Miranda Otto), *Les Deux Tours*, Peter Jackson, 2002. Galadriel (Cate Blanchett) et Gandalf, *Le Hobbit : Un voyage inattendu*, Peter Jackson, 2012. Gríma (Brad Dourif), *Les Deux Tours*, Peter Jackson, 2002.

Il y a aussi l'histoire d'Aotrou et Itroun, montrant un couple qui se marie en terre armoricaine, donc en dehors de l'univers de la Terre du Milieu. Ce texte évoque l'obsession des parents d'avoir un enfant, ce qui les mène à leur perte. C'est aussi une réflexion sur la fidélité des époux.

Mais il est vrai que les femmes sont peu présentes dans l'œuvre de Tolkien. Dans *Le Seigneur des Anneaux*, il y en a trois ou quatre, mais leur action est réduite. Elles sont par ailleurs sous la tutelle d'un représentant du sexe masculin : père, oncle, frère ou époux. L'absence narrative de certains de ces personnages ne les empêche pas d'inspirer les Hommes, les Elfes et même les Nains, dans des poèmes ou des chansons dont elles sont les héroïnes ou les dédicataires. On citera Rosie, la fiancée de Sam, dont la pensée le guidera dans les ténèbres.

On remarquera par ailleurs l'absence de sexualisation des – rares – personnages féminins. Cette caractéristique est, là encore, directement héritée de l'amour courtois et des récits de chevalerie de l'époque médiévale. De même, elle peut être interprétée comme une projection des convictions et de l'expérience de l'auteur. Catholique pratiquant, il n'a connu que peu de femmes dans sa vie, tombant amoureux d'Edith Bratt à 16 ans, et lui restant fidèle par-delà la mort.

Mais cette absence de femmes est aussi, dans cette Terre du Milieu, une malédiction latente. Les Nains préfèrent les cacher, mais prenons l'exemple des Ents, dont les femmes sont parties depuis déjà des décennies lorsque Merry et Pippin rencontrent Barbebois. Leur retour n'étant probablement qu'utopie, leur espèce, bien que dotée d'une longévité exceptionnelle, est vouée à disparaître à long terme.

Des figures peu présentes, mais fortes

Un examen plus approfondi permet de nuancer, voire de contre-attaquer les observations ci-dessus. Si l'on s'affranchit du seul *Seigneur des Anneaux* et qu'on observe *Le Silmarillion*, projet que Tolkien a mûri pendant toute sa vie d'adulte sans jamais le concrétiser, on remarque une figure qui se détache particulièrement, et qui est incarnée par une femme, Lúthien. Elle a réalisé l'un des plus grands exploits, sinon le plus grand, de toute l'histoire de la Terre du Milieu. Elle est d'ailleurs le personnage féminin le plus riche du légendaire : c'est une véritable héroïne, au sens traditionnel du terme, car elle incarne la victoire contre la destinée. Là où Frodo échoue en vue du port, Lúthien n'hésite pas à aller à la rencontre frontale avec le mal, face à Morgoth et Mandos. Par sa danse et son chant, elle récupère un Silmaril et obtient la résurrection de Beren, alors que tout semblait perdu.

Concernant Arwen, son action la plus significative est de coudre une bannière du Gondor pour Aragorn. Qui a dit Pénélope ? La nature elfique d'Arwen donne une autre dimension à cette situation : un fragment de sa magie passe dans l'étendard, et son pouvoir spirituel accompagne également son fiancé, même lorsqu'il est loin. Mais elle représente le véritable amour d'Aragorn, la pensée qui l'inspire à chaque instant. L'amour d'Arwen pour Aragorn est partagé, et elle a fait le choix de devenir mortelle délibérément, en allant même à l'encontre de la volonté de son père. Elle décide ainsi de s'opposer son destin, d'affronter la mort, mais aussi de quitter son père et tout son peuple (dont les jours en Terre du Milieu sont comptés). À terme, c'est la mort qu'elle affrontera seule.

Le personnage d'Éowyn est ambigu. Certes, elle refuse – face à Aragorn, et pour la première fois – de rester au foyer à attendre le retour des preux guerriers : « *Tout cela revient à dire : vous êtes une femme, et votre place est à la maison. Mais quand les hommes seront morts au combat, dans l'honneur, vous pourrez brûler avec elle, car les hommes n'auront plus besoin d'un toit. Mais je suis de la Maison d'Eorl, et non une femme servante. Je puis monter à cheval, je sais manier l'épée ; et je ne crains ni la souffrance, ni la mort*[1]. » Elle décide donc d'aller elle-même en première ligne, ce qui lui permet d'accomplir un exploit majeur et de tuer le Roi-Sorcier d'Angmar ; cet exploit est en partie dû à sa nature féminine[2]. Par la suite, elle comprend pendant sa convalescence que l'idéal qu'elle recherchait – épouser un roi, en l'occurrence Aragorn – n'était qu'un leurre. Elle renonce à ses rêves de grandeur pour se tourner vers un homme qu'elle aime véritablement – et non pas l'image qu'il dégage. Mais elle est arrivée toute seule à cette conclusion, enfin affranchie de la tutelle de son oncle et de son frère. Éowyn est en quelque sorte une féministe, selon l'une des acceptions de ce terme.

1 Éowyn à Aragorn, *Le Seigneur des Anneaux : Le Retour du roi*, nouvelle traduction de Daniel Lauzon.

2 Glorfindel avait en effet prédit que le Roi-Sorcier ne serait pas tué par un homme.

~ *His Dark Materials*, Philip Pullman, coffret, Random House USA Inc., 2007.

Arwen et Éowyn semblent correspondre, au premier regard, au modèle médiéval de la demoiselle : vierge, en osmose avec la nature, pure et innocente, même si Éowyn fait preuve de bravoure et prend les armes. Deux auteurs illustres de la *fantasy* d'aujourd'hui abondent dans le sens d'une perte de réalisme en raison de l'absence de sexualité[3] : Philip Pullman[4] et George R. R. Martin[5]. Mais il faut nuancer cette remarque : Éowyn est clairement un objet de désir pour Gríma, l'âme damnée de son oncle Théoden.

Galadriel est un personnage très particulier : récipiendaire d'une sagesse, d'une sorte de zénitude qui fait d'elle une synthèse des Elfes (mais aussi un compromis entre la Vierge Marie et Morrigan, une divinité celtique de la guerre), elle est également l'une des dernières souveraines d'un peuple dont les jours sont comptés en Terre du Milieu, et elle le sait. Par ailleurs, la façade sereine et impavide se craquelle lorsqu'elle est en contact presque direct avec l'Anneau. Outre Arwen, elle est aussi un modèle de l'amour courtois, dans les scènes où l'on comprend qu'elle ne laisse pas Gimli indifférent.

Nombre d'autres personnages féminins, s'ils ne prennent pas part au récit de façon apparente, proposent cependant des figures intéressantes : Niënor allie l'innocence et la tragédie[6], sa mère Morwen le sacrifice et l'amour absolu pour ses enfants, Yavanna représente la créativité dans *Le Silmarillion*. Varda, Melian, Indis, Celebrían et Baie-d'or incarnent des souveraines que l'on peut qualifier d'effacées. Tar-Ancalimë fut la

3 D'après Anne Besson, professeure de littérature générale et comparée à l'université d'Artois et directrice du *Dictionnaire de la fantasy* (éditions Vendémiaire, 2018).

4 Auteur d'*À la croisée des mondes*.

5 Auteur du *Trône de Fer*.

6 Dans *Les Enfants de Húrin*.

~ Ci-dessus : *Contes et légendes inachevés*, J. R. R. Tolkien, Presses Pocket, 1988.
~ À droite : *Le Seigneur des Anneaux : Les Deux Tours*, J. R. R. Tolkien, Linking Books, 2001. Édition taïwanaise.

première reine de Númenor[7], après que son père eut abrogé la loi indiquant que seuls les héritiers mâles pouvaient monter sur le trône. Elles sont en quelque sorte les garantes et les gardiennes d'un territoire ou d'un élément naturel. Leurs désirs autonomes les mettent parfois en conflit avec leurs partenaires, ce qui permet d'en qualifier certaines de féministes.

Au-delà des cas d'Éowyn et Arwen déjà évoqués, ainsi que de Lúthien, une autre personnalité féminine indépendante est Ungoliant. La créature arachnéenne monstrueuse, qui s'est alliée à Melkor pour dévorer la lumière éclairant le monde lors de son aube, fait preuve d'une volonté extrêmement forte, propre à mettre à mal l'équilibre du monde. Sa descendante Araigne, qui est aux prises avec Frodo et Sam dans *Le Seigneur des Anneaux*, est aussi une figure féminine maléfique, au sens premier du terme, même si la portée de ses actions est moins importante que celle de sa génitrice.

Conclusion

On l'a vu, la rareté des personnages féminins et leurs figures d'archétypes en font, d'une certaine manière, des personnages moins facilement oubliables que des dizaines de personnages masculins. Si l'on associe tous ces profils, ces personnalités, elles représentent en quelque sorte un panorama assez complet de la figure féminine, dans toutes ses facettes (certes idéalisées) : tour à tour guerrière, sage, naturelle, malveillante, patiente, soumise… Elles représentent les thèmes de prédilection de Tolkien, comme le bon usage du pouvoir, la mortalité, le sacrifice et la préservation. Dans leurs prises de décision, leurs intuitions, leurs pensées intimes, ces femmes se montrent finalement assez marquantes, et même si elles incarnent des stéréotypes, elles ont inspiré de nombreux personnages forts de la littérature *fantasy* à laquelle Tolkien a ouvert la voie.

7 Île créée au début du Deuxième Âge par les Valar, pour servir de patrie aux Edain (Hommes), afin de les récompenser de leur fidélité.

Au début étaient les langues

« *Les "histoires" furent créées pour donner un monde aux langues, plutôt que l'inverse. Pour moi, les noms surgissent les premiers et l'histoire vient ensuite*[*]. »
C'est ainsi, porté par ses études en philologie à Oxford dans les années 1910, que J. R. R. Tolkien se mit à imaginer le monde d'Arda.

Lettres, n° 165.

~ *A Finnish Grammar*, Charles Eliot, Ulan Press, 2012.

Les origines

Depuis son plus jeune âge, Tolkien a inventé des langues[1]. Avec ses cousines, il a créé le nevbosh. Au lycée, il achète un ouvrage consacré à la philologie et l'étude des langues deviendra très vite sa spécialité autant que sa passion. Lors de ses études, il fait la connaissance du professeur Wright, auteur de l'*Introduction à la langue gotique*, qui le guidera et l'inspirera plus tard pour inventer certains des noms de ses personnages (comme les *Northmen*, les Hommes du Nord). Le gallois, auquel il s'intéresse à la même époque, lui inspirera le sindarin, l'une des deux principales langues elfiques parlées en Terre du Milieu. L'autre langue elfique, le qenya (puis quenya), sera quant à elle inspirée par le finnois, que Tolkien découvre par le biais de la grammaire finnoise rédigée par sir Charles Eliot. Un ouvrage qui lui a procuré une joie semblable à celle de la « *découverte d'une cave remplie de bouteilles*[2] ».

Comment procédait-il ?

Christopher Tolkien, le fils du professeur, décrit ainsi la méthode de son père : « *Il "n'inventait" pas, après tout, des mots et des noms nouveaux de manière arbitraire : en principe, il les concevait à l'intérieur de la structure historique, à partir des "bases" ou des racines primitives, ajoutant un suffixe, un préfixe, ou formant des composés, décidant (ou, comme il l'aurait exprimé, "découvrant") à quelle époque le mot est apparu dans la langue, notant les différents changements de forme qu'il aurait ainsi régulièrement subis, et évaluant les possibilités d'influences formelles ou sémantiques exercées par d'autres mots au cours de son histoire*[3]. »

Tolkien a-t-il inventé des langues ?

Les langues, en particulier anciennes, passionnaient John Ronald Reuel Tolkien. Leur étude était devenue plus qu'une passion, son métier. À Oxford, sa spécialité était l'enseignement des langues anglo-saxonnes, ainsi que la linguistique qui leur était attachée. Il était un philologue brillant ; en substance, il cherchait à retrouver le contenu original de textes anciens, en croisant sources manuscrites, imprimées et témoignages divers. Son légendaire a donc été tissé des diverses traditions médiévales qu'il a pu étudier, qu'elles soient norroise, galloise, germanique, mais aussi grecque et latine. Très au fait des mécaniques qui régissent les langues de cette période, il a appliqué ces principes dans la conception de « ses » dialectes. Cela conduit à une cohérence

1 Comme il l'explique lui-même dans ses *Lettres*.

2 *Lettres*, n° 214.

3 *La Route perdue* (*L'Histoire de la Terre du Milieu*, volume V).

interne de ces langues, mais également à une cohérence externe, à des liens et principes qui les lient, puisqu'elles sont toutes inspirées de langues réelles.

Si l'on excepte les langues précédant sa création du légendaire (inventées avec ses cousines pendant son enfance, par exemple) ou extérieures audit légendaire, on relève environ une quarantaine de langues. Il faut cependant vite nuancer le vertige que peut donner un tel chiffre. Une petite dizaine d'entre elles sont très fragmentaires dans les textes de Tolkien (se réduisant parfois à un seul mot). Une autre dizaine comporte suffisamment de termes et de règles grammaticales pour être citées. Elles se répartissent sur les différentes races qui peuplent la Terre du Milieu. Ainsi les Elfes parlent-ils le telerin, le sylvain et le nandorin. Les Nains parlent le khuzdul, tandis que les Hommes du Númenor parlent l'adûnaïque, et que l'occidentalien (ou westron) est considéré comme la langue commune de l'Ouest de la Terre du Milieu. On citera le parler noir, censé être une langue orquine, qui apparaît sur l'Anneau Unique et en de très rares occasions.

Mais Tolkien a développé de façon beaucoup plus détaillée deux langues propres aux Elfes, à savoir le quenya et le sindarin. Des milliers de mots de vocabulaire et des grammaires détaillées sont ainsi connues, et permettraient, si des furieux s'attelaient à la tâche, d'écrire de longs textes entièrement dans ces deux langues, et même d'inventer des mots en s'inspirant des règles laissées par Tolkien.

Le sindarin est considéré comme la langue noble chez les Elfes, dérivant du gnomique ou goldogrin (les Gnomes étant l'appellation des Elfes dans les premières ébauches du légendaire de Tolkien). Le quenya (anciennement qenya), autrement appelé haut-elfique, est la langue principale dérivant de l'eldarin commun

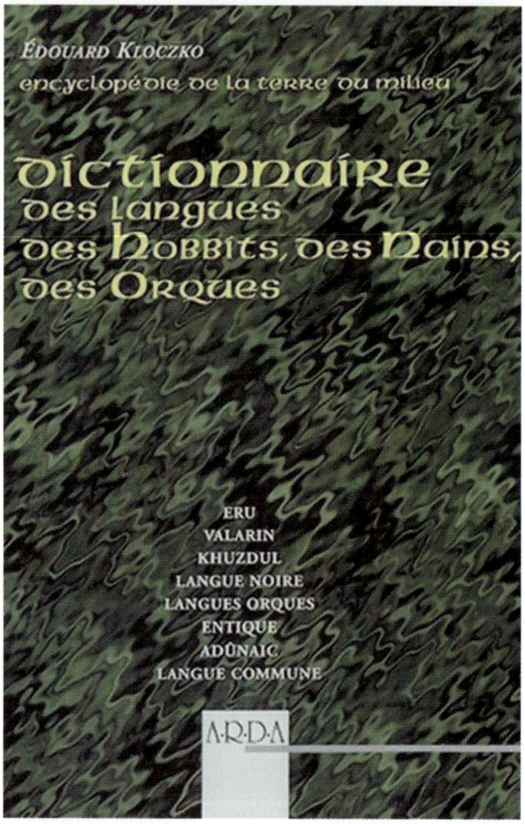

~ En haut : L'Anneau, *La Communauté de l'Anneau*, Peter Jackson, 2001.
~ Ci-dessus : *Dictionnaire des langues des Hobbits, des Nains, des Orques*, Édouard Kloczko, Arda, 2002.

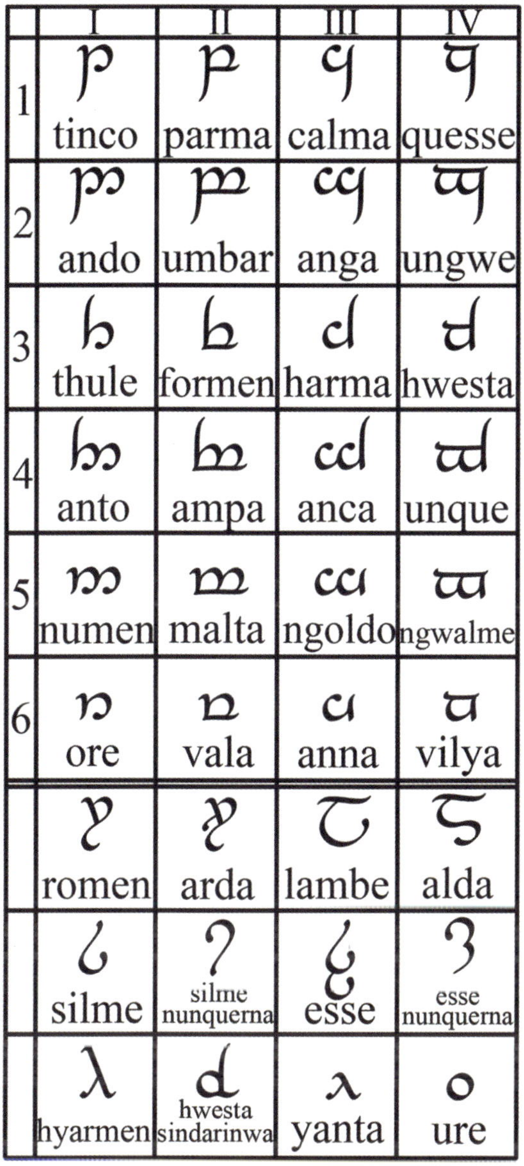

	I	II	III	IV
1	tinco	parma	calma	quesse
2	ando	umbar	anga	ungwe
3	thule	formen	harma	hwesta
4	anto	ampa	anca	unque
5	numen	malta	ngoldo	ngwalme
6	ore	vala	anna	vilya
	romen	arda	lambe	alda
	silme	silme nunquerna	esse	esse nunquerna
	hyarmen	hwesta sindarinwa	yanta	ure

parlé par les premiers Elfes, qui partirent en Aman[4] et revinrent plus tard en Terre du Milieu. Le quenya se subdivisa en deux langues claniques, le noldorin et le vanyarin.

Pour valoriser ces langues, et notamment le quenya, Tolkien a élaboré des alphabets spécifiques, comme celui des *tengwar*[5]. Dans le texte, c'est Fëanor[6] qui les invente, en s'inspirant des *sarati* de Rúmil, un système plus rudimentaire; ils étaient destinés à être tracés au pinceau ou à la plume. Leur usage est popularisé par les Noldor lors de leur exil en Terre du Milieu, et ils finissent au Troisième Âge par représenter la plupart des langues usitées dans l'Ouest du continent.

Des niveaux de langage différents

Dans *Le Seigneur des Anneaux*, la scène qui représente le premier nœud de l'intrigue, à savoir le Conseil d'Elrond, est l'occasion pour Tolkien d'exposer directement les langues qu'il a inventées, ou plus précisément les niveaux de langage. Le premier à s'exprimer est ainsi Elrond, le souverain elfe vieux de plusieurs millénaires, le membre de l'assemblée qui a vécu le plus d'événements en Terre du Milieu, mais également l'organisateur et l'hôte du Conseil. Son parler est archaïque, daté, précieux. Les Nains, représentés par Glóin, sont aussi intéressants : ils ne disent pas un mot de trop, et s'interrompent de façon abrupte.

4 Aman est le territoire de l'Extrême-Ouest situé au bord du monde. C'était le refuge des Valar après les premières guerres avec Melkor. Après la Submersion de Númenor, le continent fut retiré des limites du monde et seuls les navires des Elfes pouvaient y accéder.

5 Les *tengwar* sont un système d'écriture phonétique. Le terme *tengwar* est un pluriel qui signifie « lettres » en quenya.

6 Elfe fameux, de la peuplade des Noldor, connu également pour ses talents de forgeron.

~ Ci-contre : Table des *tengwar*. © D. R.
~ Ci-dessous : Le Conseil d'Elrond, *La Communauté de l'Anneau*, Peter Jackson, 2001.

~ Théoden, roi du Rohan (Bernard Hill), *Les Deux Tours*, Peter Jackson, 2002.

Par la suite, on se rendra compte qu'Aragorn, qui est aussi l'Arpenteur, est capable de changer son registre de langage, de très poli et archaïque avec Elrond, à familier avec les Hobbits. Saruman, quant à lui, prend une voix de stentor (plus loin dans le roman) pour déclamer un discours propre à galvaniser les foules, tel un politicien.

L'invention des noms

La création du mot *hobbit* est soumise aux extrapolations des experts. Le terme existait avant que Tolkien ne s'en empare, dans des pamphlets folkloriques du XIXe siècle appelés *The Denham Tracts*. Les « hobbits » n'étaient alors que des esprits. Nombre d'exégètes estiment que le terme vient simplement de l'anglais *rabbit* (« lapin »), rongeur avec lequel les Hobbits ont des points communs : ils vivent dans des terriers, sont silencieux, timides et inoffensifs et ont un poil épais. Mais Tolkien joue les trouble-fêtes en indiquant que l'origine pourrait être anglo-saxonne, avec la contraction des termes *hol* (« trou ») et *bytlan* (« vivre dans »); ainsi les Hobbits tiendraient leur nom de leur habitat. Lorsqu'il couche sur une feuille blanche de copie d'examen la fameuse phrase qui ouvrira son premier roman[7], Tolkien se demande qui sont ces « Hobbits », dans quel monde ils vivent, quelle(s) langue(s) ils parlent, et ainsi de suite. C'est ainsi qu'est né son premier roman.

Jeux de mots

Il est intéressant, voire émouvant, de constater que Tolkien, grâce à la création de ses langues, a donné des noms très caractéristiques à certains de ses personnages et de ses lieux, souvent en rapport avec la nature, une préoccupation essentielle chez l'auteur. Ainsi, le lac près duquel s'éveillent les premiers Elfes s'appelle Cuiviénen, ce qui signifie littéralement... « eau de l'éveil ».

Les Elfes, justement, ont souvent, chez Tolkien, un nom en rapport avec leur origine céleste; ainsi, le préfixe *el*, en quenya, signifie « ciel ». Leur nom générique, *eldar*, signifie littéralement « peuple des étoiles ». Le nom d'Elrond signifie ainsi « voûte céleste »; cette signification renvoie également au rôle protecteur que joue Elrond envers les membres de la Fraternité de l'Anneau, mais aussi auprès des Elfes restés en Terre du Milieu. Le nom de Legolas signifie « feuille verte » en sindarin, lui qui est issu d'un peuple, les Elfes sylvains, qui vit dans la forêt de Grand'Peur. *Lúthien Tinúviel*, qui signifie littéralement « Fille des fleurs » (ou « Enchanteresse ») et « Rossignol », apparaît dans le conte *Beren et Lúthien*. Fëanor, le plus puissant des Noldor, agit entièrement en fonction de ses émotions; il était prédestiné par son nom, qui signifie « Esprit de feu ».

Les Elfes ont été particulièrement gâtés par la « subcréation[8] » onomastique de Tolkien. Deux des autres races présentes en Terre du Milieu ont aussi des noms issus d'influences particulières. Ainsi, les Hommes sont désignés par leur occupation principale : les Rohirrim, habitants du Rohan, sont les « seigneurs des chevaux », en référence à leur relation particulière avec la race équine. Les Dúnedain sont les Hommes de l'Ouest, selon la terminologie sindarine. Les Lossoth, peuplade du nord du continent (plus froid), sont les Hommes des Neiges en sindarin. Les Hobbits, eux, sont nommés en fonction de leurs caractéristiques physiques ou de l'endroit où ils habitent. Il y a des Belpied, des Bonnetête, des Petiterrier, des Cotelier...

Conclusion

Les langues inventées sont le fondement de l'imaginaire de Tolkien et ont grandement participé à sa cohérence narrative. Le temps passé à les développer, le souci du détail et de la logique, font de certaines de ses langues des pans entiers de cet imaginaire, alliant ainsi ses compétences de philologue à son écriture de fiction. Elles donnent un charme indéniable à ses récits et ont contribué à leur succès. Certains ouvrages et sites internet se targuent de permettre à tout le monde d'apprendre à parler le sindarin ou le quenya, mais les évolutions constantes en la matière (notamment par le biais de revues spécialisées) rendent leur exactitude très douteuse. À prendre donc avec précaution.

7 Pour en savoir plus, référez-vous au chapitre au sujet du *Hobbit*, page 22.

8 Terme utilisé par Tolkien pour désigner une création à l'intérieur d'une autre dont elle dérive : par exemple la création des Orques par Morgoth à partir d'Elfes (eux-mêmes créés par Ilúvatar).

Tout un poème...

Avant de développer son légendaire (un processus qui commence pendant la Première Guerre mondiale), Tolkien était déjà l'auteur d'un certain nombre de poèmes, l'un des reflets de son amour pour la langue, pour les langues. Sa renommée en tant qu'auteur de prose (avec des fragments de poésie inclus) a occulté cette facette, mais un examen attentif permet de mesurer l'ampleur de sa production, aujourd'hui évaluée à une centaine de titres différents.

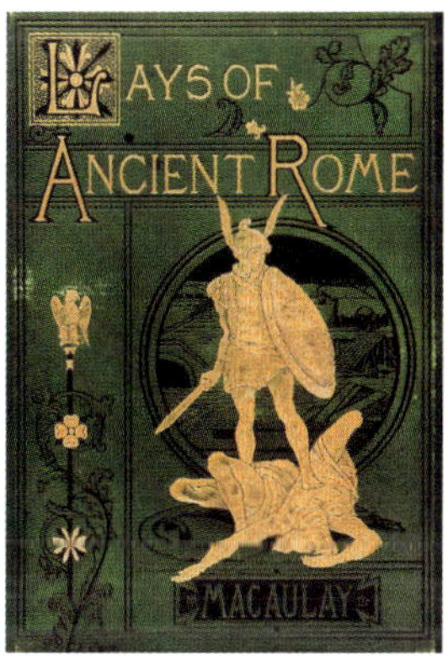

~ *The King Edward's School Chronicle*, décembre 1935.
~ *Lays of Ancient Rome*, Macaulay, 1881.

Premières armes

Il serait difficile de parler de la totalité de ses poèmes, mais certains méritent qu'on s'y attarde. Le plus ancien connu est ainsi *La Bataille du champ oriental*, dont la rédaction remonte à 1911. Il s'agit d'un poème paru dans la revue *The King Edward's School Chronicle*, parodiant *Lays of Ancient Rome* de Thomas Babington Macaulay (1842).

La première mention de son légendaire apparaît dans *Le Voyage d'Éarendel l'Étoile du soir* (*Éalá Éarendel Engla Beorhtast* en langue elfique), écrit en septembre 1914. Il décrit le voyage du personnage nommé Éarendel (lequel deviendra Eärendil dans d'autres écrits), d'ouest en est, sur son bateau, jusqu'aux confins du monde. Il est inspiré du *Crist* de Cynewulf[1].

Les textes majeurs

Le *Lai des enfants de Húrin*, dont on pense que la rédaction a commencé avant 1920, constitue la première version de l'un de ses trois grands contes[2].

Le *Lai de la Chute de Gondolin* est contemporain du précédent et, comme lui, n'a jamais été achevé sous cette forme de poème. Tous deux ont été repris dans *Les Lais du Beleriand*[3].

Troisième et dernier segment de ce petit groupe, le *Lai de Leithian* aurait été écrit entre 1925 et 1931. Il raconte l'histoire tourmentée de Beren et Lúthien.

En 1922, *The Clerkes Compleinte* propose une parodie de poèmes de Chaucer au sein de la revue *The Gryphon*. Signés N.N., ils sont composés en moyen anglais.

Le Lai de Beowulf, composé au début de la décennie 1930, constitue l'interprétation de Tolkien de ce mythe anglo-saxon[4].

Songs for the Philologists est un recueil de poèmes écrits avec son ami E. V. Gordon (et d'autres), distribué de façon très confidentielle en 1936. Sur les trente poèmes que compte le recueil, Tolkien en a composé treize (dont la moitié en vieil anglais, et un en gothique).

Feuille, de Niggle (1945) constitue une sorte de manifeste artistique de Tolkien lui-même. Nous vous en proposons une analyse plus poussée dans le chapitre page 67.

1 Voir le chapitre sur les influences de Tolkien, page 72.
2 Ces trois grands contes sont plus largement présentés page 86.
3 Paru en France en 2006 chez Christian Bourgois.
4 Pour plus de précisions, voir page 74.

~ *La Chute de Gondolin*, Christian Bourgois Éditeur, 2019, illustration d'Alan Lee.
~ *The Gryphon*, mai 1930.

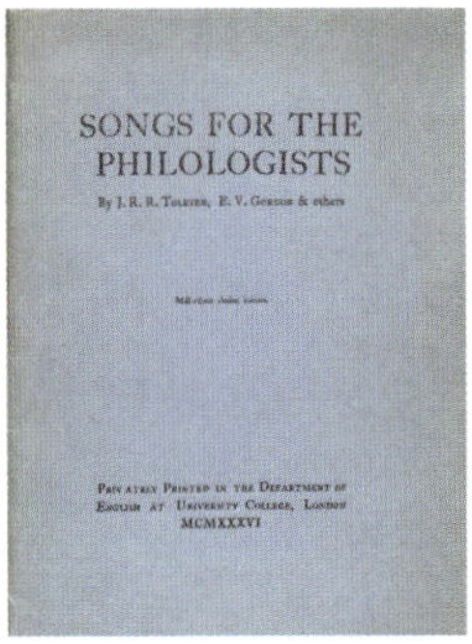

~ *Songs for the Philologists*, J. R. R. Tolkien, E. V. Gordon et collab., University College, London, 1936.
~ *Poèmes de Le Seigneur des Anneaux*, J. R. R. Tolkien, Christian Bourgois Éditeur, 1995.

Le Lai d'Aotrou et Itroun

Le Lai d'Aotrou et Itroun est un poème de plus de 500 vers écrit par Tolkien vers 1930 et publié en 1945 dans *The Welsh Review*. Aotrou et Itroun sont les termes bretons pour désigner respectivement un seigneur et une dame, le récit s'inspirant du genre du lai breton, un genre plutôt populaire dans la littérature moyenne anglaise du XIIe siècle.

Ce lai raconte l'histoire d'un couple de nobles bretons n'ayant pas pu avoir d'enfants. Afin de remédier à cette infertilité, le mari Aotrou demande l'aide d'une sorcière, en échange d'une dette envers elle. Son épouse Itroun met au monde des jumeaux, mais la sorcière apparaît, demandant l'amour du seigneur Aotrou en paiement de sa dette, ce qu'Aotrou refuse. La sorcière, qui se trouve être une corrigan[5], lance sur lui une malédiction : Aotrou décède trois jours après, suivi de son épouse qui meurt de chagrin.

Le poème possède une relation ténue avec le légendaire. En effet, une de ses lignes aurait été réutilisée dans *Les Deux Tours*[6]. La corrigan serait une ébauche de la reine elfe Galadriel, selon Verlyn Flieger, qui a réédité le poème en 2016, en version originale, accompagné de ses brouillons et de textes afférents, ainsi que d'un commentaire de l'œuvre.

Le Retour de Beorhtnoth, fils de Beorhthelm

The Homecoming of Beorhtnoth Beorhthelm's Son a été publié en 1953 dans la revue enseignante *Essays and Studies by Members of the English Association*. Il s'inspire d'un fragment en vieil anglais contant la bataille de Maldon[7]. Il se présente comme le dialogue entre deux personnages, à la suite de ladite bataille. Le poème a été encadré par deux essais signés par Tolkien lui-même : le premier parle de la bataille et du fragment qu'elle a inspiré ; le second, intitulé « Ofermod », traite de la signification de ce terme en vieil anglais. Celui-ci désigne un orgueil démesuré, un trait de caractère que Tolkien utilisera par la suite dans ses écrits, au sujet de Fëanor et Túrin par exemple.

5 Une créature légendaire bretonne.
6 Le deuxième volume du *Seigneur des Anneaux*.
7 Elle opposa les Anglo-Saxons à l'envahisseur viking dans le Sud-Est de l'Angleterre en 991.

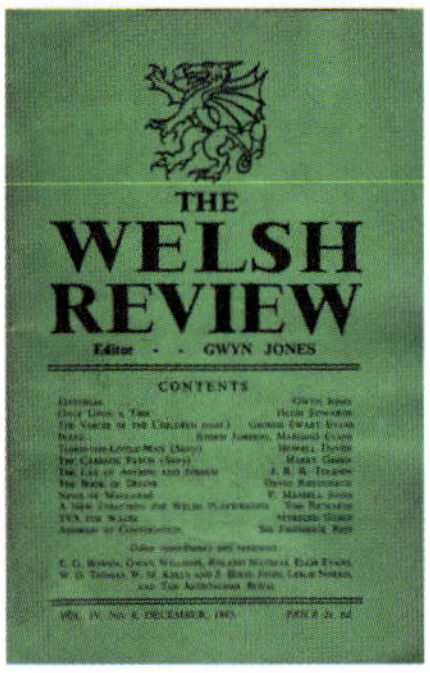

~ *The Lay of Aotrou & Itroun*, J. R. R. Tolkien, HarperCollins Publishers Ltd, 2019.
~ *The Welsh Review*, décembre 1945.

Bombadil et les Hobbits

En 1962 paraît le recueil *Les Aventures de Tom Bombadil*, mais ceci est une autre histoire[8]. En 1966, Tolkien donne une dernière fois la parole à l'un de ses personnages emblématiques avec *Bilbo's Last Song*, dans laquelle le héros du *Hobbit* chante une chanson aux Havres Gris. Une histoire se plaçant donc à la toute fin du *Seigneur des Anneaux*, mais qui n'y a jamais été incluse. Le professeur l'a offerte à sa secrétaire Joy Hill après qu'elle l'a découverte dans sa bibliothèque en 1968. Différents musiciens s'en sont ensuite imprégnés pour en proposer un accompagnement musical.

8 Qui vous est contée page 40.

Sir Gawain and the Green Knight, Pearl and Sir Orfeo

Ce long titre désigne un recueil de trois poèmes de l'époque médiévale, dont Tolkien a produit une traduction pour un lectorat contemporain. *Sir Gawain and the Green Knight* et *Pearl* ont été écrits vers l'an 1400 par un auteur inconnu. Au-delà de son aspect de conte pour adulte, le premier propose d'explorer les valeurs morales et sociales de son époque. Le second ressemble à une élégie empreinte de tristesse, contant les sentiments d'un père après la perte de son enfant. *Sir Orfeo* est une romance anonyme qui remonte au XIIIe siècle. Elle conte comment Orphée sauve son épouse du roi des fées. Sa tradition, plus ancienne, est celle que préférait Tolkien.

La diversité de ces trois textes montre l'étendue du champ d'études du philologue émérite, d'autant plus qu'il les présente en respectant le mètre et les allitérations des textes originaux.

Conclusion

Comme on le voit, la production poétique de Tolkien est à elle seule très importante. Au-delà de ces différents titres isolés, on notera qu'il en a intégré une quinzaine dans *Le Hobbit*, plus de soixante-dix dans *Le Seigneur des Anneaux* (lequel s'ouvre même sur le plus célèbre d'entre eux) et qu'il en a réécrit certains (à l'instar du *Lai de Leithian* devenu *Beren et Lúthien*). Il a écrit ses vers en plusieurs langues, réelles ou inventées (anglais moderne, vieil anglais, gotique et bien sûr elfique). Une œuvre à (re)découvrir.

~ En bas, à gauche : *Bilbo's Last Song*, J. R. R. Tolkien, Hutchinson, 2002, illustration de Pauline Baynes.
~ Ci-dessous : *Les Enfants de Húrin*, J. R. R. Tolkien, Pocket, 2009. Illustration de John Howe.
~ En bas à droite : *Bilbo's Last Song*, J. R. R. Tolkien, Red Fox Picture Books, 2006, illustration de Pauline Baynes.

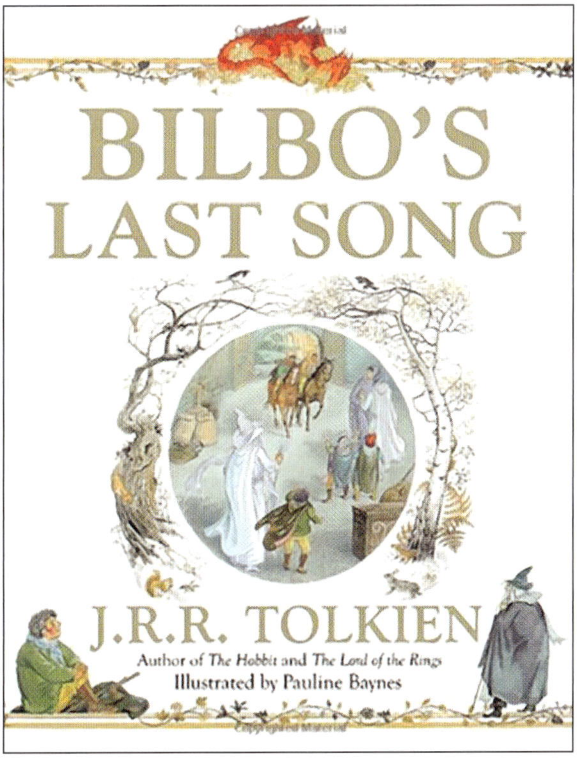

La genèse de la Terre du Milieu

***Le Silmarillion* est une œuvre posthume, sortie en 1977. Elle concentre l'essentiel du légendaire tolkienien, l'œuvre de presque toute une vie. *L'Histoire de la Terre du Milieu*, communément réduite en version originale en *HoME* (*History of Middle-Earth*), précédée par les *Contes et légendes inachevés*, présente une version plus étendue de certains récits initialement publiés dans *Le Silmarillion*.**

La genèse

En 1937, après le succès du *Hobbit*, son éditeur demande à Tolkien un nouveau récit mettant en scène des Hobbits. L'auteur en profite pour proposer son grand œuvre, sur lequel il travaille de manière plus ou moins soutenue depuis vingt ans, qui s'appelle alors *Quenta Noldorinwa*, ou *Quenta Silmarillion*. Devant le refus de l'éditeur, Tolkien se met à écrire un autre récit, qui deviendra *Le Seigneur des Anneaux*, tout en continuant à travailler sur *Le Silmarillion*, sans toutefois l'ordonner réellement, ce qui donne un ensemble chaotique dans l'expression, mais aussi dans les sujets abordés.

C'est Christopher Tolkien, exécuteur littéraire de son père, qui, aidé par Guy Gavriel Kay, a remis en ordre un certain nombre de textes de son père. C'est un ouvrage très dense, demandant énormément d'implication de la part de la lectrice ou du lecteur, qui doit faire attention aux noms, à la généalogie, aux motifs qui animent les personnages, notamment.

La finalisation du texte

Guy Gavriel Kay, alors étudiant au Canada, est engagé en 1974 par Christopher Tolkien, pour travailler pendant un an à Oxford dans le but de mettre en forme *Le Silmarillion*, le grand œuvre de Tolkien. Dans un entretien accordé au *Guardian*, Guy Gavriel Kay raconte que ce travail lui est parvenu par l'intermédiaire d'une relation de famille – la seconde épouse de Christopher Tolkien était canadienne, et les deux familles se connaissaient. Quand Tolkien a été nommé exécuteur littéraire à la succession de son père, il a décidé qu'il aurait besoin d'aide et Kay a fini par être enrôlé. « *C'était un vaste, très vaste projet* », explique Kay. « *Et il* [Christopher] *ne voulait pas d'autre universitaire à part entière pour travailler avec lui.* » Mettre *Le Silmarillion* en forme a été pour lui « *une exaltation tranquille* » – et presque entièrement secrète. Kay a dû passer ses jours dans une grange derrière la maison Tolkien, à 12 kilomètres d'Oxford, soit seul, soit avec Christopher, et très occasionnellement avec le biographe de J. R. R. Tolkien, Humphrey Carpenter. « *Cela a été une année de concentration solitaire et au calme* », raconte Kay au *Guardian*[1]. « *Et j'en ai appris beaucoup sur les faux départs en écriture. Je parle sérieusement de ses faux départs* [ceux de Tolkien, NDLR]. *Vous apprenez que les grandes œuvres ont des chapitres bâclés et désastreux, que les grands auteurs reconnaissent qu'ils ne fonctionnent pas. En regardant les brouillons du* Seigneur des Anneaux *et les débuts grossiers du* Silmarillion, *j'ai compris qu'ils ne naissaient pas d'un seul*

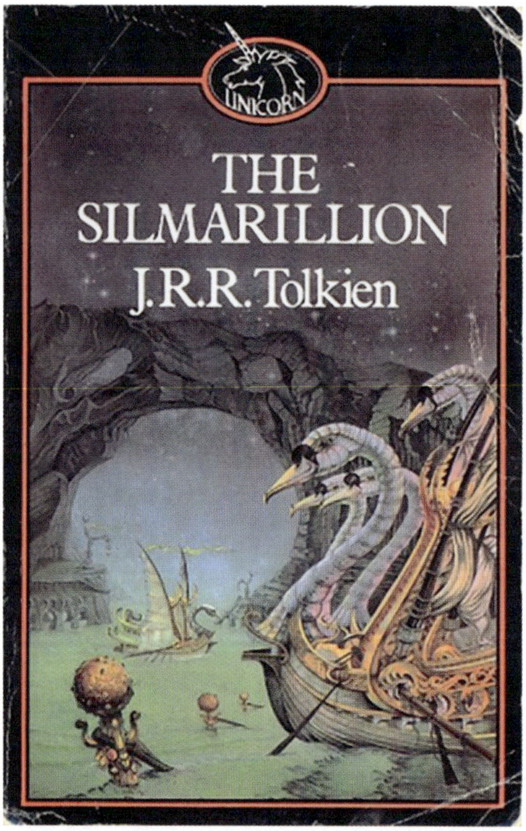

~ *The Silmarillion*, J. R. R. Tolkien, Unwin Paperbacks, 1985, illustration de Roger Garland.

1 Entretien publié par *The Guardian*, 29 octobre 2014, www.theguardian.com/books/2014/oct/29/guy-gavriel-kay-jrr-tolkien-interview-fionovar-tapesty-the-summer-tree

~ *The Silmarillion*, J. R. R. Tolkien, première édition britannique, Allen & Unwin, 1977, illustration de l'auteur.

coup, intégralement, complètement formés dans tout leur éclat. Ils arrivaient là par l'écriture et la réécriture, le dur labeur et les erreurs, et finalement, si vous y passiez des heures et y mettiez de la patience, quelque chose pouvait peut-être se produire. Cela a été une leçon très immédiate que d'étudier le matériel de Tolkien. Ce n'est pas instantanément magnifique. Cela le devient laborieusement, mais cela arrive. Cela a été une très grande et très importante leçon. »

Comme l'indique Christopher Tolkien[2], « *il y eut plusieurs* Silmarillion ». Ainsi décrit-il le processus d'écriture de cette œuvre pharaonique, constituée de différentes strates empilées au fil du temps. Tolkien a passé beaucoup de temps à développer l'aspect métaphysique de l'histoire des Elfes, qui constitue l'essentiel de son *Silmarillion*. Les changements et les variations de style, de ton et de perspective furent tellement nombreux et complexes qu'il semblait presque impossible de pouvoir arriver à une version définitive. L'ensemble manque donc d'unité et de cohérence.

Que contient *Le Silmarillion* ?

L'ouvrage sorti en 1977 comporte cinq parties, d'inégales longueurs, dont trois majeures.

La première, intitulée *Ainulindalë*, conte la création du monde par les chants des Ainur[3], émanations de la pensée d'Eru, l'être suprême. Melkor, l'un d'entre eux, mû par des ambitions personnelles, joue des notes discordantes au sein de ce concert que l'on peut qualifier d'angélique. Malgré ces dissonances, Eru crée le monde en fonction de ces chants, et envoie les Ainur, dorénavant appelés Valar[4], sur Arda, ce monde. Melkor va dès lors entrer en lutte contre eux.

La partie *Quenta Silmarillion* (« Histoire des Silmarils »), comporte vingt-quatre chapitres. Elle narre les événements ayant constitué les Jours Anciens (Premier Âge du Soleil et Âges précédents) du monde d'Arda. Melkor ne cesse d'attaquer ses anciens amis les Valar, mais aussi les Elfes, qui sont apparus sur les berges d'une mer intérieure à l'est et qui, par leurs pouvoirs, menacent ses désirs de suprématie sur ce jeune monde. Parallèlement, deux arbres immenses, contenant des lumières qui rythment le passage des jours et des nuits, poussent en Valinor. Leur lumière est protégée par des joyaux forgés par Fëanor (un artisan elfe), les Silmarils. Mais les assauts de Melkor, aidé par Ungoliant, une monstrueuse araignée géante, ont finalement raison des arbres lumineux, qui meurent en donnant naissance au Soleil et à la Lune. Bientôt arrivent les Hommes, qui s'établissent en royaumes (avec des jeux d'alliances complexes) en Terre du Milieu. Lors de la bataille des Larmes Innombrables, Morgoth (le nom donné à Melkor par Fëanor) prend le dessus sur les Elfes et certaines peuplades d'Hommes. Quelques temps plus tard, il est vaincu à l'issue de la Guerre de la Colère, et les Silmarils sont rendus à l'univers. Les combats furent

2 Dans le documentaire de 1996, *J.R.R.T.: A Film Portrait of J. R. R. Tolkien*.

3 *Ainur* signifie « les Saints », en quenya.

4 *Valar* signifie « les Puissances », en quenya.

~ *The Silmarillion*, J. R. R. Tolkien, première édition états-unienne, Houghton Mifflin Company, 1977, illustration de l'auteur colorisée par H. E. Riddett.

~ *Il Silmarillion*, J. R. R. Tolkien, Bompiani, 2017.
Illustration de Ted Nasmith.

tellement après que le Beleriand[5] fut coupé en deux, et que la mer, s'engouffrant dans les failles, submergea tout l'ouest du continent. La Terre du Milieu désigne par la suite les terres restant émergées.

La partie *Akallabêth* raconte la chute de Númenor, le royaume insulaire donné aux héritiers d'Eärendil[6] et aux Hommes qui ont été fidèles aux Elfes lors de la Grande Bataille (un des noms de la Guerre de la Colère). Une partie de son peuple, séduite par Sauron, cherche à envahir Valinor. L'île sera détruite lors d'un grand cataclysme. Seuls quelques rescapés réussiront à gagner la Terre du Milieu.

Un ensemble abrupt…

L'ensemble des récits contenus dans *Le Silmarillion* courent sur des milliers d'années, parcourus à bride abattue sans que le fil conducteur ne soit rompu. Ce fil conducteur, représenté à la fois par les Valar, souvent évoqués, et par Melkor, dont la soif insatiable de pouvoir l'a amené à affirmer sa différence dès la création du monde et à se battre contre figures angéliques et incarnations terrestres, permet d'aller jusqu'au terme de l'ouvrage. On remarquera la récurrence d'un certain nombre de thèmes, comme la construction de cités ou de royaumes, des traversées de différentes contrées, des batailles aux conséquences dévastatrices, etc. L'orgueil, le ressentiment ou la convoitise s'opposent au dévouement pour une patrie ou un lieu, l'amour pour un être ou un objet. Un processus narratif est également à l'œuvre, apparaissant régulièrement. Tom Shippey[7] l'a qualifié de « *boule de neige qui provoque une avalanche* ». En effet, il arrive à plusieurs reprises qu'un événement mineur, le simple écart d'un personnage, enclenche une série d'aventures ou de réactions qui amènent à la catastrophe.

5 Région de l'ouest de la Terre du Milieu, aux débuts d'Arda.

6 Semi-Elfe, fruit des amours d'un héros Homme et de la fille du roi de la cité elfe de Gondolin. Guerrier d'exception, il connut une existence tourmentée et glorieuse.

“ Le mauvais vouloir perdra les mauvais. ”

(*Le Seigneur des Anneaux : Les Deux Tours*, livre III, chap. XI)

Ces différentes figures constituent la matrice, la matière du *Silmarillion*. Contrairement aux deux romans parus du vivant de Tolkien, aucun Hobbit n'apparaît dans ces récits qui s'apparentent à des chroniques, dans un style narratif plus rude, plus sec que dans *Le Hobbit* et *Le Seigneur des Anneaux*. Considéré à tort comme moins important que ces deux romans, *Le Silmarillion* souffre de l'absence de quête centrale véritablement héroïque, et de personnages emblématiques. *Le Silmarillion* raconte, en creux, et d'une façon plus amère encore que *Le Seigneur des Anneaux*, la lutte éternelle et cruelle d'un bien fragile contre un mal omniprésent et invincible, ou du moins très difficile à vaincre. Les personnages qui animent le récit ou qui en sont le moteur sont les personnages maléfiques, représentés par Melkor/Morgoth[8] et son serviteur Sauron, présents presque de bout en bout. Face à eux, les héros, qu'ils soient Hommes ou Elfes, se succèdent, concourant à construire un ou des archétypes de héros universels. *Le Silmarillion* constitue en quelque sorte l'essence de l'œuvre de Tolkien.

7 Dans *J. R. R. Tolkien, auteur du siècle*, éditions Bragelonne, 2016.

8 Morgoth, « noir ennemi » en langue sindarine, est le surnom que donne à Melkor l'elfe illustre Fëanor.

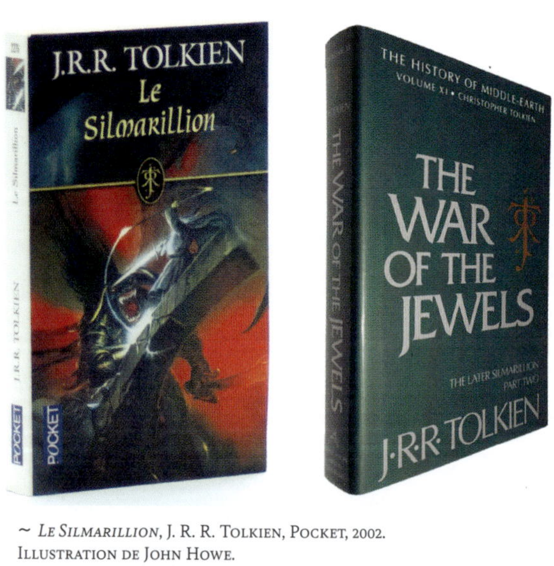

~ *Le Silmarillion*, J. R. R. Tolkien, Pocket, 2002.
Illustration de John Howe.
~ *The War of the Jewels*, J. R. R. Tolkien, Houghton Mifflin Harcourt, 1994. Volume XI de *L'Histoire de la Terre du Milieu*.

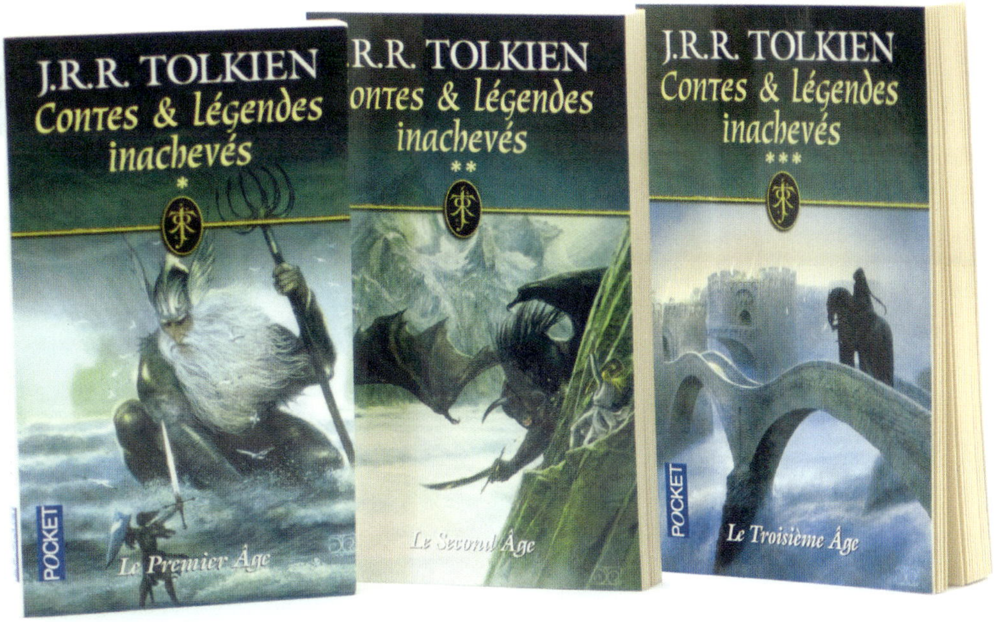

~ *Contes et légendes inachevés*, J. R. R. Tolkien, Pocket, 2003, illustrations de John Howe.

… MAIS ABRÉGÉ

Dans la *Quenta Silmarillion* sont enchâssés les trois grands contes[9], dans des formes abrégées. En effet, comme l'indiquera Christopher dans sa première édition du *Silmarillion*, en 1977 : « *Mon père en est venu à concevoir* Le Silmarillion *comme une compilation, une narration abrégée, faite longtemps après à partir d'une grande diversité de sources (poèmes, annales, contes oraux) ayant survécu au long d'une tradition séculaire; et cette conception possède assurément son parallèle dans l'histoire effective du livre, qui a pour soubassement une grande quantité de prose et de poésie antérieure; il est, jusqu'à un certain point, un compendium[10] en fait, et pas seulement en théorie.* »

Mais il y a fort à parier que, sans le succès du *Seigneur des Anneaux*, *Le Silmarillion* n'aurait jamais été publié. Complexe, parfois brouillon, truffé de dizaines, de centaines de noms, il faut énormément d'attention pour s'accrocher au récit. Christopher Tolkien indique ainsi que « *pour lire* Le Silmarillion, *on doit se placer imaginativement au moment de l'achèvement du Troisième Âge, dans la Terre du Milieu, regardant en arrière*[11] ». *Le Seigneur des Anneaux*, qui se déroule justement à la fin de cette période, permet de donner corps à nombre de récits développés dans *Le Silmarillion*, car leur évocation donne envie au lecteur d'en savoir plus sur ces histoires se situant dans le passé.

CONTES ET LÉGENDES INACHEVÉS

En 1980, dans le prolongement du *Silmarillion*, Christopher Tolkien propose une version détaillée et critique de certains éléments présentés dans l'œuvre précédente, mais aussi dans *Le Hobbit* et *Le Seigneur des Anneaux*. Les textes rassemblés dans un volume unique (trois dans la version poche) proposent de passer en revue les trois Âges de Númenor et de la Terre du Milieu.

Chaque grande partie concerne donc un Âge :

- Deux textes composent la première partie. *De Tuor et de sa venue à Gondolin*[12] est une réécriture *de La Chute de Gondolin*, le tout premier texte narratif écrit par Tolkien sur la Terre du Milieu (vers 1916-1917). Cette version, écrite dans les années 1950, s'achève à l'arrivée de Tuor à Gondolin. *Le Narn I Hîn Húrin* est la matière de base du chapitre « Túrin Turambar » du *Silmarillion*. Cette version, dont le début et la fin sont complets, se présente sous forme de brouillons épars dans sa partie centrale. Pour une version plus complète, on privilégiera la lecture du grand conte *Les Enfants de Húrin*[13].
- La partie suivante est consacrée au Deuxième Âge; elle comporte quatre sous-parties. *Une description de l'île de Númenor* constitue un aperçu, essentiellement géographique et botanique, de l'île-continent. Christopher Tolkien y adjoint une carte de l'île redessinée par ses soins à partir d'un croquis de son père. *Aldarion et Erendis* est le seul récit écrit par Tolkien se déroulant sur Númenor, formé de chronologies à la narration développée, accompagnées par un arbre généalogique des descendants d'Elros[14] sur sept générations. Dans le prolongement, *La Lignée d'Elros* est une liste des rois de Númenor. Enfin, *L'Histoire de Galadriel et Celeborn* est une réunion de divers textes concernant les souverains elfiques susnommés et la Lothlórien.

9 Voir page 86.
10 Résumé d'une science, d'une doctrine, etc.
11 *Le Livre des contes perdus* I, George Allen & Unwin, 1983.
12 Nous en parlons dans le chapitre sur les trois grands contes, page 86.
13 *Ibid.*
14 Premier roi de Númenor.

~ Celeborn (Marton Csokas) et Galadriel, *La Communauté de l'Anneau*, Peter Jackson, 2001.

– La troisième partie est composée de cinq textes. *Le Désastre des Champs d'Iris* décrit la mort d'Isildur[15]. *Cirion et Eorl* rassemble plusieurs fragments sur l'histoire des relations entre le Gondor et le Rohan, les deux grands royaumes humains de la Terre du Milieu. *L'Expédition d'Erebor* peut être vu comme un prélude au *Hobbit*, car Gandalf y décrit les événements qui ont déclenché l'aventure de Bilbo et de ses amis Nains. Les Nazgûl sont les héros de *La Quête de l'Anneau* dans ce récit qui précède *Le Seigneur des Anneaux*. Ce texte est accompagné d'un commentaire de Christopher Tolkien exposant des versions différentes de l'histoire, et d'un court texte sur Gandalf, Saruman et l'herbe à pipe du Comté. *Les Batailles des Gués de l'Isen* est un récit des batailles entre les Rohirrim[16] et Saruman au début de la Guerre de l'Anneau, qui ne sont qu'évoquées dans *Le Seigneur des Anneaux*. Ces textes sont les plus proches, thématiquement et chronologiquement parlant, des deux romans de Tolkien.

– Une quatrième partie, groupée avec la troisième, présente d'autres récits épars. *Les Drúedain* est une description des Hommes Sauvages, qui sont brièvement évoqués dans *Le Seigneur des Anneaux*. *Les Istari* est un rassemblement de divers textes et brouillons concernant les cinq Mages, dont font partie Gandalf et Saruman. *Les Palantíri* est un regroupement en un seul texte de divers fragments sur les pierres de vision.

15 Roi du Gondor et de l'Arnor.

16 Habitants du Rohan.

Cet ensemble quelque peu disparate propose un premier niveau de dégrossissement du *Silmarillion*, et constitue un complément narratif du *Hobbit* et du *Seigneur des Anneaux*. Christopher Tolkien y éclaire, grâce à ses notes et à ses commentaires, les nombreuses incohérences issues de l'activité intermittente de son père, et expose sa propre méthode de travail. Bien qu'il n'en fasse officiellement pas partie, il constitue une sorte de « numéro zéro » de l'*Histoire de la Terre du Milieu*, l'imposante somme qu'il s'apprête à publier, fort du succès public de ces *Contes et légendes inachevés*.

L'Histoire de la Terre du Milieu

Christopher Tolkien décide donc, peu de temps après la parution des *Contes et légendes inachevés*, de publier progressivement les sources qui ont alimenté l'ouvrage posthume. Cet ensemble de textes épars prendra le titre d'*Histoire de la Terre du Milieu*. L'idée est de garder la chronologie dans la rédaction ; ainsi, les deux premiers tomes contiennent des histoires datant des prémices du légendaire, dans les années 1914 et suivantes, et les derniers comprennent des éléments datant des dernières années de la vie du professeur. L'ensemble compte douze volumes[17] regroupant en

17 À ce jour, seuls les cinq premiers ont été traduits en français.

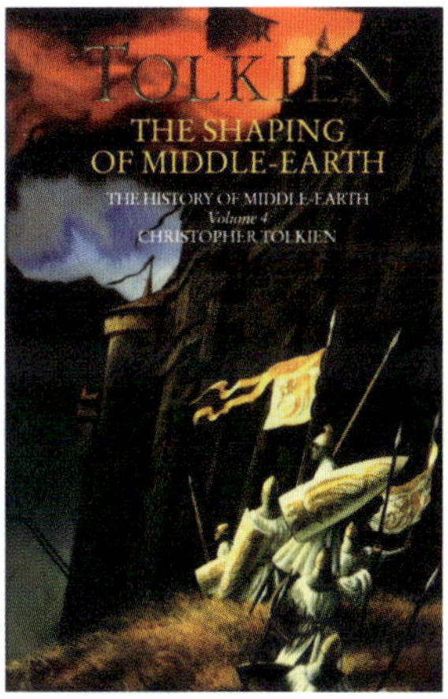

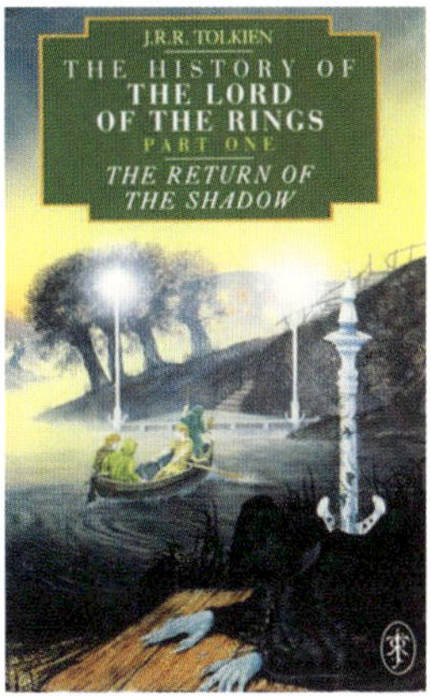

~ De gauche à droite : *Le Premier Livre des Contes perdus*, J. R. R. Tolkien, Pocket, 2015, illustration de John Howe. *Le Second Livre des Contes perdus*, J. R. R. Tolkien, Pocket, 2006, illustration d'Aleksi Briclot. *The Book of Lost Tales 2*, J. R. R. Tolkien, HarperCollins Publishers Ltd, 1992, illustration de John Howe. *The Shaping of Middle-Earth*, J. R. R. Tolkien, Del Rey, 1992, illustration de John Howe.
~ *The Lays of Beleriand*, J. R. R. Tolkien, Del Rey, 1994, illustration de John Howe.
~ *The Peoples of Middle-Earth*, J. R. R. Tolkien, HarperCollins Publishers Ltd, 1997, illustration de John Howe. *The Treason of Isengard*, J. R. R. Tolkien, Mariner Books, 2000.
~ *The Return of the Shadow*, J. R. R. Tolkien, Unwin, 1990, illustration de Roger Garland.

principe la totalité des textes (hors ceux déjà édités) prenant pied sur la Terre du Milieu, tout au long des Âges de son existence. Leur publication s'étale de 1983 à 1996. Ce côté chronologique est renforcé par la langue, ou plutôt les niveaux de langue qu'utilise Tolkien dans les différents récits. Ceux qui sont contenus dans les premiers volumes sont volontairement écrits dans une langue archaïsante, avec une syntaxe qui se caractérise par l'utilisation constante de la voix passive, un procédé également ancien. Ce niveau est tellement poussé par moments que Christopher Tolkien a jugé bon d'inclure à la fin du troisième volume un *Glossaire des termes anglais rares et vieillis*. La suite est écrite sous forme d'annales, c'est-à-dire que les événements de la Terre du Milieu sont décrits année après année, de manière certes plus détaillée que dans l'*Appendice B* du *Seigneur des Anneaux*.

Les volumes I et II, constituant *Le Livre des contes perdus*, présentent la première ébauche de ce qui deviendra *Le Silmarillion*. Ils font écho à l'intention avouée de Tolkien de créer une mythologie pour l'Angleterre, par le biais de l'histoire d'un marin anglo-saxon, Eriol (plus tard rebaptisé Ælfwine), qui parvient à Tol Eressëa, l'Île Solitaire, où il entend l'histoire des Gnomes (ensuite appelés Noldor[18]). Ce procédé permet donc de raccrocher le légendaire créé par Tolkien à la réalité de son pays. Le volume III, *Les Lais du Beleriand*, présente deux longs textes mettant en scène Túrin d'une part, Beren et Lúthien d'autre part[19]. Le volume IV, *La Formation de la Terre du Milieu*, présente l'évolution d'une partie des textes du *Silmarillion* après les versions des *Contes perdus*; il s'agit donc d'une version différente des premiers temps du monde d'Arda. Le volume V, *La Route perdue*, complète cette évolution en racontant l'histoire de deux hommes appartenant à l'époque moderne, à qui parviennent – à travers leurs rêves – des visions de la Númenor engloutie et des souvenirs de ses langues. Dans ce même volume se trouvent les *Étymologies*, un essai permettant d'en savoir plus sur les langues elfiques. Les volumes VI à IX (jusqu'à la moitié de ce dernier environ) proposent une version développée de l'histoire du *Seigneur des Anneaux*; l'histoire de Númenor est développée dans la seconde moitié du tome IX. Les livres X et XI présentent les derniers développements du *Silmarillion*, suivis dans le volume XII des développements des *Appendices* du *Seigneur des Anneaux* et de plusieurs courts essais écrits par Tolkien à la fin de sa vie. Dans cet ultime volume se trouve également l'ébauche d'une suite du *Seigneur des Anneaux* intitulée *The New Shadow*.

18 Tribu elfique qui se caractérise par son habileté dans les arts et la linguistique.

19 Voir aussi le chapitre sur les trois grands contes, page 86.

Voici la liste complète des volumes, avec les références de traduction en français :

1. *Le Livre des contes perdus I (The Book of Lost Tales I*, 1983), traduit par Adam Tolkien (1995)
2. *Le Livre des contes perdus II (The Book of Lost Tales II*, 1984), traduit par Adam Tolkien (1998)
3. *Les Lais du Beleriand (The Lays of Beleriand*, 1985), traduit par Daniel Lauzon et Elen Riot (2006)
4. *La Formation de la Terre du Milieu (The Shaping of Middle-Earth*, 1986), traduit par Daniel Lauzon (2007)
5. *La Route perdue* (*The Lost Road and Other Writings*, 1987), traduit par Daniel Lauzon (2008)
6. *The Return of the Shadow* (1988)
7. *The Treason of Isengard* (1989)
8. *The War of the Ring* (1990)
9. *Sauron Defeated* (1992)
10. *Morgoth's Ring* (1993)
11. *The War of the Jewels* (1994)
12. *The Peoples of Middle-Earth* (1995)

Ces ouvrages constituent donc, en quelque sorte, la somme définitive (ou presque) de l'œuvre tolkienienne, pour son versant Terre du Milieu (le plus imposant). Mais ils sont moins fluides, du point de vue de la narration, que les ouvrages les plus connus du professeur. Christopher Tolkien s'y épanche largement sur son travail de tri, de lecture et d'analyse qui a couru sur quinze années, et même plus de vingt si l'on considère *Le Silmarillion* comme une synthèse d'une partie de cette *Histoire de la Terre du Milieu*. De plus, certains textes souffrent d'une certaine incohérence dans les événements ou les noms, malgré les efforts de Christopher, leur rédaction s'étant étalée parfois sur des décennies. Cependant son apport est unique, puisque nous découvrons par exemple l'évolution de l'histoire qui est devenue *Le Seigneur des Anneaux*, mais aussi un panorama, sinon complet, du moins pertinent des différents peuples qui ont parcouru la Terre du Milieu pendant des milliers d'années.

QUE RETENIR ?

Le lecteur ou la lectrice lambda, s'il ou elle reconnaîtra les personnages et les événements contés dans *Le Silmarillion*, *Le Hobbit* et *Le Seigneur des Anneaux*, pourrait être lassé.e de lire pour la cinquième ou sixième fois la même histoire, certes avec des variations, une fin plus détaillée ou un cours des événements différent. Les amateurs collectionneurs pourront y étancher leur soif de détails sur un univers qu'ils ne se lassent pas d'arpenter. Outre cet aspect un peu extrême, la publication de ces textes, en une vingtaine d'années, a permis de mettre en lumière l'une des caractéristiques principales de l'écriture de J. R. R. Tolkien : il n'avait jamais *terminé* ses histoires, dans le sens où il ne cessait d'y revenir, de modifier des choses, d'imaginer des variantes, voire de les réécrire complètement parfois. Ces textes comportent ainsi des strates d'écriture très éclairantes.

~ *The Lost Road and Other Writings*, J. R. R. Tolkien, Del Rey, illustration de John Howe.
~ *Morgoth's Ring*, J. R. R. Tolkien, Easton Press, 2019.

L'importance de la géographie

« *J'ai sagement commencé par dessiner une carte avant d'y inscrire une histoire (en prenant soin de tenir compte des distances). En faisant l'inverse, on se heurte rapidement à des impossibilités et des confusions. » Le théâtre des histoires créées par J. R. R. Tolkien s'étend sur des milliers de kilomètres, avec des paysages aussi divers que des montagnes, des rivières, des vallées, des côtes... Un environnement géographique riche, dont le créateur a ressenti le besoin de tracer les contours afin de gagner en réalisme. La géographie est le troisième pilier, avec les langues et les contes, de l'imaginaire de Tolkien.**

*J. R. R. Tolkien, *Lettres*.

~ Carte de la Terre du Milieu, sur chevalet de table.

Un système rigoureux

Tolkien a toujours indiqué que l'histoire de son légendaire se déroulait dans un temps situé avant l'histoire connue, bel et bien sur la Terre. Si l'on devait raccrocher notre histoire contemporaine à sa chronologie fictive, nous serions actuellement au Septième Âge. Sa géographie imaginaire correspond à la définition suivante : un ensemble spatial complexe identifié par des toponymes en majorité (ici totalement) inventés, à condition que cet ensemble forme une structure autonome nettement détachée de l'espace connu et exploré. Le petit plus que propose le professeur est la nomenclature qui régit cet ensemble. Ainsi, noms de lieux, événements historiques et personnages (avec la généalogie associée) forment un ensemble d'une grande cohérence, presque scientifique.

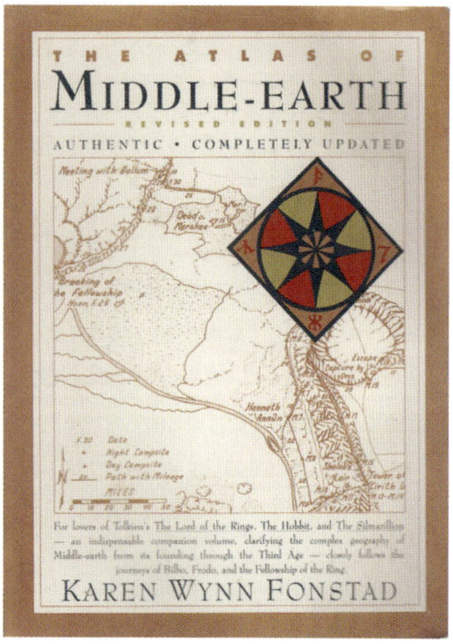

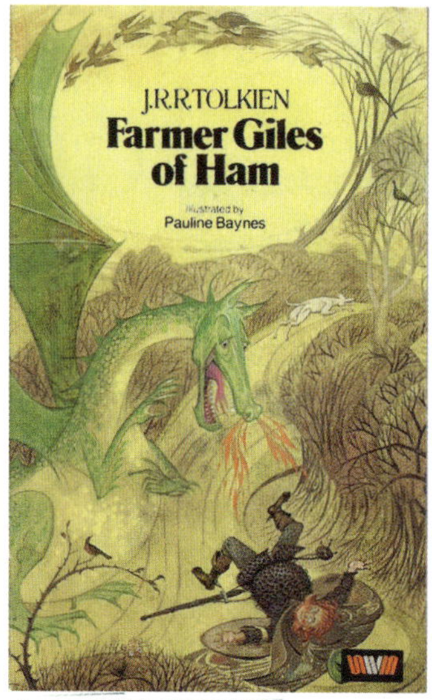

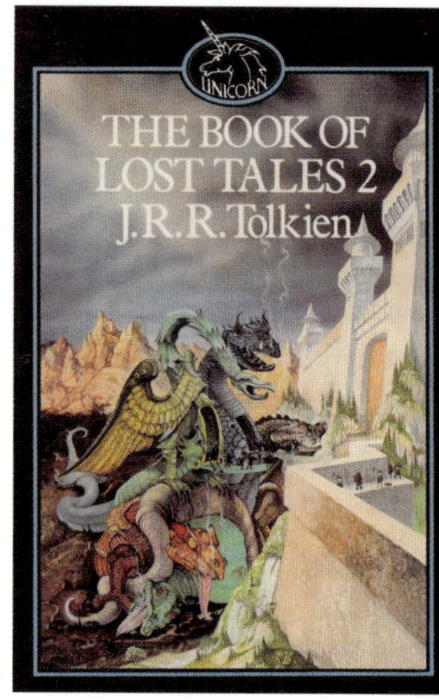

~ *The Atlas of Middle-Earth*, Karen Wynn Fonstad, Houghton Mifflin Company, 1991.
~ *Farmer Giles of Ham*, J. R. R. Tolkien, Unwin, 1983. Illustration de Pauline Baynes.
~ *The Book of Lost Tales 2*, J. R. R. Tolkien, Unwin, 1986, illustration de Roger Garland.
~ *L'Atlas du Seigneur des Anneaux de J. R. R. Tolkien*, Barbara Strachey sur une idée de Régis Habert, BFB Éditions, 2003, illustration de Jérôme Lereculey.

La conception des cartes

La création d'Arda s'exprime sur plusieurs plans. Parallèlement aux histoires, aux langues, à la cosmogonie, aux civilisations, Tolkien a également dessiné, au sens propre comme au figuré, une géographie par endroits extrêmement détaillée. Il a ainsi réalisé la première carte de la Terre du Milieu, et son fils Christopher lui a emboîté le pas par la suite (à partir de 1943 pour la première carte du *Seigneur des Anneaux*), réalisant une sorte de synthèse homogène – et surtout lisible – des différentes ébauches de son père : « *Inévitablement, la tentative de redessiner la carte entraîne plus qu'une simple copie* [...]*; dans un tel cas, redessiner signifie interpréter. Mes dessins sont dans une certaine mesure plus simples, moins subtils, et plus catégoriques dans le détail que l'original, et bien sûr uniformes en apparence car ils ont été faits au même moment avec les mêmes stylos. Ces cartes sont donc insuffisantes en elles-mêmes comme substitut de l'original* [...].[1] »

1 *The History of Middle-Earth*, volume VII, "The Treason of Isengard", chap. xv

Initié à l'art de la cartographie pendant la Première Guerre mondiale, Tolkien l'a appliqué à son activité d'auteur naissante au retour de celle-ci. La première carte connue de son univers est un diagramme représentant la Terre du Milieu et une partie de Valinor, à l'époque du crépuscule de ce continent. Contenu dans un des carnets du *Livre des contes perdus*, on estime qu'il date de 1918 à 1920, soit à l'époque des prémices de son légendaire. Plusieurs autres vont suivre, mais dès les premières esquisses de ce qui deviendra *Le Hobbit*, deux cartes sont associées au récit : la carte au trésor de Thrór et la carte de la Contrée Sauvage. *Le Seigneur des Anneaux*, quant à lui, est accompagné par de nombreuses projections (une trentaine sont conservées à la Bodleian Library d'Oxford), certaines globales, d'autres très précises. Certaines furent publiées; d'autres, destinées à servir d'outils de travail, sont longtemps restées conservées à l'abri des regards. Cependant, leur examen révèle l'ampleur du processus de création de Tolkien, dans les nombreuses annotations et l'usure, parfois importante, du papier utilisé. Celui-ci étant cher (parce que rare) à l'époque de la rédaction du *Seigneur des Anneaux*, il n'est pas rare de trouver au verso des notes, parfois sans rapport direct avec la carte du recto. On citera toutefois la carte du Rohan, du Gondor et du Mordor, avec au-dessus des notes concernant les phases de la Lune... Tolkien a dessiné ces cartes au fur et à mesure de son écriture, de la conception de son légendaire, l'histoire ayant besoin d'ancrages géographiques. Ce besoin explique sans doute l'absence de méthode, de modernité dans cette conception, et les contradictions.

La plus connue est une carte du Nord-Ouest de la Terre du Milieu, relativement détaillée, qui a permis à l'auteur de visualiser de façon relativement précise la progression des membres de la Fraternité de l'Anneau, mais aussi les obstacles naturels qui allaient se dresser sur leur chemin. Mais aussi, bien sûr, une fois révisée et remise au propre, aux lecteurs de suivre également cette évolution. Dessinée à l'encre bleue, elle comporte les noms des régions à l'encre rouge, et les rivières et forêts sont dessinées au crayon de couleur. Une deuxième carte, centrée sur le Sud-Ouest de cette même Terre du Milieu, complète la première. Certains lieux, du fait de l'échelle de ces premières cartes, n'apparaissent pas sur cette carte[2]. La réalisation des cartes est devenue au fil du temps un casse-tête pour Tolkien, ses soucis de cohérence entre son récit et celles-ci se heurtant régulièrement contre les contraintes qu'il s'était lui-même fixées. La version consolidée par Christopher Tolkien, d'une clarté confondante, réalisée avant la publication du roman, intègrera les informations absentes ou difficilement visibles des premières versions. Dans une lettre à destination de ses éditeurs en 1953, Tolkien a indiqué que trois cartes lui semblaient indispensables afin que les lecteurs puissent suivre aisément l'action : celle du Comté, celle du Gondor et la carte générale de la Terre du Milieu, à petite échelle. Une carte contenue dans l'exemplaire du *Seigneur des Anneaux* de l'illustratrice Pauline Baynes, annotée par Tolkien lui-même, comporte la mention étrange : « *Hobbiteville se trouve approximativement à la latitude d'Oxford*[3] », opérant ainsi une connexion inattendue entre sa création et le monde réel.

« Au fond d'un trou vivait un hobbit. »

(*Le Hobbit*, chap. I)

Ces cartes n'intègrent qu'une partie de l'énorme quantité d'informations que Tolkien a créées pour crédibiliser son monde fictif : en effet, ne sont la plupart du temps matérialisées que les formations géologiques et les implantations des races intelligentes (villes, etc.). La géographe Karen Wynn Fonstad, dans son atlas de la Terre du Milieu[4], a tenté de reconstituer des représentations spatiales variées : forme des terres, couches géologiques, climat, cartes politiques, guerres, migrations, etc. Cependant, son ouvrage est incomplet, car les trois derniers volumes de l'*Histoire de la Terre du Milieu*, comprenant certaines informations spatiales, lui sont postérieurs.

Du vivant de l'auteur, Baynes a été la seule illustratrice autorisée à travailler sur les éditions en cours. Ainsi, en 1969, elle a réalisé une version illustrée de la carte de la Terre du Milieu, inspirée de celle de Christopher Tolkien, comportant dans des vignettes des représentations de différents lieux, et encadrée de dessins de la Fraternité de l'Anneau et de leurs ennemis.

Des paysages inoubliables

La dimension épique du *Hobbit*, mais plus encore celle du *Seigneur des Anneaux* amène l'auteur à placer ses personnages dans des décors gigantesques, des montagnes vertigineuses, des plaines immenses ou des forêts impénétrables. On notera par exemple le passage de la Fraternité de l'Anneau aux Argonath[5], dans des barques qui se balancent comme des feuilles dans un tourbillon ; un lieu où le gigantisme naturel (des falaises vertigineuses, un lac dont les limites sont mal appréciées et un ciel pâle à une distance inaccessible) le dispute à un monument qui inspire le respect et la crainte, les statues d'anciens rois du Gondor qui semblent inciter le voyageur à l'arrêt. Le souci du détail dans les descriptions des lieux traversés semble laisser peu de place à l'imagination, mais il permet au contraire d'en apprécier la vraisemblance, et d'avoir envie de savoir ce qui se trouve au-delà. Mais Tolkien est cruel, il nous rappelle le but du voyage en nous décrivant le rougeoiement et les cieux tourmentés au-dessus du Mordor. On ne peut malheureusement pas s'attarder.

Le Beleriand, théâtre des événements contés dans *Le Silmarillion* et ses développements postérieurs (voir page 54), ne bénéficie pas d'un traitement aussi précis que le reste de la Terre du Milieu, après la fin du Premier Âge, à la suite d'un cataclysme dont on sait très peu de choses. Deux cartes ont toutefois été produites par Tolkien : une carte physique et une carte politique, disponibles dans les annexes du *Silmarillion*.

« C'était une belle bicyclette tout en argent… mais elle n'avait pas de pédales, parce que Monsieur Merveille ne l'utilisait que dans les descentes. »

(*Monsieur Merveille*)

Conclusion

Cette omniprésence des cartes, ainsi que le degré de précision de la géographie, tiennent une part non négligeable dans le succès des livres de Tolkien. Elles permettent en effet au lecteur de ne pas se sentir perdu dans la géographie imaginaire qu'il a développée, et de suivre les déplacements des personnages. Ainsi, la présence d'une carte est devenue une sorte de passage obligé à chaque œuvre de *fantasy*.

2 Notamment les emplacements de Minas Tirith, d'Osgiliath et du carrefour de l'Ithilien, très proches les uns des autres. Ces deux cartes auraient été réalisées vers 1948.

3 www.theguardian.com/books/2015/oct/23/jrr-tolkien-middle-earth-annotated-map-blackwells-lord-of-the-rings?CMP=fb_gu

4 *The Atlas of Middle-Earth*, publié en 1981 chez Houghton Mifflin, révisé en 1991.

5 *Le Seigneur des Anneaux*, livre II, chapitre IX.

Entretien avec Brian Sibley

En 1994 et 1995, l'Anglais Brian Sibley nous propose, avec la complicité de l'illustrateur John Howe, des fascicules retraçant le trajet des protagonistes du *Seigneur des Anneaux* puis du *Hobbit*, avec (à chaque fois) une carte de la Terre du Milieu retravaillée par l'illustrateur canadien, agrémentée de précisions sur les lieux traversés.

Vous êtes connu comme scénariste à la BBC, mais nous allons parler de vos travaux sur Tolkien. En 1995, vous avez publié une sorte de guide touristique de la Terre du Milieu, illustré par John Howe. Pourquoi pensez-vous que la géographie est importante dans le monde créé par le professeur ?

La géographie est importante – en fait, essentielle – dans l'écriture de Tolkien ou d'un dictionnaire au sujet de la Terre du Milieu, car les cartes accompagnant les récits les rendent plus « réels ». C'est vrai également pour de nombreux livres de toutes les époques : *L'Île au trésor*, *Le Vent dans les saules*, *Swallows and Amazons*[1], *Le Magicien d'Oz*, *Le Monde de Narnia*, *Winnie l'ourson* et beaucoup d'autres (y compris de nombreux récits de *fantasy* écrits depuis Tolkien). Nous sommes absorbés par les cartes et suivons l'action en parallèle. Elles nous permettent de visualiser les voyages et les déplacements décrits dans les livres. Dans un sens, elles nous aident à nous inclure dans l'aventure.

Voici deux citations de J. R. R. Tolkien au sujet de ses cartes[2] :

« *J'ai commencé par dessiner une carte, puis j'ai écrit une histoire qui y correspondait.* »

« *Si vous vous apprêtez à écrire une histoire compliquée, vous devez travailler à une carte; sinon vous ne pourrez jamais réaliser une carte après coup.* »

Dans vos ouvrages relatifs à l'œuvre de Tolkien, nous avons pu voir pour la première fois une carte détaillée du Beleriand et de Númenor. Sur quelles sources John Howe et vous vous êtes-vous fondés pour les mettre en forme ?

Bien évidemment, John s'est inspiré des premières cartes connues de ces régions. La première carte publiée du Beleriand (dessinée par Christopher Tolkien, à partir de la « deuxième carte du *Silmarillion* » en quatre volets datée du début des années 1930) est apparue dans *Le Silmarillion* en 1977.

La première carte de Númenor (dessinée par Christopher également) a été publiée dans les *Contes et légendes inachevés* (1980).

Les embellissements (les détails, comme vous le dites) ainsi que les descriptions écrites de mon fait ont été influencées par les précisions données par Tolkien au sujet de ces deux régions.

Comment votre travail se démarque-t-il de celui de Christopher Tolkien ?

Mon travail et celui de John Howe sont simplement des interprétations de la cartographie de J. R. R. Tolkien et Christopher Tolkien.

~ *Peter Jackson, a film-maker's journey*, Brian Sibley, HarperCollins Entertainment, 2010.
~ *La Carte du Hobbit, nouvel aller-retour*, Brian Sibley, illustration de John Howe.

1 Série de romans d'Arthur Ransome, non traduits en français.
2 Issues de ses *Lettres*, NDLR.

~ ci-dessus : *The Maps to Tokien's Middle-Earth*, Brian Sibley, HarperCollins Publishers, 2003, illustrations de John Howe.

Vous avez publié plusieurs livres au sujet des adaptations du *Seigneur des Anneaux* et du *Hobbit* par Peter Jackson, y compris les guides officiels de chacune d'entre elles. Que pensez-vous de ces films ?

La trilogie de Jackson à partir du *Seigneur des Anneaux* était, je pense, un chef-d'œuvre inspiré. Même si elle divergeait du texte de Tolkien à plusieurs égards, elle a réussi à capturer une grande part de l'essence du roman original, pas seulement dans la description des personnages et du cadre, mais dans la philosophie et la spiritualité qui sous-tendent la trilogie. En habillant les talents d'Alan Lee et John Howe, des artistes qui baignent dans le royaume de la Terre du Milieu, Jackson a été capable de donner à ses films un cachet authentique qui a sonné juste pour le public, qu'ils soient familiers ou non du roman.

Le Hobbit a rencontré moins de succès, à cause, peut-être, à la fois du style différent du roman mais aussi de la pression et de l'attente placées sur Jackson et son équipe après le succès du *Seigneur des Anneaux*. De nombreux détails sur le projet *Seigneur des Anneaux* de Jackson sont présents dans ma biographie[3].

Êtes-vous impliqué dans l'adaptation des œuvres de Tolkien par Amazon ? Que pensez-vous de cet énorme projet ?

Je ne suis pas concerné. Cependant, le projet est ambitieux, particulièrement quand on pense aux limitations imposées aux producteurs par rapport au matériel narratif disponible. Toutefois, les événements décrits dans « Le Compte des Années » (appendice B du *Seigneur des Anneaux : Le Retour du roi*) sont riches en personnages et péripéties et peuvent donner aux créateurs un large choix pour une série potentiellement vraiment spectaculaire, spécialement au vu de l'énorme succès et de la popularité d'autres longues séries comme *Game of Thrones*. Ce que le projet révèle également, c'est qu'il y a du public fortement intéressé pour en savoir plus sur les mondes dépeints dans les écrits de Tolkien.

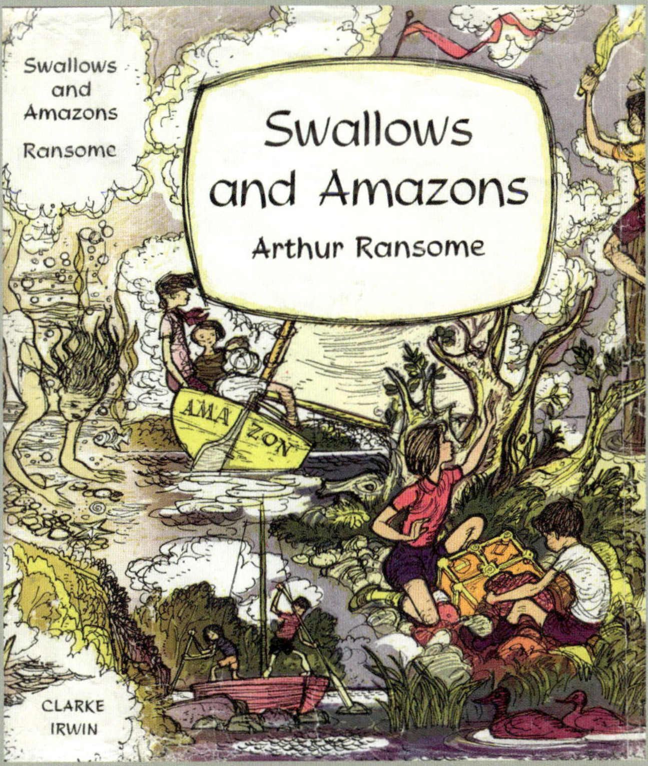

~ *Swallows and Amazons*, Arhtur Ransome, Clarke Irwin / Jonathan Cape, 1953.

3 *Peter Jackson: A Film-maker's Journey*, HarperCollins, 2010.

The Notion Club Papers, récit singulier

La bibliographie de Tolkien présente un titre qui, à première vue, détonne dans tout le décorum médiévaliste. Il s'agit de *The Notion Club Papers*, dont la rédaction remonte à 1945.

~ *Sauron Defeated*, J. R. R. Tolkien, Harper Collins Publishers Ltd, 1993, illustration de John Howe.

Ce récit se présente sous la forme d'un ensemble de comptes-rendus de réunions d'un club d'érudits datant des années 1986-1987 (soit quarante ans après la rédaction), oubliés puis redécouverts en 2012 pour être publiés ensuite. La plupart des comptes-rendus sont regroupés en deux grands ensembles : « Les Divagations de Michael Ramer » et « L'Étrange Cas d'Arundel Lowdham ».

La première partie passe en revue des discussions autour du récit de l'un des héros, qui indique voyager dans l'espace et le temps au moyen de ses rêves. Parmi ceux-ci, la vision d'une vague immense s'apprêtant à submerger la Terre, ou une planète de cristaux animés. La deuxième partie démarre sur un débat linguistique : le bon usage d'anciens mots, la création de nouveaux, etc. La conversation dévie, jusqu'à ce que Lowdham s'écrie subitement, sans raison apparente : « *Voyez les Aigles des Seigneurs de l'Ouest qui viennent sur Númenor !* » Intrigué, Ramer indique que Númenor est également le nom de l'Atlantide dans ses rêves, et un troisième personnage ajoute qu'il lui semble également avoir déjà entendu ce nom. Lors de la rencontre suivante, Lowdham révèle l'origine de ses prénoms, Alwin Arundel, dérivant d'Ælfwine Éarendel, et évoque la disparition de son père en mer, à bord du bateau *Éarendel*, mais aussi d'étranges visions, et des voix qui lui parlent dans deux langages inconnus, qu'il finit par appeler avallonien et adunaic. Un peu plus tard, Lowdham indique avoir entendu en rêve une lamentation sur Númenor, puis semble revivre, comme sous l'emprise d'une drogue, cet épisode tragique, en compagnie de Jeremy, le troisième larron, avant de partir brusquement, alors qu'une violente tempête interrompt leur étrange manège. Quelques semaines plus tard, Lowdham et Jeremy reviennent, et racontent un rêve commun fait alors qu'ils étaient en voyage près de la mer d'Irlande : ils incarnaient deux troubadours appelés près du roi Édouard l'Ancien, souverain du Xe siècle s'apprêtant à lutter contre l'envahisseur danois. Le récit s'arrête ici, et Tolkien ne va guère plus loin.

Ce récit, écrit parallèlement au *Seigneur des Anneaux* alors en pause, constitue une sorte de mise en abyme de l'œuvre de Tolkien. En effet, le Notion Club est largement inspiré des Inklings, le cercle d'érudits oxoniens auquel participait régulièrement Tolkien, avec C. S. Lewis et quelques autres. La teneur de leurs conversations est la même, ou assez proche : leurs productions artistiques, l'évolution des langues et l'influence des mythes... Tolkien y ajoute, de manière assez fine, l'évocation – sous forme onirique – de temps passés et mythiques. Il s'agit en quelque sorte du chaînon manquant entre son légendaire et l'histoire passée – et future, puisque l'action se passe quarante ans après l'écriture – de son pays qu'il chérissait tant. Hélas, Tolkien n'a pu aller au bout de ce projet. Sa singularité justifiait qu'on en parle à part. *The Notion Club Papers* a été publié dans le volume IX de *L'Histoire de la Terre du Milieu, Sauron Defeated*[1].

1 Publié en 1992 chez HarperCollins, non encore traduit en français.

Le discours de la méthode

La vie d'écrivain de J. R. R. Tolkien se caractérise, en dehors d'une production riche mais peu publiée de son vivant, par une abondante correspondance avec des membres de sa famille, des amis, ses éditeurs ou même de parfaits inconnus qui lui écrivaient pour demander des précisions sur son œuvre. Après sa disparition, son fils Christopher, aidé par son futur biographe Humphrey Carpenter*, a rendu publique une partie de cette correspondance.

*Édition française : *J. R. R. Tolkien, une biographie*, Humphrey Carpenter, éditions Christian Bourgois, 1980.

~ *Tree and Leaf* (Harper Collins Publishers, 2001), inclut le poème *Mythopoeia*.
En couverture, en dorure, l'Arbre d'Amalion.

« *Cela a commencé avec les langues ; j'étais alité à l'hôpital pendant la Première Guerre mondiale et j'ai passé mon temps à lire le* Kalevala. *Puis j'ai eu l'idée d'essayer de tout faire, vous comprenez, d'écrire ma propre histoire. Mais cela aurait une atmosphère différente, un état d'esprit tout autre que celui donné par les noms finnois. J'ai inventé de nouveaux noms de personnes avec l'aide d'une langue que j'ai découverte moi-même ; écrire des histoires et inventer des langues étaient mes deux passe-temps préférés quand j'étais enfant. Les noms m'ont donné des idées et des visions. Depuis lors, j'ai continué*[1]. »

1 Extrait d'un entretien réalisé en 1961 par Lars Gustafsson pour le quotidien suédois *Dagen Nyheter*.

Ce que sont les *Lettres*[2]

Phénomène assez rare en littérature : Tolkien, malgré parfois la pénurie de papier environnante, a conservé des copies carbone ou des ébauches de la plupart de ses lettres. C'est ainsi qu'après son décès, son fils a pu compiler et trier celles qui lui semblaient les plus intéressantes pour les publier. Il serait vain de parler en détail des 354 lettres[3] réparties sur plus de 800 pages, mais on peut dégager quelques tendances et points forts. Il y a peu de missives à caractère confidentiel ou intime, même si, pendant la Seconde Guerre, Tolkien a beaucoup écrit à son fils Christopher, mobilisé et muté en Afrique du Sud, une région où lui-même avait vu le jour. Outre le fait que le jeune homme manquait beaucoup à son père, c'est aussi une correspondance de travail, puisque Christopher était devenu, avant de faire son service militaire, le secrétaire et l'assistant de Tolkien père, notamment en dessinant la carte de la Terre du Milieu qui devait accompagner la première édition du *Seigneur des Anneaux* alors en cours de rédaction. La majeure partie des *Lettres* publiées concerne donc sa création littéraire, entamée dans les années 1910 par des poèmes, et qu'il poursuivra toute sa vie, avec seulement deux romans publiés de son vivant, *Le Hobbit* et *Le Seigneur des Anneaux*. Les *Lettres* courent donc de 1914 à 1973.

Les échanges épistolaires avec ses éditeurs révèlent un homme fort humble, disposé – du moins à ses débuts – à se plier à leurs demandes, mais aussi fort soucieux de la réception de ses écrits par ses primo-lecteurs, parmi lesquels, outre son fils Christopher et l'ami écrivain C. S. Lewis[4], se trouvait Rayner Unwin, le fils de son éditeur d'alors. C'est lui, tout jeune, qui « lit », au sens éditorial du terme, *Le Hobbit*, et qui pousse son père à le publier, avec enthousiasme. Tolkien parle également

2 Les paragraphes qui suivent concernant les *Lettres* sont une reproduction d'un texte de l'auteur initialement publié en septembre 2014 sur son blog (www.an-sible.com/2014/09/lettres.html) et reproduit sur le site de l'association Tolkiendil (www.tolkiendil.com/tolkien/biblio/lettres) avec l'autorisation de l'auteur.

3 Publiées en 1981 chez HarperCollins, puis traduites en 2005 chez Christian Bourgois.

4 Ami de Tolkien et auteur du cycle de *Narnia*.

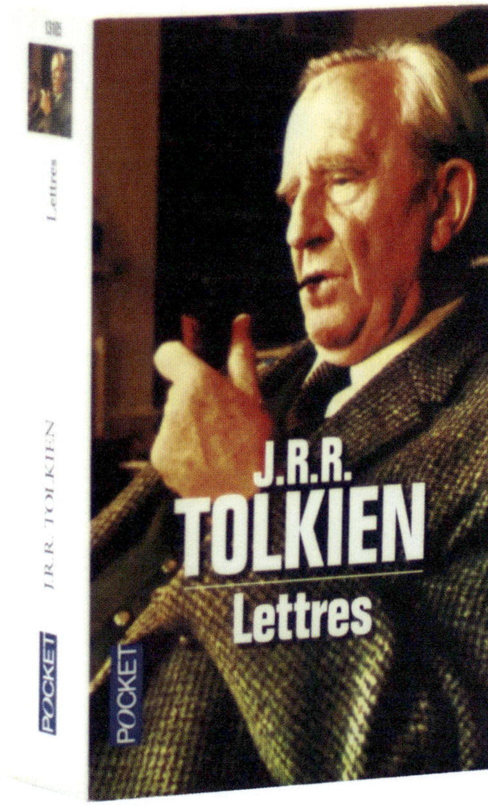

~ De gauche à droite : Forrest J. Ackerman © D. R. *Lettres*, J. R. R. Tolkien, Pocket, 2013.

« Une silhouette noire, peut-être de forme humaine, mais plus haute ; et on eût dit qu'un pouvoir et une terreur étaient en elle et la précédaient. »

(*Le Seigneur des Anneaux : La Fraternité de l'Anneau*, livre II, chap. v)

de ses soucis de santé, qui ont l'air nombreux dans les années 1940. Sans doute l'une des raisons pour lesquelles, en plus de son travail d'enseignant dans différentes universités, l'organisation de la défense passive dans sa région et une vie de famille fort remplie avec quatre enfants, la rédaction du *Seigneur des Anneaux* prend autant de temps. Rappelons qu'il y a travaillé de 1937 à 1949 par intermittence, alors qu'il était gagné par la lassitude devant l'énormité de la tâche à accomplir. Tolkien le dit lui-même dans une de ses lettres : « *J'ai créé un monstre.* » C'est-à-dire une œuvre qui échappe à son créateur, qui l'a emmené sur des chemins imprévus, et dont le succès, foudroyant, l'a surpris. Car, comme il le dit lui-même, c'était avant tout pour lui qu'il avait créé cet univers, en partant de diverses langues, puis en imaginant les légendes qui pourraient l'accompagner, afin de constituer, de manière un peu naïve peut-être, une mythologie pour l'Angleterre.

L'un des aspects les plus étonnants de son œuvre est l'absence de cultes, alors que lui-même est un fervent catholique. À ceux qui lui posent la question, il répond que l'élément religieux est absorbé dans l'histoire et dans le symbolisme. Comment, en effet, ne pas voir une figure christique (par ses talents de thaumaturge) en Aragorn, capable notamment de guérir par simple imposition des mains ? La question des traditions maritales chez les Hobbits est également évoquée, et on sent Tolkien très investi sur la question. On décèle parfois dans les lettres quelques regrets concernant *Le Hobbit*, lequel, s'il devait le réécrire, serait très différent, surtout dans sa première partie, qui aurait pu être moins orientée comme un « conte pour enfants ».

Vers les années 1965-1967, Tolkien doit dépenser beaucoup d'énergie et de temps à faire interdire une version pirate du *Seigneur des Anneaux*, publiée aux États-Unis par Ace Books, et qui rencontre un succès monstrueux. Libéré de ses obligations professionnelles, mais ralenti par des soucis de santé (et ceux de son épouse), l'auteur souhaitait alors consacrer le plus de temps possible à la rédaction et à la remise en ordre du *Silmarillion*, dont l'écriture avait débuté cinquante ans plus tôt. C'est à cette époque aussi qu'il apprend la création d'une Tolkien Society à New York. D'abord méfiant et presque vindicatif, il se ravise et propose même son humble concours à l'aréopage de fans après la lettre fort respectueuse de son responsable.

Qui est Tolkien ?

Entre les lignes, on s'aperçoit que le professeur a une sainte horreur des machines, de la guerre (dont *Le Seigneur des Anneaux* n'est pas une allégorie, même si l'atmosphère belliqueuse a dû influer sur son écriture), de la France, ou plutôt de la langue française, de Shakespeare...

Certaines lettres sortent du lot ; ainsi, celle où il explique à son fils les femmes, de façon très elliptique, sachant que Tolkien était pénétré de religion catholique. Ou bien encore celle où il répond sèchement à un éditeur allemand, qui envisageait de publier une traduction du *Hobbit* et qui lui demandait s'il avait des origines aryennes (nous sommes en 1938, et le nom Tolkien est d'origine allemande) ; le ton de l'écrivain reste courtois, mais ne suffit pas à cacher la colère de l'auteur. Évoquons également cette très longue lettre de 1950, adressée à Milton Waldman, son nouvel éditeur provisoire, dans laquelle Tolkien détaille sa cosmogonie et la chronologie de son légendaire, Âge par Âge. Une lettre qui comporte plus de 10 000 mots... Parlons enfin de cette lettre non datée, mais probablement écrite en juin 1958, où Tolkien détaille les différents défauts inclus dans un scénario de cinéma qui lui avait été envoyé à l'époque par Forrest J. Ackerman, qui souhaitait adapter *Le Seigneur des Anneaux* en long métrage animé. Le moins que l'on puisse dire est que Zimmerman, auteur du script, en a pris pour son grade, entre les contractions temporelles et géographiques, les libertés prises avec le récit original, et le tour ridicule que prennent les personnages. Tolkien reste poli, mais on le sent fortement bouillir face à une telle hérésie. Il déclare même à plusieurs reprises être plus favorable à des coupures nettes de certaines scènes plutôt qu'à des traitements aussi indignes. L'édition en poche du *Hobbit* chez Puffin en 1961 a réveillé aussi sa fureur, avec des « corrections » opérées sur son texte. Signalons cette lettre à un M. Gamgee, surpris de voir son homonyme dans une œuvre au succès public retentissant, et à qui Tolkien répond au sujet des origines du nom de son personnage.

Une partie de la correspondance traite de la disparition de C. S. Lewis, survenue en fin d'année 1963. L'occasion pour Tolkien, à la demande de ses enfants, d'éditeurs ou de lecteurs, d'évoquer son amitié passée avec l'auteur de *Narnia*, et le fait qu'ils se soient éloignés l'un de l'autre pendant la décennie précédente. Une époque où, après la série tragique de la Première Guerre mondiale, le professeur commence à perdre certains de ses amis et connaissances.

Sa correspondance est le reflet de ces différents ennuis et obligations ; les lettres sont pour la plupart très courtes, toujours courtoises en général. Dans les années 1960 également, sa lassitude est grande, et il s'apprête à déménager vers Bournemouth (côte sud de l'Angleterre), aussi bien pour des raisons économiques que de santé. Ce qui ne l'empêchait pas, à plus de 80 ans, de répondre de façon circonstanciée sur les langues elfiques à des fans l'interrogeant à ce sujet.

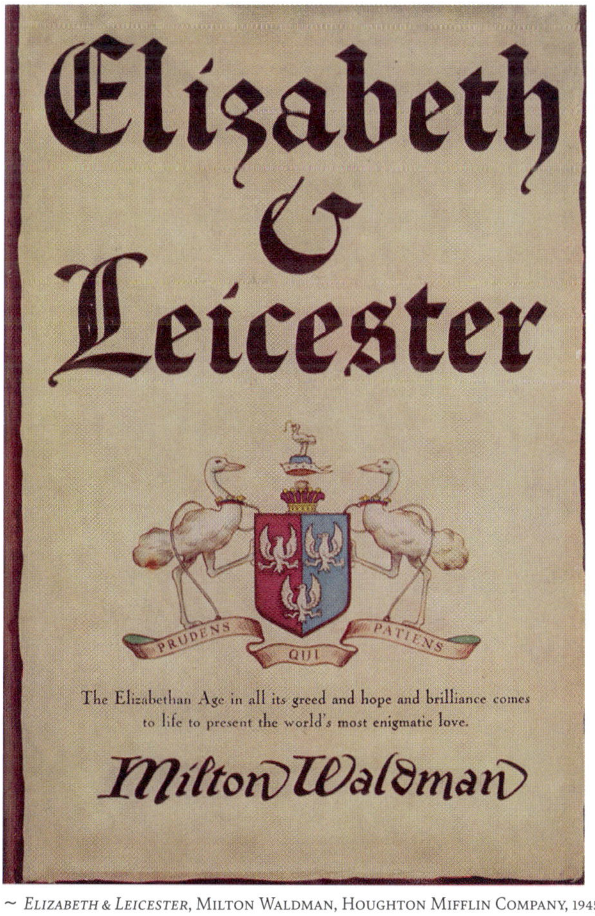

~ *Elizabeth & Leicester*, Milton Waldman, Houghton Mifflin Company, 1945.
~ *J. R. R. Tolkien, une biographie*, Humphrey Carpenter, Pocket, 2004.

~ *Fäerie*, J. R. R. Tolkien, Presses Pocket, 1992, illustration de Kéna.
~ *Fäerie et autres textes*, J. R. R. Tolkien, Pocket, 2009, illustration de John Howe.

Lorsqu'Edith, son épouse adorée, décède en 1972, Tolkien est inconsolable et le restera jusqu'à sa propre fin, dix-huit mois plus tard. Il est alors dans une telle détresse matérielle et morale que Rayner Unwin, son premier lecteur « professionnel » et devenu entre-temps le président de la société d'édition Allen & Unwin, lui trouve un appartement à Oxford par le biais de l'université où le professeur avait reçu toutes les distinctions possibles. C'est pourtant à Bournemouth, où le couple Tolkien aimait venir se reposer, qu'il décèdera, en septembre 1973, lors d'une visite à un ami. Il fut inhumé à Oxford, auprès d'Edith, sa Lúthien, lui qui se voyait en Beren[5]. Les deux noms sont d'ailleurs présents sur leurs pierres tombales respectives.

Qui dit œuvre de Tolkien, dit notes de bas de page à foison. Le professeur en parsème ses missives, lesquelles sont aussi, dans ce recueil, émaillées de notes des traducteurs et des éditeurs – en l'occurrence son fils et Humphrey Carpenter. Et qui dit œuvre de Tolkien dit ébauches, travail inachevé. Ainsi certaines lettres sont-elles restées à l'état de brouillons, et n'ont jamais été envoyées à leurs destinataires...

Finalement, cette longue mais passionnante lecture permet d'en apprendre encore un peu plus sur l'œuvre de John Ronald Reuel, de pénétrer son intimité, de comprendre le processus de création, mais aussi de préservation de l'identité de son œuvre. D'en savoir un peu plus sur sa vie, en résonance avec la biographie écrite par Humphrey Carpenter, bien sûr. À lire absolument pour qui veut en savoir plus sur le processus de création.

Feuille, de Niggle

Ce court récit a été publié en 1945 dans *The Dublin Review* qui avait demandé à Tolkien un récit pouvant exalter le monde catholique. Alors que l'énorme majorité de son œuvre se caractérise par des versions multiples, des réécritures, des corrections et plusieurs couches, *Leaf by Niggle* (de son titre original) a surgi tel quel dans l'esprit de Tolkien, lorsqu'il s'est levé un matin dans les années 1938-1939. Le verbe anglais « *to niggle* » désigne une façon de travailler inefficace, méprisable, une perte de temps en détails inutiles. Une définition qui pourrait désigner Tolkien lui-même, qui passait beaucoup de temps à écrire, réécrire, pour finalement peu publier. Y compris dans

5 Voir le chapitre sur les trois grands contes page 86.

le champ universitaire, alors que son statut de chercheur et d'enseignant à Oxford l'obligeait à produire et publier. Mais à cette époque, à plus de 50 ans, il n'avait réalisé que deux grands travaux académiques : *Sire Gauvain et le Chevalier vert*, et son essai sur *Beowulf*.

Le personnage-titre du conte, Niggle, est peintre. Un jour, il comprend que seul un de ses tableaux l'intéresse. Mais ses obligations l'en tiennent éloigné, pour son plus grand chagrin. Face à lui se trouve Parish, un citoyen productif, sérieux, qui considère Niggle comme improductif, immature et irrespectueux. Niggle doit partir pour un grand voyage avant de terminer son tableau. Ce périple l'amène jusque dans un asile, puis dans un paysage verdoyant qui se trouve être celui de son tableau inachevé.

« Un Anneau pour les dominer tous,
Un Anneau pour les trouver,
Un Anneau pour les amener tous
et dans les ténèbres les lier. »

(*Le Seigneur des Anneaux : La Fraternité de l'Anneau*, livre I, chap. II)

Niggle peut être considéré comme un double de Tolkien, et Parish en quelque sorte comme sa bonne conscience, qui ne cesse de mépriser le côté « perte de temps » de l'autre personnalité. Ce court récit est perçu comme une sorte de manifeste de l'écrivain que tente alors d'être Tolkien, une philosophie concernant sa création littéraire. Ce conte semble contenir les peurs, le mode de pensée et les réflexions de Tolkien sur son travail, se livrant un peu pour l'occasion. Tolkien en était alors au début de la composition du récit qui allait devenir *Le Seigneur des Anneaux*, et *Leaf by Niggle* semble être une lecture allégorique de sa préoccupation du moment, à savoir de pouvoir écrire ce récit dans ses moindres détails, ou pas du tout. À l'instar de Niggle, Tolkien en vient à cette époque à être totalement absorbé par son arbre, son légendaire. Et comme Niggle, il avait à cette époque de nombreuses obligations qui le tenaient éloigné de cet « arbre ». Mais Tolkien est également Parish, un homme sérieux, qui produit tout ce qu'on attend de lui. Un peu comme si passion et raison se battaient dans l'esprit de Tolkien. La réconciliation finale des deux personnages peut alors être vue comme un équilibre trouvé par l'écrivain entre ses obligations et ses envies profondes.

Une autre interprétation possible du texte est une allégorie de la mort, et surtout du purgatoire. L'arbre de Niggle est l'arbre de vie, trait d'union entre la terre des humains, monde moderne qui ne jure que par ce qui est « utile », et le paradis auquel Niggle accède après son passage dans l'Asile (le purgatoire). Quelle qu'en soit la signification profonde, cette longue allégorie[6] au sujet de l'arbre et de ses ramures, d'une ampleur poétique rare, vaut à elle seule la lecture de ce petit texte très prenant, que l'on peut trouver dans les éditions françaises du volume intitulé *Faërie*[7].

Mythopoeia

Mythopoeia, dont l'année de composition est inconnue, constitue un jalon essentiel pour comprendre la philosophie créative de Tolkien. En septembre 1931, au cours d'une discussion avec Tolkien, C. S. Lewis déclare que les mythes sont « *des mensonges soufflés dans de l'argent*[8] », même s'il les apprécie. En réaction, Tolkien écrit ce poème, dans lequel il s'oppose au rationalisme et au matérialisme : il décrit l'auteur-créateur humain comme « *un petit fabricant* » brandissant son « *propre petit sceptre d'or* » et régnant sur sa subcréation, laquelle est une invention authentique au sein de la création première de Dieu. *Mythopoeia* (« la fabrication des mythes ») est présentée comme une adresse de Philomythus (« celui qui aime les mythes ») à Misomythus (« celui qui hait les mythes »). Profondément catholique, Tolkien a également une foi profonde en la puissance démiurgique des auteurs, même si elle reflète nécessairement une partie de la vérité divine éternelle. Lewis a déclaré par la suite que cette conversation avait joué un grand rôle dans sa conversion au christianisme.

À noter que ces deux derniers textes, qui représentent en quelque sorte le manifeste littéraire de Tolkien, ont été regroupés avec d'autres dans *Faërie et autres textes*.

6 Un terme et un principe que Tolkien abhorrait, curieusement.
7 Édité par Christian Bourgois en 1974 puis 2003.
8 D'après Humphrey Carpenter, *J. R. R. Tolkien, a biography*.

S'ABREUVER À LA SOURCE DES MYTHES

Dès le début de ses études, J. R. R. Tolkien s'est passionné pour un certain nombre de récits mythiques, pour la plupart issus des traditions nordiques et anglo-saxonnes. Il les a longuement étudiés, digérés, et en a réutilisé certains pour façonner son imaginaire. En tant que philologue, il en a même fait, dans certains cas, des traductions ou des réécritures dont certaines font toujours autorité aujourd'hui.

LE NORD, L'ORIENTATION PRÉFÉRÉE

Dans les années 1830, Elias Lönnrot a collecté puis partagé un important nombre de fragments de récits finnois, dans son recueil mondialement connu, le *Kalevala*. Les frères Grimm ont fait de même avec les contes jusqu'alors transmis oralement en Allemagne; le Danemark a également eu son compilateur émérite en la personne de Nikolai Grundtvig. La tradition n'était pas la même en Angleterre, pour le plus grand chagrin de J. R. R. Tolkien : « *Il n'y a pas d'histoires qui aient la qualité que je recherche et que je trouve dans les légendes d'autres pays. Il y a des histoires celtes, grecques, germaines, scandinaves, finnoises, mais il n'y a rien chez les Anglais, sauf un pauvre matériel de livre de vers*[1]. » Son idée, son obsession pourrait-on dire, a donc été de constituer ce légendaire, une matière mythologique complexe et riche. L'œuvre de presque toute une vie.

Les mythes nordiques sont ceux qui ont le plus influencé Tolkien. Il les découvre par le biais de William Morris, qui a créé le mouvement Arts & Crafts[2] et a publié des récits d'inspiration médiévale. Ses ouvrages étant disponibles à la bibliothèque d'Oxford où le jeune Tolkien étudiait, ce dernier a pu y avoir facilement accès. Dans ces traditions, les anneaux signifiaient richesse, renommée, noblesse et conquête. Les héros vainqueurs recevaient en récompense des anneaux qui symbolisaient leur pouvoir et leur courage. Un anneau était un bien inestimable qui passait de père en fils, symbole d'une noble et courageuse lignée. Dans cette

1 J. R. R. Tolkien, *Lettres*.

2 Mouvement réformateur dans plusieurs domaines artistiques qui se développa dans les années 1880 à 1910.

~ Statuette de Thor, Musée national d'Islande, Reykjavik, 1000.

~ *Living Well-Springs*, N. F. S. Grundtvig, Aarhus University Press, 2015.
~ *Kinder- und Hausmärchen (Contes de l'enfance et du foyer)*, les frères Grimm, Nikol Verlag, 2017. illustration de Ludwig Richter.

mythologie, le dieu Odin (ou Wotan dans sa transposition germanique) possédait un grand anneau capable de produire des copies de lui-même. Le terme de Terre du Milieu est directement transposé du Midgard nordique. La hiérarchie, ou plutôt la subdivision des dieux et demi-dieux nordiques, a inspiré au professeur sa cosmogonie fictive, avec les Valar[3] et les Maiar[4].

Mais Tolkien leur a emprunté nombre d'autres motifs. Les nains nordiques sont des artisans, des forgerons qui vivent sous terre. Odin a une longue barbe blanche, il a l'aspect d'un vieillard et lorsqu'il descend à Midgard, il arbore un long manteau bleu et un chapeau bleu-gris, une apparence proche de celle de Gandalf; mais ses différents attributs peuvent se retrouver dans plusieurs personnages. On retrouve ainsi certaines de ses caractéristiques chez le Vala Manwë et le Maia Radagast, lequel a reçu le don de la communication avec les animaux. On notera par ailleurs qu'Odin a fait forger l'anneau Draupnir, lequel goutta pour en former huit autres, neuf anneaux pour asseoir la domination d'Odin sur les Neuf Mondes. Chez Tolkien, Sauron en

3 Les Valar sont des êtres supérieurs, au nombre de quatorze, qui participèrent sous la supervision d'Eru à l'Ainulindalë, le chant primordial ayant contribué à la création du monde d'Arda.

4 Les Maiar sont des personnages de moindre puissance que les Valar, dont ils furent les serviteurs.

~ *La Légende de Sigurd et Gudrún*, J. R. R. Tolkien, Pocket, 2013, illustration de John Howe.
~ Aragorn, *La Communauté de l'Anneau*, Peter Jackson, 2001.
~ Brünnhild, carte postale, 1897.
Illustration de Gaston Bussière.

fit forger dix-neuf en plus de l'Anneau Unique, qu'il distribua aux peuples de la Terre du Milieu. Leur existence est régie par cet adage, présent au frontispice du *Seigneur des Anneaux* :

« *Trois Anneaux pour les rois des Elfes sous le ciel,*
Sept aux seigneurs des Nains dans leurs salles de pierre,
Neuf aux Hommes mortels voués à trépasser,
Un pour le Seigneur Sombre au trône de ténèbres
Au pays de Mordor où s'étendent les Ombres.
Un Anneau pour les dominer tous,
Un Anneau pour les trouver,
Un Anneau pour les amener tous et dans les ténèbres les lier
Au pays de Mordor où s'étendent les Ombres. »

À l'instar de Thor et Loki, la mythologie de Tolkien a pour moteur la rivalité entre Manwë et Morgoth, ce dernier se distinguant par son attitude rusée qui lui permet de tromper son frère et congénère. Pour récupérer Draupnir, son anneau sacré, Odin chevauche longuement. Sauron est, quant à lui, à la recherche de l'Anneau Unique, et cette quête provoquera la Guerre de l'Anneau.

Des créatures sont communes. Il y a deux dragons d'importance chez Tolkien : d'abord Glaurung, tout droit sorti des mythes scandinaves dans lesquels le héros Sigurd combat Fáfnir (qui garde le trésor de son père). Glaurung meurt, comme Fáfnir, percé à l'abdomen par l'épée de Túrin[5]. Ensuite Smaug[6], au phrasé et au comportement nettement plus modernes.

Aragorn et Túrin semblent inspirés par le héros nordique Sigurd. Comme lui, ils sont les héritiers d'une lignée prestigieuse. Tous trois ont perdu leur royaume et sont élevés dans des foyers d'adoption, sous la protection d'un roi. Tous trois aiment une femme avec un grand pouvoir, mais la concrétisation de ces amours exige des prouesses fort dangereuses, accomplies grâce à leurs épées aux vertus presque surnaturelles. Mais ces lames sont brisées lorsqu'elles entrent en leur possession : Gram est détruite par la lance d'Odin, Narsil se brise lorsqu'Elendil (aïeul d'Aragorn) est tué par Sauron, et Anglachel se fend en tuant Beleg[7]. Elles seront toutes reforgées. Les destins de ces héros divergent cependant; seul Aragorn connaîtra une fin heureuse, puisqu'il s'unira à Arwen, la princesse elfe qui perdra ainsi son immortalité, et règnera pendant des dizaines d'années sur l'Arnor et le Gondor. Le triangle amoureux qu'il forme avec Arwen et Éowyn est directement inspiré de celui formé par Sigurd, Gudrun et Brynhild, avec les mêmes positions : Brynhild et Éowyn se heurtent à une promesse déjà nouée. En outre, les deux femmes sont des guerrières audacieuses et indépendantes, qui n'acceptent pas la servitude imposée par les hommes. Túrin, lui, connaîtra une fin tragique.

5 Dans *Les Enfants de Húrin*.
6 Objet de la quête dans *Le Hobbit*.
7 Beleg est le deuxième roi d'Arthedain, ami de Túrin qui le tua par méprise.

Finn and Hengest: The Fragment and the Episode

Tolkien propose, dans *Finn and Hengest: The Fragment and the Episode*[8], la traduction et l'étude de l'histoire de Finn et Hengest, deux héros du VIIIe siècle en Europe du Nord.

Cette histoire est contée dans deux poèmes en vieil anglais, *Beowulf* et *The Fight at Finnesburg*, mais la narration en est si obscure et allusive que l'interprétation est restée sujette à controverse pendant plus d'un siècle. La version proposée par Tolkien nous permet de lire un récit combinant conflits de loyauté, vengeance, sang et mort. Se fondant sur l'histoire et les traditions des peuples germaniques, cette traduction voit donc son intérêt augmenté par le fait qu'y sont narrés les événements qui précèdent la première invasion germanique de la Grande-Bretagne par Hengest lui-même.

8 Publié à titre posthume en 1983 par l'éditeur anglais Allen & Unwin.

**« Tout ce qui est or ne brille pas,
Ne sont pas perdus tous ceux
qui vagabondent. »**

(*Le Seigneur des Anneaux :
La Fraternité de l'Anneau*, livre II, chap. II)

~ Hengest, détail de *Saxon Heptarchy*, 1611, illustration de John Speed.
~ *Finn and Hengest*, J. R. R. Tolkien, HarperCollins Publishers Ltd, 1983.

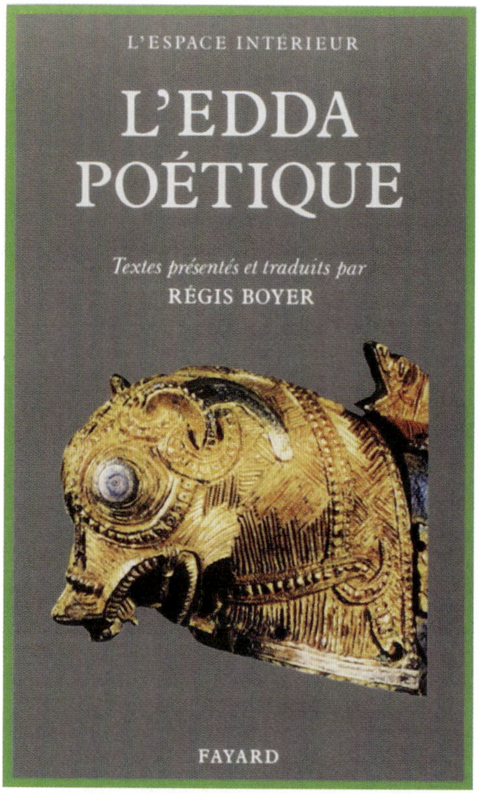

~ *L'Edda poétique*, Fayard, 1992.

La *Völuspá*

Ce poème de l'*Edda poétique*, écrit en vieux norrois, propose une section consacrée aux nains, dans laquelle on retrouve une liste de représentants de cette race. Parmi ceux-ci se trouvent douze des treize nains qui accompagnent Bilbo vers la Montagne Solitaire : Bifur, Bombur, Bofur, Nori, Oin, Fili, Kili, Dwalin, Thorin, Gloin, Ori, Dori. Mais on y trouve aussi d'autres noms de l'univers tolkienien : Lécudechesne, surnom de Thorin, le chef des Nains, et... Gandalf, le sorcier qui accompagne cette troupe si particulière. Autre point commun, la présence d'anneaux dont la possession corrompt ceux qui les détiennent.

Beowulf

Tolkien, en tant que professeur d'anglo-saxon, était un spécialiste de la saga *Beowulf* ; il a d'ailleurs toujours reconnu qu'elle l'avait grandement inspiré pour *Le Hobbit*. Le personnage de Beorn, un homme-ours qui mange du miel, en est issu directement : le nom même de Beowulf signifierait « loup des abeilles » (*bee-wolf*), une périphrase pour « ours ». Et comme on l'a déjà indiqué, Smaug est directement inspiré du dragon de *Beowulf*, même s'il est plus complexe, plus « évolué ». Le palais de Théoden, Meduseld, est très similaire à Heorot, celui de Hrothgar, souverain danois. L'arrivée d'Aragorn et consorts chez le souverain du Rohan est très similaire, jusqu'au rite consistant à laisser ses armes à la porte[9].

9 *Le Seigneur des Anneaux*, livre III, chapitre IV.

~ Ci-dessus et ci-contre : Meduseld dans la trilogie de Peter Jackson.

Le *Kalevala*

Tolkien a toujours admiré le *Kalevala*. Il a appris le finnois à Oxford, et a donc pu le redécouvrir en version originale lorsqu'il a trouvé un exemplaire dans les bibliothèques universitaires oxoniennes. Pour lui, cela a été « *comme découvrir une cave pleine de bouteilles de vin de première qualité, d'un genre et d'un goût inconnus*[11] ». Le finnois et le latin ont été à la base de sa conception du quenya.

Le *Kalevala* est une pièce maîtresse de la poésie ancienne finlandaise. En finnois, son nom signifie « terre des héros ». Il s'agit d'une collection de poèmes composés entre les ve et xive siècles, entre l'établissement des Finnois sur le territoire et l'invasion suédoise. Elle influencera la langue nationale, mais le finnois « pur » persistera dans les couches populaires de la population. En 1835, après plusieurs années d'un travail acharné, le médecin et linguiste finlandais Elias Lönnrot publie un ouvrage, qu'il appelle *Kalevala*, de près de 12 000 vers, qui reprend de nombreuses histoires orales recueillies dans la campagne de son pays. Il continue ses investigations, et publie un 1849 une deuxième édition enrichie, de près de 23 000 vers. Des éditions posthumes ont proposé de nouveaux vers. Le travail de Lönnrot ne s'est pas limité à une compilation et une correction, mais il est allé plus loin, en réécrivant, voire extrapolant certains passages manquants, essayant de donner une unité et une finitude à cette œuvre unique, considérée comme un trésor national. Sa date de sortie est commémorée chaque année dans tout le pays.

Le personnage principal est le barde Väinämöinen, magicien qui joue du kantele, l'instrument à cordes finlandais. Il est le fils d'Ilmatar, la déesse de l'Air et la mère de l'Eau. Le *Kalevala* commence avec un récit de création, où le ciel, la Terre, le Soleil et la Lune naissent d'œufs de canards qui sont déposés sur le genou d'Ilmatar. Väinämöinen apparaît dès le premier chant. Six chants sont consacrés aux aventures du héros tragique Kullervo. Maltraité dès l'enfance, Kullervo est doté de pouvoirs magiques qui le protègent. Mais, aveuglé par

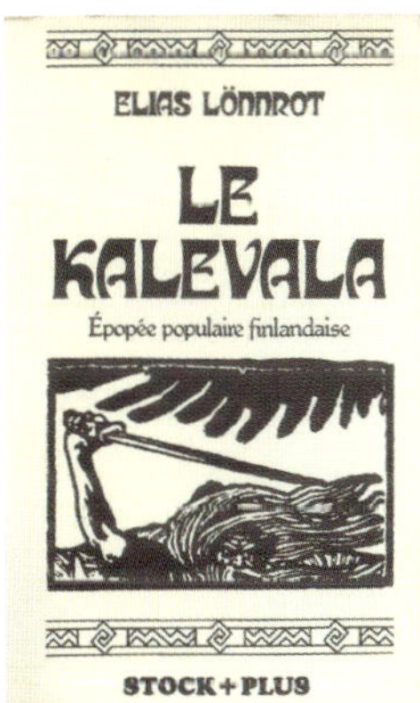

~ Ci-dessus : *The Old Kalevala*, Harvard University Press, 1970.
Le Kalevala, Elias Lönnrot, Stock, 1970.

Tolkien a été longtemps fasciné par ce texte ; dans les années 1920, il en a tiré une traduction en vers allitératifs, puis plus tard une autre en prose, laquelle a été relue par son ami C. S. Lewis, puis publiée à titre posthume par son fils Christopher en 2014 (fin 2015 pour la version française[10]). Le résultat est un texte admirable, riche, qui semble puiser aussi bien dans les racines mythologiques de l'œuvre que dans le contexte historique et littéraire de l'époque (viiie siècle pour les premières versions du conte).

10 Traduction de Christine Laferrière, aux éditions Christian Bourgois.

11 J. R. R. Tolkien, *Lettres*.

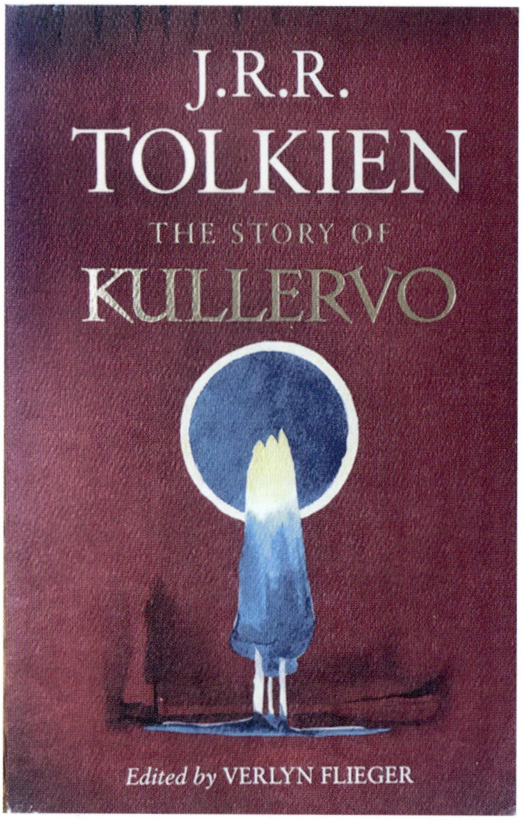

~ *THE STORY OF KULLERVO*, J. R. R. TOLKIEN, HARPERCOLLINS, 2015.

la vengeance, il devient un homme sans foi ni loi, extrêmement violent. Il finit par se suicider en se jetant sur le fil de son épée après avoir découvert qu'il avait violé sa propre sœur.

En 1914, alors qu'il développe ses langues et les récits qui deviendront *Le Silmarillion*, Tolkien travaille sur une version de l'histoire de Kullervo. Ainsi naît le récit de Túrin Turambar, dont l'ascendance est évidente. Les deux histoires sont tragiques, tristes, le héros est l'objet d'un destin cruel. Par malchance ou par malice, Kullervo et Túrin commettent des actes parfois abominables, voyant en leurs adversaires les responsables de leurs maux. Ils sont tous les deux proches de leur mère, mais ne connaissent pas leur sœur, une situation qui causera leur perte. Túrin, cependant, est animé de meilleures intentions que Kullervo : ce sont la malchance et la méconnaissance, couplées à la malédiction de Morgoth, qui le mènent à sa perte. Les deux histoires connaissent en revanche la même scène finale, les héros se suicidant avec leurs épées après avoir eu des échanges lugubres avec elles.

Mais les similitudes ne s'arrêtent pas là, puisque que le barde Väinämöinen ressemble physiquement à Gandalf, lequel affronte son égal et ennemi Saruman, tout comme Väinämöinen avec son ennemi Joukahainen. Vaincu ou perdu, il est sauvé des flots qui l'attendent à la fin de sa chute par... un aigle qui le ramène sur la terre ferme. Le duel de chansons et d'incantations des deux bardes se retrouve aussi dans l'affrontement entre Sauron et Finrod Felagund (*Le Silmarillion*) et la joute de chansons magiques entre Sauron toujours et Lúthien (*Beren et Lúthien*). Le Sampo, moulin magique forgé par Ilmarinen, permettait de réaliser de grandes choses ; les Silmarils[12] semblent en être inspirés.

En plus du conte mettant en scène Túrin, Tolkien avait tenté de livrer sa propre version de l'histoire de Kullervo, sans la mener à son terme. Elle est pourtant disponible depuis 2015, dans une nouvelle édition établie par Verlyn Flieger, complétée par des notes de travail et des ébauches de l'auteur[13].

~ *EDDA*, SNORRI STURLUSON, GARZANTI, 2016, ILLUSTRATION DE ÓLAFUR BRYNJÚLFSSON.
~ COUVERTURE DU MANUSCRIT DE L'*EDDA DE SNORRI*, 1760, COPENHAGUE, BIBLIOTHÈQUE ROYALE, ILLUSTRATION DE ÓLAFUR BRYNJÚLFSSON.

LES *EDDA* ET SAGAS NORDIQUES

Composés au XIIIe siècle à partir d'une tradition orale antérieure, les *Edda* sont deux livres contenant des récits de natures et de formes diverses : légendes, proverbes, récits historiques et mythes, en prose ou en vers. Vers 1220, le poète chrétien islandais Snorri Sturluson rédige l'une des deux pièces, appelée l'*Edda de Snorri* ou *Edda en prose*. Près de trente ans après sa mort, vers 1260-1270, un nouveau récit, appelé *Völsunga saga*, vient s'y ajouter. Tolkien s'est inspiré de l'un des récits présents dans cette dernière œuvre, écrite en vieux norrois, racontant les exploits d'un jeune prince, Sigurd, dans une épopée mêlant amour et action. Cette histoire étant dispersée (notamment dans l'*Edda* de l'Islandais Snorri Sturluson, *La Chanson des Nibelungen* et le *Codex Regius*) et fragmentaire, Tolkien s'est attaché (vraisemblablement dans les années 1930) à reconstituer et traduire l'ensemble en vieil anglais, tout en respectant une forme de mètre poétique particulier au vieux norrois et à l'anglo-saxon, le *fornyrðislag*, mais aussi à combler certains trous narratifs. Dans l'ouvrage *La Légende de Sigurd et Gudrún*[14] comportant cette version, Christopher Tolkien a rédigé une longue introduction (reprenant en partie une conférence de son père sur le sujet), ainsi que des commentaires a posteriori très fournis, accompagnés de deux autres courts poèmes ayant trait à la même légende.

12 Les Silmarils sont des bijoux créés par le forgeron Fëanor, dont la *Quenta Silmarillion* raconte l'épopée.

13 Pas encore traduite en français à ce jour.

14 Sorti en 2009 chez HarperCollins, en 2010 chez Christian Bourgois.

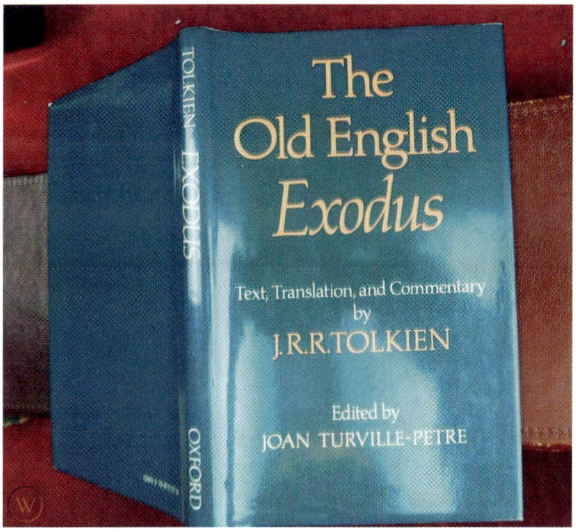

~ *The Christ of Cynewulf*, Cynewulf, HardPress Publishing, 2013.
~ *The Old English Exodus*, J. R. R. Tolkien, Oxford University Press, 1982.

« Un nouveau personnage est entré en scène (je suis sûr de ne pas l'avoir inventé, et je n'en voulais pas, même si je l'aime bien, mais il est arrivé dans la forêt d'Ithilien) : Faramir, le frère de Boromir. »

(*Lettres*, n° 66, 6 mai 1944)

L'ouvrage est en fait composé de deux lais en vers. Le premier lai est intitulé *Völsungakviða en nýja* (« Le Nouveau Lai des Völsung » en vieux norrois) et sous-titré *Sigurðarkviða en mesta* (« Le Plus Long Lai de Sigurd »). Il comprend 9 sections, plus une introduction, totalisant 339 strophes. Il retrace l'histoire de Sigurd, le grand héros qui s'empare du trésor de Fáfnir le dragon après l'avoir abattu. Il raconte également comment Brynhildr, la Walkyrie qui sommeille au milieu d'un cercle de feu, est réveillée par Sigurd. Enfin, il rapporte comment Sigurd entre à la cour des grands princes, les Niflung (ou Nibelung), avec qui il devient frère de sang. Dès lors surgissent amours et rancœurs attisées par les pouvoirs de la sorcière, la mère des Niflung, qui maîtrise la magie et la métamorphose. Scènes spectaculaires, identités troublées, passions contrariées, conflits amers... La tragédie de Sigurd et Brynhildr, et de Gudrún, l'épouse de Sigurd, aboutit au meurtre de ce dernier par les mains de ses frères de sang, au suicide de Brynhildr et au désespoir de Gudrún.

Le second poème s'intitule *Guðrúnarkviða en nýja* (« Le Nouveau Lai de Gudrún » en vieux norrois). Il est sous-titré *Dráp Niflunga* (« La Mise à mort des Niflung ») et compte 166 strophes. Il raconte l'histoire de Gudrún après la mort de Sigurd, de son mariage forcé avec Atli (ou Attila), le chef des Huns qui tue ses frères, ainsi que de sa monstrueuse vengeance.

Les poèmes en moyen anglais

Tolkien a également été influencé, dès sa jeunesse, par des histoires poétiques comme le *Crist* de Cynewulf (qui date du VIIIe siècle), dont la sonorité lui a plu, et dans lequel il a picoré des noms comme Earendel, qu'il utilisera dans *Le Voyage d'Earendel,* l'un de ses premiers poèmes, puis transformera en Eärendil, l'un des personnages les plus importants de son légendaire (et surtout le premier à avoir sa propre histoire). C'est un Semi-Elfe, fils unique de Tuor, un Homme de haute lignée, et d'Idril Celebrindal, Elfe et fille du roi de Gondolin. Il naît à Gondolin et échappe au sac de la ville dans son enfance : ses parents s'enfuient jusqu'à l'embouchure du Sirion, où il rencontre et épouse Elwing. Il a deux fils, Elrond et Elros. Devenu marin, il s'efforce d'atteindre Aman pour solliciter l'aide des Valar dans la lutte contre Morgoth. Eärendil, portant un Silmaril au front, devient une étoile.

The Old English Exodus est une édition du poème en vieil anglais *Exodus* (contant l'Exode des Hébreux hors d'Égypte) accompagné de sa traduction par Tolkien. Il a été publié de façon posthume par Joan Turville-Petre en 1982. Le texte et sa traduction sont accompagnés d'un commentaire produit à partir de notes écrites par Tolkien pour une série de conférences données sur le sujet à ses classes à Oxford dans les années 1930 et 1940.

~ *La Chute d'Arthur*, J. R. R. Tolkien, Christian Bourgois Éditeur, 2013, illustration de Bill Sanderson.

Les légendes arthuriennes

Gandalf revêt quelques caractéristiques proches de celles de Merlin, l'enchanteur et mentor d'Arthur. Tout comme le mage, il servira de conseiller et de mentor à celui qui sera sacré roi légitime du Gondor et de l'Arnor. Tout comme le mage, il n'est pas humain, a des pouvoirs de prophétie et fait preuve – la plupart du temps – de sagesse. Ils sont proches jusque dans leur apparence : une longue robe, un chapeau de couleur, un bâton leur permettant de canaliser leurs sorts... Leurs origines et leurs destinées sont tout aussi mystérieuses. Lorsqu'on perd leurs traces, ils sont tous les deux sur un bateau, l'un pour accompagner Arthur, mortellement blessé après une énième bataille, vers l'île d'Avalon, où les fées pourront le guérir, et l'autre vers Aman, domaine des dieux, en transitant par... Avallónë, où se trouvent les Elfes. Frodo, qui l'accompagne, est alors très affecté par l'Anneau, et espère pouvoir y être guéri ; sans espoir de retour cependant.

Tolkien a rédigé sa propre version de la fin de vie d'Arthur, en vers allitératifs, sortie de manière posthume[15]. *La Chute d'Arthur* raconte la dernière campagne du roi Arthur qui, alors qu'il est à l'orée de la Forêt-Noire, doit impérativement rentrer en Grande-Bretagne, aux nouvelles de la trahison de Mordred. Déjà éprouvé par l'infidélité de Guenièvre et Lancelot, désormais exilés, Arthur doit soulever ses chevaliers pour combattre une dernière fois les révoltés à la solde de Mordred et les mercenaires étrangers.

Le texte est inachevé mais comporte environ 1 000 vers, rédigés peu avant l'écriture du *Hobbit*. Le futur auteur du *Seigneur des Anneaux* y fait déjà preuve de belles dispositions pour l'épopée, et une petite musique trotte déjà dans la tête, puisque l'île d'Avalon y a une fonction très proche de celle qu'elle aura dans son légendaire, à savoir le refuge des Elfes...

Sir Gawain and the Green Knight, Pearl and Sir Orfeo est la compilation de trois poèmes écrits en moyen anglais. Le premier texte raconte l'histoire de Gawain (Gauvain dans la version française), chevalier à la cour du roi Arthur, qui répond au défi d'un chevalier vert qu'il bat (et décapite) en duel mais doit revenir se battre avec lui au bout d'un an et un jour (ledit chevalier vert s'en étant retourné avec sa tête sous le bras).

Pearl traite d'une petite fille d'à peine 2 ans qui meurt, et dont le père, effondré, la voit en rêve au paradis, où Dieu en a fait une reine. Cela semble profondément injuste à son père, au vu de la brièveté de sa vie et de son œuvre minime sur Terre. Ce à quoi sa fille rétorque longuement que Dieu peut accorder sa grâce à qui bon lui semble, quels que soient ses mérites.

Orfeo est le nom d'un roi, par ailleurs harpiste renommé, qui perd son épouse, laquelle a suivi le roi des fées. Il place un intendant sur son trône et part pendant dix ans pour la reconquérir. Ce qu'il fait en réjouissant le roi des fées par ses talents de harpiste ; à son retour chez lui, il récupère son trône.

Conclusion

Tolkien a donc puisé au sein de multiples sources mythiques, originaires de différentes régions et de différentes époques. Mais avant de les intégrer à son imaginaire, ou concomitamment, il les a faites siennes, et en a parfois livré des versions érudites.

~ Page de droite : *Beowulf*, J. R. R. Tolkien, Christian Bourgois Éditeur, 2015, illustration de l'auteur.
~ *Erec og Enide (Erec et Enide), Chrétien de Troyes*, Aschehoug, 1983. Édition norvégienne.
~ *La Geste des Danois*, Saxo Grammaticus, Gallimard, 1995.
~ *The Riddles of the Exeter Book*, Frederick Tupper, Ginn and Company, 1910.
~ *Hervarar saga ok Heiðreks, Viking Society for Northern Research*, University College London, 2006.

15 *La Chute d'Arthur* est sorti en 2013 en anglais chez HarperCollins et en français chez Christian Bourgois (traduction de Christine Laferrière).

Entretien avec Mahdî Brecq

Madhî Brecq étudie la littérature médiévale française et scandinave à l'université de Dijon et à l'École pratique des hautes études (EPHE) de Paris. Il s'est intéressé aux sources d'inspiration de l'œuvre de Tolkien.

~ Mahdî Brecq © D. R.

On considère que Tolkien a puisé une bonne partie de son imaginaire dans les mythes germano-scandinaves. Pouvez-vous nous dire quels mythes, et pourquoi ?

Il faut rappeler que Tolkien, avant d'être écrivain, est avant tout un universitaire, pleinement versé en philologie germanique. C'est un érudit qui connaît intimement des œuvres comme *Beowulf*, ou la manière dont les langues, depuis le germanique commun, ont évolué, de manière autonome. Je pense qu'il faut avoir cela en tête : cela éclaire pour beaucoup son œuvre fictive.

Les mythes qui ont influencé Tolkien sont de natures diverses. L'un des exemples les plus fréquemment cités est celui de Sigurðr Fáfnisbani, le héros de la *Völsunga saga*, qui est l'équivalent scandinave de Siegfried de la *Chanson des Nibelungen*. C'est un personnage qui combat un dragon, un prince qui doit recouvrer son royaume, un homme maudit par un anneau. Tolkien aimait profondément ce texte, comme le témoignent ses propres mots, prononcés lors d'une conférence en 1911 : « *La saga nous montre le génie épique le plus élevé, emportant la sauvagerie de haute lutte, pour parvenir à une humanité consciente et accomplie.* » On peut encore citer, parmi de nombreux exemples, celui du nom Éarendel, que Tolkien a découvert dans le *Crist* de Cynewulf. Ce mot signifie, en vieil anglais, « étoile du matin ». Il connaît de nombreux équivalents dans les langues germaniques et même en latin. À partir de ce mot, Tolkien a composé un mythe, dépeint dans *Le Voyage d'Éarendel l'Étoile du soir*. Chez l'auteur, le mythe peut ainsi être retravaillé à partir de légendes anciennes, ou bien être créé de toutes pièces, reposant sur un mot dont la signification et la musicalité des sons suscitent ce besoin de conter.

Les dragons semblent tenir une place particulière dans son œuvre. Outre Smaug, au cœur de l'intrigue du *Hobbit*, on peut citer Glaurung. Selon vous, quel est leur rôle chez Tolkien ?

Leur rôle ne diffère guère de celui des textes anciens. Prenons le dragon du *Beowulf*, Fáfnir chez les Scandinaves ou encore le reptile qu'affronte un certain Frotho dans la *Geste des Danois* : tous sont gardiens de trésor et, surtout, d'une grande dangerosité. Cependant, qui dit présence d'un dragon dit affrontement avec un héros, qui parvient inéluctablement à l'occire. Il peut cependant succomber à l'issue du combat, comme c'est le cas pour Beowulf. Les dragons font partie de la littérature de l'imaginaire depuis de nombreux siècles : ils peuplent les récits depuis l'Antiquité et ont rencontré un succès notable dans la littérature scandinave médiévale. Les dragons peuplent ces récits, car les Scandinaves en sont amateurs. Je veux pour preuve la version norroise d'*Erec et Enide* de Chrétien de Troyes, traduite à la cour du roi de Norvège Hákon

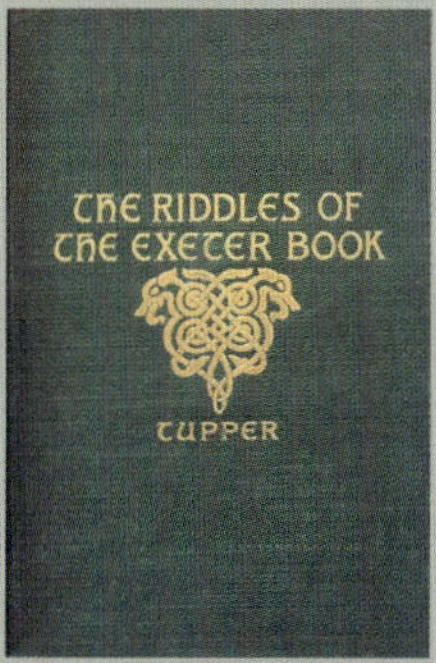

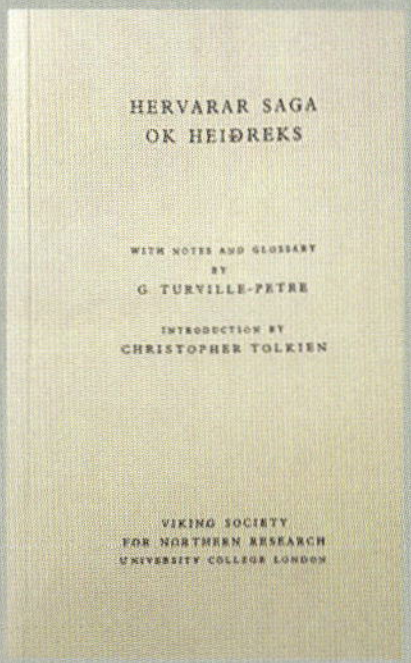

~ *The History of The Hobbit, part 1: Mr. Baggins*, John D. Rateliff, HarperCollins, 2008, illustration de J.R.R. Tolkien.
~ *The History of The Hobbit, part 2: Return to Bag-End*, John D. Rateliff, HarperCollins, 2008, illustration de J.R.R. Tolkien.
~ *Sigurd suce le sang sur son pouce après avoir tué Fáfnir*, porte de l'église de Hylestad. Musée d'histoire de Norvège, Oslo.

Hákonarson : elle contient un épisode inédit, dans lequel Erec affronte un dragon, alors qu'il n'en est rien dans l'œuvre médiévale française ! Ayant une grande connaissance de la littérature germanique ancienne, Tolkien ne pouvait passer à côté de ces créatures monstrueuses qui donnent, selon moi, beaucoup de relief à une histoire !

Dans son ouvrage *The History of the Hobbit*, John Rateliff nous apprend qu'à l'origine Bilbo devait tuer Smaug. Pourquoi Tolkien a-t-il changé d'avis ?

À mon avis, Tolkien a certainement dû renoncer à cette issue pour le dragon, la jugeant sans doute trop humoristique, trop décalée par rapport aux combats de dragons tels qu'ils sont attestés dans les vieilles légendes. C'est le héros qui tue le dragon. Non pas que Bilbo ne soit pas un héros, entendons-nous ! Son rôle et son importance sont ailleurs. Ce premier jet d'écriture n'est pas sans rappeler, à certains égards, l'histoire du *Fermier Gilles de Ham*, récit qui met en scène le fermier Gilles, qui affronte un dragon du nom de Chrysophylax, autrement dit « Gardien de trésor ». Bilbo, dans la version finale du conte, s'empare d'une coupe du trésor d'Erebor. Un lecteur averti reconnaîtra dans cet épisode une réécriture d'un passage de *Beowulf*, où un voleur réveille un dragon, après lui avoir dérobé une coupe ouvragée. Comme on peut le voir, la littérature germanique ancienne apporte des éclairages sur l'œuvre de Tolkien.

Le jeu des énigmes entre Bilbo et Gollum, un passage emblématique du *Hobbit*, semble être l'héritier d'une longue tradition dans les récits scaldiques. Pouvez-vous nous en donner quelques exemples ?

Le terme « scaldique » renvoie au *skáld*, au poète, en norrois. L'art scaldique est de nature complexe, tant par la disposition des mots que les jeux sur les sonorités et les métaphores filées. Par sa manière contournée de dire les choses, cette poésie a parfois donné lieu à des jeux d'énigmes. Pour ne citer que quelques exemples, dans l'*Edda* dite poétique, il faut lire les *Vafþrúðnismál*, ou les *Alvíssmál*. Pour la littérature des sagas, je recommande la *Hervarar saga ok Heiðreks* (*La Saga de Hervor et du roi Heidrekr*), que le fils de Tolkien, Christopher, a traduite en 1960. Enfin, il ne faut pas négliger ce qui s'est fait ailleurs dans l'aire germanique : du côté de la littérature anglaise médiévale, les *Riddles of the Exeter Book*, à mon sens, n'étaient pas étrangères à Tolkien.

Le personnage de Gandalf est plus complexe qu'il n'en a l'air : simple prestidigitateur, demi-dieu ou mage de très haut niveau ? Quelle est son essence véritable ?

C'est une question difficile à laquelle il n'y a pas véritablement de réponse. On peut tenter de cerner le personnage de la sorte : du point de vue interne à l'œuvre, c'est une divinité, dépeinte sous les traits d'un vieillard à la longue barbe; du point de vue externe, son nom est emprunté à celui d'un nain dans l'*Edda poétique* et veut dire « elfe magicien ». On l'a également rapproché, du fait de sa physionomie et d'autres attributs, du dieu scandinave Óðinn. C'est une piste intéressante, en effet. Mais Gandalf rappelle pour beaucoup le mage Merlin des légendes arthuriennes. Les emprunts sont multiples, témoignant de la profondeur avec laquelle Tolkien a créé ses personnages. Gandalf, ou à plus forte raison Tom Bombadil, sont des figures énigmatiques laissées par l'auteur.

Finalement, diriez-vous que Tolkien a inventé une mythologie complexe et complète, ou qu'il a su digérer et adapter un nombre considérable de légendes et de mythes pour construire tout un univers ?

C'est un sujet qui a fait couler beaucoup d'encre et sur lequel les avis divergent. Il m'est avis que Tolkien se situe dans un entre-deux. Dans un premier temps, il a été nourri par ces vieilles légendes, habité par les Fáfnir et autres créatures fabuleuses. Il est chose connue qu'un auteur n'écrit jamais à partir de rien. Il compose en se fondant sur ses expériences de lecteur et cherche à les dépasser. L'œuvre de Tolkien est certes imprégnée de mythes et de récits légendaires, mais il a su innover à partir de cette matière et, surtout, inventer, créer. Tous les lecteurs de Tolkien n'ont pas connaissance des influences disséminées dans son œuvre et pourtant ils en apprécient la lecture. C'est à mon sens ce qui importe le plus.

Un dernier mot pour terminer ?

Takk fyrir ! (« Merci » en islandais, NDLR.)

Autres influences

Au-delà des mythes nordiques et anglo-saxons, Tolkien a puisé dans bien d'autres sources, mais de manière plus modeste ou diffuse. On peut cependant en détacher quelques-unes.

Les deux romans *Les Mines du roi Salomon* et *Elle*, de l'auteur de romans d'aventure Henry Rider Haggard, comportent des éléments significatifs au regard de l'œuvre de Tolkien. Dans le premier, la bataille finale et le personnage de Gagoul (Gagool en version originale) rappellent la bataille des Cinq Armées et le personnage de Gollum dans *Le Hobbit*. Dans *Elle* se trouve une cité en ruine nommée Kôr, un nom repris tel quel par Tolkien dans les premières versions du *Silmarillion*, et la reine Ayesha, qui donne son titre au roman, préfigure plusieurs aspects de Galadriel, souveraine elfe rencontrée par la Fraternité de l'Anneau. Comme elle, Ayesha est quasiment immortelle et infiniment âgée, et permet au héros d'apercevoir des scènes se déroulant très loin, et à une autre époque. À la différence de Galadriel, Ayesha est un personnage malveillant.

~ Richard Wagner, 1871. Photo Franz Hanfstaengl.
~ *Les Mines du roi Salomon*, Robert Stevenson, 1937.
~ *Les Mines du roi Salomon*, Compton Bennett, 1950.
~ Gagoul (Sydney Fairbrother), dans le film de 1937.
~ Deborah Kerr, Richard Carlson et Stewart Granger dans le film de 1950.

~ *She*, H. Rider Haggard, Dell, 1949, illustration de Lou Marchetti.

Considéré par certains spécialistes comme le père de la *fantasy*, l'auteur et architecte britannique William Morris (1834-1896) a fortement et durablement inspiré Tolkien. Traducteur de sagas islandaises (la *Völsunga saga*), puis auteur de fictions mettant en scène des univers autonomes, inspirés de la matière arthurienne, avec des chevaliers devant accomplir des quêtes. Le professeur lui aurait notamment emprunté le goût des paysages grandioses, et plus précisément les Marais Morts et la forêt de Grand'Peur.

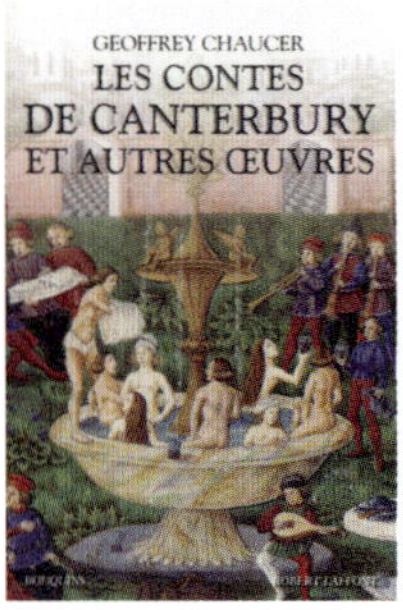

~ GALADRIEL, *LA COMMUNAUTÉ DE L'ANNEAU*, PETER JACKSON, 2001.
~ *LES CONTES DE CANTERBURY ET AUTRES ŒUVRES*, GEOFFREY CHAUCER, ROBERT LAFFONT, 2010.
~ *WONDER TALES*, LORD DUNSANY, DOVER, 2003, ILLUSTRATION DE SIDNEY SIME.
~ *THE BLUE FAIRY BOOK*, ANDREW LANG, DAVID MCKAY COMPANY, 1921, ILLUSTRATION DE FRANK GODWIN.

Les wargs qu'affrontent Bilbo et ses compagnons nains dans *Le Hobbit* sont, de l'aveu de Tolkien lui-même[1], une résonance d'une ou plusieurs scènes qu'il a lues, enfant, dans le roman d'aventures écrit par l'écrivain écossais Samuel Rutherford Crockett, *The Black Douglas* (1899), avec des scènes de bataille contre des loups-garous. Tolkien aurait poussé le mimétisme jusqu'à en reproduire le style et le déroulement.

Les Hobbits, que Tolkien a placés au centre de ses deux romans, ont été en partie inspirés par les Snergs du roman d'Edward Wyke-Smith, *The Marvellous Land of Snergs*, paru en 1927. Ce sont des créatures humanoïdes de petite taille, aimant particulièrement la nourriture et les fêtes.

La découverte en 2012 de documents inédits dans les archives d'une maison d'édition d'Oxford a révélé un projet inconnu de Tolkien, intitulé *Clarendon Chaucer*[2]. Ce projet, qui devait compter 20 pages, et en comporte plus de 160, met en lumière l'influence que l'écrivain du XIVe siècle a pu avoir, grâce à l'un de ses *Contes de Canterbury*. En effet dans *The Pardoner's Tale* (*Le Conte du vendeur d'indulgences*), trois hommes trouvent un trésor, et deux d'entre eux tuent l'autre pour le posséder. Hélas, ils meurent dans la foulée, et ne peuvent donc en bénéficier. Le début de l'intrigue ne vous rappelle rien ? Mais si, la façon dont Sméagol, devenu plus tard Gollum, entre en possession de l'Anneau Unique, en tuant son cousin Déagol. Le destin met simplement beaucoup plus de temps (près de 600 ans) à rattraper le meurtrier.

Dans *The Wife of Bath's Tale* (*Le Conte de la bourgeoise de Bath*), Chaucer évoque avec tristesse la disparition des fées. Un procédé que Tolkien aurait réitéré pour parler du départ des Elfes de la Terre du Milieu à la fin du *Seigneur des Anneaux*.

George MacDonald (1824-1905) est une autre influence assumée par Tolkien, dans le sens où il s'agit du seul auteur de contes de l'époque victorienne qui ait trouvé grâce à ses yeux. *Le Hobbit* lui est en partie redevable, puisqu'à l'instar des écrits du pasteur calviniste britannique, le genre fantastique, au sens large, lui permet de parler de la société.

Dans les années 1920 et 1930, Lord Dunsany, écrivain anglo-irlandais, est l'un des auteurs de référence des Inklings, le cercle d'amis érudits fondé par Tolkien et d'autres à Oxford. Fortement inspirées de la mythologie européenne, les nouvelles et romans qu'il produit alors développent des univers riches, détaillés, depuis leurs fondations mythiques jusqu'aux petites choses du quotidien, offrant un panorama cohérent des différences entre le monde réel et le monde elfique. Ses récits

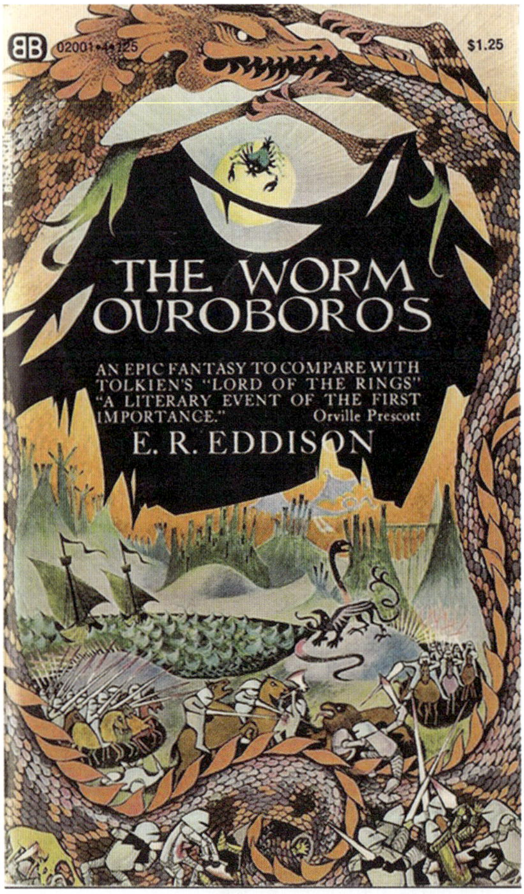

~ *THE WORM OUROBOROS*, E. R. EDDISON, BALLANTINE BOOKS, 1973, ILLUSTRATION DE BARBARA REMINGTON.

1 Dans ses *Lettres*.

2 *Tolkien's Lost Chaucer*, édité par John M. Bowers chez Oxford University Press, septembre 2019.

allient intrigues profondes et expression poétique subtile ; son influence sur Tolkien est incontestable, lui qui le considérait comme l'un des « inventeurs de noms » de la littérature britannique.

Andrew Lang, homme de lettres écossais, a intéressé Tolkien à deux titres. D'abord pour ses travaux sur les mythes (regroupés sous le titre *Mythes, cultes et religion*[3]), mais aussi pour ses recueils de contes pour enfants, dont le premier, *The Blue Fairy Book*, est paru en 1889, soit peu de temps avant la naissance de Tolkien. Son enfance a ainsi été bercée par ces récits, même si plus tard Tolkien a reproché à l'auteur d'être plutôt un « investigateur de folklore » qu'un véritable conteur[4].

Eric Rücker Eddison (1882-1945) est considéré, au même titre que Lord Dunsany, comme l'un des pères de la *fantasy*. Son roman *The Worm Ouroboros*[5], sorti en 1922, se déroule sur une planète Mercure fantasmée, à la surface de laquelle se font la guerre deux peuples d'humains plus grands que nature. À la fin de la guerre, la faction victorieuse, s'ennuyant de ne plus avoir d'adversaires à sa hauteur, demande aux dieux à pouvoir remonter le temps pour pouvoir recommencer le conflit. Le cadre est pseudo-médiéval, et la dimension épique de l'ensemble rappelle les sagas nordiques. Des années plus tard, Eddison publiera trois autres romans dans le même univers, plus centrés sur les divinités, donnant une dimension plus mythologique voire cosmogonique à cet univers. C'est également un spécialiste de vieux norrois, ce qui fait deux points communs avec Tolkien, même si celui-ci émettra de sérieuses réserves sur la cohérence de l'univers crée par Eddison ; les noms des peuples et des personnages semblent en effet choisis au hasard. Tolkien, malgré ces réserves, le tient comme l'un des plus grands inventeurs de mondes fictifs.

« Il est des choses qu'il vaut mieux entreprendre que refuser, quand bien même la fin risque d'être sombre. »

(*Le Seigneur des Anneaux : Les Deux Tours*, livre III, chap. II)

Deux autres auteurs, encore plus prestigieux, sont parfois invoqués pour donner une dimension plus « élevée » à l'œuvre de Tolkien. Il s'agit d'une part de Shakespeare, dont Tolkien connaissait bien sûr l'œuvre depuis son plus jeune âge, et pour l'avoir étudié en tant que philologue. On sait qu'il a par ailleurs assisté à des représentations de différentes pièces du dramaturge. En revanche, il est difficile de retrouver des traces de Shakespeare dans Tolkien, qui trouvait que son œuvre était une succession de promesses non remplies. Ainsi le professeur aurait-il écrit certaines scènes en réaction à ce qu'a fait son glorieux prédécesseur, pour en quelque sorte « corriger », voire « améliorer » les idées originales. Il en va ainsi de la marche des Huorns et des Ents sur l'Isengard (référence à la forêt qui marche dans *Macbeth*) ou encore la mort du Roi-Sorcier d'Angmar (en réaction à la prophétie qu'« *aucun homme né d'une femme* » ne pourrait tuer ce même Macbeth).

3 Traduit en France en 1896 chez Félix Alcan.

4 Position qu'il défend dans sa conférence *Du conte de fées* (donnée en 1939 à l'université Saint-Andrew, en Écosse), publiée ensuite sous forme d'essai.

5 Sorti en France chez Callidor en 2017, sous le titre *Le Serpent Ouroboros*.

~ Ayesha (Ursula Andress), *She (Elle)*, 1965.

L'autre figure invoquée est bien évidemment Wagner, qui a écrit l'un de ses opéras les plus célèbres, *L'Anneau du Nibelung*, sur l'histoire d'un anneau maudit... Tolkien connait bien les opéras, il a assisté à de nombreuses représentations, notamment avec son épouse Edith, passionnée de musique. Mais ce que Tolkien reproche essentiellement à Wagner, c'est sa méconnaissance de la matière première, les mythes rhénans qui lui ont inspiré sa célèbre tétralogie. Sa colère sera révélée lorsqu'en 1961, une traduction en suédois du *Seigneur des Anneaux* voit sa préface signée par le traducteur affirmer péremptoirement que « *l'Anneau Unique est d'une certaine manière l'Anneau du Nibelung* ». À cette évocation, la réaction de Tolkien est éloquente : « *Ces deux anneaux sont ronds, et c'est là leur seule ressemblance*[6]. »

On précisera cependant qu'il y a quelques motifs communs, dus à la source à laquelle ils se sont tous deux abreuvés : Sauron et Alberich ont tous deux forgé l'Anneau pour des raisons peu glorieuses. La possession de l'artefact amènera un fratricide dans les deux histoires (Fasolt d'une part, Déagol d'autre part). Mais c'est à peu près tout. Le rythme impulsé à l'histoire, sa nature même (plus épique chez Wagner que chez Tolkien) montrent un traitement très différent d'un sujet commun. En cela, parler d'influence de l'un vers l'autre est délicat, même si on voit qu'ils ont probablement la même origine.

Conclusion

On a longtemps pensé qu'en tant que philologue, Tolkien avait puisé son inspiration essentiellement dans les mythes nordiques et anglo-saxons. Mais il a aussi lu, dans sa jeunesse, un certain nombre d'auteurs ayant contribué aux premiers balbutiements de la *fantasy* durant le siècle précédent. Leur influence est plus ténue, mais indéniable.

6 *Lettres*, n° 229, 23 février 1961.

TOLKIEN ET LA RELIGION

Catholique fervent, J. R. R. Tolkien a curieusement peu fait affleurer ses convictions dans ses récits. C'est du moins ce qu'on pense communément.

L'inclusion (discrète) du décor catholique commence tôt, dès les premiers Âges du monde créé par Tolkien, dans ce qui deviendra *Le Silmarillion*. Ilúvatar demande aux Ainur de composer, chacun et chacune de leur côté, une mélodie qui doit s'entremêler avec les autres pour créer le monde. Mais Melkor décide de produire sa propre ligne mélodique, discordante, qui lui permettrait d'avoir plus de pouvoir. Il entre ainsi en conflit avec l'être suprême. Cette histoire rappelle forcément celle de Lucifer, qui était au début un ange et chuta sur Terre pour avoir fait passer ses désirs avant ceux de son maître. Après des millénaires de lutte, Melkor, également appelé Morgoth, fut vaincu et jeté dans le Néant, comme Lucifer, devenu le Diable. Cette vision n'est donc pas manichéenne : l'ennemi n'est pas né mauvais, il l'est devenu.

Les Elfes, un peuple élu, béni des divinités, sont obligés, à cause de la haine de Morgoth à leur encontre, de fuir à plusieurs reprises, de se scinder, et même de se battre entre eux, comme les Juifs de la Bible.

“ Les “histoires” ont été conçues pour procurer un monde aux langues, plutôt que l'inverse. ”

(*Lettres*, n° 165, juin 1955)

Au-delà d'Eru, des Ainur et des Valar, dont l'essence divine ne fait guère de doute, on a une sorte d'arrière-plan indiquant qu'une volonté au-delà de la compréhension est en œuvre. Ainsi, à la toute fin du *Hobbit*, Gandalf dit à Bilbo : « *Pensez-vous réellement que toutes vos aventures et vos péripéties ont été dictées par la chance, uniquement dans votre intérêt ? Vous êtes quelqu'un de très bien, monsieur Bessac, et je vous aime beaucoup; mais en réalité, vous n'êtes vraiment qu'un tout petit bonhomme dans un monde bien plus vaste !*[1] »

1 *Le Hobbit*, chapitre X, « La dernière étape », nouvelle traduction de Daniel Lauzon, Christian Bourgois, 2012.

~ Gollum et Frodo, *Les Deux Tours*, Peter Jackson, 2002.
~ *Le Silmarillion, Contes et légendes inachevés*, J. R. R. Tolkien, Christian Bourgois Éditeur, 2002, illustration de John Howe.

~ Sam, *Le Retour du roi*, Peter Jackson, 2003.

Des coïncidences troublantes

De même, dans *Le Seigneur des Anneaux*, lorsque Frodo émet des doutes sur le fait d'avoir laissé Gollum en vie, Gandalf sous-entend qu'il a un rôle à jouer dans le destin de l'Anneau, et qu'il a bien fait de l'épargner. Cela sous-tendrait l'existence d'une entité, d'une volonté d'essence divine. Pourtant, la présence de cette entité est tellement ténue dans le texte qu'on est en droit de douter de sa réalité. Les exégètes s'autorisent à la chercher, d'après Tolkien lui-même qui affirme que « Le Seigneur des Anneaux *est bien entendu une œuvre fondamentalement religieuse et catholique. Au début d'une façon inconsciente mais consciemment durant la révision. C'est pour cela que j'évite toute référence à une religion, culte ou pratique. Le symbole religieux est cependant absorbé dans l'histoire et le symbolisme*[2]. » Dans cette lettre écrite en 1953 à un ami jésuite, Tolkien s'exprime au sujet de cette question brûlante. Ainsi certains voient dans les lembas, les biscuits elfiques, une allégorie de l'eucharistie, et en Galadriel une relecture de la Vierge Marie. De fait, plusieurs clins d'œil plus évidents parsèment le roman : l'âge de Frodo quand il quitte le Comté (33 ans), la date du départ de Fendeval (le 25 décembre) ou encore les personnages, par le biais de leur comportement ou leur histoire (la mort puis la renaissance et métamorphose de Gandalf, le sacrifice de Frodo...). Mais aussi l'intervention des Aigles, que l'on pourrait qualifier de providentielle, au sens religieux du terme, l'ascension du Mont Destin, souvent comparée à celle du Golgotha...

Les figures du bien et du mal sont en lutte permanente dans l'œuvre de Tolkien, mais la Providence, si on peut l'appeler ainsi bien qu'elle ne soit jamais nommée, intervient toujours à temps pour renverser le cours des événements, comme lors de la bataille de la Gorge de Helm. Tolkien appelle ce principe l'« eucatastrophe » (ou « retournement heureux »).

Malgré cette réalité – la plupart du temps impalpable – d'un être supérieur et unique, il n'y a pas à proprement parler de religion en Arda : pas de rituels liturgiques, et aucune doctrine n'est dispensée par un clergé quelconque.

> **« M'entraver, moi ? Pauvre fou. Aucun homme vivant ne le peut ! »**
>
> (*Le Seigneur des Anneaux : Le Retour du roi*, livre V, chap. VI)

Conclusion

En dépit de la présence ténue d'aspects religieux dans son œuvre, il est impossible de faire l'impasse sur le fait que Tolkien voit sa vie profondément marquée par la religion. Il considère sa mère défunte comme une quasi-martyre, persécutée à cause de ses convictions religieuses[3]. À la disparition de celle-ci, il est pris en charge par le père Francis Morgan qui, malgré ses principes rigoristes, l'aidera beaucoup à se lancer dans la vie. Il va quotidiennement à la messe, participe à la rédaction d'une édition révisée de la Bible et entretient des correspondances soutenues avec plusieurs ecclésiastiques, dont son fils John, ordonné prêtre en 1946. Il sera à l'origine de la conversion de son ami l'écrivain C. S. Lewis. Mais John Ronald Reuel Tolkien est en réalité, dans sa facette qui nous intéresse, un écrivain qui s'est attaché à fondre sa religion dans son œuvre, et non à christianiser celle-ci.

2 *Lettres*, n° 142, à Robert Murray, 2 décembre 1953.

3 D'après sa biographie par Humphrey Carpenter.

Les trois grands contes

On pourrait utiliser la métaphore de l'iceberg pour décrire le légendaire de J. R. R. Tolkien. Mais eu égard à ses goûts en matière d'environnement, on parlera plutôt d'arbre qui cache la forêt. Deux arbres imposants, *Le Hobbit* et *Le Seigneur des Anneaux*, cachent le reste du légendaire, touffu, parfois inextricable, mais d'où émergent trois entités importantes que l'auteur a surnommées « *the great tales* », chacune avec ses essences, ses odeurs, ses caractéristiques, quoique indubitablement liées. Jamais publiées de son vivant, elles ont été explorées pendant des décennies par son fils Christopher, qui a réussi à en extraire une cartographie claire et détaillée.

La Chute de Gondolin

La Chute de Gondolin est en quelque sorte la première grande étape de la course au long cours que constitue, à terme, *Le Silmarillion*. Le légendaire de Tolkien était déjà en formation, quelques textes modestes avaient été rédigés, mais ce récit un peu particulier, dont l'écriture remonte à 1916-1917, est le premier de grande ampleur que l'auteur place dans son univers. Loin d'être tranquille, l'élaboration de ce récit majeur a subi de nombreux aléas, avant de connaître au moins deux versions notables, entrecoupées par des évolutions plus ou moins importantes. La dernière version, si on peut la qualifier ainsi dans la mesure où elle est inachevée, date ainsi de 1951. C'est ainsi que trois traducteurs sont crédités pour cette histoire, regroupés dans l'ouvrage sorti en 2019 : Tina Jolas pour la version « définitive » présente dans *Le Silmarillion*, Adam Tolkien (petit-fils de l'auteur) pour celle qui a été publiée une première fois dans *Le Livre des contes perdus*, et Daniel Lauzon, retraducteur du *Seigneur des Anneaux* et du *Hobbit*, pour les ajouts et les commentaires (abondants) de Christopher Tolkien.

Gondolin est une cité elfique construite dans un endroit reculé par le roi elfe Turgon, sur les conseils du Vala (divinité) des eaux Ulmo. Mais le Vala Melkor, devenu une entité assoiffée de pouvoirs (et surnommé Morgoth[1] par Fëanor), souhaite éradiquer les Elfes et menace Gondolin, qu'il cherche en vain. Ulmo, craignant que ce ne soit qu'une question de temps, apparaît devant un humain errant, Tuor, afin qu'il trouve la cité cachée et prévienne Turgon du péril à venir. C'est ainsi que l'on suit les pérégrinations de Tuor dans le Beleriand (région de l'Ouest de la Terre du Milieu, dans sa première configuration). Il finit par rencontrer l'Elfe Voronwë/Bronweg[2], lequel, ayant déjà séjourné à Gondolin, le guide jusqu'à ses portes. L'accueil de Turgon n'est pas très chaleureux (les Hommes ne sont pas bien considérés par les Elfes, c'est le moins que l'on puisse dire), mais Tuor peut néanmoins rester dans la cité cachée, dans un statut de semi-captif. Il épouse la fille de Turgon, Idril, qui lui donnera un fils, Eärendil. Mais le cousin de cette dernière, Maeglin, déteste Tuor. C'est au cours d'une de ses promenades (non autorisées) hors des Montagnes Encerclantes qu'il est capturé par les séides de Morgoth. Contre sa liberté et la promesse d'épouser Idril, Maeglin donne la position de la cité cachée. S'ensuit une bataille féroce à laquelle pourront échapper Tuor et sa famille. Ces derniers connaîtront une histoire mouvementée dans d'autres récits du légendaire.

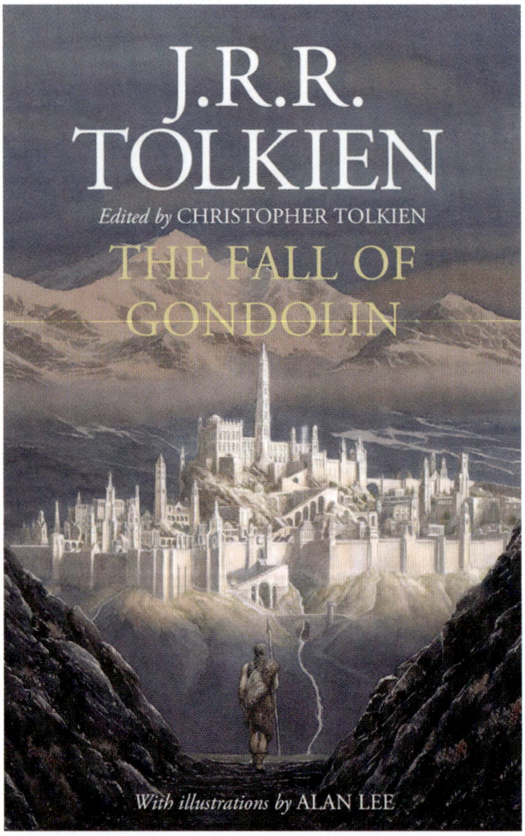

~ *The Fall of Gondolin*, J. R. R. Tolkien, HarperCollins Publishers Ltd, 2018, illustration d'Alan Lee.

1 « Noir Ennemi », dans la langue elfique le sindarin.

2 Le personnage s'appelait Bronweg dans les premières versions du conte, Voronwë par la suite.

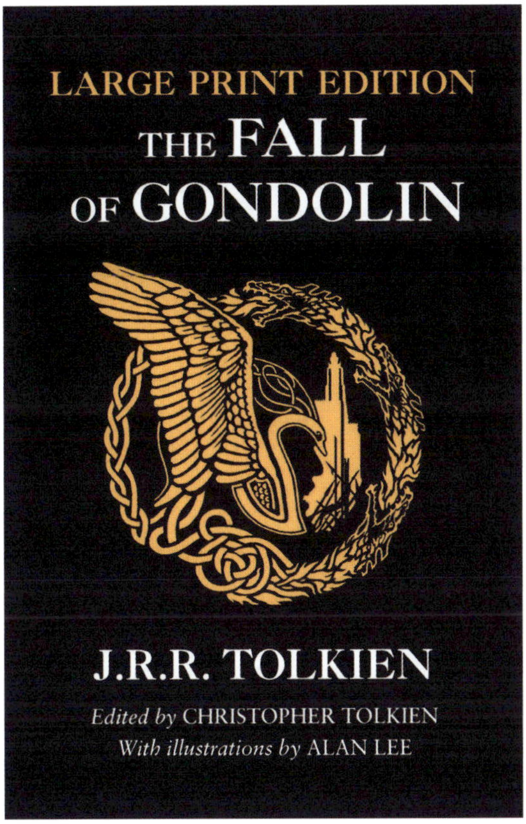

~ *The Fall of Gondolin*, J. R. R. Tolkien, HarperCollins Publishers Ltd, 2018. Grand format.

Mais pourquoi Christopher Tolkien nous présente-t-il ces différentes versions ? Parce que la première, intitulée *Tuor et les exilés de Gondolin*, est la seule à rassembler l'ensemble de l'histoire, les errances du héros (qui ressemblent fortement à un voyage initiatique mais sont expédiées en quelques pages), sa découverte de la cité perdue, ainsi que l'attaque de celle-ci par les troupes de Melko (dans les *Contes perdus*) et le destin de celles et ceux qui ont survécu à cette bataille. Le dernier texte, en revanche, est beaucoup plus détaillé en ce qui concerne le voyage de Tuor, et le point culminant est d'ailleurs l'apparition d'Ulmo qui lui dicte sa mission au milieu d'une mer déchaînée.

“ Si nous étions plus nombreux à célébrer la bonne chère, les chants et les réjouissances, plutôt que l'or amassé, ce monde en serait plus joyeux. ”

(*Le Hobbit*, chap. XVIII)

Ce récit marque ses lecteurs par l'exubérance de son style; il propose de magnifiques descriptions des décors du Beleriand, jusqu'à l'arrivée de Tuor et son ami Voronwë à Gondolin. Cette étape marque la fin, ou plutôt l'interruption, de cette version, provoquant une grande frustration chez le lecteur. Ce récit ayant été rédigé en 1951, on note l'influence qu'a eue l'écriture de l'épopée sur le conte, mais aussi, malheureusement, les stigmates du projet échoué du professeur de voir *Le Silmarillion* et *Le Seigneur des Anneaux* publiés ensemble.

Le sentiment général est effectivement l'insatisfaction, car au vu de la qualité de la langue et de la richesse des détails que Tolkien a pu inclure dans son conte, on ne peut qu'imaginer l'ampleur qu'il aurait eu une fois achevé... S'il ne propose pas grand-chose de neuf par rapport au *Silmarillion* et aux *Contes et légendes inachevés* (dans lesquels se trouvent les deux versions), ainsi qu'aux *Contes perdus*, cet ultime ouvrage édité par Christopher Tolkien a le mérite de mettre en perspective les différentes versions d'une même (superbe) histoire, et permet ainsi d'en avoir une vue plus complète et de comprendre comment Tolkien les construisait.

La Chute de Gondolin, qui est chronologiquement le premier des trois grands contes écrits par Tolkien, est le dernier à recevoir une édition dédiée et détaillée. En effet, en 2017, dans la préface de *Beren et Lúthien*, son fils Christopher annonçait qu'il en avait terminé avec les publications des œuvres de son père. C'était compter sans le poids des tolkienophiles, pour qui cette annonce a provoqué la frustration de ne pas voir sortir en édition séparée le récit par lequel tout, ou presque, a commencé, à savoir celui qui narre la chute de Gondolin. L'héritier Tolkien a donc fait sortir l'ouvrage en 2018 (en anglais, en 2019 pour l'édition française), magnifiquement illustré par Alan Lee. C'est aussi une façon de « boucler la boucle » des écrits de son père. Émotion et qualité sont bien sûr au rendez-vous.

Les Enfants de Húrin

Les événements contés dans ce récit se déroulent des milliers d'années avant *Le Seigneur des Anneaux*. La Terre du Milieu est alors en proie aux luttes entre Morgoth, le premier seigneur ténébreux (et maître de Sauron, qui infligera maintes misères à cette même Terre du Milieu plus tard), et les Elfes, alliés aux Hommes. Húrin était le seigneur de Dor-lómin, une petite terre cernée par les montagnes dans le Nord du Beleriand. Le Beleriand se trouve au nord et à l'ouest des régions où se déroule l'action du *Seigneur des Anneaux*. Au cours d'une bataille, Húrin est capturé par les Orques à la solde de Morgoth, lequel le somme de lui indiquer l'entrée du royaume de Gondolin, une cité cachée dans les montagnes et fort riche. Fier, Húrin refuse de céder, et Morgoth l'enchaîne au sommet d'une montagne dominant le Beleriand, d'où il peut voir, vingt-huit ans durant, tout ce qui s'y passe, par le prisme déformant de Morgoth. Ce dernier lance une terrible malédiction sur les enfants du seigneur de Dor-lómin, Túrin et Nienor. Il ne s'agit là que du prélude de l'histoire.

Le roman raconte, sous forme de conte, la vie aventureuse et errante du frère et de la sœur, surtout Túrin. Il est d'abord envoyé au royaume de Doriath, tenu en sécurité par les Elfes Sindar[3] dirigés par Thingol. Túrin devient un robuste guerrier, quelque peu impulsif et fruste. Au cours d'une dispute, il tue accidentellement un notable Elfe, et décide lui-même de s'enfuir, vouant son existence à l'errance, sous divers noms d'emprunt. Devenu le chef d'une bande de hors-la-loi, il combat farouchement les Orques[4] qui commençaient alors à envahir le Beleriand. Il est ensuite amené à Nargothrond, un autre royaume elfe, où il devient un capitaine au succès fulgurant, se substituant rapidement au maître légitime des lieux, Orodreth. Mais bientôt les armées maléfiques s'abattent sur la cité, menées par le Ver Glaurung[5], qui annonce à Túrin, avant de s'échapper, son destin funeste. Túrin décide alors de repartir chercher sa sœur et sa mère, hélas parties depuis longtemps de Dor-lómin. C'est là que Glaurung réapparaît, ensorcelant la jeune fille et lui faisant perdre totalement la mémoire tandis que sa mère disparaît. C'est Túrin qui la recueille dans la forêt de Brethil et s'occupe d'elle. Ils tombent ainsi amoureux, et Nienor – rebaptisée Níniel (« la jeune fille en pleurs ») – épouse Túrin et conçoit un enfant avec lui. C'est le moment que choisit Glaurung pour réapparaître et menacer leur bonheur. Túrin le tue, non sans apprendre par la bouche du Ver (qui se fait ainsi la voix de Morgoth) l'identité de la jeune fille qu'il avait recueillie et choyée jusqu'à l'épouser. Recouvrant la mémoire avec le dernier soupir de Glaurung, Nienor ne peut supporter la vérité et se jette du haut d'une falaise. Túrin, arrivé trop tard pour la retenir, supplie son épée elfique de boire son sang[6]. Ainsi s'achève l'histoire dramatique des enfants de Húrin...

Túrin Turambar est sans doute l'un des personnages les plus tragiques (au sens de la tragédie grecque) jamais créés par Tolkien. Exilé, meurtrier d'un notable, de l'un de ses meilleurs amis et soutiens, il cause la perte d'une cité elfique de premier plan, jusque-là inviolable, par ses ambitions guerrières. En outre, il perd ses parents (qui se recueillent plus tard sur sa tombe, une fois Húrin libéré et Morwen revenue de ses errances), épouse sans le savoir sa sœur, avant que la révélation de leur malédiction ne cause leur perte à tous deux... Cette épopée a été écrite par l'auteur au cours de la Première Guerre mondiale, à une époque où les Hobbits n'existaient pas encore dans son imaginaire, mais n'avait pas encore été livrée de façon exhaustive aux lecteurs. En effet, elle existait sous une forme embryonnaire dans *Le Livre des contes perdus*. C'est encore une fois son fils Christopher qui, rassemblant des notes, comblant les trous, corrigeant les incohérences, nous permet de lire ce récit dans son intégralité. Il apporte ainsi des détails précis sur Nirnaeth Arnoediad, la bataille des Larmes Innombrables, une bataille où Nains, Elfes et Hommes s'unissent pour combattre l'Angband, le royaume de Morgoth. Cette bataille constitue un basculement dans l'histoire de la Terre du Milieu, puisque après ce conflit Morgoth a pu contrôler la quasi-totalité du Beleriand.

Túrin Turambar est un héros tragique. Dès sa naissance, il est pourvu des dons qui font de lui quelqu'un d'exceptionnel. Sa jeunesse est rythmée par des prouesses guerrières, mais son histoire personnelle et ses relations étranges avec sa mère puis sa sœur le destinent à une fin funeste.

En fin d'ouvrage se trouve un index des noms propres présents dans le conte. L'une des caractéristiques de celui-ci est qu'il comporte beaucoup de noms de lieux et de personnages ; il est parfois difficile de tout retenir, *a fortiori* quand les personnages et parfois les lieux changent de noms. En complément de cet index se trouve une carte des lieux des événements relatés qui, sans être complète, permet tout de même de se situer un peu dans l'espace.

Les Enfants de Húrin constitue l'un des récits les plus épiques et aboutis de Tolkien, à rapprocher bien sûr de son *Seigneur des Anneaux*.

Beren et Lúthien

L'histoire de Beren et Lúthien a évolué depuis sa première écriture en 1917 et a été retravaillée sous divers formats, y compris en poésie. Pour respecter cette évolution, l'ouvrage publié en 2017 débute avec le texte originel de Tolkien, avant de présenter des passages plus tardifs.

Seul rescapé d'une armée d'Hommes qui a combattu le maléfique Morgoth, Beren pénètre dans le royaume elfique du Doriath. Là, il voit la jeune Lúthien, fille du roi elfe Thingol, danser dans une clairière, et en tombe instantanément amoureux. Pensant lui imposer un défi impossible à relever, Thingol lui demande de récupérer un Silmaril, un joyau magique serti dans la couronne de Morgoth, condition requise pour épouser sa fille. Beren part donc avec une dizaine de compagnons, dont le roi elfe Felagund (d'un royaume voisin), et est fait prisonnier par Sauron, lieutenant de Morgoth. Pressentant le danger encouru par son fiancé, Lúthien entreprend de voler à son secours, mais est retenue prisonnière par son père, puis en chemin par les maîtres d'un chien géant, Huan, avec lequel elle se lie d'amitié.

Avec l'aide de Huan, elle parvient à s'échapper, arrive chez Sauron, le défait sans le tuer, puis abat la forteresse et libère les prisonniers. Après une rixe avec les maîtres de Huan, le couple reprend la quête du Silmaril et se rend chez Morgoth, revêtu des peaux de deux serviteurs du malfaisant seigneur, un loup-garou pour Beren et une vampire pour Lúthien. Démasquée, la princesse elfe réussit néanmoins à envoûter Morgoth en dansant et chantant pour lui. Le couple peut récupérer le joyau, mais est attaqué par Carcharoth, un loup géant serviteur de Morgoth. Beren y perd la main tenant le Silmaril après que le loup l'a saisie entre ses crocs. Le couple se rend devant Thingol pour lui prouver qu'ils avaient tenu parole ; Thingol exige de voir le joyau, et Beren lui dit qu'il était dans sa main arrachée. Carcharoth, lui, était en train de ravager les terres de Thingol, lequel part avec Beren, Huan et quelques autres le tuer. Mais Beren et Huan ne survivent pas à la bataille.

3 Sindar est l'autre nom des Elfes gris, principale peuplade d'Elfes du Beleriand, réputés pour leur sagesse et leur habileté.

4 Leur origine reste sujette à controverse chez les exégètes de Tolkien : parfois créés à partir de pierre ou de boue, certains textes en font des Hommes ou des Elfes torturés et pervertis par Morgoth.

5 Dragon.

6 Voici les mots d'Anglachel (rebaptisée Gurthang), envers Túrin : « *Oui, je boirai ton sang avec joie pour oublier le sang de Beleg, mon maître, et le sang de Brandir, tué injustement. Je te tuerai promptement.* »

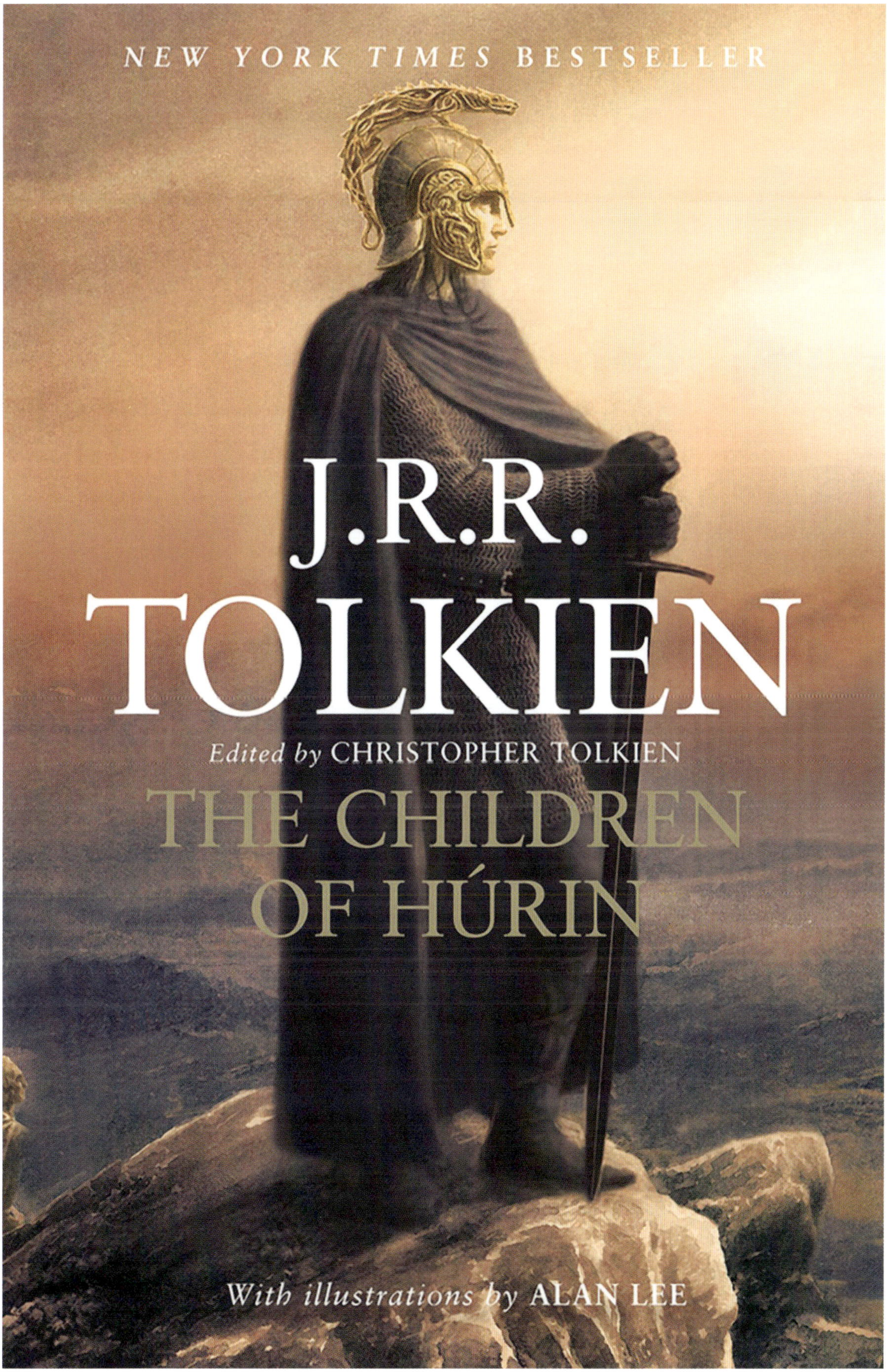

~ *The Children of Húrin*, J. R. R. Tolkien, HarperCollins Publishers Ltd, 2013, illustration d'Alan Lee.

« [...] être happé, tout jeune, par 1914 n'était pas une expérience moins affreuse que d'être impliqué en 1939 [...]. Quand la guerre a pris fin, en 1918, tous mes amis proches, sauf un, étaient morts. »

(Avant-propos à la deuxième édition du *Seigneur des Anneaux*, 1965)

Inconsolable, Lúthien part dans les chambres de Mandos, l'équivalent du monde des morts, et réussit à le convaincre de ressusciter son amant. En échange, la princesse elfe devient mortelle. Beren et Lúthien partent vivre cachés sur une île, où ils ont un fils, Dior, futur grand-père d'Elrond, que les lecteurs du *Seigneur des Anneaux* connaissent bien. Thingol est plus tard tué, le Silmaril volé par des Nains, avant d'être repris par Beren avec l'aide d'Elfes verts et d'Ents[7]. Après la mort de Beren et Lúthien, le joyau revient à Dior, qui règne à son tour sur Doriath. Sa fille Elwing peut ensuite plaider auprès des Valar pour qu'ils attaquent Morgoth. Mais ceci est une autre histoire...

Beren et Lúthien est un joyau, qui tient une place tout à fait particulière dans l'œuvre de Tolkien, puisque ce conte contient en creux bon nombre d'éléments qui vont déterminer la suite de l'histoire de la Terre du Milieu, comme la future guerre contre Morgoth, prédécesseur et maître de Sauron, le retour des Elfes auprès des Valar (de puissants êtres qui ont presque tout créé en Terre du Milieu), et la découverte du Silmaril, un bijou intimement lié à ce monde, recouvré par les « forces du bien ». Les lecteurs du *Seigneur des Anneaux* en ont connaissance par le récit qu'en fait Aragorn auprès de la Fraternité de l'Anneau lors de leur périple, mais aussi par sa propre histoire d'amour avec Arwen, qui présente des coïncidences troublantes avec celle de leurs aïeux.

Le conte peut être réduit à une quête, celle d'un objet merveilleux : « *Si tu m'apportes un Silmaril de la couronne de Morgoth, je laisserai Lúthien te prendre pour époux, si elle le désire*[8]. »

Les épreuves imposées par Thingol, père de Lúthien, au prétendant de sa fille sont excessivement difficiles. Investie de pouvoirs magiques (dont certains, comme chez Raiponce, sont cachés dans ses cheveux), Lúthien

7 Bergers des arbres.

8 *Beren et Lúthien*, traduction d'Adam Tolkien, Elen Riot et Daniel Lauzon, éditions Christian Bourgois, 2017.

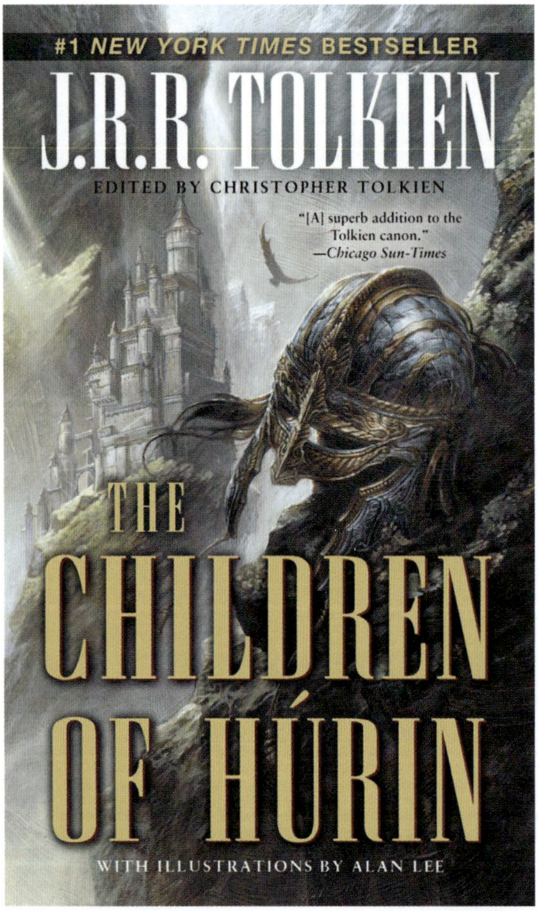

~ *The Children of Húrin*, J. R. R. Tolkien, Del Rey, 2010, illustration d'Alan Lee.
~ *Les Enfants de Húrin*, J. R. R. Tolkien, Christian Bourgois Éditeur, 2010, illustration d'Alan Lee.

~ *Beren et Lúthien*, J. R. R. Tolkien, Christian Bourgois Éditeur, 2017, illustration d'Alan Lee.
~ *Beren e Lúthien*, J. R. R. Tolkien, Bompiani, 2019. Édition italienne.

vient en aide à son amoureux, et avec lui, descend dans le monde d'en dessous, le domaine de Morgoth, pour en ressortir pleins d'espoir et en quelque sorte, ressuscités.

Mais ce conte, qui a connu de nombreuses réécritures, renvoie également à l'histoire intime de Tolkien, puisque le personnage de Lúthien lui a été inspiré par son épouse Edith. Lors d'une période de convalescence qu'il passe près du village de Roos pendant la Première Guerre mondiale, en Angleterre, Tolkien voit son épouse Edith le rejoindre, et au cours d'une promenade dans le bois voisin, assiste à une danse pleine de grâce de celle-ci au milieu des ciguës. La scène sera directement transposée par l'écrivain dans son conte, et à la mort d'Edith, il fait apposer le nom de Lúthien sur sa pierre tombale. À sa disparition, en 1973, leurs enfants font écrire celui de Beren sur sa tombe.

Pour accompagner cette histoire et permettre aux lecteurs et lectrices de s'en imprégner au mieux, Christopher Tolkien a choisi de la présenter dans une version aussi expurgée que possible de notes de bas de page ou d'annexes, une caractéristique des Tolkien père et fils. Seule une liste des noms (très nombreux), avec une petite explication, vient compléter l'ouvrage. Pour l'occasion, l'illustrateur Alan Lee a réalisé une dizaine de peintures magnifiques, marquant certains épisodes du conte.

En conclusion

Ces trois grands contes tiennent une place à part dans le légendaire de Tolkien. Ils forment, en quelque sorte, une sorte de colonne vertébrale de celui-ci, matérialisée dans *Le Silmarillion*. Ainsi Tolkien les cite-t-il dans *Le Seigneur des Anneaux*, parfois de façon très rapide, mais leur présence marque leur importance dans son œuvre. Tolkien tenait tellement à ces récits qu'il n'a cessé d'y revenir pendant plus de cinquante ans, les réécrivant partiellement ou totalement, sans leur donner de version définitive. Leur lecture est passionnante, mais parfois complexe en raison du nombre de personnages présentés.

Chronologie d'Arda

Les événements décrits par Tolkien dans son légendaire appartiennent à une chronologie précise, découpée en différentes ères, appelées Âges. Ceux-ci sont précédés de deux autres périodes, appelées Années des Lampes et Années des Arbres, au cours desquelles est créé le monde d'Arda.

Principaux événements des Années des Lampes

- **1 :** Entrée des Valar et des Maiar dans le monde d'Arda.
- **1500 :** Tulkas, le Vala le plus puissant, vainc son congénère Melkor.
- **1900 :** Achèvement de la construction des Lampes (qui éclairent le monde et permettent à la végétation de croître) par le Vala Aulë et début du Printemps d'Arda.
- **3400 :** Melkor revient et construit la forteresse d'Utumno. Cinquante ans après, il détruit les Lampes : c'est la fin du Printemps d'Arda. Les Valar partent en Aman, à Valinor.
- **3500 :** Naissance des Deux Arbres de Valinor, de la complainte de la Vala Yavanna au sujet des destructions de Melkor. Début des Années des Arbres.

Principaux événements des Années des Arbres

- **1050 :** Les Elfes s'éveillent à Cuiviénen[1]. Pendant les trente-cinq années qui suivent, Melkor puis les Valar découvrent leur existence. La Maia Melian quitte Valinor pour la Terre du Milieu.
- **1090 – 1099 :** Guerre entre les Valar et Melkor. Ce dernier est vaincu et Utumno détruite. Il est enfermé, sous la garde du Valar Mandos, pendant trois cents ans.
- **1105 :** Les Elfes Eldar commencent leur marche vers Valinor, où certains d'entre eux arriveront près de trente ans plus tard.
- **1449 – 1450 :** L'Elfe Fëanor crée les Silmarils. Quarante ans plus tard, il est banni de Tirion, la première cité des Elfes en Aman. En 1497, il trahit son frère Fingolfin et débarque en Terre du Milieu.
- **1495 :** Melkor et l'araignée Ungoliant tuent les Deux Arbres, qui réussissent à engendrer une fleur et un fruit, lesquels deviendront la Lune et le Soleil. Melkor tue Finwë, premier roi des Elfes Noldor, et s'empare des Silmarils.
- **1497 :** Premier assaut de Morgoth (autre nom de Melkor) sur le Beleriand[2] : le roi Elfe Thingol en sort vainqueur. Second assaut, la bataille de Dagor-nuin-Giliath : victoire des Elfes Noldor, mais mort de Fëanor.
- **1500 :** Premier lever du Soleil et début du Premier Âge.

Principaux événements du Premier Âge

- **1 :** Le Soleil se lève pour la première fois. Les Hommes s'éveillent en Hildórien[3].
- **102 :** La construction de Nargothrond, forteresse des Elfes Noldor exilés d'Aman dans le Beleriand, est achevée.
- **116 :** L'Elfe Turgon termine la construction de la cité de Gondolin.
- **465 :** Beren et Lúthien s'emparent d'un Silmaril de la couronne de fer de Morgoth.
- **472 :** Nirnaeth Arnoediad, la bataille des Larmes Innombrables, victoire de Morgoth contre les Elfes, les Hommes et les Nains du Beleriand.
- **495 :** Bataille de Tumhalad. Nargothrond est pillée par le dragon Glaurung.
- **499 :** Glaurung est tué par Túrin Turambar, qui se suicide ensuite.
- **vers 502 :** Première chute du royaume de Doriath[4]. Sa capitale Menegroth est pillée par les Nains de Nogrod et Thingol est tué.
- **510 :** Gondolin est détruite par Morgoth.
- **542 :** Le Semi-Elfe Eärendil arrive à Valinor et plaide la cause des Eldar (Elfes) et des Edain (Hommes) du Beleriand auprès des Valar.
- **545 – 587 :** Guerre de la Colère des Valar contre Morgoth dans le Beleriand. Trois ans plus tard, Morgoth, vaincu, est jeté en dehors des Cercles du Monde. Le Beleriand est détruit. C'est la fin du Premier Âge.

1 Lac situé dans l'Est de la Terre du Milieu.

2 Région de l'Ouest de la Terre du Milieu.

3 Région de l'Est de la Terre du Milieu.

4 Fondé par Thingol et Melian.

~ Page de gauche : Arda écrit en *tengwar*.
~ Ci-dessus : Aragorn et Arwen, *Le Retour du roi*, Peter Jackson, 2003.

Principaux événements du Deuxième Âge

- **1 :** Les Elfes fondent le Lindon et les Havres Gris.
- **32 :** Les Edain s'installent à Númenor.
- **600 :** Les Númenóréens reviennent en Terre du Milieu.
- **1000 :** Sauron s'installe au Mordor et construit Barad-dûr. Cinq cents à six cents ans plus tard, il fait forger les Anneaux de Pouvoir par les forgerons d'Eregion.
- **1693 – 1701 :** Guerre entre les Elfes et Sauron. L'intervention de Númenor permet de vaincre Sauron, mais l'Eregion est dévastée et abandonnée.
- **1697 :** Elrond fonde le refuge d'Imladris.
- **3262 :** Ar-Pharazôn, dernier roi des Númenóréens, fait prisonnier Sauron et l'emmène à Númenor. Cinquante-sept ans plus tard, corrompu par Sauron, il attaque Valinor. Númenor est submergée et Aman retirée des Cercles du Monde.
- **3320 :** Elendil et ses fils fondent les royaumes d'Arnor et de Gondor en Terre du Milieu.
- **3429 :** Sauron attaque le Gondor et prend Minas Ithil. Douze ans plus tard, il est vaincu par Elendil et Gil-galad grâce à la Dernière Alliance des Elfes et des Hommes : c'est la fin du Deuxième Âge.

Principaux événements du Troisième Âge

- **2 :** Isildur est tué et l'Anneau Unique perdu.
- **1409 :** Le Roi-Sorcier d'Angmar envahit l'Arnor.
- **1980 – 1981 :** L'éveil du Balrog de la Moria provoque la fuite des Nains de Khazad-dûm[5].
- **2050 :** Eärnur, dernier roi du Gondor, meurt. Le Gondor est dirigé par les Intendants du Gondor.
- **2463 :** L'Anneau Unique est retrouvé par Sméagol, qui le gardera pendant près de cinq cents ans et deviendra Gollum.
- **2589 :** Les Nains sont chassés des Montagnes Grises par les dragons. Environ deux cents ans plus tard, l'un d'entre eux, Smaug, dévaste le nord du Rhovanion et les Nains abandonnent Erebor.
- **2941 :** Expédition d'Erebor. Bilbo trouve l'Anneau Unique, Smaug est tué, la bataille des Cinq Armées a lieu[6].
- **3019 :** Guerre de l'Anneau, l'Anneau Unique est détruit et Sauron définitivement vaincu. Aragorn fonde le Royaume Réuni, regroupant Arnor et Gondor[7].
- **3021 :** Dernière Chevauchée des Gardiens des Anneaux : fin du Troisième Âge.

Principaux événements du Quatrième Âge

- **6 :** Samsaget Gamgie est élu pour la première fois maire du Comté : il sera réélu six fois. Les années suivantes, Meriadoc Brandibouc devient Maître du Pays-de-Bouc et Peregrin Touc devient Thain du Comté. Le roi Elessar élève au rang de Conseillers du roi le maire du Comté, le Maître du Pays-de-Bouc et le Thain.
- **61 :** Sam quitte Cul-de-Sac et la Terre du Milieu. Trois à cinq ans plus tard, Meriadoc Brandibouc et Peregrin Touc décèdent. Ils sont inhumés à Minas Tirith.
- **120 :** Mort du roi Elessar. Seuls survivants de la Fraternité de l'Anneau, Legolas et Gimli font voile vers Valinor.

5 Le nom de la Moria en khuzdul.

6 Tout cela est conté dans *Le Hobbit*.

7 Ces événements sont contés dans *Le Seigneur des Anneaux*.

Tolkien est-il vraiment un auteur jeunesse ?

Si *Le Seigneur des Anneaux* est un roman accessible à tous les âges, la profondeur de l'histoire se dévoile au fil des nouvelles lectures, et ne peut que difficilement être comprise par les plus jeunes. La carrière de J. R. R. Tolkien a toutefois commencé avec des récits plus nettement destinés à la jeunesse.

Voici une liste succincte de ses œuvres pour la jeunesse (l'année est celle de l'édition originale) :

1937 : *Le Hobbit*
1949 : *Le Fermier Gilles de Ham*
1962 : *Les Aventures de Tom Bombadil*[1]
1967 : *Smith de Grand Wootton*
1976 : *Lettres du père Noël*
1982 : *Monsieur Merveille*
1998 : *Roverandom*

Ces quelques titres constituent une belle bibliographie qui plairait aux plus jeunes lecteurs avides d'aventures en tous genres. Pourtant, J. R. R. Tolkien n'avait pas, à l'origine, d'ambition autre que de toucher ses propres enfants avec ses histoires. *Le Hobbit* a fait l'objet d'un chapitre au début du présent ouvrage[2]. Voici quelques éléments relatifs à ses autres écrits notables destinés à la jeunesse.

Le Fermier Gilles de Ham

Comme d'autres, ce conte a d'abord été une histoire que Tolkien racontait à ses enfants à la fin des années 1920. Très enfantine au début, elle a évolué vers une version définitive dans les années suivantes. Mais ce n'est qu'en 1949 qu'Allen & Unwin accepte de la publier, accompagnée des illustrations de Pauline Baynes. En 1999, pour le cinquantième anniversaire de la publication du conte, a été publiée une version critique étendue éditée par Wayne Hammond et Christina Scull. Outre le texte, ce volume propose la première version du conte écrite par Tolkien, une esquisse pour une suite inachevée, une carte et des illustrations dessinées par Pauline Baynes, le tout accompagné de commentaires et de notes des éditeurs.

~ *Smith of Wootton Major, Farmer Giles of Ham*, J. R. R. Tolkien, Del Rey, 1986, illustration de Sergio Martinez.

L'histoire est celle d'un fermier du village de Ham, sis dans le Petit Royaume, qui vit paisiblement avec son épouse et son chien, et qui une nuit met en fuite un géant égaré dans son champ. Le roi lui donne en récompense une épée appelée Mordqueues. Ainsi, lorsqu'un dragon qui se fait appeler Chrysophylax apparaît et sème la terreur dans le Petit Royaume, tout le monde

1 Ce recueil de textes courts plus ou moins intégrés au légendaire fait l'objet d'un article page 42.
2 Voir page 22.

~ *Faërie*, J. R. R. Tolkien, Christian Bourgois Éditeur, 1996, illustration de l'auteur.

s'attend à ce que Gilles s'occupe du problème, tandis que le roi s'attend à récupérer le trésor détenu par le dragon. Mais c'est compter sans la malice de Gilles, qui après avoir vaincu Chrysophylax, prive le roi de ce qu'il convoite, et en fait bénéficier les villageois. Sa bonté et ses largesses lui permettent plus tard de prendre la place du souverain, et il finira par libérer le dragon, après avoir conclu un pacte de non-agression avec lui.

Smith de Grand Wootton

Dans les années 1960, l'éditeur Pantheon Books demande à Tolkien d'écrire une préface pour *The Golden Key*, de George MacDonald, un auteur qu'il apprécie. Souhaitant illustrer celle-ci par un exemple de récit relevant de magie féerique, il élabore un conte, dont la composition provoque l'abandon de la préface. Premier récit qu'il a tapé à la machine à écrire, il est finalement publié en 1967. En 2005, sort une version étendue éditée par Verlyn Flieger, comportant des notes de Tolkien, des versions antérieures du conte et quelques autres ajouts critiques.

Dans le village de Grand Wootton, approche une fête n'ayant lieu que tous les vingt-quatre ans. Marqué par un repas devant être servi à vingt-quatre enfants, l'événement ne laisse pas d'angoisser Nokes, le maître queux qui a hérité de son prédécesseur un apprenti, Alf. Le Grand Gâteau devant servir de point culminant est finalement réalisé, avec comme décoration une étoile que Nokes a trouvée dans les affaires de son prédécesseur, malgré les avertissements d'Alf indiquant que celle-ci provient de Faërie, le pays des fées... Lors du repas, un enfant avale l'étoile, et la recrache le jour de ses dix ans... pour se l'appliquer immédiatement sur le front, où elle reste scellée. Cet enfant grandit et devient Smith, le forgeron, apprécié tant pour ses qualités artisanales que pour ses talents de chanteur. Le jeune homme se promène souvent et finit par découvrir le pays de Faërie, où il fréquente une jeune fille. Des années plus tard, la reine de Faërie le convoque et le charge d'une mission pour le roi de son monde. Mais sur le chemin du retour, il croise Alf, devenu entre-temps maître queux, et dont la conversation lui fait comprendre qu'il est en présence du roi de Faërie. Lequel le persuade d'abandonner son étoile pour qu'elle soit confiée à un enfant, à l'approche de cette fête ayant lieu tous les vingt-quatre ans.

Lettres du père Noël

Lorsque ses enfants étaient petits, John Ronald Reuel Tolkien s'amusait à écrire des lettres du père Noël en réponse à celles qu'eux-mêmes lui envoyaient... ou non. Ce sont donc des textes relativement courts, contant la vie quotidienne au pôle Nord, où le père Noël vit entouré d'un ours polaire, de quelques elfes et d'hommes des neiges. Laissant sciemment planer le mystère sur les origines de ceux-ci, il se concentrait sur le côté comique de l'ours polaire, les bêtises de ses neveux, Paksu et Valkotukka, ou encore les méfaits des gobelins.

Éditée par Baillie Tolkien, belle-fille de l'écrivain, la première édition de ces lettres en anglais date de 1976 et comporte les lettres de 1925 à 1938, accompagnées de nombreuses illustrations, reproductions et imitations de timbres polaires réalisées par Tolkien lui-même. Une nouvelle édition a été réalisée en 2004, plus complète et cohérente. L'ouvrage est un véritable bonbon pour les yeux, le professeur montrant à cette occasion un vrai talent d'illustrateur[3], dans un style naïf voire très naïf, mais à l'efficacité remarquable.

Tolkien n'a cependant pas été le premier à user de ce stratagème littéraire consistant à se substituer au père Noël. Ainsi Mark Twain avait-il écrit une lettre de la part de « Santa Claus » à sa fille aînée, Susie Clemens.

« Et qui brise une chose pour découvrir ce que c'est a quitté la voie de la sagesse. »

(*Le Seigneur des Anneaux : La Fraternité de l'Anneau*, livre II, chap. II)

À noter qu'au fil de ces lettres, Tolkien part dans plusieurs imaginaires distincts, faisant par exemple côtoyer à son personnage principal des elfes (très différents des Elfes de son légendaire, cependant), qui combattent des gobelins (lesquels deviendront des Orques dans sa somme romanesque majeure). On notera que l'elfe Ilbereth, secrétaire du père Noël, a par exemple envoyé un message de « Joyeux Noël » aux enfants Tolkien

3 Concernant le versant « illustrateur » de Tolkien, voir page 105.

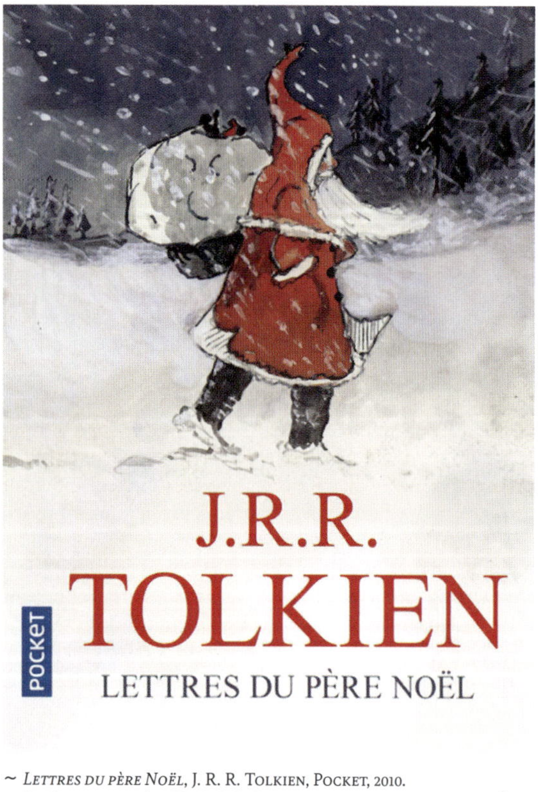

~ *Lettres du père Noël*, J. R. R. Tolkien, Pocket, 2010.
~ *Les Lettres du père Noël*, J. R. R. Tolkien, Christian Bourgois Éditeur, 1977, illustrations de l'auteur.

dans une écriture qui rappelle fortement les *tengwar* inventés pour le légendaire. L'ours polaire que rencontre le père Noël s'exprime en langue arctique, proche du quenya... Il y a donc une réelle connexion, même si elle est ténue, avec son grand œuvre qu'est *Le Silmarillion*.

MONSIEUR MERVEILLE

Il s'agit d'un conte que le professeur a écrit pour ses enfants dans les années 1930, et qui est resté inédit jusqu'en 1982 où il a été publié aux États-Unis. Il a fallu attendre 2009 pour voir une édition française chez La Mercurie. Cette édition se veut aussi fidèle que possible à l'œuvre originale, puisque se trouvent en regard un fac-similé des pages d'origine (avec l'écriture de Tolkien et les illustrations qui les accompagnent) et la traduction française. Celle-ci est particulièrement fidèle, puisque souvent la fin d'une page intervient au milieu d'une phrase et que l'éditeur français respecte ces césures.

C'est l'histoire d'un drôle de bonhomme, Monsieur Merveille, qui porte des hauts-de-forme vraiment très hauts, et qui un jour décide d'aller acheter une voiture ; ce n'est que le début d'une longue aventure qui va l'amener à croiser une bande d'ours, des frères, un âne sympathique et plus encore...

Si le plaisir de lecture est tout relatif (aquarelles au style plus naïf que d'habitude bien que débridé, histoire un peu longuette et répétitive...), ce conte se situe dans la « moyenne » de ce qui se faisait à l'époque de l'entre-deux-guerres. On y notera les soucis récurrents de M. Merveille avec sa voiture, à l'instar de Tolkien, qui avait en horreur ces machines. À noter la présence dans ce livre d'une créature inventée, le lapirafe, un lapin avec un cou de girafe, qui causera bien des soucis à M. Merveille. Une jolie création, qui aurait peut-être mérité d'avoir ses propres aventures...

La présentation de l'éditeur sur son site[4], curieusement absente du livre, éclaire un peu l'écriture du conte :

« Mr. Bliss [le titre original, NDLR] *est la dernière grande histoire, hormis* Bilbo le Hobbit, *que Tolkien ait écrite pour ses enfants. Il semble que* Mr. Bliss *lui ait été inspirée par ses mésaventures au volant de son automobile achetée en 1932. Tolkien a en effet eu une voiture avant la guerre, puis l'a abandonnée.*

Par ailleurs, un récit différent a été rapporté par Mme Michael Tolkien (l'épouse du fils de J. R. R. Tolkien) dans une lettre au Sunday Times *: "Ce livre a été écrit en 1928 pour les trois garçons du professeur. (...) Mon mari (...) avait alors 8 ans, et les trois ours incarnent les peluches qu'ils possédaient tous trois. Archie, celui de mon mari, a duré jusqu'en 1933. Il n'est pas non plus sans intérêt de savoir que la voiture conduite par Mr. Bliss s'inspire d'un jouet – avec chauffeur – qui était alors le préféré de Christopher. Mon mari se rappelle clairement l'histoire qui lui a été contée et qui se trouve dans un cahier de devoirs de vacances, au titre de Dragon School (Oxford) à l'été 1928." La lecture merveilleuse de ce livre nous invite dans un monde où Tolkien a en effet donné la vie aux jouets : la voiture, les oursons, le lapirafe.*

4 https://web.archive.org/web/20101124173510/http://www.lamercurie.com/bliss/merveille.html

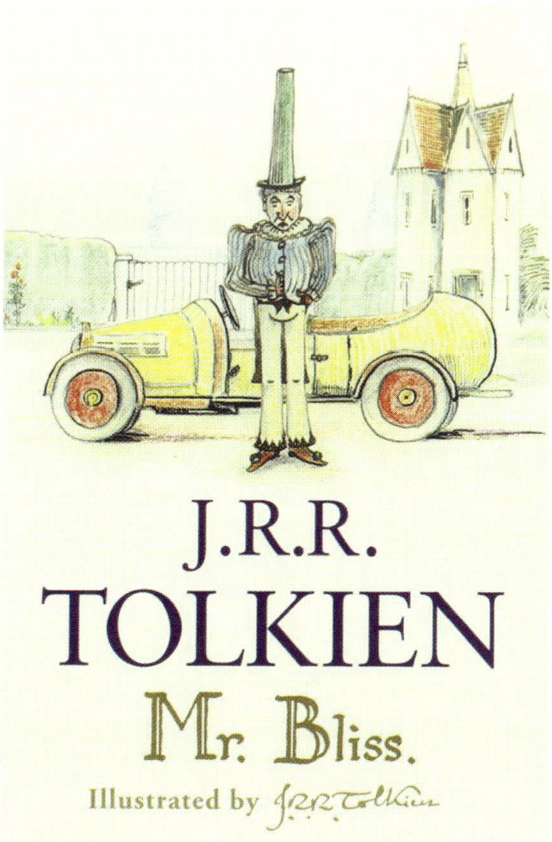

~ *MR. BLISS*, J. R. R. TOLKIEN, HARPERCOLLINS PUBLISHERS LTD, 2011, ILLUSTRATION DE L'AUTEUR.
~ *THE GOLDEN KEY*, GEORGE MACDONALD, FARRAR, STRAUS AND GIROUX, 1984, ILLUSTRATION DE MAURICE SENDAK.

~ *Roverandom*, J. R. R. Tolkien, DTV, 2006. Édition allemande.
~ *Roverandom*, J. R. R. Tolkien, Christian Bourgois Éditeur, 1997, illustrations de l'auteur.

Il est difficile de dater de façon exacte la rédaction de ce texte. La seule certitude est que le livre a été achevé avant la fin 1936. Mr. Bliss *est si évidemment conçu et réalisé comme une unité qu'il a dû être exécuté sur une courte période, les vacances estivales probablement, quand Tolkien était libéré d'une grande partie de ses contraintes universitaires.*

La complexité du coloris de Mr. Bliss *a retardé sa publication ! En 1936-1937, Allen et Unwin étaient fort désireux de publier l'ouvrage. Seulement le coût requis pour la séparation des couleurs, pour la photographie, fixait le livre à un prix de revient que le marché ne pouvait pas supporter. Tolkien fut donc prié de redessiner les illustrations, en plus large et en trois couleurs seulement – sans compter le noir. L'éditeur se débrouillerait pour une séparation à la main. L'auteur répliqua : "Trois couleurs ? Quel fléau ! Le vert est essentiel et les ours exigent du brun !" Placé face à cette éventualité, il ne trouva pas le temps d'effectuer le travail. Finalement une édition en fac-similé fut éditée en 1982, neuf ans après la mort de l'auteur qui en était venu, sur le tard, à n'aimer plus* Mr. Bliss *que comme une plaisanterie, et refusait toute publication… »*

Roverandom

Écrit en 1925, *Roverandom* conte les aventures d'un chien, Rover, qui vit des aventures échevelées après avoir manqué de respect à un magicien. Il se retrouve ainsi sur la Lune, faces cachée et visible, puis au fond de la mer, en compagnie d'un goéland, de deux autres chiens, d'une baleine, d'une sirène et d'un serpent de mer, mais aussi de Michael Tolkien, le fils aîné de l'auteur.

« Tout ce qu'il nous appartient de décider, c'est ce que nous comptons faire du temps qui nous est imparti. »

(*Le Seigneur des Anneaux : La Fraternité de l'Anneau*, livre I, chap. II)

En effet, celui-ci avait perdu un jouet à l'effigie d'un chien sur une plage anglaise et son père a donc écrit le conte pour le guérir de son gros chagrin. Tolkien y fait preuve, comme souvent dans ses récits pour enfants, d'une belle inventivité. Curieusement ce conte ne sortira en anglais qu'en 1998.

Conclusion

Comme on le voit, J. R. R. Tolkien est aussi un auteur de récits pour enfants, avec des histoires d'abord écrites pour les siens, puis publiées – en partie à titre posthume – dans des versions plus ou moins remaniées. Des récits où le merveilleux le dispute au fantastique, le loufoque à la tendresse. Des histoires à lire assurément à nos enfants, avant de passer au *Hobbit* et au *Seigneur des Anneaux* (et plus si affinités).

Entretien avec William Chad Newsom

William Chad Newsom est un écrivain états-unien spécialiste de la jeunesse. Il a écrit de nombreux articles et ouvrages au sujet de la littérature pour enfants, dont un consacré à J. R. R. Tolkien et C. S. Lewis : *Talking of Dragons*.

~ *Smith of Wootton Major, Farmer Giles of Ham*, J. R. R. Tolkien, Nelson Doubleday, 1976, illustration de Daniel R. Horne.

Pouvez-vous nous raconter votre découverte des livres de Tolkien et vos impressions en les lisant ?

Mes parents, qui avaient lu ses livres, m'ont encouragé à faire de même. Je me souviens également d'avoir adoré l'adaptation radiophonique du *Seigneur des Anneaux* produite par la BBC au début des années 1980. *Le Hobbit* était, et de loin, mon livre favori pendant mon enfance, au cours de laquelle je l'ai lu et relu maintes fois. L'événement le plus présent dans ma pensée a été la mort de Thorin Lécudechesne, première expérience de chagrin de ma courte vie. Les livres de Tolkien m'ont ouvert un monde d'aventure, d'imagination, et chose qui a pris du sens pour moi en tant que futur auteur, par le biais d'une belle écriture. Son amour et son expertise des mots m'ont attiré plus que tout le reste.

Tolkien est renommé en tant que grand conteur d'histoires, mais peu de gens savent qu'il a commencé une grande part de ses histoires en les racontant à ses enfants. Pensez-vous que cela explique qu'elles soient adorées par le jeune public ?

L'amour de Tolkien pour sa famille est un aspect très intéressant de sa vie d'écrivain. Les noms qui lui ont permis d'écrire son roman « pas pour enfants », *Le Seigneur des Anneaux*, comme Samsaget Gamgie, ont au début été inventés pour distraire ses enfants, et ces noms sont ensuite passés dans la tradition familiale. Il est significatif que plusieurs de ses ouvrages (*Le Hobbit*, bien sûr, mais également *Roverandom*, les *Lettres du père Noël*, *Le Fermier Gilles de Ham*, et d'autres) aient été à l'origine contés à ses enfants, et que certains n'aient jamais été publiés de son vivant.

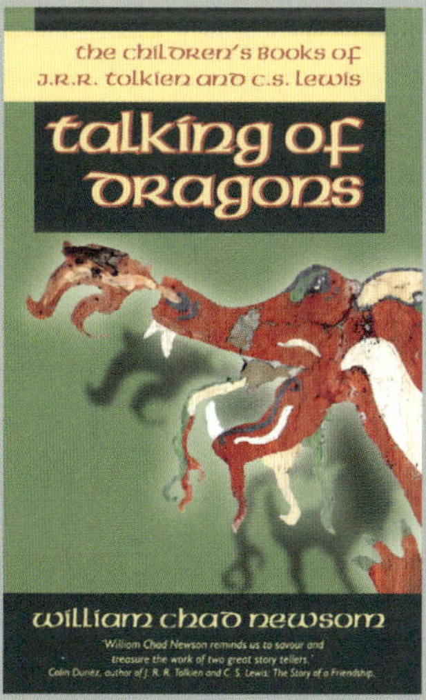

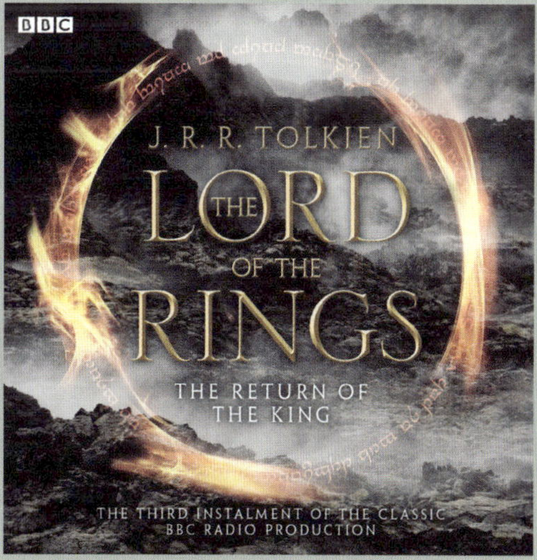

~ *Talking of Dragons*, William Chad Newsom, Christian Focus, 2006.
~ *Polycarp: The Crown of Fire*, William Chad Newsom, Christian Focus, 2005, illustration de Fred Apps.
~ *The Lord of the Rings, The Return of the King*, J. R. R. Tolkien, pièce radiophonique BBC.

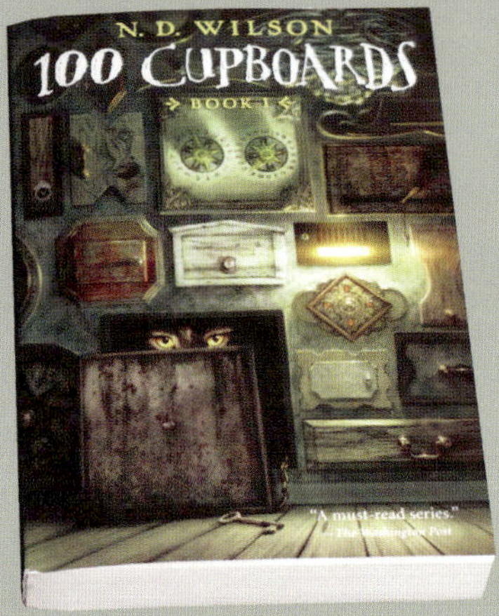

~ *Monsieur Merveille*, J. R. R. Tolkien, La Mercurie, 2009, illustrations de l'auteur.
~ *100 cupboards*, N. D. Wilson, Random House Books, 2007. Illustration de Jeff Nentrup.

D'après son fils aîné, John, *Le Fermier Gilles de Ham* (un conte merveilleux et trop souvent négligé) a été d'abord raconté lorsque Tolkien et ses enfants se sont abrités sous un pont à cause d'une tempête après un pique-nique. *Roverandom* a été écrit pour réconforter son fils Michael après la perte d'un jouet adoré. Les *Lettres du père Noël* ont été écrites pour apporter bonheur et plaisir pendant la période de Noël. Le fait que Tolkien aime suffisamment ses enfants pour passer ces riches heures de créativité avec eux est très parlant. Il aurait pu travailler à d'autres choses, sur des travaux en vue d'une publication, par exemple. Cet amour transparaît dans ces livres et je pense que cela a contribué à leur popularité.

Il a également rédigé de fausses lettres du père Noël pendant plusieurs années. Connaissez-vous d'autres auteurs aussi audacieux ?

J'ai brièvement romancé l'instant de la livraison d'une de ces lettres dans mon livre *Talking of Dragons: The Children's Books of J. R. R. Tolkien and C. S. Lewis*[1]. À ma connaissance, quelques auteurs ont écrit ainsi à leurs enfants : George MacDonald et A. A. Milne me viennent spontanément à l'esprit. Les *Lettres du père Noël* de Tolkien m'ont aussi inspiré mon roman, *The Nicholas Book*[2], une relecture des légendes relatives au père Noël, écrite pour mes propres enfants.

Lequel des livres de Tolkien pensez-vous être le meilleur pour un jeune public, et pourquoi ?

Le Hobbit est certainement la meilleure de ses histoires pour enfants, par sa portée, son exécution et sa beauté formelle. Aucun autre livre de mon enfance n'a su rivaliser avec lui d'amour et de fidélité de ma part, ainsi que dans les effets profonds et durables qu'il a provoqués chez moi. Il a tellement à offrir aux jeunes lecteurs. Je conseillerais à toutes les familles avec des jeunes enfants d'en faire un pan important de leur temps de lecture. Je suis justement en train de le lire à mes enfants, il nous reste deux chapitres, et l'émerveillement et l'excitation qu'il a suscitées chez eux prouve que la puissance de ce livre n'a pas diminué depuis les quarante années qui me séparent de ma première lecture, ou même les quatre-vingt-deux ans depuis sa publication.

Mais tous les livres pour enfants de Tolkien sont utiles à différents âges. *Monsieur Merveille* est très drôle pour les plus jeunes membres de la famille. Les *Lettres du père Noël* sont idéales dans le cadre de lectures familiales de Noël. *Roverandom* est une aventure merveilleuse pour les jeunes lecteurs de 8 à 10 ans. Et *Le Fermier Gilles de Ham* – que je classerais second après *Le Hobbit* parmi ces livres pour enfants – est un délice à tous les âges.

Pensez-vous que Tolkien a influencé beaucoup d'auteurs jeunesse ? Pouvez-vous citer quelques exemples ?

À côté de son influence sur ma propre carrière d'écrivain, je peux également mentionner des auteurs comme N. D. Wilson, dont l'excellente série *100 Cupboards*[3] révèle l'influence de Tolkien de différentes façons; ainsi que John C. Wright, un grand maître de la *fantasy* et de la science-fiction, dont *Moth & Cobweb*[4] est l'un des meilleurs cycles de *fantasy* disponibles à destination du jeune public.

1 Éditions Christian Focus, 2005.
2 Family Lore Publishing, 2012.
3 Random House Books, 2007.
4 *Swan Knight's Son: The Green Knight's Squire Book One*, éditions Castalia House, 2016.

Forêts, montagnes et cours d'eau

« En fait, je suis un Hobbit en tout sauf en taille. J'aime les arbres, les jardins et les champs non mécanisés. En outre, je fume la pipe, j'aime la bonne cuisine simple. Je porte des gilets et j'adore les champignons frais. Mon humour est simple et dès que je le peux, je me couche et me lève tard*. »

*Lettre de J. R. R. Tolkien datée de 1958.

~ L'Arbre blanc du Gondor, dans la trilogie de l'Anneau de Peter Jackson.

Au début était un arbre...

L'amour de Tolkien pour les arbres et la nature est intimement lié à son enfance, au sud de Birmingham, dans des paysages bucoliques qui ont été le théâtre de ses jeux avec son frère cadet Hilary. Cette association entre nature, paix et bonheur est d'autant plus intense que les deux enfants ont dû quitter ce cadre enchanteur pour la ville enfumée et populeuse à la mort de leur mère, en 1904.

Tolkien aimait les forêts ; pourtant, la première étendue forestière que traversent les Hobbits dans *Le Seigneur des Anneaux* est inquiétante, menaçante. Elle marque la frontière orientale du Comté. À l'inverse, la forêt de mellyrn de la Lórien procure une sensation intense et irréelle de bien-être, elle constitue un refuge pour Frodo et ses amis déjà éprouvés par leur voyage. Tolkien n'a pas une vision idyllique des groupes d'arbres, mais il adapte leurs caractéristiques aux besoins de son histoire.

La société idéale rêvée par Tolkien est celle qu'il a construite pour ses Hobbits : fondée sur une production agricole autosuffisante, avec une forte notion de propriété privée mais tout de même une répartition équitable des ressources. Un profond respect de la nature et de ses bienfaits – impliquant de ne pas épuiser ses ressources – a guidé cette conception, ainsi que des souvenirs de son enfance dans la campagne près de Birmingham. Ailleurs dans la Terre du Milieu, la nature est ravagée par la guerre : le Mordor est devenu une contrée désertique, avec une représentation proche d'une zone contaminée par les radiations comme on l'imaginera plus tard dans les romans post-apocalyptiques ; l'Isengard, dirigé par Saruman qui commence à voir son âme corrompue, subit de plein fouet sa révolution industrielle ; au Gondor, c'est l'Arbre Blanc qui dépérit. L'auteur oppose d'ailleurs, à plusieurs reprises, la société hobbite, tranquille et autonome, aux ambitions expansionnistes et aux actions des grands méchants du *Seigneur des Anneaux*. Mais sa vision de l'écologie reste cantonnée dans la sphère sociale, sans se montrer trop précise dans les champs politique et scientifique.

Il prend le temps de décrire les paysages – naturels, bien sûr –, en nommant les fleurs, les plantes et plus particulièrement les arbres, pour lesquels il a un amour particulier. Au point de leur affecter des « bergers », les

~ Rivendell, *Le Hobbit : Un voyage inattendu*, Peter Jackson, 2012. Visuel promotionnel.
~ *Le Hobbit : La Désolation de Smaug*, Peter Jackson, 2013. Affiche promotionnelle.

Ents, personnifiés par le vénérable, grommelant et bavard Barbebois. Une peuplade vivant recluse dans la forêt de Fangorn, qui se soucie peu des affaires du monde, mais qui décide, devant les forfaits de Saruman, de partir mettre à bas son œuvre de destruction de la nature.

Au milieu coule une rivière

L'auteur apporte par ailleurs un soin particulier à décrire les différents cours d'eau qui arrosent les terres d'Arda. Certains passages du *Hobbit* laissent croire qu'il en avait, pour le coup, une connaissance technique plus qu'honorable. La terre, ou plutôt le terreau, revêt dans une scène marquante une importance particulière. Parmi les cadeaux que remet la reine elfe Galadriel aux membres de la Fraternité de l'Anneau, on relèvera celui de Sam : une poignée de terre du verger de la souveraine de la Lórien.

Montagnes

Les territoires (en général des royaumes) de la Terre du Milieu sont pour la plupart délimités par des obstacles naturels. Outre les côtes et cours d'eau, le continent, dans sa partie la plus connue (le Nord-Ouest) est sillonné par plusieurs chaînes de montagnes.

Elles ont des rôles et des appréciations bien différentes suivant les récits : ainsi peuvent-elles être la demeure de dieux ou de créatures angéliques, comme le Taniquetil, qui est le plus haut sommet de la chaîne des Pelóri, laquelle se dresse le long des côtes de Valinor. Manwë[1] y installe son palais ; lorsqu'il siège sur son trône, au côté de Varda, son épouse, son regard peut se porter très loin à l'est. Les montagnes peuvent aussi être un point de repère, visible de loin, et le but d'une quête, comme la Montagne Solitaire, qui renferme Erebor, prise par Smaug dans *Le Hobbit*. Ou comme l'Orodruin,

1 Premier des Valar et serviteur le plus proche d'Eru.

~ BEORN EN MAUVAISE POSTURE, THE *BATTLE OF FIVE ARMIES*, JEU DE RÔLE, GAMES WORKSHOP, 2004. LIVRET DE RÈGLES.

orgueilleux volcan situé dans le Nord du Mordor, dans lequel Sauron forge les Anneaux de Pouvoir. Ce sombre cône domine toute la plaine, ceinte par deux chaînes de montagnes en forme de C allongé, l'Ered Lithui au nord et l'Ephel Dúath à l'ouest et au sud.

Cette fonction de protection est plus prégnante dans le cas de la cité de Gondolin : l'Echoriath est le cercle de hautes montagnes escarpées qui entoure la vallée de Tumladen et garde la cité de toute intrusion.

Le relief volcanique a une connotation maudite chez Tolkien. Après son retour en Terre du Milieu, Morgoth s'installe dans l'ancienne forteresse d'Angband. Devant les portes de celle-ci, il fait se dresser trois volcans sombres, appelés Thangorodrim en sindarin. C'est sur le flanc de l'un d'entre eux qu'il attache par le poignet Maedhros, le fils de Fëanor ; et c'est au sommet d'un autre qu'il installe Húrin sur un siège de pierre, pour qu'il soit témoin impuissant de la ruine de sa famille[2].

Plus long massif de la Terre du Milieu, les Montagnes de Brume s'étendent selon un axe nord-sud, du Forodwaith au nord jusqu'à la Brèche du Rohan au sud. Elles sont hérissées de nombreux sommets. Peu de cols permettent de les franchir : le Haut Col, situé à peu près à la latitude de Fendeval, et le col du Caradhras, aussi appelé Porte de Cornerouge. C'est là que la Fraternité échoue à passer vers l'est et la vallée de l'Anduin, et doit se résigner à passer par-dessous, en traversant les mines de la Moria[3].

PEUPLES ET CRÉATURES

Les Elfes, également, symbolisent la préservation de la nature. Certes, leur magie permet de conserver certains petits territoires à l'abri des assauts de la modernité, de l'industrialisation, de l'ambition dévorante et de leurs exécuteurs de basses œuvres, mais leur temps sur la Terre du Milieu touche à sa fin à l'époque du *Seigneur des Anneaux*, et il est à craindre que la Lórien, par exemple, ne survive pas au départ de Galadriel et son peuple...

2 Événements contés dans *Le Silmarillion* et *Les Enfants de Húrin*.
3 Dans *Le Seigneur des Anneaux*.

~ TAURIEL (EVANGELINE LILLY), *LE HOBBIT : LA DÉSOLATION DE SMAUG*, PETER JACKSON, 2013.

Trois autres personnages semblent porter peu ou prou les valeurs prônées par Tolkien en matière d'écologie. En tout premier lieu Tom Bombadil, qui réside dans la Vieille Forêt dont il est à la fois le gardien, le protecteur et peut-être l'âme. Le couple qu'il forme avec Baie-d'or, sorte d'esprit des eaux incarné dans un corps de femme, représente une certaine pureté de la nature, qui se doit de lutter contre la dégradation et la corruption. Pour en savoir plus au sujet de Bombadil, nous vous suggérons de vous reporter à la page 40.

Le deuxième personnage notable dans cette thématique est Beorn. Vivant à la lisière de la forêt de Grand'Peur, il s'agit d'un homme de très grande taille (on nous indique que Bilbo pouvait passer sous sa tunique, laquelle arrivait au niveau des genoux de Beorn) ou d'un grand ours noir. En effet, Beorn est un change-peau, qui peut passer à loisir d'une forme à l'autre. Il semblerait qu'il ait également le pouvoir de parler aux animaux, et ceux qui l'entourent paraissent posséder des facultés inhabituelles (par exemple des chiens semblent se tenir sur leurs pattes arrière pour porter des choses avec leurs pattes avant).

Ses aptitudes particulières en font un ami de Radagast, lequel est « *bien sûr un Magicien de mérite, un maître des formes et des changements de couleur : sa science des herbes et des bêtes est considérable, et les oiseaux sont particulièrement ses amis* », selon Gandalf[4]. Cet Istari, qui comme Saruman et Gandalf est envoyé en Terre du Milieu pour lutter contre Sauron, est cependant peu exploité par Tolkien. Il s'installe à Rhosgobel, à l'orée de la forêt de Grand'Peur, où il passe le plus clair de son temps à s'occuper des animaux. Une théorie de fans, non confirmée par Tolkien de son vivant, prétend que Radagast aurait enseigné voire donné à Beorn ses capacités surnaturelles. Voici donc trois personnages personnifiant, mais de façons très différentes, l'esprit de la nature en Terre du Milieu.

La faune est également très présente chez Tolkien ; nombre d'animaux de notre réalité – oiseaux, rongeurs, cervidés, invertébrés – sont présents dans les différents lieux que traversent les personnages. Tolkien en « invente » même quelques-uns, qui ne sont plus vraiment des animaux, mais des créatures dont il nous fait parfois partager les pensées : wargs, dragons, aigles géants, Balrogs, arachnides monstrueux...

Conclusion

Nombre des récits placés par Tolkien sur Arda sont des exaltations de la nature : forêts, rivières, montagnes et côtes ont droit à des descriptions détaillées, l'auteur éprouvant un malin plaisir à promener ses personnages dans ces contrées uniques. Ce souci du détail a sans doute contribué au succès de son œuvre, car on a l'impression d'y être. Son amour de la nature s'est aussi incarné dans plusieurs personnages, et même dans une peuplade entière de son invention.

4 *Le Seigneur des Anneaux : La Fraternité de l'Anneau*, livre II, chapitre II.

~ Elrond (Hugo Weaving), *Le Hobbit : Un voyage inattendu*, Peter Jackson, 2012.
~ *Le Retour du roi*, Peter Jackson, 2003.

Tolkien, meilleur illustrateur de Tolkien ?

Au fil des œuvres de J. R. R. Tolkien, se dégage une imagerie complexe, riche en personnages, paysages, architectures. Un univers qui a inspiré nombre d'illustrateurs, dont le moindre n'est pas... Tolkien lui-même. Rencontre avec les plus emblématiques d'entre eux...

Pauline Baynes (1922-2008)

Pauline Baynes est une illustratrice anglaise connue pour avoir illustré notamment les œuvres de J. R. R. Tolkien et celles de C. S. Lewis. Après sa mort, le *Daily Telegraph* explique comment elle et Tolkien se sont mis à travailler ensemble[1] :

« *En 1948, Tolkien rendit visite à ses éditeurs, George Allen & Unwin, pour parler de sa déception relative aux illustrations qu'ils avaient commandées pour sa nouvelle* Le Fermier Gilles de Ham [réalisées à l'époque par Milein Cosman, NDLR]. *Il vit alors, sur un bureau, quelques réinterprétations pleines d'esprit de notes médiévales tirées du* Psautier de Luttrell[2] *qui l'enchantèrent. Celles-ci avaient été envoyées par Pauline Baynes, alors inconnue. Tolkien demanda que l'artiste illustrât sa propre nouvelle et fut enchanté par le résultat.* [...] *La collaboration se poursuivit et une longue amitié naquit.* [...] *Plus tard, elle lui montra une affiche représentant Frodo et Bilbo Bessac, et l'écrivain hocha la tête en signe d'approbation, murmurant :* "Les voici, les voici." »

Baynes a ainsi illustré *Les Aventures de Tom Bombadil*, *Smith de Grand Wootton* ainsi que plusieurs poèmes de Tolkien. En plus de nombreuses illustrations, Pauline Baynes a réalisé les cartes grand format de la Terre du Milieu, car elle avait bénéficié notamment d'une formation de cartographe. Après la publication du *Fermier Gilles de Ham*, leur première collaboration, Tolkien a écrit à leur éditeur Allen & Unwin en mars 1949 que les dessins de Pauline Baynes étaient « *plus que des illustrations; ils sont un chant subsidiaire. Je les ai montrés à des amis, dont l'appréciation respectueuse indiquait que ces dessins réduisaient mon texte à des commentaires*[3]. » Même après le décès de Tolkien en 1973, Baynes a continué à illustrer les œuvres de son ami.

1 www.telegraph.co.uk/news/obituaries/2524880/Pauline-Baynes.html, 8 août 2008.

2 Recueil de psaumes composé au début du XIVe siècle pour le seigneur Geoffrey Luttrell, noble du Lincolnshire.

3 *Lettres*, n° 120, 16 mars 1949.

~ *Smith of Wootton Major, Farmer Giles of Ham*, Ballantine Books, 1972, illustration de Pauline Baynes.
~ Calendrier Tolkien 2011, illustration de Cor Blok.

Cor Blok (né en 1934)

L'illustrateur néerlandais a été remarqué par Rayner Unwin lors d'une visite à La Haye en 1961. Il envoie quelques pièces à Tolkien, qui apprécie tellement qu'il commence une longue correspondance avec l'artiste et lui achète même deux tableaux. Pieter Collier, webmestre du site Tolkien Library, l'incite à insérer ses illustrations inspirées par Tolkien dans le *Tolkien Calendar* de 2011. L'année suivante sort *Une tapisserie pour Tolkien*, regroupant une centaine de ses peintures, accompagnées des passages du *Seigneur des Anneaux* qu'elles illustrent et de quelques commentaires de l'artiste. Le titre fait référence au fait que ces illustrations avaient été faites dans l'esprit de la célèbre tapisserie de Bayeux.

Marqué par le minimalisme et un côté un peu naïf, le travail de Cor Blok ne peut laisser indifférent ; mais c'est cette divergence par rapport à des styles plus « fouillés » qui séduit nombre de fans de son travail.

Jemima Catlin (née en 1986)

Cette autrice britannique s'est fait remarquer en 2013 pour ses illustrations du *Hobbit* dans un style naïf. Le résultat de 3 ans de travail, concrétisé par 150 dessins, visibles dans des éditions en 9 langues différentes.

Jenny Dolfen (née en 1975)

Cette professeure allemande enseigne l'anglais et le latin, et est devenue illustratrice à plein temps à la naissance de son enfant. Amatrice de *fantasy* et de médiéval fantastique, elle réalise des illustrations pour plusieurs jeux de rôle sur table, comme *Quest Cards*, *Realms of Wonder*, *The World of Erien* ou *L'Œil noir*. Elle se montre particulièrement douée dans l'exercice du *fan art* inspiré par l'œuvre de Tolkien, comme le prouvent les deux récompenses qui lui ont été décernées par la Tolkien Society.

Anke Katrin Eißmann (née en 1977)

Enseignante en art en Allemagne, l'illustratrice et graphiste Anke Katrin Eißmann a déclaré que son inspiration lui est venue après avoir vu le film de Ralph Bakshi *Le Seigneur des Anneaux*. Son style est fortement inspiré par les préraphaélites tels qu'Arthur Rackham.

~ *The Hobbit- The Official calendar*, illustration de Jemima Catlin.
~ *J. R. R. Tolkien Calendar*, illustration de Greg et Tim Hildebrandt.
~ *The Lord of the Rings complete songs and poems*, J. R. R. Tolkien, coffret 4 CD, illustration de Ingahild Grathmer (Sa Majesté la reine Margrethe II du Danemark).

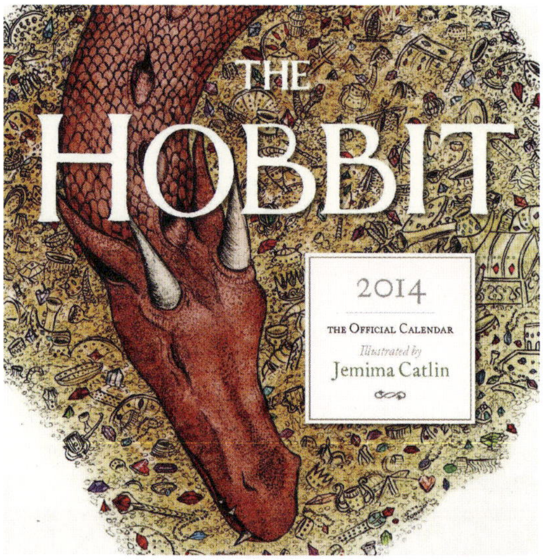

~ *Affiche du feuilleton radiophonique BBC, Eric Fraser.*

Anato Finnstark

Cet artiste digital français a inondé internet de ses créations brutes et puissantes peu avant les années 2020. Au-delà de Tolkien, il touche à de nombreux univers de *fantasy* (*Dark Souls*, *Bloodborne*, *The Witcher*, *Game of Thrones*, *Berserk*...).

> **“ Alors qu'elle était autrefois verte et belle, je vis en contemplant [la vallée] qu'elle était maintenant remplie de fosses et de forges. ”**
>
> (*Le Seigneur des Anneaux : La Fraternité de l'Anneau*, livre II, chap. II)

Eric Fraser (1902-1963)

Illustrateur britannique prestigieux qui a dessiné des timbres pour le *Royal Mail*, a illustré Shakespeare et d'autres auteurs classiques pour l'*Everyman's Library*[4]. Il a illustré l'édition Folio Society du *Seigneur des Anneaux*, ainsi que l'affiche de l'adaptation radiophonique par la BBC en 1981.

Ingahild Grathmer (née en 1940)

Cette illustratrice danoise fait parvenir au début des années 1970 à Tolkien quelques-unes de ses réalisations en noir et blanc et à l'aquarelle. Cela plaît au professeur, qui est quelque temps en contact avec elle. Par la suite, ses dessins sont utilisés pour l'édition danoise du *Seigneur des Anneaux*. Surprise : derrière ce pseudonyme se cache en fait la princesse héritière Margrethe du Danemark, qui devient reine en 1972. Dans les années 2000, d'autres travaux de la reine ont illustré les pochettes des disques du groupe danois The Tolkien Ensemble.

Greg (1939-2024) et Tim Hildebrandt (1939-2006)

Les jumeaux Hildebrandt, nés en 1939 à Detroit (Tim est décédé en 2006), se sont fait connaître pour avoir réalisé le premier poster de *Star Wars*, mais aussi les calendriers Tolkien des années 1976 à 1978 (succédant à Tolkien lui-même et Baynes, notamment). Curieusement, alors qu'ils étaient alors considérés comme les meilleurs illustrateurs tolkienistes du moment, ils n'ont jamais été associés à l'adaptation du *Seigneur des Anneaux* par Ralph Bakshi, en 1978, à leur grande déception. Leur style est caractérisé par une forte utilisation de la lumière, avec des tons jaunes et ocre très nombreux.

Frank Frazetta (1928-2010)

L'un des plus grands artistes graphiques états-uniens des années 1960 à 1980 a réalisé quelques illustrations saisissantes de l'univers de Tolkien. En 1975, The Middle Earth Portfolio Publishing Company à Denver lui a commandé un portfolio du *Seigneur des Anneaux*. Le résultat a été très critiqué par les fans du professeur, n'aimant pas la liberté prise par Frazetta par rapport aux écrits originaux, notamment au sujet des tenues guerrières très échancrées d'Éowyn et des Orques... En plus des sept dessins – en noir et blanc – commandés, Frazetta en a réalisé un huitième, en couleurs, mettant Gollum en scène. On peut regretter qu'il ne soit pas allé plus loin tant ses dessins dégagent de la puissance.

~ *Portfolio Lord of the Rings Frank Frazetta*, Middle Earth, 1975.

4 L'*Everyman's Library* est une collection créée en 1904 par la maison d'édition J. M. Dent and Co. Elle rassemble des œuvres de la littérature classique vendues à bas prix dans un format accessible.

DONATO GIANCOLA
(NÉ EN 1967)

Cet illustrateur définit lui-même son style comme le résultat du classicisme appliqué à la science-fiction et à la *fantasy*. Ses inspirations viennent de Rembrandt, Vermeer, Velazquez ou encore Van Eyck. Il a rencontré le succès en illustrant des cartes du jeu *Magic: The Gathering*, puis en proposant des illustrations des créations de Tolkien, que certains décrivent comme du « Caravage en Terre du Milieu ».

DENIS GORDEEV
(NÉ EN 1964)

Cet illustrateur russe est connu pour avoir illustré de nombreuses sagas de *fantasy* dans son pays natal. Notamment les contes des frères Grimm, les récits arthuriens, *Le Sorceleur* et les œuvres de Tolkien. Il a également illustré *Les Enfants de Húrin* en 2015. Qu'ils soient en couleurs ou en noir et blanc, ses dessins réalisés dans un style plutôt classique accordent une place prépondérante à la lumière, dans un style classique.

TOVE JANSSON (1914-2001)

La créatrice de la série de livres finlandais *Les Moomins* a été choisie en 1962 pour illustrer la version suédoise du *Hobbit*. Ses cinquante pièces et ses couvertures furent plus tard utilisées pour les différentes éditions en finnois. Panachant avec bonheur art naïf et expressionnisme, ces images restent gravées dans l'esprit des lecteurs et lectrices de ces éditions.

ROBERT LEE (1921-1994)

En janvier 1967, la secrétaire de Tolkien lui fait parvenir un exemplaire de *The Children's Treasury of Literature* (édité par Bryna et Louis Untermeyer, publié en 1966 par Paul Hamlyn), lequel comprenait le chapitre « Une fête inattendue », qui ouvrait *Le Hobbit*. Ce chapitre était accompagné de dix-huit illustrations de Robert J. Lee. Le 5 janvier 1967, Tolkien donnait son avis à sa secrétaire : « *Je pense que nombre des illustrations sont très bonnes, y compris certaines des modernes.*

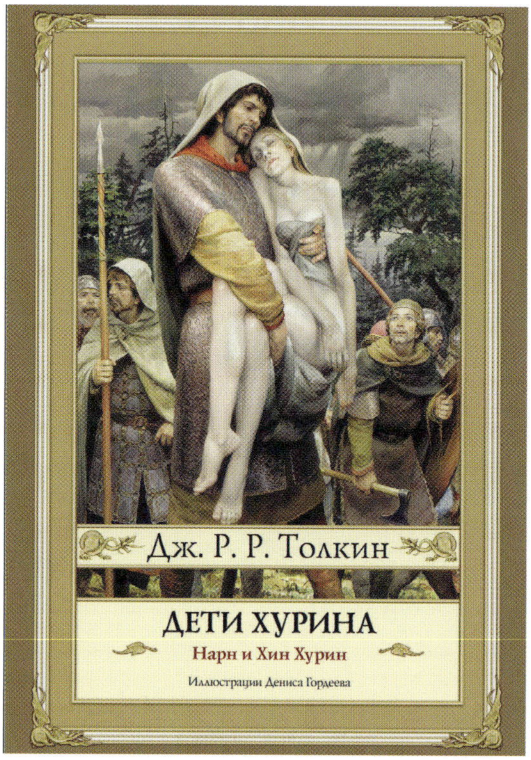

~ *Les Enfants de Húrin*, ACT, 2015, illustration de Denis Gordeev. Édition russe.
~ *Middle-Earth*, Dark Horse Books, 2019, Donato Giancola. Édition anglaise.
~ *Hobitti eli Sinne ja takaisin* (*Le Hobbit, là et encore de retour*), WSOY, 1973, illustration de Tove Jansson. Édition finlandaise.

~ *Bilbo en hobbits äventyr* (*Bilbo, l'aventure d'un Hobbit*), Rabén Prisma, 1962, illustration de Tove Jansson. Édition suédoise.
~ *The Children's Treasury of Literature*, Paul Hamlyn, 1966, illustration de Robert Lee.
Ci-dessous :
~ *Tolkien Calendar 2020*, illustration d'Alan Lee.

Celles illustrant Le Hobbit *me semblent les pires : vulgaires, stupides et entièrement hors de propos, au regard d'un texte que Robert J. Lee ne semble pas avoir lu avec attention*[5]. »

Ce jugement particulièrement négatif aurait deux explications[6] : d'abord, le choix de Tolkien lui-même de privilégier les paysages aux portraits dans ses propres dessins (lorsque des personnages sont présents, ils sont tout petits); ensuite, le désamour du professeur pour le style « Disney » est avéré depuis les débuts du studio. L'aspect « comique » des illustrations de Lee, que l'on pourrait rapprocher du « style Disney » d'alors a donc pu rebuter l'auteur. Le choix des couleurs, plutôt criardes et psychédéliques chez Lee (rose, violet, orange et bleu) contraste avec les précisions données par Tolkien dans le texte (vert, brun et jaune, par exemple).

Angus McBride (1931-2007)

Cet illustrateur britannique a passé la majeure partie de sa vie en Afrique du Sud. Il y développe une grande production de dessins dans des univers variés, inspirés de scènes historiques et de la *fantasy*. Il a notamment illustré le *Jeu de rôle des Terres du Milieu*, mais aussi *Rolemaster*.

Alan Lee (né en 1947)

« *J'ai fait quelques dessins qui ont été montrés à Christopher Tolkien qui les a approuvés, en particulier les dessins des personnages. Il pensait que les personnages étaient représentés d'une manière que son père aurait approuvée. Et j'ai été chargé d'illustrer l'édition du centenaire du* Seigneur des Anneaux *publiée en 1992*[7]. »

Alan Lee est un illustrateur britannique passionné par la mythologie celtique, mais aussi par les œuvres d'Homère. Régulièrement sollicité par les éditeurs britanniques et français de Tolkien, il a une préférence pour les paysages, préférant représenter les personnages en petit ou seulement partiellement, pour laisser plus d'imagination aux lecteurs. En cela, il rejoint les choix esthétiques du Tolkien illustrateur, avec lequel il partage la préférence pour l'aquarelle afin de donner des couleurs à ses travaux au fusain et au crayon. Son personnage préféré de l'univers de Tolkien est Gollum, l'un des plus intéressants à son goût.

Il illustre les couvertures des éditions du centenaire des deux romans de Tolkien. Avec John Howe, Lee a travaillé en tant que directeur artistique sur les six films de Peter Jackson. À ce titre, il a œuvré sur les décors et les costumes, une tâche qui lui a valu un Oscar pour *Le Retour du roi*.

John Howe (né en 1957)

John Howe est un illustrateur canadien qui a réalisé certains des visuels les plus marquants de l'univers de Tolkien. À partir de 1999, il est engagé par les éditions Casterman pour illustrer *Le Hobbit*, après avoir livré sa vision de certains moments clés du légendaire dans l'ouvrage *Le Monde de Tolkien : Visions des Terres-du-Milieu*[8]. Peu de temps après, il est engagé par Peter Jackson pour travailler avec Alan Lee sur les visuels de ses adaptations du *Seigneur des Anneaux* puis du *Hobbit*.

5 Christina Scull et Wayne G. Hammond, *The J. R. R. Tolkien Companion and Guide: Reader's Guide*, 2006.

6 Selon https://mythoi.tolkienindex.net/2012/07/31/tolkien-and-the-illustrations-of-robert-j-lee-7

7 Entretien accordé au site tolkiendil.com, 26 octobre 2017, www.tolkiendil.com/tolkien/interview/alan_lee_2017

8 HarperCollins, 1992, traduit la même année par Glénat.

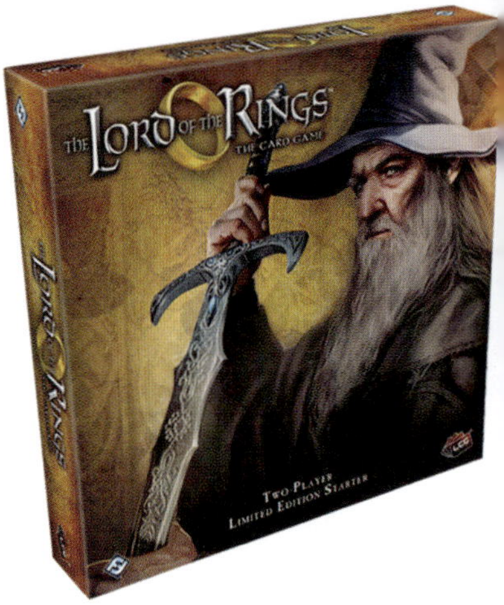

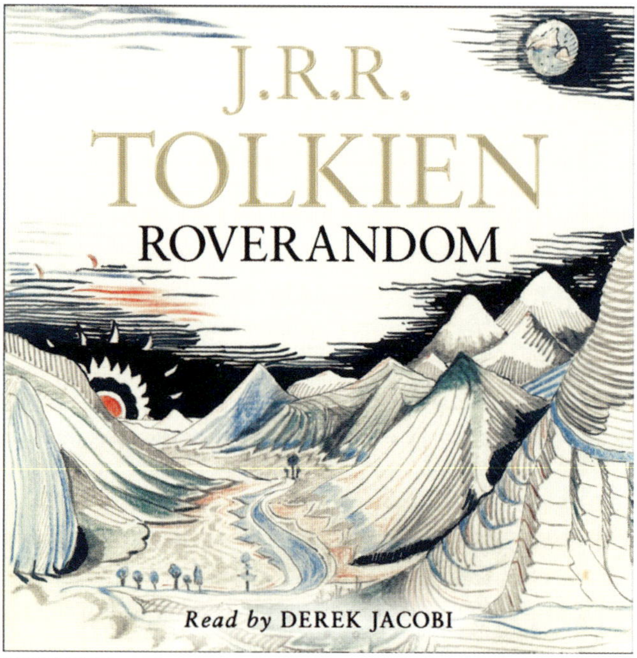

~ *Sur les terres de Tolkien*, John Howe, L'Atalante, 2002, illustration de l'auteur.
~ *Le Silmarillion*, J. R. R. Tolkien, Christian Bourgois Éditeur, 2004, illustration de Ted Nasmith.
~ *The Lord of the Rings* édition limitée, jeu de cartes, Fantasy Flight Games, 2018, illustration de Magali Villeneuve.
~ *The Hobbit Calendar 1976*, illustration de J. R. R. Tolkien.
~ *Roverandom*, J. R. R. Tolkien, livre audio, HarperCollins Publishers Limited, 2005, illustration de l'auteur.

TED NASMITH (NÉ EN 1956)

Cet artiste canadien, illustrateur et architecte de formation, a découvert Tolkien au cours de ses études, par le biais de sa sœur dont les amis étaient fans de l'auteur. Ses ambiances mystérieuses et ses thématiques mythiques l'ont marqué, au point de griffonner à ses heures perdues de nombreux personnages et scènes se situant en Terre du Milieu. Lui-même définit le style qu'il a fini par développer comme un héritage du luminisme américain, mais aussi comme du victorien néo-classique. Participant d'abord à des calendriers Tolkien à la fin des années 1980, Nasmith a réussi à illustrer certaines éditions au format poche du *Seigneur des Anneaux* et du *Hobbit*. Puis en 1996 vient l'acte majeur, puisqu'il est sollicité pour illustrer *Le Silmarillion*. Il y déploie tout son talent, nous montrant sa vision de décors grandioses et de personnages emblématiques, et s'en dit très fier.

MIKE PLOOG (NÉ EN 1940)

Michael G. Ploog est un *storyboarder* et un dessinateur américain surtout connu pour avoir travaillé sur des comics comme *Werewolf by Night* ou ayant pour protagonistes la Chose, la créature de Frankenstein, le Ghost Rider… Il fut l'apprenti de l'immense Will Eisner[9], qui l'a énormément influencé. Mécontent de ses conditions de travail chez Marvel, il s'est orienté vers le *concept art* pour le cinéma d'animation. Il a ainsi travaillé sur les films *Wizards* (1977) et *The Lord of the Rings* (1978) de Ralph Bakshi, puis *Taram et le Chaudron magique* (1985) et les films de la franchise *Shrek*. *Dark Crystal*, le film musical *Moonwalker* avec Michael Jackson et *La Chose* de John Carpenter comptent aussi parmi ses réalisations.

9 Grand auteur de bande dessinée américain ayant popularisé le genre du roman graphique avec sa série *Le Spirit* (1940-1952).

Magali Villeneuve
(née en 1980)

Cette illustratrice française est connue pour illustrer de nombreuses couvertures de livres de *fantasy*, mais aussi pour proposer des illustrations pour des jeux *Star Wars*, *Magic: The Gathering*, mais aussi *Le Seigneur des Anneaux*... Ses productions se distinguent par une grande finesse et un rendu parfois presque photoréaliste.

David Wenzel (né en 1950)

Illustrateur et dessinateur de comics américain, David Wenzel travaille chez DC Comics puis Marvel. Il a notamment dessiné l'arc des *Avengers* intitulé *Kovac Saga*. En 1989, il dessine l'adaptation du *Hobbit* par Chuck Dixon, éditée par Eclipse Comics[10].

J. R. R. Tolkien

L'empreinte et le talent de ces illustrateurs et illustratrices sont tellement forts sur les différentes éditions du *Hobbit*, du *Silmarillion* et du *Seigneur des Anneaux* que l'on oublie parfois que John Ronald Reuel Tolkien était lui-même illustrateur, et qu'il a notamment illustré ses propres histoires. L'apprentissage du dessin et de la peinture faisait partie de la panoplie des gens de bonne société au tout début du xxe siècle britannique. Tolkien a appris avec sa mère à utiliser les crayons (y compris de couleur), l'encre et l'aquarelle. Très vite, son acharnement lui a permis de maîtriser les jeux de lumière et de gérer de belle façon la composition. Il a continué une fois devenu enseignant, puis jeune père. Il a dessiné d'abord pour ses enfants, comme dans les *Lettres du père Noël*, *Roverandom* et *Monsieur Merveille*, mais aussi dans *Le Hobbit*. Au début, ses illustrations ne devaient pas apparaître dans l'édition officielle des aventures de Bilbo, mais Tolkien finit par convaincre son éditeur d'en inclure huit, sans compter les runes de la reliure et les illustrations qui ornent la jaquette. L'auteur se montre très à l'aise avec les paysages, nettement moins avec les personnages. Ses illustrations contenaient d'ailleurs des détails de Hobbiteville et de Fendeval qui ont permis de préciser des choses dans *Le Seigneur des Anneaux*. En revanche, Tolkien a décliné la proposition de son éditeur de recommencer ce travail dans son épopée, se cantonnant aux cartes, ainsi qu'aux runes figurant sur la porte de la Moria, l'Anneau Unique ou la tombe de Balin. Son style naïf était trop en décalage avec le propos, même s'il a réalisé quelques croquis de travail, notamment pour visualiser la forme et la disposition de certains lieux importants comme Minas Tirith, Orthanc, la Gorge de Helm... Dans une lettre de 1958, le professeur disait visualiser « *avec une très grande clarté et en détail* » les éléments de sa création ; on comprend dès lors qu'il ait été de son vivant très soucieux des représentations qui ont pu en être faites. Ainsi, à cette époque, la préférence en matière d'illustration allait à Pauline Baynes, selon les vœux de Tolkien lui-même. Si l'on devait rapprocher le style de Tolkien de noms connus, on parlerait des peintres britanniques du xixe siècle, les préraphaélites et néo-primitifs rassemblés autour de Samuel Palmer.

10 Initialement publié en deux tomes en 1991 puis 2001 chez Vents d'ouest, actuellement disponible en un seul volume chez Delcourt.

D'une manière plus globale

Au-delà de tous ces noms, on peut mentionner quelques travaux collectifs, comme la sortie en 1978 du recueil *Tolkien Treasury* (réédité en 2012), dirigé par Alida Becker, qui propose poèmes, chansons et dessins autour de Tolkien.

À partir des années 1990, la visibilité des illustrateurs autorisés de Tolkien ne passait plus que par les Tolkien Calendars, ce qui amena la Mythopoeic Society à sortir *The 1990 NOT Tolkien Calendar,* une éphéméride regroupant des caricatures en noir et blanc de l'univers tolkienien, en particulier *Le Seigneur des Anneaux*. À partir de la décennie 1970 se développent les jeux de rôle, permettant à de nombreux talents de s'exprimer. Ainsi, le Britannique Angus McBride se fait un nom grâce au dynamisme de son trait et à la diversité des thèmes traités pour le compte de la société ICE, éditrice du célèbre *Jeu de rôle des Terres du Milieu*[11].

« Parmi mes supérieurs, les gentlemen sont inexistants, et même les êtres humains sont rares. »

(Lettre à Edith, d'après Humphrey Carpenter dans *J. R. R. Tolkien, une biographie*)

Conclusion

Le Hobbit a inspiré nombre d'artistes divers, mais souvent d'inspiration naïve, à l'instar de Tolkien lui-même. Avec l'arrivée du *Seigneur des Anneaux*, la posture des illustrateurs a changé, s'inspirant plus franchement des paysages, des combats ou des quêtes des protagonistes. Un mouvement sans doute initié par Frank Frazetta et les frères Hildebrandt, dans des styles très différents. Le succès des adaptations sur grand écran du *Seigneur des Anneaux* puis du *Hobbit*, mettant en lumière le travail d'Alan Lee et John Howe, occasionne un retentissement notable dans les rangs des nombreux artistes essayant de transposer les écrits du professeur en visuels. Ainsi s'est constitué, en plus d'un demi-siècle d'illustrations, un tableau pictural d'une incroyable richesse, mobilisant des artistes aux styles très diversifiés : le reflet de la force d'évocation des écrits de Tolkien. Le développement des jeux de rôle et l'arrivée de nombreux nouveaux talents ont contribué à l'élaboration d'une imagerie fertile et variée, qui continue à s'enrichir après respectivement quatre-vingts et soixante ans d'existence des textes.

11 Le jeu de rôle est examiné plus en détail page 126.

Quand Tolkien fait tapisserie

En janvier 2017, la Cité de la tapisserie d'Aubusson affirme, dans un communiqué officiel, avoir conclu un accord avec le Tolkien Estate afin de réaliser quatorze tapisseries inspirées des œuvres de l'écrivain. Le début d'une drôle d'aventure.

Le projet consiste à tisser, de manière traditionnelle, 13 tapisseries murales, pouvant être accrochées aux murs, et un tapis. Les motifs choisis sont ceux des dessins de Tolkien lui-même illustrant des *Lettres du père Noël*, *Le Silmarillion* ou *Le Hobbit*. Ce projet renoue avec une tradition de tissage des illustrations d'œuvres littéraires des XVIIe et XVIIIe siècles, ce qui constitue, eu égard au décorum d'une partie de l'œuvre de Tolkien, une sorte de boucle. Leur tissage s'étalant sur quatre années, les différentes tapisseries sont progressivement présentées au public, et parfois en présence de membres de la famille Tolkien, au fur et à mesure de leur fabrication.

Les différentes tapisseries sont amenées à tourner dans diverses expositions, puis à rester à la Cité de la tapisserie, dans une salle spécifique.

~ Collection Cité internationale de la tapisserie, Aubusson

Entretien avec Marie Bretagnolle

Marie Bretagnolle est doctorante à l'université Paris-Est : sa thèse porte sur l'illustration de l'œuvre de Tolkien.

~ Marie Bretagnolle © D. R.

Vous travaillez actuellement sur une thèse relative aux illustrations des œuvres de Tolkien. Qu'est-ce qui vous a amenée à vous intéresser à ce sujet ?

C'est une passion au long cours, qui est née autour de 2003-2004. Mon grand-père, qui avait découvert Tolkien dans les années 1970, m'a emmenée voir le troisième film au cinéma, mais cela ne m'a étrangement pas poussée tout de suite vers les livres. Quelques mois plus tard, dans une librairie, mon regard s'est posé sur le *Cahier de croquis du Seigneur des Anneaux* par Alan Lee. Je m'étais prise de passion pour la dimension visuelle des films, qui sublimait une histoire dont je ne connaissais alors que la déclinaison cinématographique. Ce livre est devenu ma bible. De toute ma bibliothèque, c'est sans aucun doute celui que j'ai le plus lu, consulté et feuilleté.

Je n'ai malheureusement pas de souvenir de ma première lecture de Tolkien (ni s'il s'agissait du *Seigneur des Anneaux* ou du *Hobbit*), ce qui est un comble, mais je me souviens avoir passé trois jours absorbée dans *Le Silmarillion* au point de perdre toute notion du temps. J'étais complètement perdue et je ne me rappelais jamais qui était qui parmi tous ces Elfes, mais leurs histoires m'ont fascinée.

À l'université, j'ai découvert que Tolkien était un sujet de recherche relativement accepté. J'ai commencé avec un exposé, puis un master de recherche (sur les illustrations d'Alan Lee pour l'édition du centenaire du *Seigneur des Anneaux*), et j'en suis aujourd'hui à une thèse consacrée aux illustrations intérieures dans les récits de la Terre du Milieu. Heureusement, mes recherches n'ont fait que renforcer ma passion pour ces textes. L'un des aspects que je préfère est la comparaison des différentes représentations d'une même scène ou d'un même paysage chez des artistes variés.

C'est un auteur dont l'œuvre a inspiré de nombreux illustrateurs, mais Tolkien, lui-même illustrateur, a livré une certaine vision de certains personnages ou paysages. Comment qualifieriez-vous sa production en la matière ?

Du point de vue de la nature de ses illustrations, elles sont pour moi aussi primordiales que ses textes. Dans ses manuscrits, Tolkien créait le monde de la Terre du Milieu simultanément par les mots et par l'image, ce qui est particulièrement frappant dans certains chapitres, et notamment « L'antre d'Araigne » ou « Les escaliers de Cirith Ungol », où le texte contourne un croquis griffonné en parallèle. Plusieurs chercheurs se sont intéressés à cette simultanéité, et ont publié des analyses passionnantes, en anglais : Wayne Hammond et Christina Scull d'une part, Jeffrey MacLeod et Anna Smol d'autre part.

D'un point de vue artistique, les illustrations de Tolkien sont difficiles à qualifier. Certains éléments sont dessinés un peu maladroitement (voir l'anatomie surprenante de Bilbo dans l'illustration *Conversation avec Smaug*), tandis que d'autres suggèrent une grande maîtrise. Pour prendre un des exemples les plus connus, l'illustration de Fendeval révèle un talent de coloriste indéniable. Les tons sont harmonieux et se complètent à merveille, ce qui est encore plus frappant quand on a la chance de voir l'illustration originale. Tolkien était également capable d'une grande minutie. Il ajoutait des détails infimes à ses compositions, alors qu'il ne travaillait pas sur de grands formats.

Sa production est difficile à qualifier du fait de sa variété. Il pouvait aussi bien dessiner un aigle de façon très naturaliste, un paysage enchanteur ou des illustrations oniriques voire abstraites, le tout dans des styles très différents. Cela reflète la palette de ses écrits, qui eux-mêmes vont de l'étude académique aux livres pour enfants, en passant par de la poésie.

Pensez-vous que certains illustrateurs et certaines illustratrices ont réussi à s'affranchir de cette lourde référence pour livrer une vision originale, tout en rendant justice au texte original ?

Une chose me surprend toujours, en relisant *Le Hobbit* ou *Le Seigneur des Anneaux* : chaque lecteur se fait une idée précise du paysage du Comté, et pourtant il n'est pas décrit dans le texte. En revanche, l'illustration de Tolkien comble les espaces laissés libres par les mots.

Un rapide panorama des différentes versions de Fendeval chez les illustrateurs de Tolkien montre bien l'influence des dessins et aquarelles de Tolkien. Les versions les plus originales de ce paysage, à mes yeux, sont celles de Cor Blok, Michael Hague (*The Hobbit*, 1984), David Wyatt (*The Hobbit*, 1998), mais même les artistes plus proches de la vision de Tolkien ont infusé leur propre style dans les illustrations : Eric Fraser (*The Hobbit*, 1979), Ted Nasmith (calendrier Tolkien de 1990), Alan Lee (*The Lord of the Rings*, 1992) reprennent fidèlement la composition élaborée par Tolkien mais proposent des illustrations très personnelles.

Les textes de Tolkien sont une invitation à regarder le monde qui nous entoure, et à leur tour les artistes s'inspirent souvent des paysages qui leur sont familiers, du Devon d'Alan Lee au Canada de Ted Nasmith, sans parler de la Nouvelle-Zélande de Peter Jackson (qui s'inspire largement des illustrations de ses directeurs artistiques John Howe et Alan Lee).

Après des centaines d'éditions dans le monde au fil des années, pensez-vous qu'il y a encore des façons différentes d'illustrer Tolkien ?

Tant que les artistes chercheront à mettre en image leur propre vision du texte, sans reprendre des archétypes établis par d'autres (y compris Tolkien lui-même), alors on pourra toujours illustrer Tolkien de façon nouvelle, car le texte est suffisamment riche. Avec le succès des films, de nombreux artistes se sont inspirés de l'univers visuel créé par Alan Lee et John Howe, ce qui n'est pas mauvais en soi, mais il faut parvenir à se détacher de ces images pour en proposer de nouvelles au risque de tomber dans une répétition sans fin des mêmes motifs.

Une des beautés du texte de Tolkien est que ses descriptions ne fixent jamais une représentation : elles laissent un espace de liberté aux lecteurs et aux artistes pour imaginer leur version de la Terre du Milieu.

Que pensez-vous des ouvrages de la tapisserie d'Aubusson, qui reproduisent des illustrations emblématiques de Tolkien ?

Je pense que c'est un superbe projet, alliant la compétence des ateliers français à la créativité de Tolkien. Ce dernier emploie d'ailleurs régulièrement la métaphore du tissage dans ses textes, et il aimait l'artisanat dans son ensemble. Il écrit ainsi au début du *Silmarillion* : « *Vaïrë la Fileuse* [...] *tisse tous les événements de tous les temps dans ses toiles historiées qui tapissent le palais de Mandos, lesquels s'agrandissent avec le temps qui passe*[1] » (*Le Silmarillion*, « Valaquenta », 1977).

1 En version originale : « *Vairë the Weaver [...] weaves all things that have ever been in Time into her storied webs, and the halls of Mandos that ever widen as the ages pass are clothed with them.* » (*The Silmarillion*, « Valaquenta: Of the Valar », 1977.)

~ *Hobit aneb cesta tam a zase Zpátky* (*Hobbit ou l'aller-retour*), J. R. R. Tolkien, Odeon, 1991, illustration de Jiří Šalamoun. Édition Tchèque.
~ *The 1990 J. R. R. Tolkien Calendar*, illustration de Ted Nasmith.
~ Der kleine Hobbit (*Le Petit Hobbit*), J. R. R. Tolkien, Dtv junior, 1960, illustration de Klaus Ensikat. Édition allemande.
~ *Gnomo* (*Gnome*), J. R. R. Tolkien, Livraria Civilização, 1962, illustration de António Quadros. Édition portugaise.
~ *De Hobbit* (*Le Hobbit*), J. R. R. Tolkien, Prisma Boeken, 1960, illustration de Cees Kelfkens. Édition néerlandaise.
~ *Cahier de croquis du Seigneur des Anneaux*, Alan Lee, Christian Bourgois Éditeur, 2006, illustration de l'auteur.
~ *Bilbo le Hobbit*, J. R. R. Tolkien, Hachette Romans, 2006, illustration de Grzegorz Rosiński.
~ *L'Univers de Tolkien : Sources mythologiques du Seigneur des Anneaux*, David Day, Octopus, 2003, illustration de J. R. R Tolkien.
~ *Le Seigneur des Anneaux*, J. R. R. Tolkien, Christian Bourgois Éditeur, 2003. Illustration d'Alan Lee.
~ *Le Hobbit*, J. R. R. Tolkien, Christian Bourgois Éditeur, 2012, illustration de l'auteur.

Exposition Tolkien : voyage en Terre du Milieu

De juin à octobre 2018 a eu lieu une gigantesque exposition consacrée à Tolkien à la Bodleian Library d'Oxford, où il a été longtemps enseignant. Dès les prémices de celle-ci, Vincent Ferré, responsable des publications consacrées à Tolkien chez Christian Bourgois, a impulsé le mouvement afin de monter un événement semblable en France.

Un cadre unique

C'est dans le cadre magnifique de la Bibliothèque nationale de France, sur son site en bord de Seine à Paris, que s'est tenue cette exposition, entre octobre 2019 et février 2020. Plus de 1 000 m² consacrés à la vie et à l'œuvre du professeur, avec près de 200 objets en provenance d'Oxford, mais aussi de l'université Marquette, à Milwaukee dans le Wisconsin, qui a acquis en 1957 les manuscrits originaux du *Hobbit* et du *Seigneur des Anneaux*, et possède plus de 11 000 objets relatifs à l'auteur. Afin de personnaliser l'exposition pour le public français, les deux commissaires, Frédéric Manfrin[1] et Vincent Ferré, ont eu l'idée d'y associer un certain nombre d'objets issus des collections de la Bibliothèque nationale de France. Tolkien n'est pas un « inconnu » dans l'établissement, puisqu'en 2004 une exposition présentait des dessins d'Alan Lee et John Howe, deux de ses illustrateurs les plus connus et directeurs artistiques des films de Peter Jackson. En 2016 s'était par ailleurs tenue dans ses travées une rencontre consacrée à la nouvelle traduction du *Seigneur des Anneaux*.

Réalisée en étroite collaboration avec le Tolkien Estate, par le biais d'un comité scientifique composé de chercheurs spécialistes de Tolkien, bénéficiant d'une scénographie et de décors soignés, cette exposition, probablement la plus importante au monde à ce jour au sujet du professeur, a donné à voir des pièces d'une qualité et d'une valeur inestimables.

Des pièces exclusives

Le principe de l'exposition était construit sur deux voyages. D'abord, un voyage « géographique », en Terre du Milieu. Après une présentation de l'auteur, le visiteur pénétrait successivement dans les territoires de chaque peuple de la Terre du Milieu : d'abord en Comté, puis chez les Elfes, en Rohan, au Gondor, en Isengard, avant l'ultime étape du Mordor. Le visiteur suivait ainsi la progression des Neuf Marcheurs. Après le Mordor, un dernier espace était consacré à Valinor[2]. La forêt et la mer, éléments essentiels chers à Tolkien, étaient aussi présentes. À l'intérieur de chaque territoire, plusieurs thématiques étaient abordées, comme les langues chez les Elfes, les femmes au Rohan, le pouvoir et la royauté au Gondor.

> **« Il appartenait à un grande forme rappelant un Homme, voire un troll, d'au moins quatorze pieds de haut, très robuste, surmontée d'une tête allongée sans véritable cou. »**
>
> (*Le Seigneur des Anneaux : Les Deux Tours*, livre III, chap. IV)

La deuxième partie du voyage était un voyage temporel, ayant pour cadre Oxford, montrant la vie et l'œuvre de l'enseignant émérite qu'était J. R. R. Tolkien. Le parti était pris de se focaliser sur l'écrivain et son formidable imaginaire. Une place particulière était accordée à Christopher Tolkien, pour son rôle majeur dans l'édition de l'œuvre de son père. Presque toutes les œuvres éditées de Tolkien étaient représentées et présentes au moins par un manuscrit, y compris ses travaux scientifiques, notamment son interprétation de *Beowulf*, qui fait encore autorité. On y trouvait également des documents de travail, comme une fiche indiquant combien de pas peut faire un Hobbit en une journée ou un diagramme représentant les phases de la Lune en Terre du Milieu...

Pour ce qui est de la représentation iconographique, l'exposition ne présentait que des illustrations réalisées par Tolkien lui-même. La seule exception était la présence de quatre des tapisseries reprenant des aquarelles

1 Conservateur en chef au département Philosophie, Histoire et Sciences de l'homme de la Bibliothèque nationale de France.

2 La région occupée par les Valar, personnages quasi divins présents dans *Le Silmarillion*.

~ Exposition *Tolkien, voyage en Terre du Milieu*, Bibliothèque nationale de France. Support promotionnel.

de Tolkien et tissées par la Cité de la tapisserie[3]. Des cartes originales, dont des brouillons, étaient présentes dans chaque région du voyage pour aider le pèlerin à se situer. De nombreux dessins et aquarelles de Tolkien figuraient en bonne place dans l'exposition, laquelle était accompagnée d'une programmation culturelle riche, avec une demi-douzaine de conférences données par différentes personnalités gravitant autour de Tolkien, dont son petit-fils, Adam.

Un certain nombre d'objets ont été extraits des fonds de la BnF, afin de contextualiser certains aspects de l'œuvre du professeur, comme une épée grecque du IVe siècle av. J.-C., un jeu d'échecs, ou un cor en ivoire, réputé être le cor de Roland et faisant écho à celui de Boromir. Un document exceptionnel comme l'Évangéliaire de saint Gatien de Tours (manuscrit mérovingien datant du VIIe ou VIIIe siècle) était également présenté. Dans cet ouvrage contemporain du récit de Beowulf, les enluminures magnifiques évoquent les peuples germaniques, l'une des sources de la langue des Rohirrim. Au total, plus de 300 pièces ont été exposées au grand public.

On notera que les commissaires de l'exposition ont pris soin de ne pas exposer d'éléments postérieurs à la mort de Tolkien, en 1973, afin de ne pas altérer la perception visuelle que pourraient avoir les visiteurs de l'exposition ; ainsi, aucune image issue des différentes adaptations audiovisuelles de son œuvre n'était présente. Par ailleurs, les noms de personnages ou de lieux présents dans l'exposition étaient ceux issus de la nouvelle traduction en français de son œuvre, datant de 2012 et réalisée par Daniel Lauzon.

Conclusion

Cette exposition est, au-delà de sa surface, exceptionnelle par la mise en perspective de l'œuvre de Tolkien avec des pièces uniques, issues de notre patrimoine culturel et historique. Mais il s'agit aussi d'une première pour l'institution, puisque c'est le premier auteur étranger, émargeant dans un « mauvais genre », à être exposé à la Bibliothèque nationale de France alors que n'y est conservé aucun de ses manuscrits. Une exposition, destinée à tous les publics et en deux langues, qui a fait date pour la reconnaissance de la *fantasy* comme un genre « noble ».

3 À Aubusson, dans la Creuse.

L'HÉRITAGE DU PROFESSEUR

John Ronald Reuel Tolkien a, par le biais de son œuvre, revisité de nombreux mythes et en quelque sorte « fondé » la *fantasy*, exaltant nombre de motifs et valeurs. À tel point que son influence artistique est discernable dans de nombreux domaines, près de cinquante ans après sa disparition.

En 1961, le critique Philip Toynbee écrivait que l'œuvre de Tolkien était en franche décadence et que son œuvre commençait à emprunter un chemin qui la mènerait à un « *oubli charitable* »[1]. Quatre ans plus tard, les éditions Ballantine et Ace (ces dernières de manière illégale, estimant que le roman était tombé dans le domaine public et donc sans demander leur avis ni à l'auteur ni à l'éditeur original) proposent aux lecteurs des États-Unis de découvrir *Le Seigneur des Anneaux* en version poche. C'est un succès phénoménal, et le roman devient une icône du mouvement hippie, qui se développe alors dans les universités. Tolkien se dit gêné par ce « *culte déplorable* », qui lui semble dévoyer complètement ses intentions premières.

En 1997, la chaîne de librairie Waterstones et la BBC organisent une enquête auprès de leurs lecteurs et auditeurs, lesquels élisent *Le Seigneur des Anneaux* comme le roman du siècle. Cela déclenche une polémique dans les rangs des critiques littéraires « classiques », décrétant que c'est une honte et que cela indique un appauvrissement de la culture anglaise. La Folio Society lance sa propre enquête, auprès de ses 50 000 membres, tous représentants du monde littéraire anglais. Les résultats des 10 000 réponses sont les mêmes. En 1999 suivent les bibliothécaires, indiquant que la trilogie épique de Tolkien est l'ouvrage le plus emprunté au Royaume-Uni, et la librairie en ligne Amazon, dont les clients élisent le même ouvrage comme le livre du millénaire. La revue spécialisée dans le fantastique *SFX* place le roman en tête de sa liste des livres les plus importants de tous les temps, et *Le Hobbit* en quatrième position.

~ *Lire*, hors-série n°17, 2013.

1 Dans un article pour *The Observer*.

> **“ Sa pensée est faite de métal et de rouages ; et il ne se soucie pas des choses qui poussent. ”**
>
> (*Le Seigneur des Anneaux : Les Deux Tours*, livre III, chap. IV)

Ce dernier a reçu à sa sortie le prix du meilleur livre pour enfants du *Herald Tribune* ; *Le Seigneur des Anneaux* a reçu en 1957 l'International Fantasy Award, et *Le Silmarillion* a reçu en 1978 le Locus Fantasy Award, l'un des prix les plus prestigieux de la sphère de l'imaginaire. Tout cela pour vous donner une idée de l'ampleur du succès de l'œuvre de Tolkien, depuis la parution du *Hobbit*, mais surtout du *Seigneur des Anneaux*. Ceci explique qu'un nombre difficile à évaluer de personnes aient été particulièrement touchées par leur lecture de l'œuvre du professeur. Les chiffres de vente des romans n'ont pas faibli pendant les années séparant les publications originales et la sortie des adaptations par Peter Jackson, au début des années 2000. L'avènement des jeux de rôle, fortement influencés au départ par son univers, a amené de nouveaux publics vers ses œuvres. Celles-ci ont même connu un regain de popularité, sans toutefois connaître la même histoire que le phénomène *Harry Potter*. Un autre monstre de l'édition, Stephen King, a par exemple déclaré que son roman *Le Fléau* (sorti en 1978) était une tentative de recréation de la Terre du Milieu aux États-Unis. Tolkien est un auteur de tout premier plan, comme son intégration prochaine à la Pléiade le confirme.

Mais la postérité de l'œuvre de Tolkien s'exprime bien au-delà des simples chiffres de vente et des prix littéraires qu'elle a pu recevoir. Il s'agit d'un véritable phénomène de société, visible à de nombreux étages de la culture populaire, et même dans la science.

~ *Lire*, hors-série n°28, 2019-2020.

L'HÉRITAGE LITTÉRAIRE

Le succès de Tolkien est allé bien au-delà de la littérature au sein de laquelle il a inspiré de nombreux auteurs, de manière consciente ou inconsciente, légale ou non, intelligente ou non.

Aux origines de la *fantasy*

En 1973, l'écrivain Lyon Sprague de Camp définit ainsi la *fantasy* dans son introduction au volume I de *Conan* : « *L'*heroic fantasy *est le nom d'un sous-genre que d'autres appellent narration de sorcellerie et d'épées. Ce sont des histoires d'action et d'aventure qui se déroulent dans un monde plus ou moins imaginaire dans lequel la science et la technologie ne sont pas encore apparues. Les événements peuvent arriver, comme dans les histoires de Conan, sur notre planète Terre, ou sur une planète qui était ainsi voici très longtemps ou qui le sera dans un futur lointain, sur une autre planète ou même dans une autre dimension [ ] Dans ces histoires, la couleur et la vivacité des romans historiques se combinent avec l'émotion et l'attrait des contes de revenants et de sujets surnaturels.* »

Tolkien a ainsi popularisé le genre, même s'il ne l'a pas à proprement parler inventé. Les chemins de la *fantasy* ont été auparavant arpentés par William Morris, Clark Ashton Smith, Robert E. Howard, Lord Dunsany et quelques autres. Né soixante ans avant Tolkien, Morris était un auteur anglais qui a vu avec horreur la révolution industrielle ronger les campagnes, les machines asservir et aliéner les humains. Ses histoires se déroulent dans un Moyen Âge idéalisé. Il mêle dans celles-ci les caractéristiques des récits épiques médiévaux, tout en conservant un fond historique, avec une touche d'horreur gothique, à l'instar d'Edgar Allan Poe. Lord Dunsany, quant à lui, était un aristocrate irlandais, amateur de nature et grand connaisseur du folklore de son pays. On dit de lui qu'il est le maître du fantastique féerique.

Clark Ashton Smith, né en 1893 et mort en 1961, est contemporain de Tolkien. Il propose une *fantasy* sombre, désespérée, avec des personnages torturés essayant de survivre sur le dernier continent sur terre, Zothique, retourné à des temps primitifs, dans de nombreuses nouvelles.

Robert E. Howard se fait connaître dès 1932 par ses nouvelles mettant en scène Conan, un personnage musculeux évoluant dans un cadre proto-historique fictif, dans lequel il affronte de nombreux monstres, des hordes barbares et des sorciers démoniaques. Le personnage se démarque par son absence d'état d'âme au moment de tuer, mais aussi par son esprit simple.

Fritz Leiber introduit dès 1939 dans le magazine *Unknown* son célèbre duo de Fafhrd et du Souricier Gris dans le *Cycle des épées* (titre français), lequel se

~ *The Wood Beyond the World*, William Morris, Ballantine Books, 1969, illustration de Gervasio Gallardo.

poursuivra pendant des décennies avec des dizaines de nouvelles et un roman.

C'est dans cet environnement littéraire en apparence simpliste, tourné presque entièrement vers l'action, moins moral, peu développé, qu'arrive Tolkien. Son œuvre, par son succès, va éclipser les autres tenants du genre. Il constitue un cas unique au sein de la littérature : il a été pendant très longtemps l'unique horizon littéraire de tout un genre. Son omniprésence est indubitable ; romancier, créateur de mondes, caution intellectuelle mais aussi théoricien du genre. Son nom, parfois accompagné de son titre majeur, *Le Seigneur des Anneaux*,

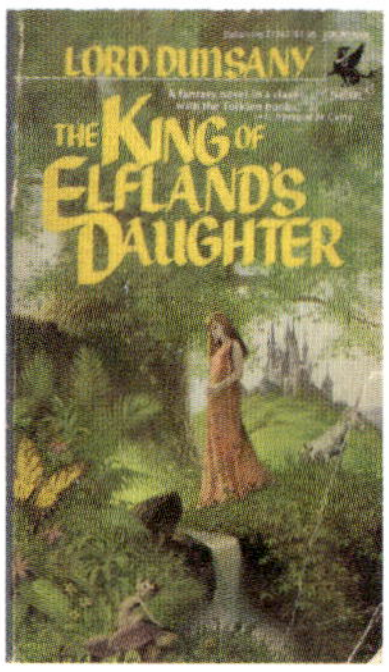

~ *Conan of Cimmeria*, Robert E. Howard, L. Sprague de Camp et Lin Carter, Ace Books, 1977, illustration de Frank Frazetta.
~ *Conan le justicier*, L. Sprague de Camp, JC Lattès, 1983, illustration de Keleck.
~ *Le Roi entêté*, L. Sprague de Camp, Denoël, 1984, illustration de Bernard Couderc.
~ *The Ghosts of the Heaviside Layer and Other Fantasms*, Lord Dunsany, Owlswick Press, 1980, illustration de Tim Kirk.
~ *The King of Elfland's Daughter*, Lord Dunsany, Ballantine Books, 1977, illustration de Darrell Sweet..

apparaît presque systématiquement sur les quatrièmes de couverture et les argumentaires à destination de la presse pour toute nouvelle publication en *fantasy*. Le système s'auto-alimente donc depuis des décennies. Il faut dire que nombre d'œuvres relevant de la *fantasy* qui ont suivi ont répété, sans forcément les digérer, les motifs posés par Tolkien. Est-il toujours la référence ?

Les héritiers

Le genre *fantasy* s'est développé et divisé en plusieurs sous-genres : parmi eux, la *high fantasy* est celui qui se rapproche le plus de l'œuvre de Tolkien. Il se caractérise principalement par un cadre différent du nôtre (ce que Tolkien appelle « subcréation »). Selon les classifications anglophones les plus répandues, à la différence du sous-genre *sword and sorcery* (« épée et sorcellerie »), la quête des héros met en jeu la survie de la totalité du monde dans la *high fantasy*. Pour la chercheuse française Anne Besson, il semble y avoir trois types d'univers développés dans ce sous-genre[1] :
– lorsque notre monde n'existe plus et que celui dépeint

1 Ces caractéristiques ont été théorisées et développées par Anne Besson, professeure de littérature générale et comparée à l'université d'Artois (Arras) et directrice du *Dictionnaire de la fantasy* (éditions Vendémiaire, 2018). Elles diffèrent des classifications anglophones qui distinguent *high fantasy* et *low fantasy*.

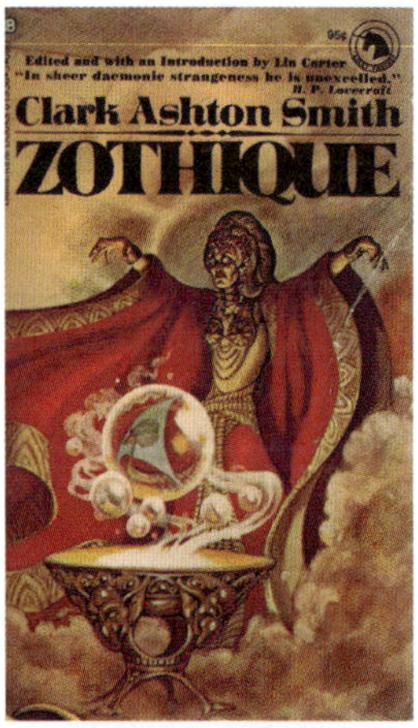

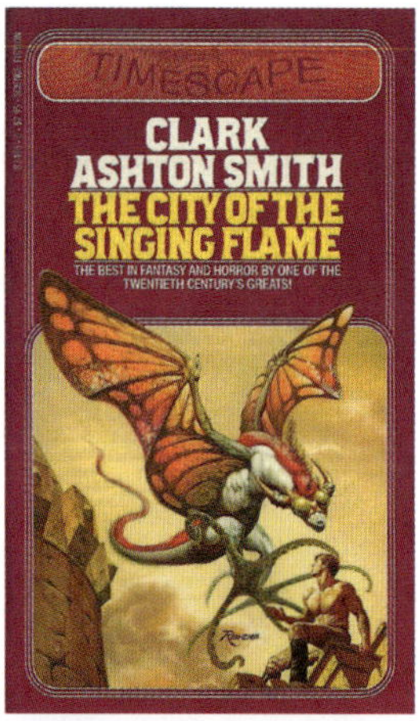

~ *Zothique*, Clark Ashton Smith, Ballantine Books, 1970, illustration de George Barr.
~ *The City of the Singing Flame*, Clark Ashton Smith, Pocket Books' Timescape, 1981, illustration de Rowena Morrill.
~ *Swords and Deviltry*, Fritz Leiber, Ace Books, 1970, illustration de Jeff Jones.
~ *Épées et démons*, Fritz Leiber, Bragelonne, 2005, illustration de Sarry Long.
~ *Le Livre de Lankhmar*, Fritz Leiber, Opta Aventures Fantastiques, 1972, illustration de Philippe Druillet.

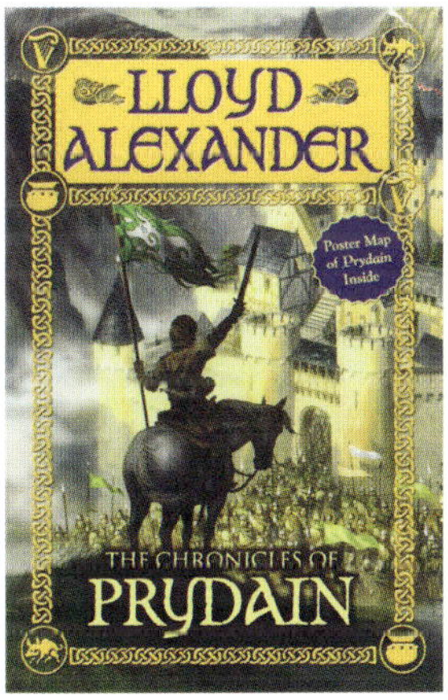

~ *Harry Potter and the Chamber of Secrets*, J. K. Rowling, Bloomsbury, 2014, illustration de Jonny Duddle.
~ *The Weirdstone of Brisingamen*, Alan Garner, Collins, 1960, illustration de George Adamson.
~ *The Gammage Cup*, Carol Kendall, Odyssey, 2000, illustration de Tim et Greg Hildebrandt.
~ *The Chronicles of Prydain*, Lloyd Alexander, Square Fish, 2011, illustration de David Wyatt.

est le dernier à subsister (comme dans *Le Trône de Fer* de George R. R. Martin);
- un monde dans lequel un portail permet d'accéder à d'autres dimensions (*À la croisée des mondes* de Philip Pullman);
- lorsque le monde secondaire est dissimulé dans notre monde réel, comme dans l'univers de *Harry Potter*.

Lin Carter, lui-même auteur de *fantasy*, relève dans son ouvrage sur Tolkien, publié en 1969[2], quelques romans contemporains du professeur qui semblent lui être directement redevables :
- *The Gammage Cup*, de Carol Kendall (1959), où des petits êtres semblables aux Hobbits vivent dans une vallée champêtre sous la menace de créatures semblables à des Orques, et mettent sur pied une expédition punitive pour s'en débarrasser;
- le livre d'Alan Garner, *The Weirdstone of Brisingamen* (1960), qui raconte l'histoire de la lutte entre Cadellin, un vieil enchanteur sagace, et Nastrond, le grand esprit des ténèbres;
- les trois romans intitulés *Le Livre des Trois* (*The Book of Three, 1964), Le Chaudron noir (The Black Cauldron, 1965)* et *The Castle of Llyr* (1966, non traduit en français), le tout formant le début des *Chroniques de Prydain* (qui compte cinq tomes), de Lloyd Alexander, qui content l'apprentissage de la magie par le jeune Taran. Les deux derniers romans du cycle le montrent adulte. Comme Tolkien, Alexander s'est inspiré de légendes galloises (surtout les Mabinogion) et nordiques.

Anne Besson, professeure de littérature générale et comparée à l'université d'Artois, a beaucoup travaillé sur la façon dont l'œuvre de Tolkien a influencé les cycles de *fantasy* contemporains. Ainsi, pour elle, la « synthèse » réalisée par Tolkien (Elfes, Nains, Orques, dragons, quête initiatique, puissance maléfique, etc.) est constituée de figures imposées pour celles et ceux qui voudraient s'inscrire dans le même créneau. Toutefois, la véritable filiation ne se situerait pas dans ces figures, mais plutôt dans la structure des œuvres qui ont suivi, dont les plus remarquables sont constituées non pas de romans isolés, mais plutôt de cycles courant sur plusieurs volumes. Souvent, cette structure va de pair avec l'invention d'une langue,

2 *Tolkien, le maître des anneaux*, traduit par le Pré aux Clercs en 2003.

~ *Le Secret de Ji, Livre 1 : Six Héritiers*, Pierre Grimbert, Mnemos, 2016.
~ *Shannara 1, L'épée de Shannara*, Terry Brooks, J'ai Lu, 2005, illustration de Vincent Madras.
~ *Les Chroniques de Thomas Covenant : La Malédiction du Rogue*, Stephen R. Donaldson, Pocket, 2008.
~ *La Roue du temps*, Robert Jordan, Bragelonne, 2019, illustration de Lee Gibbons.

la présence de cartes représentant le monde subcréé et des chronologies plus ou moins détaillées.

On retrouve par exemple des personnages analogues aux Elfes, Nains et Cavaliers Noirs chez Guy Gavriel Kay[3], Raymond E. Feist[4], Robert Jordan[5] ou David Eddings[6]. Le thème de la compagnie, avec une répartition des rôles de ses membres, est présent dans *Lancedragon* et dans *Les Chroniques de Prydain* (Lloyd Alexander). Le rôle tenu par Frodo est souvent transposé vers un jeune humain, issu des couches modestes de sa société, chez nombre de ces écrivains. Ce personnage, que l'on qualifiera de candide, fait donc son initiation, soit comme guerrier, soit comme membre d'une cour (comme dans *L'Apprenti assassin* de Robin Hobb, *Pug l'apprenti* de Raymond E. Feist ou chez Tad Williams[7]) ou encore, dans l'apprentissage de la magie (comme dans *Ténébreuse* de Marion Zimmer Bradley, ou *Terremer* d'Ursula K. Le Guin). L'absence (ou la quasi-absence) de femmes chez Tolkien est par contre prise en compte chez ses héritiers, qui en mettent dans leurs récits, souvent dans des figures de magiciennes (remplaçant Gandalf), jusqu'à en faire des figures exclusives (chez Jordan, la magie est carrément interdite aux hommes). L'autre figure féminine récurrente est l'héritière rebelle (un peu comme Éowyn). Les groupes d'aventuriers vont souvent devoir lutter contre une puissance malveillante longtemps endormie, l'occasion d'indiquer des temps lointains et héroïques, mais sans toutefois, dans la plupart des cas, en dire beaucoup plus sur ces temps lointains. Il est à noter que les récits livrés par ces auteurs nous sont présentés comme marquant la fin d'une époque, sans toutefois qu'il s'agisse de la fin des temps. Ce qui leur offre la possibilité de revenir dans cet univers, et d'y placer de nouveaux cycles.

Chez Tolkien, les nombreuses citations, chants et annexes participent à la construction d'un monde plus vaste. Ses héritiers littéraires usent et abusent de ce procédé afin de renforcer la vraisemblance de leur univers. Les cartes, également, permettent de placer l'action dans un espace géographique ; les auteurs sont nombreux (Eddings, Pierre Grimbert dans *Le Secret de Ji*) à les insérer dans leurs histoires.

Mais certains auteurs ont littéralement copié Tolkien. Ainsi peut-on citer le cycle de *L'Épée de Shannara*, de Terry Brooks. Un groupe y est constitué pour subtiliser le talisman d'un seigneur ténébreux. Le groupe est composé d'un magicien, un nain, deux jeunes hommes (substituts des quatre Hobbits), deux Elfes (dont l'un s'appelle Durin, comme un Nain chez Tolkien) et deux hommes, aux caractéristiques très proches d'Aragorn et Boromir. Le personnage de Gollum est présent dans celui d'Orl Fane, un gnome qui possède pendant un temps l'épée de Shannara et… meurt en tentant de la récupérer. Les Spectres de l'Anneau sont également présents. Le voyage du groupe se fait d'abord en direction d'une maison hospitalière, puis intervient une pause dans une forêt sacrée, et le magicien est emporté dans un

3 *La Tapisserie de Fionavar*, disponible chez J'ai Lu et Pygmalion.
4 *Les Chroniques de Krondor*, première édition chez Florent Massot en 1998.
5 *La Roue du temps*, traduction française commencée par Rivages en 1995.
6 *La Belgariade*, Presses Pocket, 1990.
7 *L'Arcane des épées*, dont la traduction a débuté en 1994 chez Rivages.

puits de feu en combattant un grand méchant. La communauté se sépare alors, est attaquée par des esprits vaporeux, un arbre malveillant et une sorte de pieuvre dans un lac. N'en jetez plus.

Tom Shippey parle dans son ouvrage *J. R. R. Tolkien, auteur du siècle*[8] d'un autre auteur, Stephen Donaldson, qui semble s'être inspiré de l'œuvre du professeur, non pour la copier, mais pour en prendre le contre-pied presque parfait ; ainsi, son personnage central, Thomas Covenant (dans le cycle qui porte son nom), est un jeune homme vivant à New York qui attrape la lèpre et devient un violeur. Il évolue seul dans un autre monde où les clins d'œil à Arda[9] sont fréquents, mais détournés pour construire une atmosphère relativement terrifiante. On notera par exemple la présence de géants qui ressemblent à des vieux chênes qui auraient pris vie.

8 Traduit chez Bragelonne en 2016.

9 Arda est le nom du monde imaginaire où se déroulent nombre d'histoires écrites par Tolkien.

« En fait, je suis un Hobbit, en tout sauf en taille. J'aime les jardins, les arbres, les cultures non mécanisées ; je fume la pipe, j'aime la bonne nourriture simple (pas congelée) et je déteste la cuisine française ; j'aime les gilets brodés, et j'ose même en porter en ces temps de grisaille. J'adore les champignons (pris dans les champs) ; j'ai un sens de l'humour très simple (qui lasse mes critiques les mieux disposés) ; je me couche tard et me lève tard (quand je peux). Je ne voyage guère. »

(*Lettres*, n° 213, 25 octobre 1958)

Lorsque les films de Peter Jackson ont commencé à sortir, l'influence tolkienienne était en quelque sorte sur son déclin : plusieurs auteurs, comme Robert Jordan (avec sa *Roue du temps*) étaient passés par là, et peu d'écrivains continuaient à « faire du Tolkien ». Seul George R. R. Martin a réussi à prolonger cet héritage avec son *Trône de Fer*. Mais le succès des films réalisés en Nouvelle-Zélande a provoqué une explosion, ou plutôt une relance : sites internet consacrés à Tolkien et à la *fantasy* (elbakin.net, jrrvf.com...) se sont développés, un éditeur comme Bragelonne s'est lancé dans une niche (la *fantasy*) qui était moribonde ; cela a été aussi l'arrivée de sagas comme *Harry Potter*...

Et en France...

Dans l'Hexagone, il est intéressant de noter que la plupart des auteurs s'étant fait un nom dans le genre qui nous intéresse (Fabrice Colin, Sabrina Calvo, Ange, Jean-Philippe Jaworski, Mathieu Gaborit...), sans réfuter l'importance qu'a eue pour eux la lecture du *Seigneur des Anneaux*, semblent le considérer comme appartenant à leur enfance ou leur adolescence, et se sont distingués, sans s'être concertés, par leur propension à prendre leurs distances avec les motifs tolkieniens. Certains d'entre eux revendiquent plutôt l'influence d'Alexandre Dumas sur leur écriture. À ce titre, citons la belle série des *Lames du Cardinal*, de Pierre Pevel[10]. L'explosion du genre chez les auteurs français date d'ailleurs de la fin des années 1990 et du début des années 2000, lorsque le jeu de rôle maison (essentiellement avec le titre Nephilim) a acquis ses lettres de noblesse, et que de nouvelles maisons d'édition spécialisées (Mnémos, Bragelonne) se sont lancées avec succès. On citera tout de même deux cycles directement influencés par *Le Seigneur des Anneaux*. Il s'agit du *Secret de Ji*, par Pierre Grimbert (1996, chez

10 Initiée en 2007 chez Bragelonne.

~ *Le Cycle des loups : La Moïra*, Henri Lœvenbruck, Bragelonne, 2013.
~ *Les Lames du Cardinal*, Pierre Pevel, Folio SF, 2013, illustration de Hervé Leblan.
~ *Lord of the ringards*, Henry N. Beard, Douglas C. Kenney, Bragelonne, 2001, illustration de Maëster.

~ *Bingo le Posstit*, A. R. R. R. Roberts, Milady, 2012. Illustration de Paul Mayafon.

Mnémos), et de *La Moïra*, d'Henri Lœvenbruck (2001, chez Bragelonne). Les deux présentent des quêtes initiatiques d'un groupe de personnes avec des dons particuliers, au service du bien contre le réveil du mal, avec comme héros des personnes d'origine modeste. Certaines scènes, certaines peuplades rappellent fortement celles que Tolkien a canonisées. Mais tous deux se sont éloignés par la suite de cette influence pour se tourner vers d'autres cieux éditoriaux.

Romans parodiques

Dans une démarche différente, on peut citer *Le Dernier Anneau*, de Kirill Eskov, biologiste russe spécialiste des araignées paléarctiques. Grand amateur de l'œuvre de Tolkien, il a trouvé dommageable que celle-ci ne traite que d'un côté de l'histoire, celle des « vainqueurs » de la Guerre de l'Anneau. Au départ pour s'amuser, il a écrit une sorte d'histoire en miroir, dont les héros sont des Orques et des trolls, se déroulant en même temps ou presque que *Le Seigneur des Anneaux*.

Dans cette version, le Mordor est une contrée accueillante, florissante, éclairée. L'Anneau Unique n'est qu'un artefact sans pouvoir. Aragorn n'est qu'un pantin aux ordres des Elfes, qui essaient d'étendre leur influence sur la Terre du Milieu. Le récit commence avec deux soldats orques, Khaladdin et Tserleg, qui fuient les combats et sauvent Tangorn, un noble, sur le chemin du Mordor. Khaladdin est bientôt visité par un Nazgûl, Charia-Rana, qui lui révèle la connexion d'Arda, le monde physique, avec un monde magique, par le biais du Miroir de Galadriel et des palantíri. Il lui donne la tâche de détruire ce lien, afin de briser l'influence néfaste des Elfes. Commence alors une course contre la montre, impliquant des chercheurs mordoriens, une noble elfe, des sorciers...

Tout le long du roman, Eskov fait preuve d'une certaine imagination malgré de trop nombreux éléments repris directement de Tolkien, mais aussi d'un goût indéniable pour les histoires d'espions. On se croirait parfois dans un *James Bond* ou dans un « *Mission impossible* au Mordor ». Les trous laissés par Tolkien, surtout sur le plan géographique, lui ont permis de développer toute une géopolitique. Par contre, certains personnages, comme Gandalf, Aragorn ou Galadriel, sont également présents chez Eskov, et deviennent de dangereux manipulateurs qui en prennent pour leur grade. Ceci explique, en partie, le fait que le roman voie sa publication bloquée dans plusieurs pays.

Bingo le Posstit[11], de A. R. R. R. Roberts, est une parodie du *Hobbit*, dans laquelle se trouvent notamment un magicien bien chargé, des nains, un dragon philologue et des tonnes de jeu de mots.

Lord of the Ringards[12], du Harvard Lampoon (Henry Beard et Douglas Kenney), est une parodie du *Seigneur des Anneaux*, dans laquelle des personnages qui se distinguent par leur grande extravagance en croisent d'encore plus farfelus (de l'elfe déluré, en passant par le cochon volant ou le dragon monté sur un skateboard...), dans un joyeux délire qui ravira autant les amateurs de Tolkien et de *fantasy* que leurs détracteurs.

Tout ce qui brille n'est pas Tolkien

Pourtant il n'y a pas que Tolkien dans la *fantasy*. Nombre d'auteurs ont su s'affranchir en partie de son influence et proposer quelque chose de différent : George R. R. Martin, par exemple, a insufflé dans sa saga *Le Trône de Fer* un aspect totalement absent chez Tolkien, à savoir la sexualité. J. K. Rowling, autrice du phénoménal *Harry Potter*, propose de son côté un monde relié au nôtre, mais plus contemporain dans son approche. L'avenir nous dira si ces auteurs peuvent se targuer d'avoir la même influence, de proposer la même complexité narrative et conceptuelle que le professeur dans ce genre. L'écrivain Jean-Philippe Jaworski en convient[13] : « *On a tendance à réduire Tolkien à la philologie et à l'encyclopédisme fictionnels, mais c'est restreindre son génie que de le borner à la création d'un univers secondaire et de ses langues. Il les combinait avec divers procédés : transpositions, réécritures et condensations mythopoétiques, applicabilité narrative, jeux intertextuels avec la littérature médiévale. En usant des outils créatifs qu'il a balisés, il est possible de s'inscrire parmi ses débiteurs tout en conservant de l'originalité.* »

11 Traduction de Karim Chergui, publié aux éditions Bragelonne et Milady en 2007.

12 Traduction d'Alain Névant et Karim Chergui, publié aux éditions Bragelonne en 2002.

13 « Tolkien est-il indépassable ? », *Le Point Pop : Le Seigneur des Anneaux, mythes et origines*, avril 2018, www.lepoint.fr/pop-culture/tolkien-est-il-indepassable-22-10-2019-2342694_2920.php

Au contraire, la romancière québécoise Anne Robillard est souvent comparée à J. K. Rowling pour sa série des *Chevaliers d'Émeraude*[14] ; c'est elle-même qui doit rappeler ce qu'elle doit à Tolkien. Tel qu'il est perçu aujourd'hui par la quasi-totalité de celles et ceux qui connaissent son nom, Tolkien est, selon les écrivains et scénaristes Ange[15], *« ses écrits, plus le dessin animé de Bakshi, plus les illustrations d'Alan Lee et de John Howe [...], plus des caractéristiques de jeu de rôle pour les plus mordus, plus les superbes images des films de Peter Jackson*[16] ». La série *Le Seigneur des Anneaux – Les Anneaux de Pouvoir* (voir page 151), produite par Amazon Prime, ainsi que les films *La Guerre des Rohirrim* (voir page 147) et *The Hunt for Gollum* (voir page 148) vont sans doute participer à l'enrichissement de cette culture collective, même si leur fidélité au canon tolkienien sera toute relative.

« Même la plus petite personne peut changer le cours de l'avenir. »

(*Le Seigneur des Anneaux : La Communauté de l'Anneau*, adaptation cinématographique par Peter Jackson)

Romans mettant en scène Tolkien

Looking for the King[17] de David C. Downing est un roman de quête mettant en scène un duo d'étudiants, appuyé par les Inklings, qui recherche les preuves historiques de l'existence du roi Arthur.

Écrit par le Français Christophe Lambert, *Le Commando des Immortels*[18] met lui aussi en scène un J. R. R. Tolkien de fiction. Enlisés en pleine guerre du Pacifique, les États-Unis ont besoin de renforts très spéciaux pour combattre les Japonais. Ils font appel aux êtres les plus aguerris contre les milieux hostiles, un peuple en totale harmonie avec la nature et aux sens plus développés que ceux des humains : les Elfes, dont la dernière réserve se situe au Sylvaniel, en territoire américain. Après de délicates négociations, les habitants du Sylvaniel acceptent d'envoyer en Asie cinq des leurs pour former les alliés aux techniques de guérilla. Leur seule exigence : emmener avec eux un distingué gentleman spécialiste de l'elfique, un professeur nommé Tolkien. Au cœur de la jungle, le cauchemar commence pour les humains et les Elfes... L'occasion est belle de montrer le processus créatif en œuvre, même en pleine guerre, et de parler de la condition toute particulière des Elfes.

L'Étoile du matin[19] met en scène Tolkien et C. S. Lewis, à la rencontre de T. E. Lawrence, plus tard surnommé Lawrence d'Arabie. Dans la foulée d'un hommage appuyé à cet homme énigmatique, le roman s'intéresse de près aux traumatismes vécus par Tolkien et quelques autres pendant la Première Guerre mondiale. Écrit par un collectif d'auteurs italiens, il s'inscrit davantage dans un genre contemplatif que ses devanciers.

Dans le roman de Pascal Bacqué, *La Guerre de la terre et des hommes*[20], la rencontre inattendue, en 1945, entre Winston Churchill, Ian Bute et John Ronald Reuel Tolkien, propose une histoire intrigante, dans une ambiance de fin d'époque, de basculement du monde occidental dans une autre dimension.

Les Chroniques de l'Imaginarium Geographica[21] de James A. Owen mettent en scène trois figures de la littérature anglaise. Un crime inexplicable réunit à Londres trois jeunes gens, Charles (Williams), Jack (C. S. Lewis) et John (J. R. R. Tolkien) : on a tenté de dérober à un vieil érudit l'Imaginarium Geographica, l'atlas des terres mythiques et légendaires... Ils vont tout faire pour sauver l'archipel des Rêves, le royaume de l'imaginaire, désormais en péril... Le début du roman s'inspire des vies réelles des protagonistes, pour ensuite dévier vers de la *fantasy* très divertissante. Tolkien est le personnage central, capable de déchiffrer les nombreuses langues présentes dans un grimoire, alors que le récit est truffé de références à la Terre du Milieu.

Conclusion

On le voit, Tolkien n'a pas à proprement parler inventé la *fantasy*. Il a plutôt, par la complexité de l'univers créé et l'ampleur de son succès, popularisé un genre qui était bien dans l'air du temps, comme en témoignent ses contemporains et ses devanciers. Ce succès a généré de nombreux suiveurs, mais peu ont su se hisser à son niveau de complexité et de perfectionnement dans le façonnement d'un monde. Certains et certaines lui ont même rendu hommage en en faisant le héros ou l'un des personnages de leurs propres ouvrages. Une influence majeure qui se fait encore sentir près de cinquante ans après sa mort...

14 Publiée aux éditions de Mortagne en 2003.
15 Pseudonyme d'Anne et Gérard Guéro.
16 *Méditations sur la Terre du Milieu*, Karen Haber, éditions Bragelonne, 2003.
17 Publié en 2010 chez Ignatius Press.
18 Fleuve, 2008.
19 Éditions Métailié, 2012.
20 Massot, 2018.
21 Simon & Schuster Books, 2006 (disponible en français chez Bayard depuis 2010).

~ *The Dragon's apprentice*, James A. Owen, Simon & Schuster Books, 2010, illustration de l'auteur.

L'HÉRITAGE LUDIQUE

Le monde d'Arda, créé par Tolkien, est devenu au fil du temps un terrain de jeu aux possibilités quasiment illimitées, malgré ses précisions (généalogie, cosmogonie, géographie...). Du jeu de rôle au jeu vidéo en ligne et multijoueur en passant par les jouets, on ne compte plus les déclinaisons ludiques de son univers.

JEUX DE RÔLE

Le jeu de rôle pionnier *Donjons et Dragons*, même si son créateur Gary Gygax s'en est défendu[1], s'est en partie inspiré du *Hobbit* et du *Seigneur des Anneaux*. Prudemment renommé « Halfelin » (« Halfling » en VO), le Hobbit est bien l'une des races présentes dans le jeu. Il s'agit de l'une des premières déclinaisons d'importance dans l'espace ludique, puisqu'il est réalisé au milieu des années 1970. *Donjons et Dragons* est un jeu de rôle sur table, dont l'inspiration va de Sprague de Camp à Lovecraft, en passant par Tolkien et les mythes nordiques et arthuriens.

Le Jeu de rôle des Terres du Milieu (*JRTM* en français, *MERP*[2] en VO) est l'héritier de ces premiers jeux de rôles, avec comme cadre l'œuvre de Tolkien, essentiellement *Le Hobbit* et *Le Seigneur des Anneaux*. Édité par Iron Crown Enterprises (ICE) en 1984, et par Hexagonal en 1986 pour la version française, il permet de choisir son personnage en fonction de sa race (Homme, Elfe, Nain, Hobbit... chacune ayant un ou plusieurs sous-types comme Haut-Elfe, Elfe gris, Elfe sylvain, Dúnadan, etc.) et sa profession. Ses caractéristiques (force, agilité, intuition...) lui permettent de réagir de différentes façons face à des situations décrites par le maître du jeu. L'action se déroule au milieu du Troisième Âge de la Terre du Milieu, environ 1 400 ans avant les événements décrits dans les romans de Tolkien. Adapté de *Rolemaster*, un autre jeu de rôle antérieur édité par ICE, le système de jeu a, malgré sa complexité, rencontré rapidement son public, notamment grâce à l'édition de nombreuses extensions jusqu'en 1997, date de la banqueroute de l'éditeur. La société Decipher a repris la licence pour éditer en 2002 une autre version, intitulée *Jeu de rôle du Seigneur des Anneaux*; en 2011, c'est Cubicle 7 qui a édité *The One Ring: Adventures over the Edge of the Wild*, traduit en français par Edge Entertainment sous le titre *L'Anneau Unique : Aventures dans les Terres Sauvages*.

1 Dans le numéro 95 du magazine *Dragon* (mars 1985).

2 *Middle-Earth Role-Playing*.

LE COSPLAY

Parallèlement au jeu de rôle « papier » s'est développée depuis le début des années 1980 une autre appropriation ludique des univers de *fantasy*, y compris celui de Tolkien. Le principe ? Se costumer comme les personnages et s'armer d'accessoires factices. L'occasion d'interpréter un personnage particulier et de se comporter autrement le temps d'une heure, un après-midi ou plusieurs jours, au milieu de dix, cinquante ou dix mille autres passionnés, en fonction du programme prévu par les organisateurs ou du comportement des autres joueurs. Il est intéressant de noter que, souvent, lors de ces parties, la fidélité à l'univers de Tolkien est très relative; Tolkien y est plutôt une référence ou une influence.

JEUX DE CARTES

Il y a eu plusieurs jeux de cartes ou de cartes à collectionner adaptant ou s'inspirant des œuvres de Tolkien. On citera :

- *Le Seigneur des Anneaux : Les Sorciers*, édité par ICE et traduit en français par Hexagonal;
- *Le Seigneur des Anneaux*, jeu de cartes à collectionner, reprenant les images des films de Peter Jackson, édité par Decipher aux États-Unis et adapté par Hexagonal en France;
- *Le Seigneur des Anneaux*, le jeu de cartes évolutif par Fantasy Flight Games, édité en France par Edge Entertainment.

JEUX DE PLATEAU

Nombre d'éditeurs de jeux de plateau se sont emparés de l'univers créé par Tolkien, que ce soit pour des jeux originaux (liste non exhaustive) :

- *Quest of the Magic Ring* (Land of Legend, 1975);
- *The Hobbit: The Adventures of Bilbo in Middle-earth from The Lord of the Rings* (Milton Bradley, 1978);
- *The Fellowship of the Ring* (ICE, 1982);

Le Seigneur des Anneaux, jeu de plateau, Reiner Knizia, Sophisticated Games Ltd., 2000, illustrations de John Howe.

– *La Guerre de l'Anneau*
(Tilsit Éditions et Asmodée, 2004);
– *Le Seigneur des Anneaux* (Kosmos et Hasbro, 2001);
– *Le Seigneur des Anneaux : La Confrontation*
(Kosmos et Tilsit, 2000);
– *Le Seigneur des Anneaux : La Quête*
(Kosmos et Tilsit, 2001);
– *Le Seigneur des Anneaux : Le Duel*
(Kosmos et Tilsit, 2002);
– *Le Seigneur des Anneaux : La Compagnie*
(Ravensburger, 2001);
– *Le Seigneur des Anneaux : Les Deux Tours*
(Ravensburger, 2002);
– *La Quête des Terres du Milieu*
(Edge Entertainment, 2009);
– *Le Seigneur des Anneaux Action Quizz* (Tilsit, 2003);
– *Bilbo le Hobbit* (Tilsit Kids, 2001);
– *Le Seigneur des Anneaux, le jeu de bataille*
(Games Workshop, 2001), un jeu de figurines à collectionner et à peindre;
– *La Bataille des Cinq Armées* (Games Workshop, 2014);
– *La Bataille des Cinq Armées* (Iello, 2014),
ou pour des déclinaisons franchisées de jeux connus :
– *Risk : Le Seigneur des Anneaux* (Hasbro, 2002);
– *Labyrinth: The Lord of the Rings* (Ravensburger, 2003);
– *Monopoly : Le Seigneur des Anneaux* (Parker, 2004);
– *Stratego: The Lord of the Rings* (MB, 2004);
– *Trivial Pursuit: The Lord of the Rings* (Parker, 2004).

On notera le voisinage temporel de cette explosion ludique avec la sortie de la trilogie de Peter Jackson. Rien d'étonnant : il s'agit en effet majoritairement d'exploitations de la licence générée par les films. Cela confère une originalité encore inégalée dans le domaine ludique : une double référence, littéraire et cinématographique. Des titres récents montrent bien que l'exploitation de cette licence n'est pas près de s'arrêter : jeu de duel, jeux coopératifs, *escape box* et même livres-jeux dont vous êtes héros. Nous avons choisi de mettre en lumière quelques titres récents :

Le Seigneur des Anneaux : Duel pour la Terre du Milieu (octobre 2024)

L'éditeur Repos Productions a confié à deux grands noms du jeu de société, Antoine Bauza et Bruno Cathala, une déclinaison inattendue de son célèbre jeu 7 *Wonders*.

Il s'agit d'un jeu de cartes en un contre un, où un joueur incarne la Fraternité de l'Anneau tandis que son adversaire représente Sauron. À chaque tour, les joueurs récupèrent des cartes, qu'elles soient estampillées Chapitres (pour amorcer des actions) ou Haut-Lieu (pour étendre son territoire). Comme pour 7 *Wonders*, différents aspects permettent de progresser dans le jeu : la diplomatie, la guerre et l'agriculture.

Il y a trois manières de remporter le jeu, que l'on peut mener de front ou choisir de privilégier. La quête de l'Anneau est une course de vitesse : si la Fraternité (Sam et Frodo) atteint la Montagne du Destin, c'est

~ *Casus Belli* n°55, 1990, illustration de Olivier Vatine.

gagné, mais elle doit le faire avant que Sauron, représenté par un Nazgûl, ne la rattrape. On peut également remporter le jeu en construisant des alliances avec différents peuples de la Terre du Milieu ; ou bien en jouant sur les territoires dans une stratégie du type *Risk* sur l'ensemble du continent.

Le Seigneur des Anneaux : Vers la Montagne du Destin (août 2024)

Ce jeu sorti chez Iello en 2024 propose à un petit groupe de joueurs (de 1 à 4) une aventure coopérative. Il s'agit d'un jeu de plateau sur lequel les joueurs font progresser les figurines des personnages qu'ils incarnent. Comme l'indique le titre, le voyage pour amener l'Anneau Unique jusqu'à la Montagne du Destin est au cœur de l'intrigue. Les joueurs incarnent des personnages de la Fraternité de l'Anneau et doivent protéger Frodo de moult dangers rencontrés en chemin pour qu'il atteigne son but. Plusieurs éléments sont à prendre en compte pour remporter la partie : il faut veiller à ce que Frodo ne désespère pas et faire en sorte de passer inaperçu aux yeux des Nazgûls. Les joueurs gagnent la partie lorsqu'il atteignent la Montagne du Destin.

Toute la mécanique du jeu repose sur des dés qui vont indiquer quel personnage peut être déplacé et de combien de cases. Il y a également un système de dés noirs qui déclenchent des actions, comme des menaces ou des rencontres, ce qui ajoute un effet permanent ou croissant pour relever la difficulté.

« C'était comme s'il y avait au fond un puits énorme, rempli d'une mémoire séculaire, d'une lente et longue pensée soutenue ; mais le présent étincelait à la surface : comme un chatoiement de soleil sur les feuilles extérieures d'un grand arbre, ou sur les rides d'un lac très profond. »

(*Le Seigneur des Anneaux : Les Deux Tours*, livre III, chap. IV)

La Traque de l'Anneau (2018)

Ce jeu a été publié par Nuts Publishing et il a été richement illustré par John Howe et Francesco Mattioli. Il s'agit d'un jeu de mouvement caché, de déduction et d'aventures, reprenant les premiers chapitres du *Seigneur des Anneaux*. Au cours de la partie, deux équipes de joueurs s'affrontent : la Fraternité de l'Anneau contre les Nazgûls. Frodo est joué par un joueur qui se déplace de manière secrète sur le plateau. Face à lui se trouvent les Nazgûls, qui essaient de le débusquer pour le corrompre. En tant que porteur de l'Anneau, Frodo a accès à de puissants alliés et il est épaulé par ses compagnons tels que Sam, Merry, Pippin et l'Arpenteur. Ces derniers lui donnent des capacités spéciales qui peuvent permettre de tenir les Nazgûls à distance. De leur côté, les Spectres de l'Anneau disposent de dés d'action pour retrouver et détruire Frodon, ainsi que de cartes de sorcellerie pour lui jouer de mauvais tours.

Le Seigneur des Anneaux – Jeu Livre d'Aventure (2023)

Ce jeu Ravensburger se démarque par des règles simples et un mode coopératif. Cela ressemble à un énorme puzzle/casse-têtes avec une contrainte de temps, puisque la menace de Sauron grandit en permanence. Les joueurs peuvent et doivent s'échanger des cartes pour créer la combinaison à même de repousser ladite menace. Le jeu permet de revivre quelques-uns des moments iconiques du roman de Tolkien, comme la Bataille de la Gorge de Helm, la traverse de l'antre d'Araigne ou encore la fuite du Comté jusqu'à Brie.

Le Seigneur des Anneaux a également investi la mode des *escape games*. Deux titres sont venus grossir les rangs de ce type de jeux :

Escape Box Le Seigneur des Anneaux
(404 Éditions – 2025)

Dans ce jeu, les joueurs incarnent un groupe d'aventuriers enlevés par des Orques. Ils se retrouvent prisonniers du Fort de Durthang et leur salut pourrait bien dépendre de la confiance qu'ils accorderont à un autre prisonnier également présent, Gollum...

Ce jeu, destiné aux plus de 14 ans, demande de l'habileté et de la réflexion pour sortir de la forteresse en soixante minutes, pas une de plus. Les joueurs sont accompagnés par une musique d'ambiance et un compte à rebours pour résoudre les énigmes, réparties en trois scénarios de difficultés différentes. Les participants se voient attribuer des rôles accompagnés de compétences particulières. Ainsi le disciple de Gandalf sera en mesure de pratiquer la magie pour libérer un autre joueur ensorcelé, par exemple. Ils peuvent consulter le livret des aventures, qui regorge d'informations et permet par exemple de déchiffrer les tengwar présents sur les cartes. Attention, le maître du jeu doit s'impliquer, notamment dans l'imitation de Gollum.

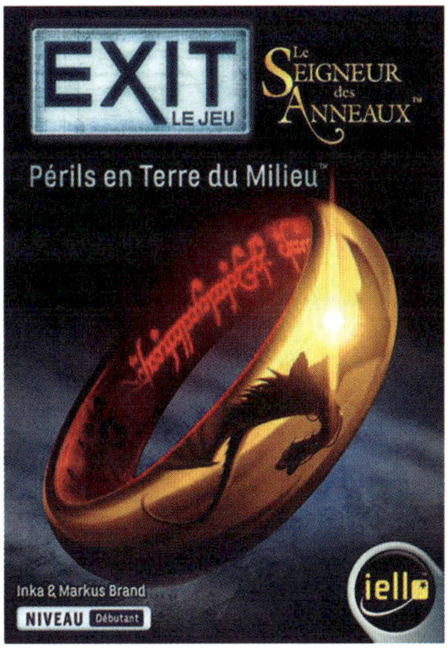

Exit : Seigneur des Anneaux - Périls en Terre du Milieu (2022)

Dans ce jeu de plateau qui reprend le principe des *escape games*, les joueurs incarnent les membres de la Fraternité de l'Anneau qui tentent de détruire l'Unique. C'est Gandalf qui les charge de mener à bien cette quête dans le but de libérer la Terre du Milieu de la sombre influence de Sauron. Les joueurs doivent résoudre des énigmes s'ils espèrent remporter la partie. Pour ce faire, ils sont munis d'un décodeur et seront parfois aiguillés par des indices. À noter que chaque scénario ne peut être joué qu'une fois, car le matériel est annoté, déchiré en cours de jeu.

Jeux vidéo

Outre le jeu de rôle, c'est dans le jeu vidéo que l'univers de Tolkien s'est le plus développé. Décliné en jeux d'aventure-action, *rogue-like*[3] ou encore tactiques, les thèmes brassés sont nombreux, même si souvent résumés en des combats. En effet, la magie telle que décrite dans l'univers de Tolkien est impalpable : à moins de trahir l'œuvre originale (ce qui arrive parfois), on y voit rarement Gandalf à l'œuvre. Il est intéressant de noter que la firme LEGO, dans la foulée de ses jouets « classiques » estampillés « Hobbit » ou « Le Seigneur des Anneaux », a développé deux jeux, sur PC, PS, Xbox, Wii, DS et mobiles. Combinant son look et l'univers des films de Peter Jackson. La plupart des jeux du début des années 2000 n'étaient en fait que des copies d'autres jeux avec un vernis *Seigneur des Anneaux* : des imitations d'*Oblivion*, des *beat them up*, un *Command & Conquer-like*...

Le jeu vidéo d'inspiration tolkienienne bénéficie de la même dynamique que le jeu de rôle : ainsi, les adaptations officielles (plus ou moins respectueuses du matériau d'origine ou supposé comme tel, puisqu'on y inclut ici les déclinaisons en films des années 2000) y côtoient les jeux qui s'en inspirent clairement, sans l'assumer, essentiellement pour des raisons de droits. Là encore, à une première « salve » pendant les années 1980 et 1990, succède une myriade post-Peter Jackson. Il est intéressant de noter que lors de cette décennie 2000,

3 L'appellation *rogue-like* est couramment utilisée pour désigner des jeux qui associent au minimum génération aléatoire de l'univers de jeu et mort permanente.

l'industrie du jeu vidéo a explosé, devenant le premier secteur culturel mondial. Un constat qui explique également les stratégies multisupports des ayants droit.

L'une des premières déclinaisons de l'univers de Tolkien en 1982, *Shadowfax*[4], proposait simplement de slalomer entre des Nazgûl. Édité la même année, *The Hobbit* suivait l'intrigue du roman éponyme sur le mode de la fiction interactive. Le joueur passait d'un tableau au suivant en tapant des commandes de texte. Plus immersif, il a connu un plus grand succès, ce qui lui a valu d'être suivi par trois autres jeux, cette fois adaptés du *Seigneur des Anneaux*, de 1985 à 1989. Ont suivi différents jeux d'aventures dans les années 1990.

Entre 2002 et 2009 sortent treize jeux estampillés « Tolkien », dont neuf directement issus des films de Jackson : identité graphique commune, cinématiques issues des films, voix des acteurs des films à succès... La stratégie commerciale multisupports était en marche. Les combats sont souvent le dénominateur commun, à l'instar des films. Cependant, le joueur a un large choix dans les personnages, que ce soient les membres de la Fraternité de l'Anneau, des figures du mal ou des personnages inventés de l'un ou l'autre bord.

Vous trouverez en fin d'article une liste non exhaustive de ces jeux. Nous allons toutefois nous arrêter sur deux d'entre eux, qui semblent baliser l'histoire du support jeu vidéo.

En 2007, le studio de développement Turbine frappe un grand coup, quatre ans après la sortie des films de Peter Jackson, en proposant un jeu de rôle massivement multijoueur en ligne. Contemporain de l'intrigue du roman, ce *Seigneur des Anneaux Online* propose aux amateurs et amatrices d'évoluer de façon relativement libre dans la Terre du Milieu. Relativement libre, car la version de base ne permettait que d'aller jusqu'à Fendeval (Fondcombe dans le jeu), avant que des extensions n'agrandissent le champ d'exploration aux régions adjacentes, tout en respectant – *grosso modo* – la progression vers l'est de la Fraternité de l'Anneau. C'est ainsi que la Moria n'a été ouverte qu'au bout de dix-huit mois. Le titre, dont le succès a d'abord été devancé par celui de *World of Warcraft* (au principe similaire), bénéficiait d'une qualité technique assez impressionnante et de possibilités de *gameplay* plutôt satisfaisantes : pour progresser, les joueurs pouvaient accomplir les quêtes en solo ou en groupe, intégrer des guildes, faire de l'artisanat, du commerce, développer des stratégies... Surtout, les scénaristes et concepteurs du jeu ont tenté, de manière remarquable, de rester fidèles à la géographie, au décorum et aux personnages créés par Tolkien. Même en cas de « trous » dans la narration, les créateurs ont su les combler efficacement pour garder cette harmonie. Une véritable communauté s'est ainsi fédérée, avec toutefois des serveurs permettant de séparer les « niveaux de joueurs » (*hard gamers*, *casual gamers*, ceux qui prenaient au sérieux l'univers tolkienien, etc.). Douze ans plus tard, le jeu existe toujours et continue à se développer.

Sorti en 2014, le jeu *La Terre du Milieu : L'Ombre du Mordor* a marqué les esprits car il proposait une variation importante de l'univers tolkienien. Le joueur incarne Talion, un Rôdeur en charge de surveiller la Porte Noire du Mordor, là où se terre Sauron. Il se retrouve abattu par une horde d'Orques, mais revient malgré tout d'entre les morts, avec un petit plus. En effet, il est désormais lié au fantôme d'un Elfe, ce qui lui procure de précieux avantages, dont de tout nouveaux pouvoirs.

~ *La Terre du Milieu : L'Ombre du Mordor.*

À noter que, malgré leur multiplication et l'engouement notamment au moment des films, ces titres n'ont jamais été d'énormes succès ou des jeux considérés comme des classiques. Ils s'inscrivent souvent dans des genres bien établis et ne représentent pas des jeux procurant des expériences vidéoludiques marquantes.

Voici une sélection de titres vidéoludiques inspirés par Tolkien :

- *The Hobbit* (fiction interactive développée par Beam Software sur cassette et disquette) ;
- *Moria* (*rogue-like* indépendant pour PC, Mac et Amiga) ;
- *J. R. R. Tolkien's War in Middle Earth* (jeu de stratégie en temps réel développé par Melbourne House pour PC, Amiga, Amstrad CPC, Atari ST, ZX Spectrum et Commodore 64) ;
- *The Boggit* (aventure et parodie développée par CRL Group et Delta 4 Interactive pour Amstrad CPC, ZX Spectrum et Commodore 64) ;
- *Angband* (*rogue-like* développé par Angband Development Team pour PC et Mac) ;
- *J. R. R. Tolkien's The Lord of the Rings*, Vol. I (jeu de rôle développé par Interplay Entertainment pour PC, Amiga et SNES) ;
- *J. R. R. Tolkien's The Lord of the Rings*, Vol. II (jeu de rôle développé par Interplay Entertainment pour PC) ;
- *ToME* (*rogue-like* développé par DarkGod pour Amiga, PC et Mac) ;
- *Le Seigneur des Anneaux : La Communauté de l'Anneau* (jeu d'action-aventure développé par Surreal Software pour PC, PS2, Xbox et GBA) ;
- *Le Seigneur des Anneaux : Les Deux Tours* (jeu d'action développé par Stormfront Studios et Griptonite Games pour GameCube, PS2, Xbox et GBA) ;
- *Bilbo le Hobbit* (jeu d'aventures développé par Inevitable Entertainment pour PC, GameCube, PS2, Xbox et GBA) ;

4 Du nom du cheval donné par le roi Théoden à Gandalf dans *Le Seigneur des Anneaux*.

- *Le Seigneur des Anneaux : La Guerre de l'Anneau* (jeu de stratégie en temps réel développé par Liquid Entertainment pour PC) ;
- *Le Seigneur des Anneaux : Le Retour du roi* (*beat'em up* développé par Electronic Arts pour PC, Mac, GameCube, PS2, Xbox et GBA) ;
- *Le Seigneur des Anneaux : La Bataille pour la Terre du Milieu* (jeu de stratégie en temps réel développé par Electronic Arts pour PC) ;
- *Le Seigneur des Anneaux : Le Tiers-Âge* (jeu de rôle tactique développé par Electronic Arts pour GameCube, PS2, Xbox et GBA) ;
- *Le Seigneur des Anneaux : Tactics* (jeu de rôle tactique développé par Electronic Arts pour PSP) ;
- *Le Seigneur des Anneaux : La Bataille pour la Terre du Milieu II* (jeu de stratégie en temps réel développé par Electronic Arts pour PC et Xbox 360) ;
- *Le Seigneur des Anneaux : La Bataille pour la Terre du Milieu II – L'Avènement du Roi-Sorcier* (jeu de stratégie en temps réel développé par BreakAway Games et Electronic Arts pour PC) ;
- *Le Seigneur des Anneaux Online* (MMORPG développé par Turbine pour PC et Mac) ;
- *Le Seigneur des Anneaux : L'Âge des conquêtes* (jeu d'action développé par Pandemic Studios pour PC, PS3, Xbox 360 et DS) ;
- *Le Seigneur des Anneaux : La Guerre du Nord* (Action-RPG développé par Snowblind Studios pour PC, PS3, Xbox 360 et Mac) ;
- *LEGO : Le Seigneur des Anneaux* (jeu d'aventure-action développé par TT Games pour PC, PS3, Xbox 360, DS, 3DS, Wii et PSVita) ;
- *Gardiens de la Terre du Milieu* (MOBA développé par Monolith Productions pour PC, PS3 et Xbox 360) ;
- *La Terre du Milieu : L'Ombre du Mordor* (jeu d'action-aventure développé par Monolith Productions pour PS3, PS4, Xbox 360, Xbox One, PC et Mac) ;
- *La Terre du Milieu : L'Ombre de la Guerre* (jeu d'action-aventure développé par Monolith Productions pour PS4, Xbox One et PC).

~ The Lord of the Rings: Return to Moria.

The Lord of the Rings : Return to Moria (2023)

Il s'agit d'un jeu coopératif de survie qui possède deux modes : multijoueur ou solo. Le joueur et ses amis incarnent des Nains qui tentent de reconquérir la Moria dans l'univers du *Seigneur des Anneaux*.

Le Seigneur des Anneaux : Gollum (2023)

Est un jeu d'action-aventure développé par Daedalic Entertainment. Il est sorti le 25 mai 2023 sur de nombreuses consoles et sur PC. L'action se déroule entre les récits du *Hobbit* et du *Seigneur des Anneaux*. Gollum, personnage singulier de l'univers créé par Tolkien, erre en Mordor et tente de fuir les geôles de Barad-dûr, la demeure de Sauron, après avoir été capturé par ses légions d'Orques. Il s'agit d'un jeu de plateforme linéaire découpé en chapitres et mâtiné de phases d'infiltration. Pour survivre, Gollum doit se déplacer dans l'ombre, jouer la furtivité. La schizophrénie de Sméagol/Gollum est mise en scène lors de débats/discussions entre les deux facettes du personnage, une bonne idée qui permet de faire avancer l'histoire.

~ Tales of the Shire.

Tales of the Shire

Est un jeu de type *farming simulator* qui s'inscrit dans une veine cosy. Sa sortie est prévue pour 2025. Ce jeu nous permettra d'incarner un Hobbit, d'expérimenter son quotidien et la vie de village : décoration d'un trou de Hobbit, culture d'un jardin, pêche, commerce ou encore cuisine… Le tout en profitant des paysages bucoliques du Comté entre prairies, lac et forêts. Cette expérience est placée sous le signe de la détente et la valorisation des petites joies du quotidien. Notons d'ailleurs que le jeu est édité par Weta Workshop, la division artistique créée par Peter Jackson et qui a contribué à la réussite de son *Seigneur des Anneaux*.

Jouets, produits dérivés

La société Weta Workshop, à l'origine spécialisée dans les effets spéciaux, a développé de nombreux partenariats pour décliner les visuels des films de Jackson : par exemple avec Sideshow pour des figurines, des statuettes, des armes et des armures. Ou avec Topps, spécialiste des cartes à collectionner.

Certaines firmes ont vu assez tôt le filon. Ainsi, toute une gamme *Seigneur des Anneaux* a été créée chez LEGO. La quantité de jouets issus de l'univers de Tolkien semble infinie. On citera pêle-mêle (et de façon absolument pas exhaustive) des posters, des calendriers (illustrés chaque année par de prestigieux artistes), de la joaillerie (avec une prédominance des reproductions de l'Anneau Unique), des vêtements et même… des boîtes de tabac à priser, en accord avec la fameuse herbe à pipe cultivée par les Hobbits et si prisée par Gandalf.

Livres dont vous êtes le héros

Commençons par un peu d'histoire. En France, visiblement, c'est Raymond Queneau qui aurait eu l'idée de proposer au lecteur de « choisir » le sens de sa lecture avec *Un conte à votre façon*, qui date de 1967. Aux États-Unis, c'est Edward Packard, diplômé de Princeton, qui a écrit un premier roman à choix, *Sugarcane Island*, inspiré par les contes qu'il racontait à ses enfants pour les endormir, et publié en 1976. Il écrit plusieurs autres romans sur le même format avec son éditeur initial Raymond A. Montgomery, puis l'éditeur Bantam Books finit par les inscrire dans la série *Choose Your Own Adventure*. La collection connaîtra plus de 180 titres et ne s'arrêtera qu'en 1998. D'autres éditeurs reprennent le principe (dont on parlera plus loin) à leur compte, mais la surprise vient du Royaume-Uni : *Le Sorcier de la montagne de feu (The Warlock of Firetop Mountain)*, de Steve Jackson et Ian Livingstone, paraît chez Puffin Books en août 1982 et marque une véritable évolution. Écrit à deux, il compte plus de 400 paragraphes. Il introduit une nouveauté, un système de règles de jeu, avec trois caractéristiques à déterminer grâce à des dés par le joueur : son habileté, son endurance et sa chance. Cependant, son scénario reste conventionnel, puisqu'il s'agit d'un simple « porte-monstre-trésor », visiblement inspiré de *Donjons et Dragons*, dans lequel le héros cherche à s'emparer du trésor d'un magicien caché au fin fond d'un labyrinthe souterrain. Toujours est-il que ce titre rappellera de bons souvenirs à nombre de trentenaires et quadragénaires d'aujourd'hui.

Le principe ? L'interactivité, puisque la lecture dépend des choix du lecteur. En général, les livres se présentent comme suit : après une introduction sur le décor et le contexte, vous vous retrouvez avec une quête à effectuer. Chaque paragraphe est désigné par un numéro, et à la fin de chacun, vous avez le choix entre plusieurs possibilités, identifiées par ces numéros. Cependant, contrairement aux jeux de rôle classiques (c'est-à-dire avec un plateau, un maître de jeu, etc.), l'aspect « déjà écrit » de l'histoire, quel que soit le chemin qu'elle prenne, réduit les possibilités. En général, il n'y a qu'une seule « bonne » fin, les autres solutions se soldant par l'échec, voire la mort de votre personnage.

Le principe a été adapté à l'univers de Tolkien, opérant une certaine boucle puisque son univers a inspiré de loin un certain nombre de titres. Ainsi, la série *Tolkien Quest*, plus tard rebaptisée *Middle-earth Quest* (à ce jour non traduite en français) propose, dans une douzaine de volumes assez complexes, d'évoluer sur les terres chères au professeur. Ces livres-jeux sont difficiles à trouver, d'autant plus que les quatre premiers titres ont été détruits pour des questions de violation de droits. À noter cependant qu'ils sont considérés comme des compléments au *Jeu de rôle des Terres du Milieu*.

Voici les différents titres de la collection, telle qu'elle était prévue :

1. *Night of the Nazgûl*, par John David Ruemmler, 1985 ;
2. *The Legend of Weathertop*, par Heike Kubasch, 1985 ;
3. *Rescue in Mirkwood*, par Gerald Lientz, 1986 ;
4. *Murder at Minas Tirith*, par John David Ruemmler, 1986, jamais publié ;
5. *A Spy in Isengard*, par Terry K. Amthor, 1988 ;
6. *Treason at Helm's Deep*, par Kevin Barrett et Saul Peters, 1988 ;
7. *Mines of Moria*, par Susan Mathews et John David Ruemmler, 1988 ;
8. *Search for the Palantír*, par Milt Creighton, 1989 ;
9. *Race from Rivendell*, 1987, jamais publié ;
10. *Pirates of Pelargir*, par Ruth Sochard, 1987, jamais publié ;
11. *Lost in the Lonely Mountain*, jamais publié ;
12. *Quest for the Palantír: The Ruins of Annuminas*, jamais publié ;
13. *Mission to Mordor*, jamais publié.

~ *Tolkien Quest: The Legend of Weathertop*, livre-jeu, Heike Kubasch, Iron Crown Enterprise, 1985. Illustrations de James Holloway.

Conclusion

Les déclinaisons ludiques (au sens très large) de l'œuvre de Tolkien sont tellement nombreuses qu'il serait vain de les dénombrer. Un seul univers fictif pourrait lui être comparé, celui de *Star Wars*. On notera toutefois qu'après une première vague de jeux et jouets datant des années 1970 à 1990, la trilogie réalisée par Peter Jackson a relancé (et même probablement décuplé) le marché en question. En parallèle d'un élan prolongé par la série *Les Anneaux de Pouvoir*, l'exploitation ludique de l'univers connaît une nouvelle vague en cette décennie 2020.

Entretien avec Coralie David et Jérôme Larré

Ce duo est une référence dans le jeu de rôle, puisque après la thèse de l'une consacrée au sujet, tous deux sont devenus éditeurs et théoriciens dans ce domaine.

~ Jérôme Larré et Coralie David © D. R.

Pouvez-vous nous dire comment vous êtes entrés en contact avec l'œuvre de J. R. R. Tolkien ?

Coralie David : J'ai lu *Le Seigneur des Anneaux* une première fois à l'adolescence, puis je l'ai relu plus tard au début de mes études supérieures. Ce n'étaient pas mes premiers romans de *fantasy*, mais je sentais que ces trois livres nous emmenaient dans un monde bien plus riche et vaste que ce fabuleux voyage nous le montrait. En d'autres termes, j'avais la sensation que le monde « dépassait » le texte. Par la suite, quand j'ai fait de la recherche universitaire, je me suis plongée plus avant dans l'œuvre de Tolkien. J'ai lu ses passionnantes lettres et j'ai étudié les préraphaélites qui furent une de ses inspirations. J'ai donc découvert au fur et à mesure l'ampleur de la Terre du Milieu, que j'ai continué à parcourir grâce à ses textes et au jeu de rôle.

Jérôme Larré : J'ai dû lire *Bilbo le Hobbit* assez jeune, dans la seconde moitié des années 1980. Cela devait être peu avant que je commence à jouer au jeu de rôle, même s'il n'y a pas de lien de cause à effet. Sa lecture m'avait passionné. Je me souviens encore, trente ans après, de l'endroit où j'étais quand je le lisais, de la façon dont j'imaginais la caverne des trolls, Smaug, etc. Je me suis donc jeté sur *Le Seigneur des Anneaux* dans la foulée... avant de l'abandonner, déçu et ennuyé. Mais ce livre était un incontournable dans la culture rôliste : mes amis en parlaient, ma voisine avait écrit une thèse dessus, les revues que je lisais l'évoquaient en permanence, je jouais parfois à des jeux qui se passaient dans cet univers ou en étaient inspirés, etc. Aussi, j'ai décidé de recommencer... toujours sans franchir les limites du Comté. Finalement, il m'a fallu dix tentatives sur une bonne demi-douzaine d'années pour réussir à m'en extraire et à découvrir les aventures de la Fraternité de l'Anneau. J'ai fini par les apprécier, mais je suis ravi que les générations actuelles aient désormais accès à la trilogie de Peter Jackson et à YouTube. Même si cela peut paraître paradoxal, la première me semble une bien meilleure porte d'entrée vers l'univers de Tolkien et tout ce qu'il a engendré, alors que le second permet de l'approfondir à son rythme.

~ *Donjons & dragons*, règles de base du jeu de rôle, TSR, Gary Gygax et Dave Arneson, 1983, illustration de Larry Elmore.

On estime que son œuvre a donné naissance aux jeux de rôle. Pouvez-vous préciser les choses ?

C.D. et J.L. : Disons plutôt qu'elle fait partie des éléments qui ont donné naissance aux jeux de rôle, ce qui nous semble plus juste. Si la première édition du premier jeu de rôle, *Dungeons & Dragons* (*Donjons et Dragons* ou *D&D*), s'en est inspirée pour le contenu, il existe une influence moins évidente mais tout aussi cruciale qui réside dans la façon de créer et de structurer des univers.

Comme dit précédemment, l'univers de Tolkien « déborde » de ses romans, dans le sens où il est plus vaste que le récit qui le prend pour cadre, ce que l'on sent à la lecture. Ce cadre devient en réalité l'œuvre maîtresse, originelle. Comme on le sait, la création de ce monde précède celle des romans, ceux-ci ne devenant qu'une des manières de la parcourir. Tolkien a construit cet univers comme un système cohérent. Et c'est cette

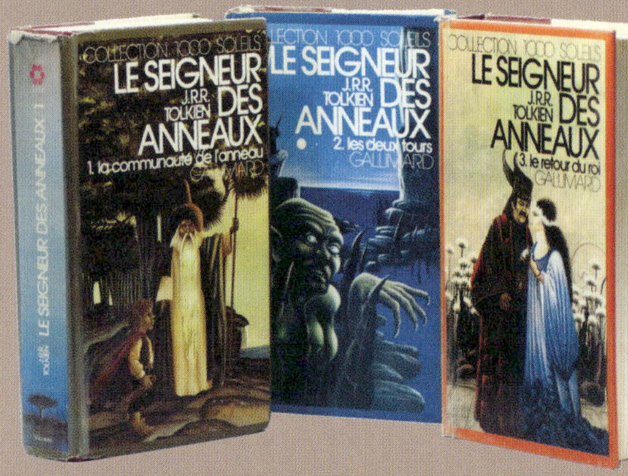

~ *Le Seigneur des Anneaux*, les trois volumes, J. R. R. Tolkien, Gallimard, 1985-1986, illustrations de Keleck.
~ *Le Seigneur des Anneaux*, Ralph Bakshi, 1978. Affiche promotionnelle.
~ *The Lord of the Rings : The Fellowship of the Ring*, Peter Jackson, 2001. Affiche promotionnelle.

cohérence, son fonctionnement même, au moins autant que son contenu, qui va également influencer la structure des mondes des jeux de rôle. Ce que vont faire les auteurs de jeux de rôle en réalité, c'est identifier les codes du monde de Tolkien et d'autres œuvres de *fantasy* pour les transformer en règles de jeu qui vont nous permettre, en tant que joueurs, de les investir pour y vivre nos propres aventures. En d'autres termes, en créant ces règles, ils nous donnent les « clés » de l'univers pour y créer intrigues, lieux, personnages, etc. Ils le rendent interactif et intercréatif : les joueurs ne se contentent pas de réagir à l'environnement du jeu, ils peuvent aussi créer des éléments dans cet environnement. C'est pour nous la spécificité des jeux de rôle sur table en tant que média.

En effet, si on prend l'exemple des personnages, ils peuvent facilement devenir des archétypes fondateurs dont les composants sont faciles à identifier : Gandalf est le vieux magicien sage à la barbe blanche, qui n'est pas sans évoquer Merlin ; Aragorn est, avant que l'on ne découvre sa véritable identité, le rôdeur (terme qui deviendra le nom exact d'une classe de personnage de *D&D*) ; les Hobbits Pippin et Merry sont les stéréotypes des roublards du jeu, la palme revenant à Gimli, le Nain mineur, montagnard bourru qui se bat à la hache, et à Legolas, le bel Elfe archer. Chaque archétype de personnage est notamment défini par son appartenance géographique, prégnante sur sa relation avec le monde : dans les éditions ultérieures du jeu, les Nains seront à l'aise en montagne et les Elfes auront une relation privilégiée avec la nature.

En démontant ces différents archétypes, les auteurs de *D&D* mettent à jour les rouages, les briques qui les composent : il est possible d'incarner des Hobbits, des Elfes et des Humains, guerriers ou mages. Ces éléments ainsi mis à disposition des joueurs, ceux-ci les utiliseront comme des « briques » pour construire leur propre personnage. Ainsi, le jeu de rôle rend apparentes les structures de l'œuvre de Tolkien et révèle sa nature de système. Par cette opération, les joueurs peuvent s'approprier ce monde et y devenir, à leur tour, des créateurs d'histoires, de personnages, de lieux, etc. Par exemple, ils peuvent, d'une certaine façon, décider de « pousser les murs » pour l'étendre, mais aussi d'aller en visiter les recoins les moins connus, de faire s'affronter plusieurs de leurs héros pour savoir lequel est le plus fort, voire d'imaginer des histoires différentes : et si Boromir n'était pas mort ? Et si Sauron avait gagné ? C'est pour cela que les auteurs de *D&D* expliquent que les règles sont des guides, c'est-à-dire des outils pour créer et non pas des carcans.

Ce qui est amusant, c'est que Tolkien avait, d'une certaine manière, anticipé cet investissement de son univers par d'autres, comme il l'explique dans la lettre nº 131 à Milton Waldman en 1951 : « *Je comptais faire un récit complet de certains des principaux contes et seulement placer de nombreux autres dans la structure, sous forme d'ébauches. Les cycles seraient liés à un tout majestueux et dans le même temps laisseraient le champ libre à d'autres esprits et à d'autres mains, pratiquant le dessin, la musique et le théâtre. Absurde.* » Par conséquent, le fait d'explorer le monde va également devenir un trait important des jeux de rôle : là où les *wargames* – des jeux de société de stratégie qui simulent des batailles entre armées et sont considérés comme les ancêtres des jeux de rôle – se servaient surtout des cartes pour des raisons tactiques, dans les jeux de rôle elles seront aussi utilisées à des fins d'exploration. Comme Frodo, un joueur qui regarde une carte a envie de partir à la découverte de ce qu'elle montre (ou non) : « *Il consultait des cartes et se demandait ce qu'il y avait au-delà des bords : les cartes dessinées dans le Comté montraient surtout des espaces blancs au-delà de ses frontières.* » (J. R. R. Tolkien, *Le Seigneur des Anneaux : La Fraternité de l'Anneau*, traduction de Daniel Lauzon aux éditions Christian Bourgois.)

Quels sont les principes de jeu de ces activités ludiques ?

C.D. et J.L. : C'est un jeu de société où l'on imagine ensemble des histoires, des scènes, des personnages, des mondes (parfois tout cela à la fois, parfois non). Dans sa forme classique, il réunit une demi-douzaine de joueurs autour d'une table. Chacun incarne un personnage, sauf le meneur de jeu (ou MJ) qui a pour tâche de faire réagir l'univers aux actions des personnages des joueurs (ou PJ) en incarnant les personnages non joueurs (ou PNJ) et l'environnement au cours des différentes aventures. Sous leur forme matérielle, les jeux de rôle sont la plupart du temps des livres dans lesquels se trouvent le système de jeu, des informations sur l'univers et, éventuellement, des scénarios que le MJ fait jouer aux participants, lorsqu'il ne les écrit pas lui-même. Toutefois, la partie elle-même prend la forme d'une conversation, ce qui est important pour que chacun puisse y intégrer ses apports créatifs de manière fluide (et permettre l'intercréativité évoquée précédemment).

Diriez-vous que *Donjons et Dragons*, le jeu de rôle le plus connu, est une adaptation non officielle de l'œuvre de Tolkien ?

C.D. et J.L. : Oui et non. Oui, car c'était l'une des inspirations principales de la première édition de *D&D* en 1974, considéré comme le premier jeu de rôle officiel, et, encore plus explicitement, du supplément *fantasy* du *wargame Chainmail* (1971), son prédécesseur immédiat. De plus, on constate à cette période, dans le milieu du *wargame* (dont sont issus les auteurs de *D&D*, Dave Arneson et Gary Gygax), une influence croissante de la *fantasy* et de Tolkien, que ce soit avec l'apparition de parties à grande échelle en conventions (1970) ou de figurines (1972) inspirées de la Terre du Milieu (ce qui peut être dû à la réédition en format poche de ses romans).

Non, car Dave Arneson et Gary Gygax ont intégré d'autres influences littéraires (comme Howard ou Moorcock) qui font plutôt de cette première édition un concentré de diverses influences de littérature de *fantasy*. De plus, l'origine ludique des jeux de rôle, les *wargames*, est tout aussi importante que leurs inspirations littéraires. Mais, clairement, Tolkien est une des influences majeures de ce premier jeu de rôle, à tel point que les avocats des ayants droit de celui-ci ont demandé à ce que des termes comme « Hobbit », « Ent » ou « Balrog » soient retirés (remplacés par « Halfling », « Treant » et « Balor »). Même si Gygax a pu minimiser cette influence par la suite, notamment en l'assimilant à une stratégie commerciale avant de finalement en reconnaître l'importance en 2000, jouer dans la Terre du Milieu était pourtant une motivation forte lors de la création du supplément pour *Chainmail* : « *Nous prévoyons aussi d'écrire des règles pour des jeux de* fantasy *à la Tolkien, en utilisant les règles pour figurines médiévales LGTSA* [association de joueurs de *wargames*] *comme point de départ. Les Hobbits feront 20 mm, les Nains et les Gobelins 25, les Elfes et les Orques 30, les Humains, Nazgûl et Balrogs 40, les Ents, les trolls et les dragons 54, et quelques géants en feront 70*[1]. »

Mais les auteurs de *D&D* ne se sont pas contentés d'intégrer des fragments d'univers de Tolkien. L'inspiration de ses codes s'inscrit bien plus profondément dans l'ADN du jeu : l'évolution des personnages, par exemple, qui consiste à accumuler des points d'expérience pour monter en niveau, articule mécaniquement ce que Tolkien a appelé l'ennoblissement, à savoir le fait que les personnages évoluent au cours du récit pour devenir des héros.

Toutefois, il existe aussi des différences qui font qu'il devient difficile de parler de pure adaptation. Par exemple, la magie chez Tolkien est un élément assez subtil et volatil. De fait, il est compliqué de s'en inspirer pour créer des règles qui fonctionnent efficacement. Il faut dès lors aller chercher du côté de Jack Vance et de son cycle *The Dying Earth* (*La Terre mourante* en français), notamment en ce qui concerne la mémorisation des sorts. Pour les alignements, soit les convictions éthiques d'un personnage, qui obligent le joueur à choisir si son avatar sera plutôt du côté de la loi ou du chaos, les auteurs s'inspirent de Poul Anderson et de Michael Moorcock, duquel on retrouve également d'autres influences (certaines épées, à l'image de Stormbringer, peuvent contrôler leur porteur), sans même parler de l'inspiration prégnante d'Howard.

1 Gary Gygax, dans une Wargamer's Newsletter du début de l'année 1971, reprise dans le livre de Jon Peterson, *Playing at the World*, p. 41.

~ *CHAINMAIL*, LIVRE DE RÈGLES, GARY GYGAX ET JEFF PERREN, GUIDON GAMES, 1971, ILLUSTRATION DE DON LOWRY.
~ *CHAINMAIL*, LIVRE DE RÈGLES, GARY GYGAX ET JEFF PERREN, TSR, ANNÉES 1970, ILLUSTRATION DE DON LOWRY.
~ *CONAN: THE HOUR OF THE DRAGON*, ROBERT E. HOWARD, BERKLEY, 1977, ILLUSTRATION DE KEN KELLY.
~ *THE QUEEN OF THE SWORDS*, MICHAEL MOORCOCK, BERKLEY, 1971, ILLUSTRATION DE DAVID MCCALL JOHNSTON.
~ *EMPIRE OF THE PETAL THRONE*, JEU DE RÔLE, M. A. R. BARKER, TSR, 1975, ILLUSTRATION DE L'AUTEUR, COLORISÉE PAR HELEN DOWARD.
~ *THE DYING EARTH*, JACK VANCE, SPATTERLIGHT PRESS LLC, 2012, ILLUSTRATION DE LI-AN. ÉDITION NUMÉRIQUE.

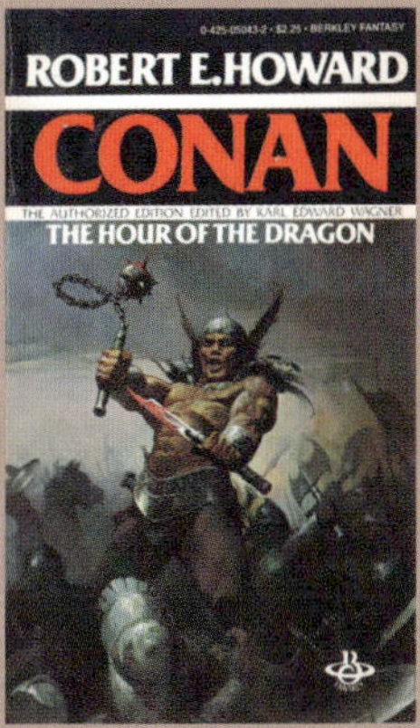

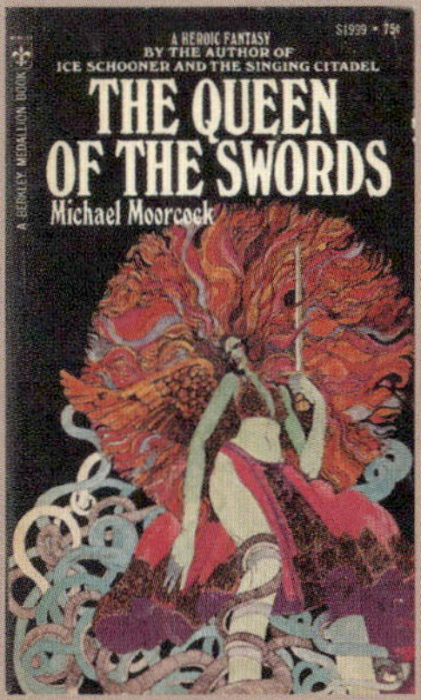

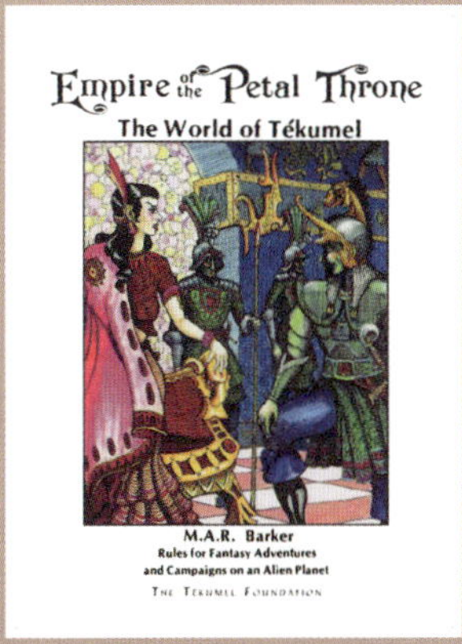

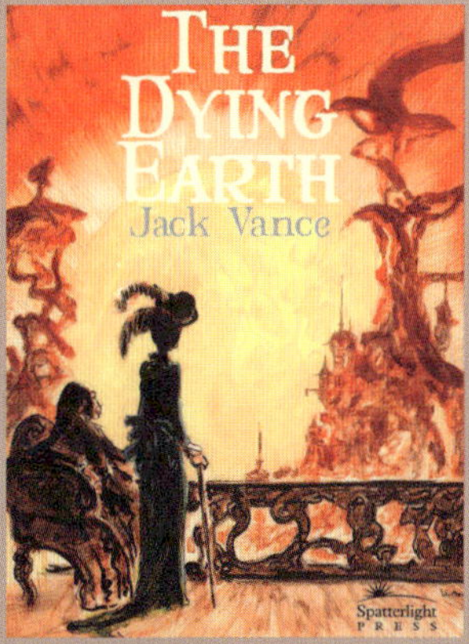

~ *J. R. R. Tolkien's The Lord of the Rings*, jeu de plateau adapté des romans et du film d'animation, Milton Bradley, 1979.

Pour résumer, le « monde » de ce premier *D&D*, s'il ne nous est pas donné par des pages de textes encyclopédiques (ce que nombre de jeux de rôle feront très rapidement, comme Barker avec *Empire of the Petal Throne*, paru en 1975, fréquemment comparé à Tolkien pour son travail sur les langues), nous est transmis par les codes de la *fantasy* de Tolkien (mais pas uniquement) transformés en règles du jeu par ses auteurs. En cela, l'objectif semble être davantage de simuler la *fantasy* d'une manière générale, genre dont Tolkien est bien entendu un des fondateurs principaux, que d'adapter uniquement et scrupuleusement la Terre du Milieu. Cet objectif est d'ailleurs formulé vigoureusement dans l'avant-propos du jeu, et cette ambition de traiter tout le spectre du genre va se confirmer dans les éditions ultérieures de *D&D*, pour lesquelles de nombreux univers originaux ont été développés (*fantasy* classique avec *Les Royaumes oubliés*, *dark* et gothique avec *Ravenloft*, post-apocalyptique avec *Dark Sun*, etc.).

Il faut également ajouter, au chapitre des influences, le succès de la réédition des romans de Tolkien en format poche au milieu des années 1960 aux États-Unis, qui a certainement contribué à remettre la *fantasy* sur le devant de la scène, et donc à permettre à ses codes de s'installer et de se diffuser parmi ses lecteurs. Ces derniers, pour certains ravis de s'essayer à un jeu se déroulant dans ce type d'univers dont ils connaissaient les codes, deviendront donc rôlistes. Et ce que l'on observe, c'est que le jeu de rôle, à son tour, a été un relais très important des codes de la littérature de *fantasy*, comme le relèvent des spécialistes comme Anne Besson, André-François Ruaud ou Jacques Baudou.

Diriez-vous que, depuis cette époque, le jeu de rôle adapté de ou inspiré par l'œuvre de Tolkien a connu plusieurs vagues ?

C.D. et J.L. : Nous n'allons pas revenir sur *D&D*, que nous avons déjà beaucoup évoqué. Si l'on avance un peu dans le temps, il faudra tout de même attendre 1984 pour voir le premier jeu officiellement estampillé Tolkien, *Middle-earth Role Playing*. Même s'il ne fait pas l'unanimité parmi les rôlistes, notamment pour son système réputé complexe, une version pourtant allégée de *Rolemaster*, il reste assez marquant dans l'histoire du média : il a été traduit dans douze langues et a vu la publication de plusieurs dizaines de suppléments. De surcroît, l'adaptation de l'univers a été critiquée, notamment par la surreprésentation des magiciens parmi les personnages-joueurs, et la magie n'avait plus grand-chose à voir avec celle de Tolkien. Afin de ne pas entrer en « conflit » avec l'intrigue du *Seigneur des Anneaux*, le jeu permet de jouer à une autre époque, ce qui pose les premières pierres d'une certaine logique d'investissement des univers déjà explorés par d'autres médias, à savoir s'intégrer dans une période ou une zone laissée dans l'ombre par l'auteur originel afin d'y insérer de nouveaux éléments.

Ce jeu a eu aussi une adaptation simplifiée en 1991 sous le nom de *Lord of the Rings Adventure Game*, et certains auteurs français de jeu de rôle se sont également essayés à cet exercice d'adaptation en auto-publiant leurs jeux sur la Toile, qu'il s'agisse d'Olivier Legrand (aussi scénariste de BD) ou de Jean-Philippe Jaworski (que l'on connaît aussi comme romancier). *La Terre des héros*, du premier, fait la part belle à l'aspect héroïque des personnages. *Tiers-Âge*, du second, naît d'une volonté de proposer une adaptation plus fidèle que *Middle-earth Role Playing*, notamment en se détachant des classes de personnages des jeux de rôle classiques, trop orientées vers le combat, et en rendant sa dangerosité à la magie. En 2002, lors de la sortie des films, est également publié *The Lord of the Rings Roleplaying Game*, plus proche du système D20 utilisé pour la troisième édition de *D&D* qui a le vent en poupe à cette époque.

Toutefois, c'est en 2011 que paraît aux États-Unis le jeu de rôle se déroulant dans la Terre du Milieu qui reste à ce jour un des plus aboutis, *The One Ring* (*L'Anneau Unique*). Plus cohérent avec les romans, il met l'accent sur le voyage qui devient ici un véritable format narratif : le déroulement s'articule en deux séquences, la phase d'aventure et la phase de

~ *The Lord of the Rings*, le jeu de rôle, Decipher, 2003.
~ *Middle-earth role playing accessory pack*, complément au jeu de rôle, Peter C. Fenlon, Jr. Jessica M. Ney-Grimm, Iron Crown Enterprises, 1994.
~ *The One Ring: Adventures Over the Edge of the Wild*, Francesco Nepitello, Marco Maggi, Cubicle 7, 2010.

communauté, où les personnages peuvent progresser, se guérir et faire part de leurs aventures. Chacun est défini, au-delà de son appartenance à un peuple, par sa fonction en tant que membre de l'expédition, toujours en lien avec cette notion de voyage et d'exploration. Ce dernier aspect est encore plus marqué dans le statut donné aux cartes dans ce jeu. Les joueurs se voient remettre une carte qui représente leur savoir du monde, et elle est d'autant plus cruciale que son utilisation déterminera la marche de l'aventure et les obstacles qu'ils rencontreront. De son côté, le MJ possède une version quadrillée et annotée de cette même carte, qui classe les différentes régions par difficulté. Ainsi, ce jeu met réellement l'accent sur les aventures que l'on vit à la découverte de la Terre du Milieu, comme les héros des romans.

« Il n'est jamais sage de laisser un dragon vivant en dehors de vos calculs, si vous demeurez près de chez lui. »

(*Le Hobbit*, chap. xii)

Aujourd'hui, comment se porte le jeu de rôle tolkienien ?

C.D. et J.L. : En plus de *The One Ring*, qui semble encore être bien joué, en 2016 est paru *Adventures in Middle-earth*. C'est une version de *The One Ring* compatible avec la dernière édition de *D&D* qui connaît un succès commercial jusqu'alors inconnu dans l'histoire du jeu de rôle. Cette adaptation a une douzaine de suppléments à son actif et a remporté un Origin Award en 2018 dans la catégorie meilleur jeu de rôle, ce qui laisse penser que la Terre du Milieu continue à faire rêver les rôlistes.

Pensez-vous que la production d'une série télévisée adaptant cet univers va relancer la machine ?

C.D. et J.L. : Le jeu de rôle étant intrinsèquement lié aux autres médias de la culture populaire, certainement. Cela dit, il est difficile d'estimer les proportions d'une telle influence : il faudrait savoir à quel point le jeu adapté du *Trône de Fer*, *A Song of Ice and Fire*, a vu ses ventes améliorées par la série. De plus, comme pour le jeu vidéo, l'adaptation d'une licence à succès ne suffit pas : il faut que le jeu lui-même ait un *game design* qualitatif.

LA PREUVE PAR L'IMAGE... ET LE SON

L'œuvre de Tolkien a été adaptée plusieurs fois en longs métrages depuis les années 1970. Le Néo-Zélandais Peter Jackson a réussi le tour de force de monopoliser le box-office mondial dans les années 2000, avec ses adaptations en six films (!) du *Hobbit* et du *Seigneur des Anneaux*. Mais la production cinématographique et télévisuelle est beaucoup plus dense, et s'étend toujours avec la série *Les Anneaux de Pouvoir* (2022) produite par Amazon Prime Video...

Il faut savoir que Tolkien a vendu dans les années 1960 les droits d'adaptation au cinéma du *Hobbit* et du *Seigneur des Anneaux*, par manque d'argent, comme au cours d'une grande partie de sa vie.

LES LONGS MÉTRAGES

Dans les années 1957-1958, Tolkien reçoit la proposition d'une adaptation en dessin animé du *Seigneur des Anneaux* au cinéma, de la part du producteur Forrest J. Ackerman (alors considéré comme Mr Science-Fiction). Si Tolkien accorde une réelle attention à celui-ci, prenant notamment en compte les contraintes spécifiques au septième art, il s'avère que les modifications opérées sur l'histoire originale ne permettent pas de présenter un film crédible : en effet de nombreux épisodes sont déplacés, condensés, malmenés, en dépit du bon sens. Les dialogues et l'écriture des personnages principaux sont calamiteux, et l'aspect de certaines créatures est carrément ridicule : les Orques se voient ainsi affublés de becs et de plumes. Tolkien oppose donc son véto, et ce projet ne se fera pas. D'autres idées ont été évoquées par la suite, dont une avec les Beatles dans les rôles de Frodo, Gandalf, Gollum et Sam (sous la direction de Stanley Kubrick et produit par Apple Corps, la société des Beatles), mais heureusement ces projets quelque peu fantaisistes ne sont pas allés plus loin que les déclarations d'intention. Nous allons donc nous concentrer ici sur les adaptations les plus abouties et les plus connues.

***The Hobbit*, par Arthur Rankin Jr. et Jules Bass** (1977, 1 h 17 min, États-Unis)

Ce long métrage a été réalisé par les metteurs en scène états-uniens Arthur Rankin Jr. et Jules Bass, en collaboration avec le studio japonais Topcraft, pour le compte de la NBC qui l'a diffusé en fin d'année 1977. Le film a un peu vieilli, mais il a le mérite de respecter à peu près le cheminement du roman, en accéléré cependant, en raison de sa durée, assez limitée. À noter le style très particulier des trois trolls que rencontrent Bilbo et consorts, plutôt rond. Mais

~ *The Hobbit*, Jules Bass, Arthur Rankin Jr., 1977.

~ *The Lord of the Rings*, Ralph Bakshi, 1978.

surtout celui de Gollum, sorte de croisement entre une grenouille asthmatique, un rongeur au large sourire et des araignées géantes de la forêt de Grand'Peur, étrangement barbues… Malgré une animation qui ferait sans doute sourire les enfants d'aujourd'hui, le film baigne dans une ambiance rassurante, agrémentée de nombreuses chansons. À ce jour, la meilleure adaptation audiovisuelle du classique de Tolkien.

***Le Seigneur des Anneaux*, par Ralph Bakshi** (1978, 2 h 12 min, États-Unis)

En 1978, l'États-Unien Ralph Bakshi a réalisé l'adaptation du premier volet – et demi – du *Seigneur des Anneaux*, à partir d'un scénario de Peter S. Beagle (lui-même écrit d'après une version antérieure de Chris Conkling). Elle n'a pas été suivie de l'adaptation du second, probablement à cause de son échec artistique et non public, car les spectateurs ont répondu présent à l'époque. Pourtant, il s'agissait d'une réelle superproduction, avec un coût de presque 8 millions de dollars, Bakshi ayant alors doublé son contingent d'animateurs (passant de 1 500 à 3 000), une durée de production de trois ans, des tournages en Californie et en Espagne… L'attente était forte parmi les tolkienophiles : Bakshi avait fait sensation six ans plus tôt avec *Fritz the Cat*, son premier long métrage d'animation truffé d'audace. Fait surprenant, Bakshi était alors dans le creux de la vague, mais convaincu que les films d'animation avaient un avenir autre que chez Disney : il continuait alors vaille que vaille, malgré les difficultés, à trouver des financements et à produire ses films. Il a alors acheté les droits du *Seigneur des Anneaux* à United Artists et a demandé le financement du film à Metro Goldwyn Mayer. Cela a été fait en quelques minutes, les bureaux des deux studios étant alors situés dans le même bâtiment. Après le renvoi du patron de Metro Goldwyn Mayer, la production est finalement passée aux mains de Saul Zaentz. Bakshi s'est ensuite envolé pour l'Angleterre, pour obtenir l'aval de la famille Tolkien. Après l'adoubement de Priscilla, la fille du professeur, il s'est attelé à la tâche.

Le film de Bakshi souffre de plusieurs maladresses. Il est truffé de raccourcis narratifs, de contresens et de situations qui prêtent à rire. La première erreur du réalisateur a été de vouloir faire un film techniquement hybride, mêlant les prises de vues réelles (à très fort contraste) et le dessin animé. L'essentiel de l'intrigue est représenté par l'animation, alors que des scènes additionnelles sont en prises de vues réelles, légèrement retouchées et colorées, notamment les scènes avec des chevaux. La technique utilisée, appelée rotoscopie (ou rotoscope), confère une atmosphère étrange, gênante. Les Orques, par exemple, ont vraiment un aspect inquiétant, peut-être pas de la façon dont s'y attendait le réalisateur. Cela induit un décalage parfois incroyable avec la partie animée. Celle-ci, assez rudimentaire, apparenterait presque le film à un long métrage pour enfants, tant l'image est édulcorée, les personnages presque caricaturaux avec des gestes exagérés, théâtraux… Sam est d'une laideur inconcevable, Frodo d'une mièvrerie sans bornes et Aragorn change de tête dès qu'il la tourne. Boromir se sert de son épée comme d'une raquette, le Nain Gimli est aussi grand que les humains (pourtant, il est bien animé, ce n'est pas un vrai acteur), l'arc de Legolas change d'aspect entre deux plans et les combats sont tournés au ralenti… Le mélange des techniques amène parfois de

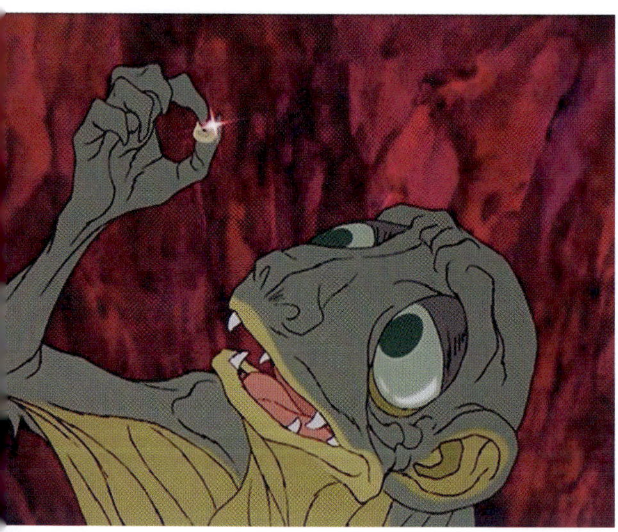

~ *The Return of the King*, Jules Bass, Arthur Rankin Jr., 1980.
~ En bas : le disque vinyle.

drôles de scènes, comme ces personnages dessinés qui semblent flotter devant un décor « réel » mais passé par un trucage indéfinissable. L'animation a l'air vraiment ancienne, elle est même parfois difficile à décrypter.

Sur le plan narratif, Bakshi prend d'énormes libertés avec le roman de Tolkien. Le passage avec Tom Bombadil est totalement absent. Le Conseil d'Elrond est expédié en deux temps trois mouvements. Les Spectres de l'Anneau sont censés être inquiétants mais sont facilement mis en fuite dès leur première attaque. Ils attaquent d'ailleurs à cinq, puis s'enfuient à quatre, puis sont à nouveau cinq... Arwen disparaît totalement du script. En Lothlórien également le récit est haché en morceaux, entre des scènes très naïves et une Galadriel qui ressemble à Cendrillon. Le Balrog ressemble à un lion à la robe sombre avec des ailes... Bakshi s'est quand même efforcé de retranscrire l'attirance de Bilbo et Boromir, notamment, pour l'Anneau Unique.

Le film apparaît également incomplet, puisqu'il ne couvre que le premier livre et le premier tiers du second. Il s'achève (alors que la mention « première partie » n'apparaissait nulle part sur les affiches de promotion) par le récitatif suivant, en voix off : « *Alors que se termine leur vaillante bataille, ainsi s'achève le premier grand récit du* Seigneur des Anneaux... » Ironiquement, le film de Bakshi présente à peu près tous les défauts que Tolkien reprochait au projet qu'on lui avait proposé vingt ans auparavant. Malgré son succès en salles, Bakshi a refusé de poursuivre l'aventure, se disputant violemment avec le producteur Saul Zaentz, selon lui responsable de ce défaut de communication[1]. Le film reste intéressant à titre historique, car il s'agit de la première tentative d'adaptation visuelle plus ou moins aboutie de l'œuvre maîtresse de Tolkien. Bref, ce *Seigneur des Anneaux*, qui possède un pool d'amateurs, apparaît complètement kitsch et suranné.

« Une étoile brille sur l'heure de notre rencontre. »

(*Le Seigneur des Anneaux : La Fraternité de l'Anneau*, livre I, chap. III)

***The Return of the King*, par Arthur Rankin Jr. et Jules Bass** (1980, 1 h 37 min, États-Unis)

Le film est considéré comme une suite non officielle du film de Ralph Bakshi, *Le Seigneur des Anneaux*. Il résume néanmoins au début les principaux événements de *La Fraternité de l'Anneau* et des *Deux Tours*. Produit pour le réseau télévisuel ABC, il est réalisé par la même équipe que *The Hobbit* trois ans plus tôt : le crayon de l'États-Unien Lester Abrams et celui du Japonais Tsuguyuki Kubo. Quant aux décors, souvent somptueux, ils sont dus au talent de Minoru Nishida qui a également travaillé sur les décors de *Thundercats*. La branche japonaise de l'équipe créative est regroupée sous la bannière du studio Topcraft, dirigé par Tôru Hara[2].

1 Ce récit « de l'intérieur » a été fait par Bakshi lui-même lors d'un entretien donné à *The Hollywood Reporter* en novembre 2018.

2 Futur directeur général du studio Ghibli.

Le dessin animé est plutôt agréable à regarder et à écouter, mais il est à noter que les deux réalisateurs-producteurs-scénaristes ont clairement abrégé l'histoire d'origine, sucrant par exemple la présence de plusieurs personnages plus ou moins importants (Legolas, Gimli, Araigne !). De plus, afin d'atténuer l'atmosphère un peu violente et noire du roman et de proposer leur film au jeune public, ils ont dû faire beaucoup de raccourcis qui amènent à des scènes parfois incohérentes.

***Le Seigneur des Anneaux*, par Peter Jackson** (2001, 2002 et 2003, 2 h 58 min, 2 h 59 min et 3 h 21 min, Nouvelle-Zélande, États-Unis)

À la toute fin des années 1990, le réalisateur néo-zélandais Peter Jackson annonce se lancer dans un chantier pharaonique, à savoir l'adaptation en trois volets du *Seigneur des Anneaux*, sur ses terres. L'annonce fait l'effet d'une bombe parmi les tolkienophiles : Peter Jackson est alors connu essentiellement pour des films qualifiés de gore, dans lesquels les maquillages horrifiques le disputent aux scènes très explicites. Le lieu de tournage, situé à l'autre bout du monde par rapport au lieu de rédaction du roman, suscite énormément de scepticisme. La distribution, elle aussi, pose question : comment oser mettre un acteur blond, Sean Bean, dans la peau d'un personnage aux cheveux châtains, Boromir ? On dit qu'à l'époque plus de 400 sites internet ont suivi le tournage et décortiqué le moindre élément... De son côté, Peter Jackson a lancé un site internet, truffé d'images de tournage et d'informations. Ian McKellen, l'interprète de Gandalf, a tenu son propre journal sur son site officiel. De plus, afin de gagner du temps, de l'argent et d'avoir les acteurs « captifs », Jackson a décidé de tourner les trois films simultanément, ce qui était une première dans l'histoire du cinéma. Avec une distribution solide composée d'acteurs shakespeariens (Ian Holm, Ian McKellen, Christopher Lee...), de comédiens confirmés et de jeunes pousses, Jackson nous fait voyager dans une Terre du Milieu qui devient un personnage de l'histoire, une épopée accompagnée par la musique symphonique d'Howard Shore et des effets spéciaux innovants : on retiendra le logiciel Massive, qui permet de gérer individuellement des milliers de personnages virtuels lors des scènes de bataille homériques, et la *motion capture*, qui permet à un acteur muni de capteurs de s'effacer derrière le corps famélique et les grimaces de Gollum. Comme dans toute adaptation, Jackson et ses coscénaristes ont fait l'impasse sur certains passages emblématiques (comme celui concernant Tom Bombadil) et en ont « arrangé » d'autres. Mais forts de ces performances techniques, les trois films constituent un jalon indéniable de l'histoire du cinéma. Et ont permis de relancer la lecture – pas du tout moribonde – des œuvres de Tolkien.

Les trois films ont été récompensés en tout par dix-sept Oscars. Malgré ses qualités, la production de Jackson n'a pas reçu l'aval des ayants droit de Tolkien, car le professeur avait vendu les droits d'adaptation de son vivant, et par le jeu des rachats, ceux-ci étaient arrivés dans l'escarcelle du studio New Line. Par conséquent, aucun membre de la famille Tolkien n'avait de droit de regard sur le film. Pire, ils ne devaient rien toucher sur les éventuelles recettes, lesquelles ont été titanesques (environ 3 milliards de dollars au total, selon les chiffres du box-office). L'affaire a été portée devant les tribunaux, puis réglée par un beau chèque – dont le montant n'a pas été divulgué – de New Line.

~ *Le Retour du roi*, Peter Jackson, 2003.
~ Legolas (Orlando Bloom), *La Communauté de l'Anneau*, Peter Jackson, 2001.
~ *Mr. Bliss*, Gennadiy Tishchenko, 2004, images du film et affiche.
~ Page de droite : *Les Deux Tours*, affiche promotionnelle, Peter Jackson, 2002.

« Que voulez-vous dire ? répondit-il. Me souhaitez-vous une bonne journée, ou êtes-vous en train de dire que c'est une bonne journée que je le veuille ou non, que vous êtes en bonne forme aujourd'hui, ou que c'est une journée où l'on doit être bon ? »

(*Le Hobbit*, chap. I)

Le mérite de Jackson a été de mettre en mouvement les illustrations créées par John Howe et Alan Lee, qui étaient alors devenus les artistes les plus connus dans la sphère tolkienienne. Qu'on apprécie sa démarche ou non[3], le réalisateur néo-zélandais a réussi, par son énergie et ses talents visuels, à marquer profondément et durablement l'histoire du cinéma. Sur le plan économique, la trilogie a eu un effet indéniable : entre 2001 et 2003, il s'est vendu 25 millions d'exemplaires du roman, dont 15 millions en anglais. Lors de la sortie du premier film, les ventes ont bondi de 1 000 % au Royaume-Uni[4].

***Mr. Bliss*, par Igor Khazanov** (2004, 33 minutes, Russie)
Ce film est une adaptation du conte pour enfants éponyme, réalisée en animation par Gennadiy Tishchenko. Largement fondé sur le style pictural de Tolkien, il bénéficie de la voix du narrateur Dmitri Matveyev.

3 Christopher Tolkien a publiquement désavoué cette adaptation, du fait de l'écart vertigineux entre l'esprit créatif de son père et sa postérité commerciale. Entre 2003 et 2006, la famille a demandé une part du gâteau au studio New Line, le contrat initial de cession des droits stipulant que la famille devait toucher un pourcentage si le film était bénéficiaire.

4 www.lemonde.fr/culture/article/2012/07/05/tolkien-l-anneau-de-la-discorde_1729858_3246.html

THE
LORD OF THE RINGS
THE TWO TOWERS

THE
HOBBIT
AN UNEXPECTED JOURNEY

~ Page de gauche : *Le Hobbit : Un voyage inattendu*, Peter Jackson, 2012. Affiche promotionnelle.
~ Bilbo (Martin Freeman), *Le Hobbit : un Voyage Inattendu*, Peter Jackson, 2012. Thorin (Richard Armitage), *Le Hobbit : la Bataille des Cinq Armées*, Peter Jackson, 2014. À droite : Azog (Manu Bennett). Tauriel et Legolas, *Le Hobbit : La Désolation de Smaug*, Peter Jackson, 2013.

***Le Hobbit*, par Peter Jackson** (2012, 2013 et 2014, 2 h 49 min, 2 h 41 min et 2 h 24 min, Nouvelle-Zélande, États-Unis, Royaume-Uni)

Après le succès planétaire de sa trilogie épique, Peter Jackson s'attaque au roman qui l'a précédée, à savoir *Le Hobbit*. Une production qui a mis beaucoup de temps à se concrétiser. En effet, Jackson souhaitait l'adapter dès 1995, en compagnie de son épouse Fran Walsh, mais un désaccord entre United Artists, qui détenait alors les droits, et Miramax, le studio avec lequel travaillait alors Jackson, a empêché la mise en route du projet, qui consistait en une trilogie, avec un film pour *Le Hobbit* suivi de deux films pour *Le Seigneur des Anneaux*. Grâce au succès des trois films du *Seigneur des Anneaux*, il parvient à relancer la dynamique avec Metro Goldwyn Mayer (MGM), qui avait récupéré entre-temps les droits. Après une première brouille avec New Line (le studio ayant produit *Le Seigneur des Anneaux*) au sujet des bénéfices sur les produits dérivés, Jackson met en chantier un diptyque, en principe dirigé par Guillermo del Toro, réalisateur de *Hellboy*. Après deux ans de travail, del Toro jete l'éponge, surtout à cause de la crise financière que traverse alors MGM. Jackson récupère la réalisation et réécrit le scénario, voulant se démarquer de celui du metteur en scène mexicain. En raison de bisbilles avec les syndicats du cinéma, le réalisateur envisage de délocaliser le tournage en Angleterre, dans les studios de Leavesden. C'est alors que des milliers de Néo-Zélandais se mettent en grève pour protester. Un accord, auquel participe le gouvernement du pays, est trouvé et le tournage commence en mars 2011, après... l'opération d'un ulcère de Jackson. Le premier film sort en décembre 2012 suivi, à intervalles d'un an, des deux autres volets.

PETER JACKSON PRESENTS
A FILM BY KENJI KAMIYAMA
THE LORD OF THE RINGS
THE WAR OF THE ROHIRRIM
HOPE HAS YET TO ABANDON THESE LANDS
ONLY IN THEATERS
DECEMBER 13
EXPERIENCE IT IN IMAX

Une partie de la distribution était commune (Legolas, Gandalf, Bilbo âgé...) et le tournage simultané des trois longs métrages a eu lieu également en Nouvelle-Zélande. Hélas, autant *Le Seigneur des Anneaux* respectait le cadre et le propos du roman de Tolkien (malgré quelques oublis) autant Jackson dépasse largement la vocation initiale de l'histoire de Bilbo, un roman d'apprentissage, pour en faire à nouveau un (très) long métrage (près de 10 heures en version courte), au souffle épique, comportant des scènes et des personnages additionnels sans véritable intérêt.

Restent les performances de certains acteurs, les paysages toujours aussi enchanteurs et la musique entraînante d'Howard Shore, même si elle emprunte forcément à la bande originale du *Seigneur des Anneaux*.

***La Guerre des Rohirrim*, par Kenji Kamayama** (2024, 134 minutes, Japon/Nouvelle-Zélande/États-Unis)

Helm Poing de Marteau est le neuvième roi du Rohan. Lors d'un conseil, son vassal Freca vient réclamer la main de la fille du roi pour son fils Wulf, qui se trouve être un ami d'enfance de la princesse prénommée Héra. Devant son refus, Freca l'insulte et les deux hommes se battent en dehors du palais d'Edoras. Le roi abat son vassal d'un seul coup de poing et Wulf jure de revenir le venger en tuant toute la famille royale. Quelques années plus tard, il ressurgit en tant que « roi » des Dunlandais et assiège le peuple de Helm, retranché dans Fort-le-Cor, au nord des Montagnes Blanches. Le roi est grièvement blessé durant la bataille et ses deux fils sont tués ; il revient donc à Héra d'organiser la résistance durant le Long Hiver[5], particulièrement tenace, qui s'annonce.

Ce nouveau film, officiellement titré *Le Seigneur des Anneaux : La Guerre des Rohirrim* prend pied dans l'univers créé par Tolkien, environ deux cents ans avant les évènements racontés dans *Le Hobbit*. Il a été coproduit par Peter Jackson, Fran Walsh et Philippa Boyens notamment, il est réalisé par Kenji Kamiyama, connu pour avoir dirigé plusieurs épisodes de la franchise *Ghost in the Shell*, la série *Star Wars: Visions* ou encore *Blade Runner: Black Lotus*. Des titres salués pour leur qualité, augurant de quelque chose d'intéressant dans un univers très différent. Le choix d'un film d'animation plutôt qu'une version *live* surprend de prime abord, mais pourquoi pas ?

La filiation avec la trilogie du *Seigneur des Anneaux* version Jackson est totalement assumée, du titre à la musique, dont une partie est directement empruntée au score d'Howard Shore, en passant par l'apparition d'un personnage emblématique en fin de métrage, avec les traits de l'acteur. Sans oublier la narratrice en voix off, qui se trouve être Miranda Otto, interprète d'Éowyn dans les films du début des années 2000. Le casting vocal comprend également Brian Cox (*Succession*) qui incarne la puissance de Helm, Luke Pasqualino, qui prête sa voix à Wulf et Gaia Wise (fille d'Emma Thompson) qui double Héra. Par ailleurs, un soin particulier a été porté aux décors : en témoignent Edoras ou Dunharrow, très fidèles aux films *live*. On notera que le sujet de la recherche des anneaux est évoqué en arrière-plan, ouvrant la voie à d'autres récits se situant dans l'intervalle.

L'essentiel de l'intrigue se concentre autour du déroulement d'une bataille, d'un siège entre deux peuples hommes, les Rohirrim restés fidèles à leur roi Helm, et une branche des Dunlandais sous l'égide de Wulf, rendu fou par la perte de son père et son attirance pour Héra. Autour de ces personnages gravitent des princes, serviteurs ou seigneurs dans la Cour du Rohan et les lieutenants de celui qu'on surnomme l'Usurpateur, ainsi que diverses créatures : Orques, trolls des montagnes, mûmakil[6]... Un soin particulier est tout de même porté au respect d'une forme de sobriété. Il n'y a pas d'utilisation d'éléments magiques ou surnaturels, hormis dans le traitement de Helm lorsqu'il sort de sa convalescence, dans son ensemble l'histoire relève plus de la légende épique comme on aurait pu la lire dans un récit médiéval du type dont s'inspire Tolkien la plupart du temps ; rien d'extravagant finalement. Hormis Helm, Héra et Wulf ainsi qu'un personnage féminin inventé pour l'occasion, les autres personnages disposent d'assez peu d'espace pour être véritablement développés, mais dans un long métrage de deux heures où l'action est largement présente, il était sûrement difficile de faire mieux.

Se basant sur un appendice du *Seigneur des Anneaux*, les scénaristes Jeffrey Addiss, Will Matthews, Phoebe Gittins et Arty Papageorgiou ont globalement gardé la trame esquissée par Tolkien. Si la fille de Helm existe bien, on ne connaît pas son nom dans l'univers établi par Tolkien et son rôle dans cet épisode n'est pas précisé. Ils décident d'en faire le moteur de l'action, féminisant un peu plus l'univers après les incursions menées par les créateurs de la série *Les Anneaux de Pouvoir*. Lors d'une petite scène, on voit d'ailleurs les trois personnages féminins travailler à une action d'éclat décisive contre Wulf. Héra est un personnage fort, volontaire, qui sait se

5 Entre les années 2758 et 2759 du Troisième Âge.

6 Autrement appelées Oliphants, ces pachydermes ressemblent à des éléphants de grande taille, dotés de défenses et utilisés comme véhicules de guerre.

battre et monte à cheval à l'égal des hommes. Si son père l'écarte dans un premier temps de l'épisode guerrier, il se rend vite compte de son erreur et lui fait plus nettement confiance par la suite. On peut d'ailleurs trouver à la princesse rohirrim des traits communs avec Éowyn dans le *Seigneur des Anneaux*, même si elle ne se travestit pas pour aller au combat.

L'enchaînement des évènements est également modifié : Haleth, fils aîné de Helm, et Wulf lui-même ne rencontrent pas leur destin de la même façon dans l'appendice et dans le film, par exemple. Il y a cependant une forte parentalité entre *La Guerre des Rohirrim* et le deuxième segment de la trilogie du *Seigneur des Anneaux*, *Les Deux Tours*. Les points communs sont notables : le théâtre de la bataille (Fort-le-Cor, devenu entretemps le Gouffre ou la Gorge de Helm) ou encore certaines des actions de Héra. La fin du film est intéressante à deux égards : Héra choisit de ne pas avoir un destin royal ou conjugal, un choix qui lui permet de ne pas apparaître dans les annales du Rohan (raccord avec son anonymat chez Tolkien) et ouvre la voie à d'autres aventures avec cette héroïne hors du commun, ce qui n'est cependant pas forcément une bonne idée.

Sur le plan de l'animation, celle-ci n'est pas aussi fluide qu'on aurait pu l'attendre pour un film de cette ampleur : les scènes équestres, ou certains mouvements comme les cheveux au vent, ont un aspect saccadé. On notera par ailleurs des soucis de proportions des chevaux, ou encore un choix de superpositions de prises de vues réelles avec des images animées pas toujours réussies. Les expressions faciales manquent aussi parfois de souplesse. À côté de cela, Kenji Kamayama essaie de livrer quelques belles scènes, avec de l'inventivité dans les cadrages. Une qualité médiocre par instants assez incompréhensible en 2024, même si le choix de faire de l'animation traditionnelle plutôt que de la 3D est à saluer.

Le film est accessible à tous les publics, mais du fait du sujet, il est relativement violent, quand bien même certaines scènes seraient suggérées plutôt qu'explicitement montrées. Il vaut mieux le réserver à un public d'adolescents plutôt qu'aux plus jeunes. Il n'empêche que certains choix de cadrages sont plutôt ingénieux et rendent le film globalement plaisant au niveau visuel, pour peu bien sûr que l'on soit preneur du style animé japonais. L'action est intéressante, à défaut d'être véritablement prenante. La pauvre qualité de l'animation peut constituer un frein pour une pleine appréciation du film, dont la production a été précipitée pour permettre à New Line Cinéma (appartenant à Warner) de ne pas perdre les droits d'adaptation de l'œuvre de Tolkien en films. Manquant d'audace et de la dimension visionnaire qu'avaient pu avoir Peter Jackson et son équipe avec la trilogie du début des années 2000, ce nouvel épisode permet aux amateurs de cette version de se sentir à nouveau à la maison, en attendant d'autres segments plus marquants, puisque le réalisateur néo-zélandais a indiqué en mai 2024 travailler sur plusieurs films adaptant l'univers de Tolkien à l'écran[7].

The Hunt for Gollum, Andy Serkis (2026)

En mai 2024, le directeur de Warner Bros Discovery annonce que l'acteur et réalisateur Andy Serkis sera aux commandes d'un long métrage centré sur son personnage fétiche. Pour l'occasion, il reprendra le rôle et se tiendra également derrière la caméra. Peter Jackson en sera le producteur et supervisera le projet aux côtés de Fran Walsh et Philippa Boyens, ayant travaillé de concert sur le scénario du *Seigneur des Anneaux*. Une date de sortie prévisionnelle est établie en 2026.

Les courts et moyens métrages

Tolkien, qui compte énormément de fans, a inspiré beaucoup de techniciens plus ou moins chevronnés, qui ont réalisé des courts ou moyens métrages, avec peu de moyens. En voici quelques-uns.

7 https://www.tolkiensociety.org/2024/05/peter-jackson-working-on-new-tolkien-films/

***The Hobbit*, par Gene Deitch** (1966, 12 minutes, États-Unis, Tchécoslovaquie)

Le producteur William Snyder a obtenu les droits d'adaptation pour très peu d'argent et a instantanément mis en chantier le tournage d'un long métrage dirigé par Gene Deitch. Mais le projet est tombé à l'eau en tant que tel ; afin de conserver les droits, une version tronquée a dû sortir avant le 30 juin 1966. Il s'agit d'un étrange dessin animé en *stop motion*, dans lequel Smaug devient mystérieusement « Slag ». Et dans lequel Bilbo reçoit... une incongrue princesse avec Thorin et Gandalf. Au revoir donc les douze autres Nains... Le film est truffé de raccourcis et d'incohérences, sans parler des performances techniques très discutables. Une curiosité, qui n'a pas grand-chose à voir avec le matériau d'origine.

***The Hunt for Gollum*, par Chris Bouchard** (2009, 40 minutes, Royaume-Uni)

En 2009 est sorti sur la Toile un film assez remarquable. *The Hunt for Gollum* est un film de fans pour les fans, diffusé à titre entièrement gratuit. Il se place juste avant l'intrigue principale du *Seigneur des Anneaux*, au moment où Aragorn est mandaté par Gandalf pour retrouver l'Anneau. Il suit les traces d'une créature étrange, un Hobbit vivant de façon sauvage, amateur de poisson et d'enfants dans le berceau. Vous l'avez deviné, il s'agit de Gollum. Mais Aragorn n'est pas seul à traquer l'étrange créature...

Sur ce canevas tout simple, une équipe de fans s'est amusée à tourner un moyen métrage, avec un budget de 3 000 livres sterling (environ 4 500 euros), qu'elle a mis gratuitement en ligne, en accord avec les ayants droit de Tolkien. On est très vite happé par ce moyen métrage. Malgré le manque de moyens, l'équipe a su faire preuve de beaucoup de talent. En premier lieu, le réalisateur, Chris Bouchard, arrive à faire de très jolis plans avec pas grand-chose, à créer une véritable ambiance. Bien sûr, la plupart des plans sont réalisés dans une forêt relativement banale, mais l'ambiance y est. Les acteurs sont assez convaincants et la musique, calquée sur les partitions d'Howard Shore, est au diapason. Bien sûr, il y a des éléments un peu gênants, comme cette scène avec Arwen qui tombe comme un cheveu sur la soupe, et ces Elfes au maquillage légèrement raté, mais les défauts sont minoritaires par rapport aux qualités de ce moyen métrage. Un petit film plutôt bien réalisé, dont l'intérêt scénaristique est très réduit, mais fort sympathique.

***Born of Hope*, par Kate Madison** (2009, 1 h 11 min, Royaume-Uni)

Ce film de fan britannique se fonde sur des récits extraits des appendices du *Seigneur des Anneaux*.

« Un peuple épars, les descendants des glorieux rois de mer de l'ancien Occident, luttent pour survivre dans un désert solitaire alors qu'une force obscure tourne sans relâche sa volonté vers leur destruction. Pourtant, au milieu de ce peuple vaillant et désespéré, l'espoir demeure. Une maison royale perdure ininterrompue de père en fils. » Parmi les personnages du film, on notera la présence

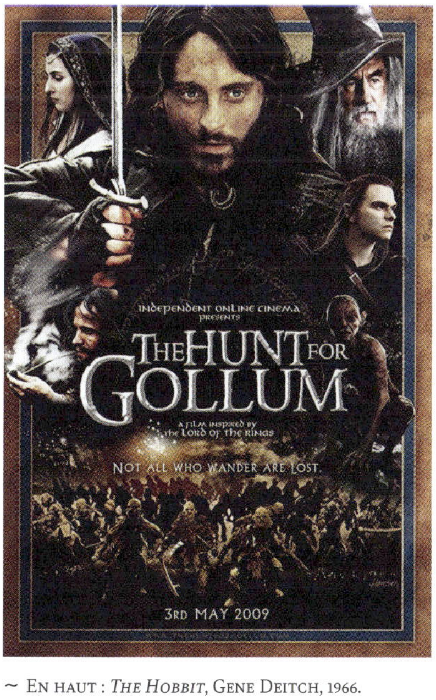

~ En haut : *The Hobbit*, Gene Deitch, 1966.
~ Deuxième ligne : *The Hunt for Gollum*, Chris Bouchard, 2009.
~ Troisième ligne : *Born of Hope*, Kate Madison, 2009.

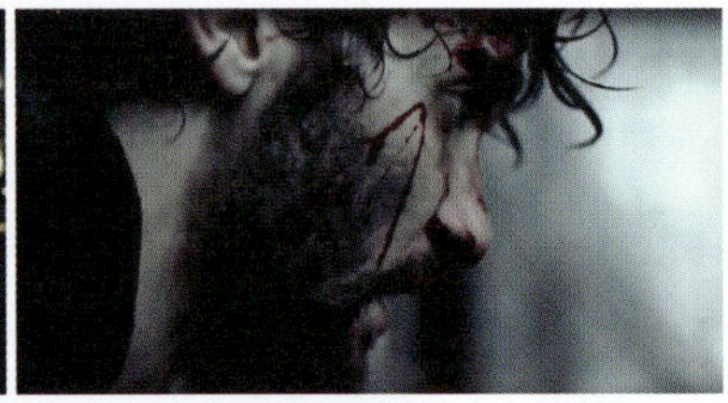

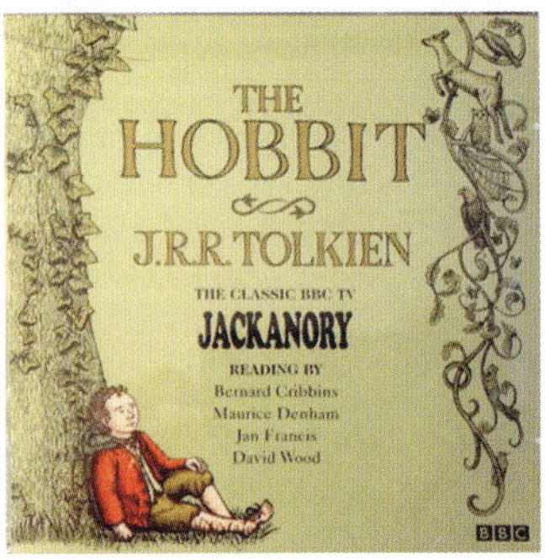

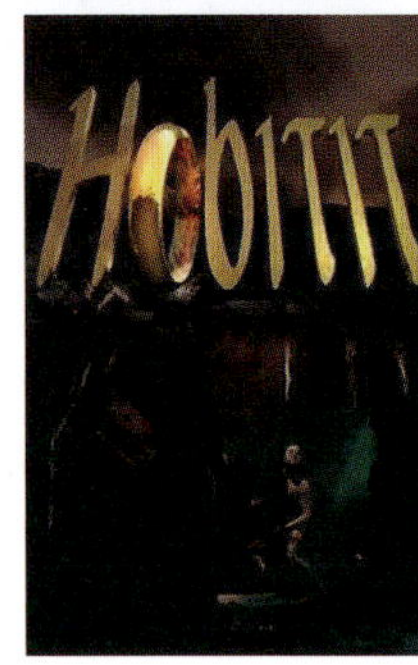

~ En bas : *Halifirien: The Hallowed Mountain*, Tom Robinson, 2009.
~ *Beren & Lúthien*, Franck Gimenez, 2013.
~ *The Hobbit*, J. R. R. Tolkien, pièce radiophonique BBC, 1968.
~ Sméagol (Kari Väänänen) et visuel promotionnel, *Hobitit*, Timo Torikka, 1993.

d'Arathorn, père d'Aragorn, ainsi que d'Elladan et Elrohir, fils d'Elrond. Réalisé grâce à l'assurance-vie de la réalisatrice et à une collecte de fonds organisée après la diffusion d'une bande annonce sur la Toile (25 000 livres sterling au total), le film a été salué par les fans et vit une belle carrière sur les plateformes légales de *streaming*. En effet, grâce à des décors somptueux, des costumes, une musique et un montage soignés, ce film constitue un bon chaînon de l'histoire d'Aragorn, l'un des héros emblématiques de Tolkien.

***Halifirien: The Hallowed Mountain*, par Tom Robinson** (2009, 35 minutes, Irlande)

Ce film de fan conte l'histoire d'un groupe de gardiens de balises en haut d'une montagne près de Minas Tirith, qui est assailli par un parti d'Orques en pleine nuit. Nous suivons la fuite de deux jeunes hommes pour prévenir les leurs de l'attaque imminente.

L'idée de départ du film est bonne, mais le choix esthétique de donner un mouvement saccadé à la caméra, ainsi que quelques effets ridicules annihilent quasiment l'intérêt du film. Reste une musique fort entraînante.

***Beren & Lúthien*, par Franck Gimenez** (2013, 20 minutes, France)

Un film de fan à petit budget, qui évoque la rencontre entre deux des personnages les plus emblématiques de l'œuvre de Tolkien. Le jeu des acteurs est réduit au minimum, le réalisateur se concentrant sur les décors et les combats.

Séries télévisées

***Jackanory*, BBC** (1979, épisodes de 15 minutes, Royaume-Uni)

La série pour enfants de la BBC, *Jackanory*, a proposé une adaptation du *Hobbit*, diffusée en octobre 1979. La sortie en vidéo a été empêchée par le Tolkien Estate.

***Hobitit*, par Timo Torikka** (1993, 9x30 minutes, Finlande)

Il s'agit d'une adaptation en mini-série pour la télévision finlandaise (pour la chaîne Yle TV1), produite par Olof Qvickström. L'intrigue se concentre essentiellement sur les aventures de Frodo et Sam pendant la Guerre de l'Anneau, sous forme de récit fait par Sam des années après face à des jeunes Hobbits. Les 9 épisodes de 30 minutes ont été réalisés par Timo Torikka entièrement en studio. Le visionnage de cette série constitue une expérience très particulière : le style des personnages est fortement ancré dans les années 1990, entre coiffures en pétard et prédominance des tenues de cuir. Une mention spéciale pour l'acteur incarnant Gollum, avec son physique de papa amateur de bières et dont le corps est peint en... vert. Les scènes sont souvent surjouées par les acteurs. Une curiosité, qui permet toutefois d'entendre des dialogues en finnois, langage qui a inspiré à Tolkien ses idiomes elfiques.

“ Un honnête homme, mais sa mémoire est comme un débarras : chose désirée toujours enterrée. ”

(*Le Seigneur des Anneaux : La Fraternité de l'Anneau*, livre I, chap. x)

***Le Seigneur des Anneaux : Les Anneaux de Pouvoir* (2022, 16 × 1 h, États-Unis)**

Une série télévisée se déroulant dans l'univers du *Seigneur des Anneaux* a été lancée par Amazon, qui en a acquis les droits télévisés en novembre 2017 auprès du Tolkien Estate, lequel a un droit de regard sur la production, par l'intermédiaire de Simon Tolkien, petit-fils de l'écrivain et auteur lui-même. La série, dont le budget annoncé est d'un milliard de dollars, se déroule durant le Deuxième Âge de la Terre du Milieu, plusieurs millénaires avant la trilogie de Peter Jackson. La production s'est offert les services de Juan Antonio Bayona, connu pour les réalisations de *L'Orphelinat*, *Quelques Minutes après minuit*, ou encore *Jurassic World 2: Fallen Kingdom*. Le metteur en scène espagnol a été aux manettes des deux premiers épisodes de la première saison. La série a pour *showrunners* J. D. Payne et Patrick McKay, et le casting principal comporte notamment Charlie Vickers (*Les Médicis : Maîtres de Florence*) dans le rôle d'Halbrand, Morfydd Clark (*Crawl*, *Orgueil et préjugés et zombies*) dans celui de Galadriel, Robert Aramayo (*The King's Man : Première mission*) en tant qu'Elrond ou encore Cynthia Addai Robinson (*Spartacus* et *Colombiana*) qui incarne Míriel, future reine de Númenor.

~ Miriel, Arondir et Sauron (Cynthia Addai-Robinson, Ismael Cruz Cordova et Charlie Vickers).

Afin de poursuivre dans la lignée artistique des films de Peter Jackson, la production s'est installée en Nouvelle-Zélande, sur certains lieux de tournage de ses deux trilogies, et s'est attaché les services de John Howe à la direction artistique, et Howard Shore a composé la musique du générique.

L'intrigue prend pied au Deuxième Âge, après que Sauron, disciple de Morgoth, a remporté une première victoire sur les Elfes, avant de disparaître. Galadriel, sœur du grand guerrier elfe Finrod tué par le Maia maléfique, jure de prendre la relève et de le traquer sans relâche. Pour la récompenser de ses prouesses guerrières autant que pour se débarrasser de cette générale incontrôlable, le Haut-Roi des Elfes l'envoie en Valinor, terre sacrée de leur peuple au-delà des mers. Insatisfaite, elle se jette à l'eau et rencontre sur un radeau un certain Halbrand, qui se présente comme descendant des rois du Sud, et se propose de la raccompagner au Lindon.

Pendant ce temps, dans les Terres du Sud, un Elfe posté en vigie, Arondir, découvre des signes montrant que des Orques sous le commandement d'un certain Adar (un Elfe corrompu) sont sur le point d'envahir des

~ Elanor (Markella Kavenagh).

terres occupées par de paisibles cultivateurs humains. Particulièrement attaché à leur cheftaine, Bronwyn, ainsi qu'à son fils Theo, Arondir va s'employer à déjouer les plans d'Adar.

La Terre du Milieu était jusqu'alors protégée par les Elfes, dirigés par Gil-Galad, mais ce dernier sent que leur temps sur ce continent risque de toucher à sa fin. Il s'appuie sur Elrond, un semi-Elfe fils d'Eärendil, pour essayer de trouver des alliés, notamment auprès des Nains de la cité de Khazad-Dûm. Elrond s'y rend, et malgré l'accueil du prince Durin IV et de sa femme Disa, il se heurte à la méfiance séculaire des Nains pour les Elfes chez Durin III, le roi en place.

Ailleurs, nous faisons la connaissance des Piévelus, les ancêtres des Hobbits, un petit groupe nomade qui cherche à regagner son verger au terme d'une longue errance. Parmi eux, la jeune Elanor dite « Nori », un

LE SEIGNEUR DES ANNEAUX
LES ANNEAUX DE POUVOIR

~ Galadriel (Morfydd Clark).

brin intrépide, qui voit un jour un météore déchirer le ciel et s'écraser à proximité. Se rendant sur place, elle découvre au fond du cratère un homme de grande taille, nu, qu'elle s'empresse de secourir. Celui-ci s'exprime par monosyllabes et semble avoir des pouvoirs particuliers lui permettant d'agir sur son environnement.

Voici en quelques mots les amorces des quatre fils narratifs exposés lors de la première saison. Des intrigues qui ont amené les spectateurs à se poser de nombreuses questions, les « trahisons » ou « libertés » prises avec le canon tolkienien étant nombreuses. Ainsi la moitié des personnages principaux a été inventée pour l'occasion, et pas mal d'éléments clés (la raison réelle d'un départ vers Valinor, la nature du mithril...) ont carrément été détournés. Certes, la grande vacuité des *appendix* sur lesquels se sont basés les *showrunners* et scénaristes permet de combler de nombreux trous narratifs, de broder autour des évènements, mais ces choix ont fait hurler de nombreux fans hardcore de l'univers tolkienien. Les quatre fils narratifs ne bénéficient en outre pas du soin apporté au scénario, aux dialogues, et le rythme a semblé considérablement lent dans cette première saison. Ce qui, dans un contexte relatif à Tolkien, est paradoxalement une qualité. Des personnages qui, dans l'œuvre originale, apparaissent 1500 ans après la création des Anneaux, leur sont contemporains dans *Les Anneaux de Pouvoir*.

Les distances sont abolies. Galadriel amène à cheval un Halbrand gravement blessé en Eregion, soit des centaines de lieues plus loin, en moins d'une semaine.

Les créateurs de la série ont été pointés du doigt parce qu'ils ont inclus des acteurs et actrices de couleur dans la série. Rappelons qu'il existe des personnages à la peau sombre dans les œuvres de Tolkien, et que de nombreux autres n'ont pas reçu de description sur leur grain de peau, rien n'empêche donc d'imaginer qu'ils puissent avoir une peau de couleur autre que blanche.

Un bon point de la série est la belle place faite aux personnages féminins : Galadriel est une guerrière de premier ordre et un personnage d'une puissance presque inégalée parmi sa race, même si nombre de spectateurs lui auront reproché son entêtement. Bronwyn est une paysanne qui prend les rênes de son peuple pour le protéger d'une invasion inéluctable. Disa est la femme du futur roi des Nains de la Moria et sait faire preuve de discernement dans les conseils qu'elle prodigue à son mari. Míriel, reine régente de Númenor, s'attache à régner et diriger avec justice et loyauté. Eärien, fille cadette d'Elendil (et personnage inventé pour l'occasion), a fait de l'intrigue de palais sa spécialité. Elanor est une Piévelue intrépide, fidèle et déterminée.

~ Durin et Disa (Owain Arthur et Sophia Nomvete).

La saison 2 démarre alors que la véritable identité d'Halbrand est révélée au Haut-Roi par Galadriel et Elrond. Ce dernier s'enfuit avec les trois anneaux forgés par Celebrimbor sous la houlette de Sauron, car il craint que de fait ces artefacts soient corrompus. Le premier épisode est initié par un flash-back d'une première tentative de prise de pouvoir sur les Orques par Sauron. Cette séquence est un échec pour le Maia, qui est tué par Adar mais renaît au bout d'un long processus passant par différentes apparences physiques. Il revient alors vers le Royaume du Sud gouverné par Adar, commençant son œuvre de manipulation.

~ *Les Anneaux de pouvoir, visuels promotionnels.*

De leur côté, Elanor « Nori », Poppy et l'Étranger continuent leur voyage vers les terres arides de Rhûn, où l'homme sent qu'il doit rencontrer sa destinée. À Númenor, l'opinion publique commence à se retourner contre Míriel, que l'on dit manipulée via un Palantir, alors que son cousin Pharazon commence à mobiliser ses partisans, aidé par un présage céleste.

À Khazad-Dûm, Disa tente, avec d'autres chanteuses de pierres, de trouver de nouveaux filons de mithril, en vain. Arrive soudainement une invitation de Celebrimbor, qui propose à Durin (et Disa) un anneau contre une livraison régulière de mithril. Isildur, quant à lui, essaie de retrouver son peuple en traversant la très redoutée forêt de Grand'Peur. C'est ainsi qu'il tombe sur Arondir, qui semble hanté par de mauvais souvenirs.

Sauron, sous les traits d'Annatar, arrive à tromper Celebrimbor et à la convaincre de forger de nouveaux anneaux : après les Elfes et les Nains, il est temps de pourvoir les Hommes et de fabriquer un anneau pour les gouverner tous. Cependant, l'influence que les anneaux exercent sur leurs possesseurs n'est pas immédiatement visible à l'écran ou elle ne se manifeste pas dans les mêmes proportions. On se rend bien compte que celui de Durin le rend imperméable à la raison personnifiée par son fils, tandis que sa convoitise du mithril le rend fou ; en revanche les Elfes ne semblent pas vraiment affectés par les artefacts corrompus.

~ Tom Bombadil (Rory Kinnear).

Les fils narratifs se croisent dans cette deuxième saison qui comporte des moments épiques et de nouveaux personnages, dont certains sont emblématiques, font leur apparition. Ainsi peut-on citer Tom Bombadil, que Peter Jackson avait choisi de totalement écarter de son adaptation, et qui apparaît ici en décalage avec ce qu'avait écrit Tolkien. Les Galgals, les Ents (ou plutôt les femmes Ents !), délibérément ignorés par Jackson ou par Tolkien lui-même font aussi leur apparition. Si ce choix relevant plutôt du *fan service* est compréhensible dans l'intention, sa mise en œuvre n'est pas toujours convaincante. Le traitement de Tom Bombadil est quasiment incompréhensible et n'apparaît pas immédiatement utile à l'intrigue de l'Étranger[8].

~ Winterbloom, la femme ent (voix : Olivia Williams).

Si la qualité d'écriture a connu une véritable progression entre les deux saisons, les principales critiques, après la diffusion de la deuxième saison, s'attaquent à un manque de moyens artistiques en adéquation avec les éléments narratifs. Ainsi les scènes de bataille massives ne montrent au mieux que quelques centaines d'individus. Certains arcs narratifs sont soignés, et d'autres laissés en jachère ou réduits en peau de chagrin dans la deuxième saison, comme celui de Rhûn. On peut quand même relever un certain nombre de points positifs. L'arc consacré à Annatar et Celebrimbor propose des moments crédibles, soutenus par deux bons acteurs. De même, tout ce qui concerne la Moria, et notamment la relation entre le roi Durin II et son fils, constitue un récit prenant. On peut également saluer la volonté de l'équipe de scénaristes de développer des angles morts de l'œuvre tolkienienne, avec des scènes prenant pied dans la société orque, des Uruk-hai plus développés, par exemple. Les scénaristes ont pris soin de montrer un peuple orque aux caractéristiques proches d'autres peuples de la Terre du Milieu : une société avec un semblant de structure, des cellules familiales, un souci de préserver une certaine paix, tout cela sous la férule

8 Pour mieux comprendre ce personnage, nous vous renvoyons au chapitre qui lui est consacré page 40.

~ Númenor.

d'Adar, qui fut un Elfe comme les autres... L'attention portée aux décors, aux costumes et à l'ambiance sonore reste constante et remarquable. Bear Mc Creary se pose en héritier méritant d'Howard Shore. Númenor est un bonbon pour les yeux, et visuellement, si l'on excepte les coiffures de certains Elfes et les designs maladroits des Anneaux, on voit où a été investi l'argent de Jeff Bezos, patron d'Amazon et autoproclamé grand fan de Tolkien.

En résumé, il ne faut pas considérer cette production comme une adaptation, mais comme une création à part entière, qui utilise des éléments épars dans l'œuvre de Tolkien, dont certains sont iconiques comme la chute de Númenor. Mais l'un de ses gros points noirs est l'entêtement de la production à citer la trilogie de Peter Jackson : entre le Balrog (au demeurant très réussi), certaines lignes de dialogues ou plans complètement décalqués, comme la scène de bataille de la fin de la saison 2, qui peut être vue comme un condensé de celles des Champs du Pelennor et du Gouffre de Helm.

Deux saisons de huit épisodes ont été diffusées en 2022 et 2024. Trois autres sont prévues, à un rythme de diffusion de deux ans entre chaque saison, ce qui amènerait la conclusion de la série à septembre 2030. On espère voir Númenor prendre une part plus importante dans les épisodes de la saison 3 avec peut-être des discussions entre les Elfes et les Númenoréens pour s'unir contre Sauron. Le Magicien noir, apparu en fin de saison 2, sera-t-il révélé par la suite ? Si la série peut se targuer d'une belle qualité visuelle et sonore, elle pourrait sans doute progresser dans la gestion du rythme et de l'écriture de certaines intrigues.

Adaptations radiophoniques

Les œuvres de Tolkien sont arrivées à une époque où la fiction était souvent adaptée, voire directement créée, pour le média radiophonique.

The Homecoming of Beorhtnoth, Beorhthelm's Son de Rayner Heppenstall (1954, Royaume-Uni, BBC Radio 3)
The Lord of the Rings de Terence Tiller (1955, Royaume-Uni, BBC Radio 3)
The Hobbit de Michael Kilgarriff (1968, Royaume-Uni, BBC Radio 4)
The Lord of the Rings de Bernard Mayes (1979, États-Unis, Mind's Eye)
The Hobbit de Bob Lewis (1979, États-Unis, Mind's Eye)
The Lord of the Rings de Brian Sibley et Michael Bakewell (1981, Royaume-Uni, BBC Radio 4)
Tales from the Perilous Realm de Brian Sibley (1992, Royaume-Uni, BBC Radio 5)

Adaptations scéniques

The Hobbit par Humphrey Carpenter et Paul Drayton (1967, Royaume-Uni)
The Hobbit par Glyn Robbins (2001, Royaume-Uni)
Fellowship! par Kelly Holden-Bashar et Joel McCrary (2004, États-Unis)
The Lord of the Rings Musical par Matthew Warchus et Shaun McKenna (2006, Canada)
The Lord of the Rings in Cincinnati par Howard Shore et le Cincinnati Symphony Orchestra (2007, États-Unis)
Les Lettres du père Noël par la compagnie Franche Connexion (2013, France)

~ *The Hobbit*, le musical, Affichette.

~ *Bilbo le Hobbit*, Dixon et Wenzel.

~ *Sagan om Ringen (Le Seigneur des Anneaux)*, Luis Bermejo, éditions suédoise.

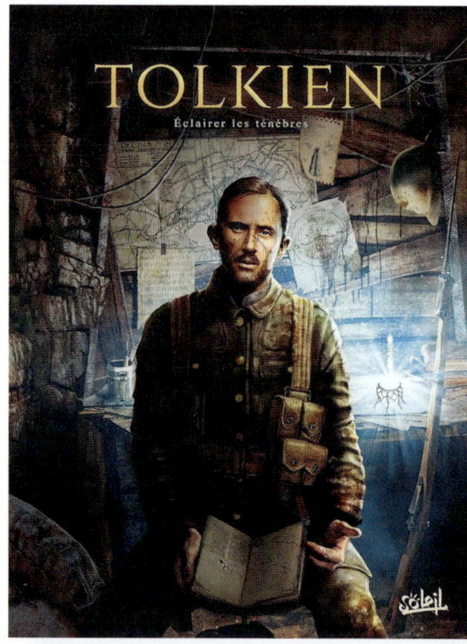

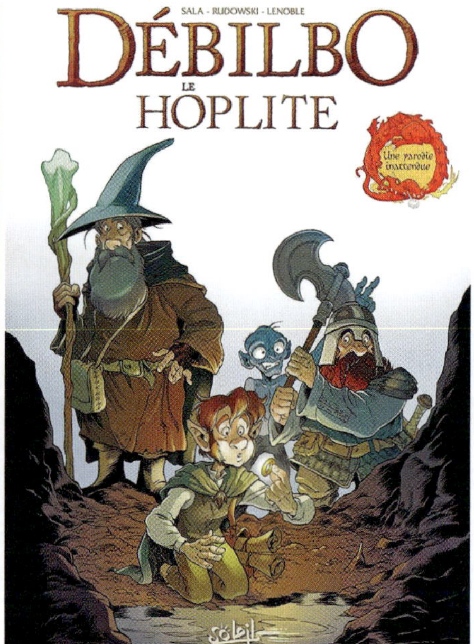

Bandes dessinées

Il existe peu d'adaptations en bandes dessinées des œuvres de Tolkien. Il faut dire que la réputation d'inadaptabilité du *Seigneur des Anneaux*, ainsi que la vigilance accrue du Tolkien Estate sur les différentes tentatives ont pu freiner les ardeurs des apprentis adaptateurs. On citera tout de même deux titres :

– ***Bilbo le Hobbit***, adapté par Charles Dixon et dessiné par David Wenzel, édité en 1989 par Eclipse Comics[9], une adaptation plutôt fidèle et élégante du classique de Tolkien, même si le côté bavard du texte s'adapte mal au support. Une seconde édition, sortie en 2001 chez Penguin Random, propose une version augmentée de 30 pages;

– une adaptation du ***Seigneur des Anneaux*** version Ralph Bakshi, par l'Espagnol Luis Bermejo, réalisée à la fin des années 1970. Curieusement ce *comic book* n'est jamais sorti en langue anglaise, mais en plusieurs langages d'Europe : espagnol, finnois, néerlandais, allemand, danois, suédois et islandais.

On peut citer également plusieurs parodies :

– ***Débilbo le Hoplite***, scénarisé par Jean-Luc Sala et dessiné par Geoffroy Rudowski (éditions Soleil, 2012). En voici la version parodiée du *Poème de l'Anneau*, revu pour l'occasion : « *Une parodie pour Glandehalf le Mage. Une parodie pour Baindhuil et Dégolas, seigneurs Elfes toujours impeccablement coiffés ! Une parodie pour Terrine Coeur-de-Gland, le roi Nain sous la montagne ! Une parodie pour les gouverner tous ! Une parodie pour les trouver. Une parodie pour les amener tous et dans les ténèbres les lier. Dans les terres du Nord où règne le sombre Coron !* »;

9 Traduit en français en 1991 en deux tomes chez Comics USA, réédité en 2002 chez Vents d'Ouest, puis en intégrale en 2014 chez Delcourt, avec le nouveau titre français.

– « ***Le Fainéant des Anneaux*** », premier tome de la série parodique *Les Aventures du Gottferdom Studio* (éditions Soleil, 2004), écrit et dessiné par Dav. Dans le cadre de la Terre du Milieu, l'album raconte dans des histoires courtes les petits travers des membres d'un atelier d'auteurs;

– ***L'Essayeur des Anneaux***, album collectif paru chez Delcourt en 2003, regroupe une dizaine de récits courts réalisés par de nombreux auteurs, de manière très hétéroclite;

– ***Le Seigneur des Gauchos***, sorti chez 12bis en 2011, met en scène des personnalités politiques françaises dans un contexte de *fantasy*. Réalisé par Thibaut Soulcié, il s'agit d'une satire politique.

Par ailleurs, deux bandes dessinées mettent en scène Tolkien dans des biographies centrées sur une période particulière de sa vie, sa jeunesse et en particulier son expérience de la guerre :

– ***J. R. R. Tolkien et la bataille de la Somme*** (Beaudry et Lecorsier, À contresens, 2019);

– ***Tolkien : Éclairer les ténèbres*** (Duraffourg et Caracuzzo, Soleil, 2019).

Musique

La musique tient une part non négligeable dans le monde d'Arda : n'a-t-il pas été créé par une symphonie d'êtres célestes ? Les protagonistes du *Hobbit* et du *Seigneur des Anneaux* ne chantent-ils pas régulièrement, pour exprimer leurs peines, l'amour ou l'allégresse ? Dès lors il n'est que justice que son univers ait largement inspiré le quatrième art.

Plus d'un millier d'artistes, si l'on en croit certaines sources bien informées, auraient été inspirés par Tolkien et son œuvre. Il serait bien sûr vain d'en faire ici la liste[10], mais on se contentera de citer quelques noms connus, comme le rappeur Coolio, Enya (la chanteuse irlandaise a d'ailleurs collaboré à la bande originale du film *La Communauté de l'Anneau* en 2001), IAM, Led Zeppelin (avec les titres *Ramble On*, *The Battle of Evermore*, *Misty Mountain Hop*), Annie Lennox (qui a participé à la bande originale du *Retour du roi* en 2003), Leonard Nimoy (le Monsieur Spock de la série *Star Trek* a interprété *The Ballad of Bilbo Baggins*)...

Certains groupes n'ont d'ailleurs pas hésité à se baptiser directement d'après Tolkien, comme Silmarils, Balrog (un groupe de black metal français), Bane of Isildur, Caradhras, J. R. R. Tokin' ou Denethor.

Conclusion

Tout ce qui est cité ci-dessus est une sélection de la masse indénombrable d'adaptations en tous genres de l'œuvre de Tolkien. Le Tolkien Estate, qui veille scrupuleusement sur le patrimoine écrit du professeur et s'intéresse à toutes les adaptations, ne peut pas contrôler cette multitude. Ce qui nous permet d'en profiter quelque peu.

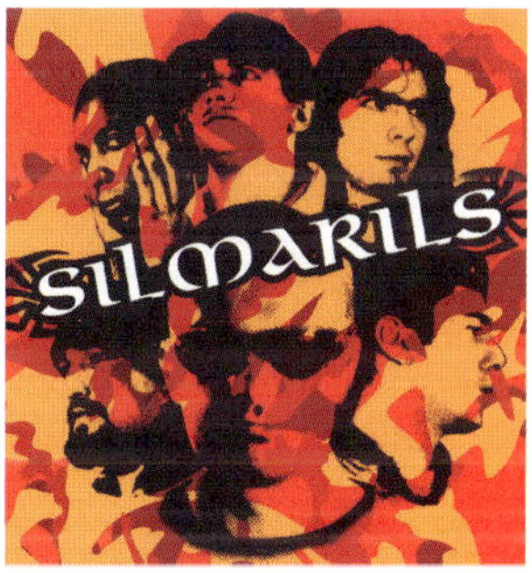

10 Dans le chapitre « Ressources » du présent ouvrage, vous trouverez cependant le nom d'un site fort utile en la matière.

~ *The Lord of the Rings*, Fotonovel, *anime comic* tiré du film de Ralph Bakshi, 1979.
~ *Un voyageur en Terre du Milieu*, John Howe, Christian Bourgois Éditeur, 2018, illustration de l'auteur.

L'HÉRITAGE SCIENTIFIQUE

L'influence de Tolkien se fait sentir un peu partout, de façon plus ou moins prégnante. Ainsi, les scientifiques de toutes disciplines, dont un certain nombre ont lu les œuvres du professeur, ont voulu lui rendre hommage à leur façon en donnant le nom de ses personnages ou de ses lieux à leurs découvertes... En voici un échantillon.

ASTRONOMIE

En 2007, un astéroïde ayant croisé l'orbite de Mars a été nommé 378214 Sauron.

Une vaste zone sombre au pôle nord de Charon (un satellite naturel de Pluton) a été surnommée le Mordor par les astronomes de la NASA.

GÉOLOGIE

Lors d'une promenade en sous-marin dans le fossé de Rockall, à l'ouest de l'Irlande, vous pouvez croiser les monts Eriador, Rohan et Gondor, les bancs Fangorn et Edoras, le monticule Lórien, la dorsale Isengard...

En Colombie britannique (Canada), trois montagnes de la chaîne Cadwallader ont été nommées Shadowfax[1], Aragorn et Gandalf.

CLIMATOLOGIE

Les climatologues de l'institut Cabot, qui dépend de l'université de Bristol, se sont amusés à reconstituer le climat de la Terre du Milieu, grâce aux calculs de leurs ordinateurs. Il en ressort que le Comté, terre d'élection de Bilbo et des autres Hobbits, jouirait d'un climat doux et tempéré très semblable à celui du centre-est de l'Angleterre. Quant au Mordor, royaume de Sauron, il présente de nombreuses similitudes avec Los Angeles et le Texas occidental, avec un climat chaud et sec. Ces modélisations climatiques n'ont bénéficié d'aucun financement et ont été réalisées sur le temps libre des chercheurs. Les climatologues ont même poussé le détail jusqu'à publier une version de l'étude traduite en alphabet elfique et une autre en runes naines.

NUTRITION

« *Ceci est du lembas. Du pain elfique. Une seule petite bouchée suffit à remplir l'estomac d'un Homme adulte* », explique l'Elfe Legolas[2]. Partant de cette donnée nutritionnelle, un groupe de chercheurs de l'université de Leicester, en Angleterre, s'est attelée à calculer – très sérieusement – combien de pains elfiques un groupe d'aventuriers doit emporter dans ses besaces pour traverser les terres hostiles et désolées du Mordor. Ils se sont fondés sur les besoins nutritionnels d'individus adultes de chacune des races présentes en Terre du Milieu (Hobbits, Elfes, Humains, Nains), puis sur les travaux conduits en 2012 par Emil Johansson, un ingénieur chimiste suédois également passionné par le monde de Tolkien. Ce dernier a réalisé une superbe infographie[3] détaillant la distance parcourue par le personnage de Bilbo dans *Le Hobbit* et celle parcourue par celui de Frodo lors de son périple dans *Le Seigneur des Anneaux*. Les chercheurs sont notamment arrivés à cette conclusion : un pain de lembas, très nutritif, fournit 2638,5 kilocalories. Ces travaux ont donné lieu à une publication dans la revue *Journal of Interdisciplinary Science Topics* (un journal interne de l'université de Leicester, dont la vocation est de familiariser les étudiants avec le processus de publication) en 2015.

ZOOLOGIE

Les zoologistes s'amusent également, en donnant des dizaines de noms taxonomiques inspirés des personnages de Tolkien. On citera, totalement au hasard : l'*Anthracosuchus balrogus*, une espèce de crocodile du Paléocène dont le nom est inspiré du Balrog ; l'*Elachista gildorella*, un papillon au nom inspiré par l'Elfe Gildor ; ou encore le *Macrostyphlus gandalf*, un coléoptère qui met un peu de magie chez les entomologistes.

CHIMIE

Emil Johansson, ingénieur chimiste suédois et passionné de Tolkien, s'est amusé à classer les personnages du *Seigneur des Anneaux* et du *Hobbit*... à la façon du tableau périodique des éléments[4]. Il les a ainsi regroupés par races, comme les atomes le sont par familles, et leur a attribué à chacun un symbole à partir de leur nom.

CONCLUSION

Au-delà de l'héritage littéraire et audiovisuel, une simple recherche permet de constater que Tolkien a inspiré de nombreux scientifiques, et ce dans de nombreux domaines. Et la tendance ne fait que s'accentuer, lorsqu'on voit les milliers de références que l'on peut trouver.

1 Cheval de Gandalf.
2 Dans le film *La Communauté de l'Anneau* de Peter Jackson (2001).
3 www.lotrproject.com/timedistance
4 www.lotrproject.com/projects/periodictable

L'héritage culturel

Tout autour du monde ont été créées des associations, des cercles, des clubs, des rencontres, où l'on discute de l'œuvre de Tolkien, où l'on parle elfique… Chaque année, plusieurs dates retiennent l'attention des fans : le Tolkien Reading Day, le Hobbit Day et la Tolkien Week, avec des succès qui ne décroissent pas, même plus de quarante ans après le décès de l'auteur.

Politique

L'universalité de l'œuvre tolkienienne s'exprime également dans la récupération que peuvent en faire différents courants politiques. Ainsi, la gauche voit dans *Le Seigneur des Anneaux* la défense des faibles, des « petites gens », des opprimés et de la nature qui doit être préservée. En face, on y voit une célébration de l'individu, de la tradition et des valeurs chrétiennes. C'est pour cette raison, pour ce message qu'a fait passer – volontairement ou non – Tolkien dans son roman, qu'il est devenu populaire, et même l'objet d'un véritable culte sur les campus aux États-Unis dans les années 1960. Un vent de révolte, un désir de liberté soufflait alors sur une grande partie du monde occidental, et le roman s'inscrivait tout à fait dans cette tendance.

Universitaire

Tolkien, si son œuvre n'est pas encore (peut-être) dans les programmes scolaires, a fait son entrée par la grande porte dans le monde universitaire, dont il fut un brillant représentant et ambassadeur. Ainsi à la fin des années 2010 peut-on dénombrer plus de 300 cours qui lui sont consacrés dans les universités américaines ; en France, des dizaines de thèses ont eu pour sujet tel ou tel aspect de son œuvre. La Tolkien Society, fondée en Angleterre, regroupe les enseignants et chercheurs spécialistes de Tolkien, et organise chaque année un colloque qui lui est consacré. Un colloque international, appelé *Omentielva* (terme en quenya signifiant « réunion, assemblée, rencontre ») rassemble tous les deux ans des chercheurs dans un pays différent. En 2019, la septième édition a ainsi eu lieu à Reykjavik, en Islande. Une compilation des travaux présentés, appelée *Arda Philology*, est disponible environ deux ans après la tenue du colloque.

Populaire

Au début des années 2000, la production des films de Peter Jackson, alliée à l'explosion des sites dédiés sur la Toile, ainsi que le phénomène éditorial *Harry Potter*, ont amené une nouvelle génération à s'intéresser au *Seigneur des Anneaux*. Une nouvelle mode, appelée

~ *Tolkien et ses légendes*, Isabelle Pantin, CNRS Éditions, 2019, illustration de John Howe.
~ *Tolkien et la Terre du Milieu, un monde en palimpsestes*, sous la direction de Quentin Feltgen et Nils Renard, Rue d'Ulm, 2019.
~ *Pour comprendre Tolkien : Une lumière éclatée*, Verlyn Flieger, Desclée de Brouwer, 2014.
~ *Tolkien, trente ans après (1973-2003)*, collectif, Christian Bourgois Éditeur, 2004.

~ Minas Tirith, *Le Retour du roi*, Peter Jackson, 2003.
~ *H. P. Lovecraft, J. R. R. Tolkien*, revue *Europe* n° 1044, 2016.

cosplay (originaire du Japon, mais déjà popularisée par la lame de fond *Star Wars*), s'est emparée des pratiques des fans : on se costume, on organise des conventions...

Différentes dates sont marquées au surligneur sur les calendriers des tolkienophiles :

- Le Tolkien Reading Day : le 25 mars 3019 du Troisième Âge de la Terre du Milieu fut détruit l'Anneau Unique, ce qui mit fin à la menace du Mordor. À l'itinitiative de la Tolkien Society, les lecteurs de Tolkien commémorent ce moment charnière dans son œuvre. L'événement est renouvelé chaque année depuis 2003.
- La Tolkien Week est la semaine qui comprend le Hobbit Day, le 22 septembre, date d'anniversaire de Bilbo et Frodo. En général, c'est l'occasion pour les fans de se retrouver, de discuter, de lire des extraits du *Hobbit* ou du *Seigneur des Anneaux*, et de boire à la santé des Hobbits, grands amateurs de bière.
- L'Oxonmoot est un événement organisé par la Tolkien Society anglaise, prenant place à Oxford, lors de cette même Tolkien Week. Il se décline en discussions, performances artistiques, quiz, cosplay, ateliers, boutiques éphémères et une visite sur la tombe du professeur et de son épouse à Wolvercote, au nord de la ville.
- Depuis 2018, à la fin du mois de septembre, se tient un événement dédié à l'œuvre de Tolkien et appelé « Sur les terres de l'Unique », à Plouha, dans les Côtes-d'Armor. Des conférences, des animations et un marché consacré à la *fantasy* rassemblent chaque année plusieurs milliers d'amatrices et d'amateurs.

Économique

Ce n'est pas Tolkien lui-même, mais la production et la réalisation par Peter Jackson de six films adaptant ses deux romans en Nouvelle-Zélande qui

~ *Le Magazine Littéraire* N° 527, 2013.
~ *Le Figaro*, hors-série N° 75, 2012.
~ *La Croix* N° 41543, 2019.
~ *Le Seigneur des Anneaux ou la tentation du mal*, Isabelle Smadja, Presses universitaires de France, 2002, illustration de Hélène Crochemore.

a influé de manière significative sur l'activité économique de ce petit pays des mers australes : en employant 99 % de techniciens de nationalité néo-zélandaise et 2 700 sociétés locales, on peut dire que la quasi-totalité de la population a, sinon participé à ces réalisations, au moins connu quelqu'un qui l'a fait. Parmi les touristes venant visiter l'archipel chaque année, 1 % indique le faire à cause des films[1], mais le « tolkienesque » est partout : de nombreux avions de la compagnie nationale ont été peints aux couleurs de Smaug. Dans l'aéroport d'Auckland, les passagers sont accueillis par une statue géante de Gollum, et il est possible de visiter les décors de Hobbiteville…

Il est maintenant possible de séjourner une nuit ou plus dans des trous de Hobbit, en Nouvelle-Zélande, mais aussi en Angleterre, en France… ou même d'en faire construire, ou de les construire soi-même, grâce à des modes d'emploi disponibles sur la Toile.

Artistique

En 2013, après cinq ans de travaux, a ouvert le Greisinger Museum à Jenins, en Suisse. Il s'agit de l'exposition au public de l'une des plus grandes collections au monde d'objets, livres et produits dérivés autour de l'œuvre de Tolkien. On y trouve notamment plus de 600 peintures originales inspirées par le professeur, ou bien un exemplaire de nombreuses éditions du *Hobbit* et du *Seigneur des Anneaux*, y compris des éditions rares, voire dédicacées. Il y a également une reproduction grandeur nature du smial de Frodo et Bilbo, situé à Cul-de-Sac.

Conclusion

Il est difficile de quantifier le nombre de personnes, de lieux, d'événements liés à l'œuvre de Tolkien dans le monde. Mais cette profusion indique que son œuvre a marqué de nombreuses personnes et que cela va durer.

Gimli : *Jamais je n'aurais songé mourir au combat aux côtés d'un elfe.*
Legolas : *Et que pensez-vous de mourir aux côtés d'un ami ?*

(*Le Seigneur des Anneaux : Le Retour du roi*, adaptation cinématographique par Peter Jackson)

1 Ces chiffres sont issus des sites de tourisme en Nouvelle-Zélande et des ouvrages sur les films écrits par Brian Sibley.

Entretien avec Laura Martin-Gomez

Laura Martin-Gomez est doctorante et travaille sur le phénomène du *fandom états-unien, britannique et français autour de Tolkien.**

*Sous-culture propre à un ensemble de fans.

~ En haut : Laura Martin-Gomez © D. R.
~ En bas : *D'Asimov à Tolkien : Cycles et séries dans la littérature de genre*, Anne Besson, CNRS Éditions, 2004.

Comment en êtes-vous arrivée à vous intéresser au phénomène du *fandom* autour de l'œuvre de Tolkien ?

En tant que fan moi-même depuis le début des années 2000, j'ai été active dans le *fandom* francophone en ligne et IRL [*In Real Life*, ou « dans la vraie vie », c'est-à-dire en dehors de la Toile, NDLR]. Lorsque j'ai eu envie de poursuivre mes études par une thèse de doctorat, l'idée de travailler sur ce qui tourne autour de l'œuvre de Tolkien plutôt que l'œuvre elle-même m'est apparue. En discutant avec Anne Besson, alors ma future directrice de thèse, nous sommes arrivées à l'intérêt qu'il y avait d'étudier la réception de l'œuvre de Tolkien. Petit à petit, pour des questions de limites de mon sujet, j'ai restreint mes recherches à la réception de l'œuvre par ses fans, son public le plus actif et visible.

Diriez-vous qu'il y a plusieurs façons d'être « fan » ?

Tout à fait. Chaque fan a une approche singulière de l'œuvre en fonction de ce qu'elle représente pour lui ou évoque comme souvenirs ou crée comme sensations. Cependant, on peut observer plusieurs tendances dans les comportements face à l'œuvre de Tolkien : Anne Besson a notamment déjà commenté la pulsion créatrice des fans qui cherchent à compléter l'univers et la tentation encyclopédique. Pour moi, il s'agit en effet de deux tendances qui se retrouvent chez les fans de Tolkien. La passion peut s'exprimer par la collection d'œuvres, de produits dérivés, par la compilation d'informations, le dessin, la musique ou l'écriture... Un certain nombre de fans exprime sa passion dans la socialisation autour de groupes de fans ou d'événements.

Pouvez-vous nous donner un aperçu des événements organisés par les fans ?

Les événements varient beaucoup en fonction des groupes qui en sont à l'origine. Historiquement, les premiers événements aux États-Unis dans les années 1960 étaient plutôt ludiques et festifs (jeux, repas, costumes...), mais aussi très académiques, comme le sont certaines réunions qui s'apparentent à de véritables colloques universitaires. En Angleterre, la Tolkien Society a pu, en quelques années après sa création, instaurer des traditions autour de l'Oxonmoot (proche du Hobbit Day, festivité déjà mise en place par les États-Uniens auparavant) puis, plus récemment, du Tolkien Reading Day par exemple.

Pouvez-vous citer quelques exemples des sujets qui passionnent les fans de Tolkien et sur lesquels ils peuvent échanger *ad nauseam* ?

Certains débats reviennent de façon systématique et régulière depuis maintenant soixante-dix ans, comme les questionnements sur la nature de Tom Bombadil, sur le plus vieil être en Terre du Milieu, ou sur les ailes des Balrogs. En dehors de ces débats, les thématiques sont variées mais il semble que l'intérêt pour les langues inventées et leurs écritures ait toujours

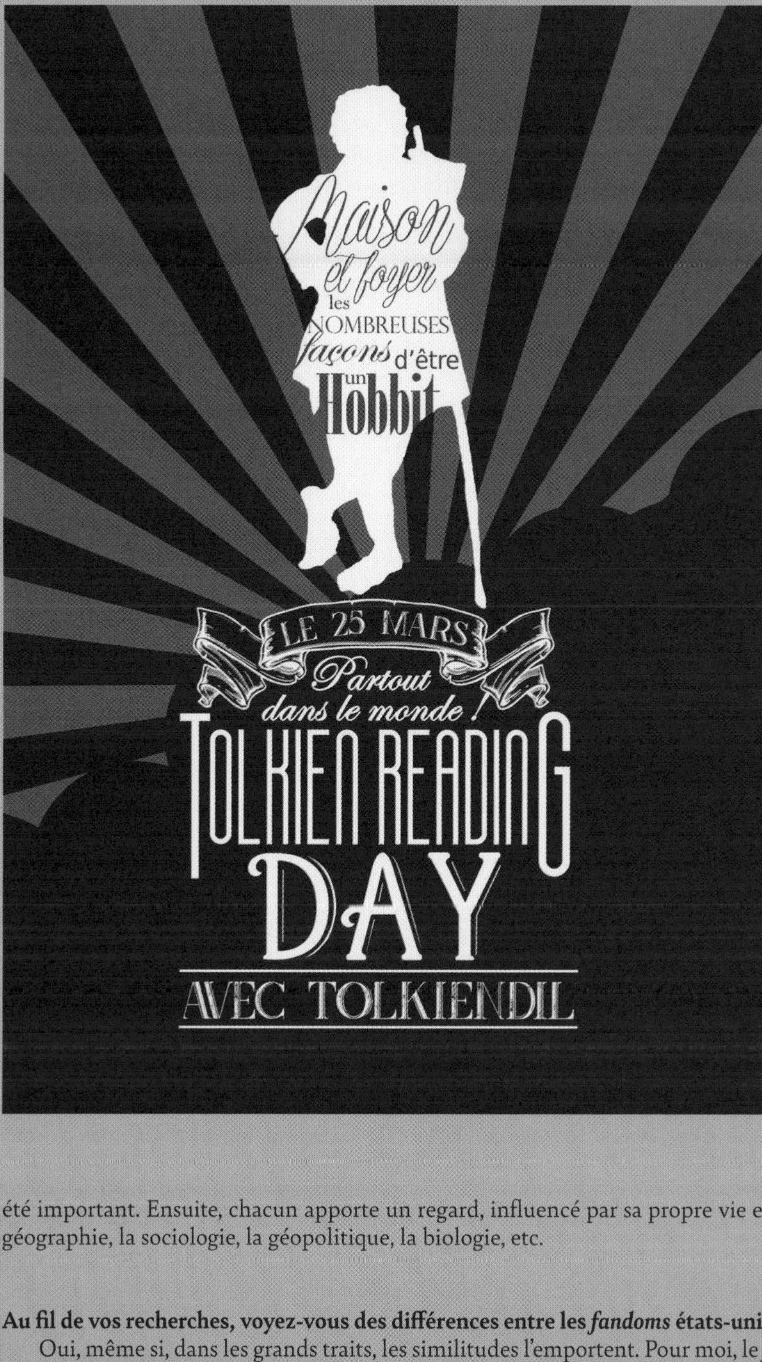

~ Tolkien Reading Day, affiche promotionnelle, Tolkiendil, 2018.

été important. Ensuite, chacun apporte un regard, influencé par sa propre vie et son domaine d'expertise, que ce soit la géographie, la sociologie, la géopolitique, la biologie, etc.

Au fil de vos recherches, voyez-vous des différences entre les *fandoms* états-unien, britannique et français ?

Oui, même si, dans les grands traits, les similitudes l'emportent. Pour moi, le *fandom* états-unien a gardé une diversité de structures plutôt locales, sauf pour la très vaste Mythopoeic Society qui n'est pas seulement consacrée à Tolkien. Le *fandom* britannique, représenté uniquement semble-t-il par la Tolkien Society, est assez mesuré aussi dans son approche de l'œuvre et a en plus un rapport privilégié avec la famille Tolkien. Quant au *fandom* français, il est apparu beaucoup plus tard et a, depuis ses débuts, essayé de se positionner plutôt dans un cadre de légitimation de l'œuvre littéraire en laissant de côté les adaptations, que les *fandoms* anglo-saxons ont plus volontiers accepté dans un objectif plus holistique.

À une certaine époque, les fans étaient considérés comme des personnes n'ayant pas quitté l'enfance dans leur tête. Pensez-vous que c'est toujours le cas ? Les fans tolkienophiles sont-ils en voie d'extinction ?

Il me semble que, pour le grand public peu informé des évolutions sociales (ou volontairement fermé à celles-ci) qui tendent à donner une plus grande place à la fiction dans nos vies (le fameux « geek »), le fan de Tolkien est en effet un adulte « bloqué » dans l'enfance ou plutôt l'adolescence. Anne Besson a en particulier travaillé sur cette question aussi. Donc, oui, ils sont toujours considérés ainsi, mais de moins en moins, j'oserais dire. Les fans tolkienophiles ne sont pas en extinction à mon sens, mais sont simplement peut-être aujourd'hui moins visibles parmi les nombreux fans de supports médiatiques visuels. Tant qu'il y aura des personnes pour qui la fiction littéraire de Tolkien permet de voyager, de se projeter, d'imaginer ou encore de classer et décortiquer, il y aura des tolkienophiles.

ENTRETIEN AVEC YVAN STRELZYK

Yvan Strelzyk est un collectionneur, mais également l'administrateur du site Elrond's Library, lequel recense les différentes traductions du *Hobbit* et du *Seigneur des Anneaux*.

~ YVAN STRELZYK © D. R.

Comment avez-vous découvert l'œuvre de Tolkien ?

Les premiers à m'avoir parlé de Tolkien ont été des camarades de lycée, au printemps 1987. À l'époque, je pratiquais le jeu de rôle (l'incontournable *Donjons et Dragons*), mais je ne connaissais rien à la littérature qui l'avait inspiré. Et surtout, les couvertures de l'édition du *Seigneur des Anneaux* disponible à la bibliothèque du lycée (dans la collection Le Livre de poche d'Hachette) m'ont clairement dissuadé de lire le roman : je les trouvais affreuses et sans rapport aucun avec ce que j'imaginais de l'*heroic fantasy*.

Preuve que les visuels des différentes éditions sur le marché ont pour moi leur importance : c'est au cours de l'été 1988, en vacances en Bretagne, que je suis tombé par hasard sur l'édition Presses Pocket [aujourd'hui Pocket, NDLR], qui m'a décidé à l'acheter (en même temps que *Le Silmarillion*). Elle reste aujourd'hui l'édition pour laquelle j'ai le plus d'attachement : visuels, odeur du papier, souvenirs de cette lecture au bord de l'océan... J'ai donc enchaîné peu après avec *Le Silmarillion* (autre éblouissement), puis quelques mois plus tard avec *Le Hobbit* (*Bilbo le Hobbit*, à l'époque), avant de m'intéresser à tout le reste.

Et depuis, Tolkien ne vous a pas quitté, et vous vous êtes mis à collectionner les différentes traductions de ses romans... Pourquoi ? Comment procédez-vous ?

J'ai très vite eu le besoin de retourner en Terre du Milieu, ce qui s'est traduit par l'habitude de relire *Le Seigneur des Anneaux* chaque année, pendant vingt ans (parfois en anglais, une fois en poussant le vice jusqu'à le lire en allemand). Et, de temps à autre, relire *Le Silmarillion* et *Le Hobbit*. Cela en ayant toujours en tête ces mots d'un critique littéraire, trouvés un jour au dos d'une édition originale chez Christian Bourgois, qui expliquait qu'il avait envie d'offrir *Le Seigneur des Anneaux* à tout le monde chaque fois qu'il le voyait en vitrine d'une librairie, tant il était devenu amoureux du livre... Et naturellement, à la sortie de l'édition Bourgois en un volume (et quel gros volume !), je me suis jeté dessus.

Finalement, pendant mes études à Tours, j'ai eu la chance de travailler sur un mémoire de littérature comparée portant sur Tolkien et Wagner, sous la direction de Jean-Louis Backès : nous étions en 1992, année du centenaire de la naissance de Tolkien, et de ce fait les grandes librairies proposaient facilement les éditions anglaises dont j'avais besoin pour mon travail. C'est là que j'ai fini par acheter plusieurs de ces éditions, aux couvertures illustrées par John Howe, parce que je les trouvais belles. Jusqu'au jour où, dans une édition de *The Hobbit* destinée aux enseignants britanniques, j'ai découvert sur une cassette VHS un documentaire sur Tolkien : en ouverture, un plan présentait différentes éditions de Tolkien traduites dans plusieurs langues. Révélation ! C'est là qu'a vraiment germé cette idée incroyable d'une collection. Je ne m'explique pas son principe obsessionnel et compulsif, mais quelque part, réunir ces livres venus du monde entier pouvait sans doute répondre à la frustration causée par une Terre du Milieu dans laquelle il ne m'était pas possible d'aller vivre en raison de son caractère imaginaire. Allez savoir...

Cette collection a donc commencé au temps héroïque où Internet n'existait pas : il m'a fallu écumer les librairies puis les boutiques des bouquinistes partout où j'avais l'occasion d'en trouver, consulter des catalogues sur papier (souvent sans illustrations), écrire des courriers, etc. Une amie allemande rencontrée en hypokhâgne m'a gentiment rapporté de chez elle une traduction allemande du *Seigneur des Anneaux* ; pour tout souvenir d'un petit voyage en Grèce, j'ai acheté des traductions grecques de ce même roman et du *Hobbit*, et ainsi de suite... Puis, en 2001, Internet a changé la donne pour moi, rétrécissant le monde et me donnant accès à presque toutes les traductions désirées, avec pour seule limite celle de mon porte-monnaie (il a fallu faire des choix et des économies, établir des listes de priorités...). Mais le plus agréable aura toujours été de contacter grâce au Web, ici et là sur la planète, d'autres tolkienophiles de bonne volonté acceptant de trouver pour moi des éditions impossibles à se procurer autrement : j'en garde beaucoup de très jolis souvenirs. Et finalement, une passion ne valant que si elle se partage, j'ai fini par créer Elrond's Library en 2007, afin d'être utile aux autres collectionneurs.

~ *Le Seigneur des Anneaux*, J. R. R. Tolkien, Christian Bourgois Éditeur, 1990, illustration de l'auteur.
~ *Hobitto no bôken (L'Aventure du Hobbit)*, J. R. R. Tolkien, Iwanami Shoten, 2000. Édition japonaise.
Illustration de Terashima Riyuuiti.
~ *Le Seigneur des Anneaux : La Communauté de l'Anneau*, J. R. R. Tolkien, Raduga, 1988, illustration de E. Zaryanskiy. Édition russe.

« Maudit soit-il, racine et branche ! Bon nombre de ces arbres étaient mes amis, des êtres que je connaissais depuis la noix ou le gland ; et nombre d'entre eux avaient leur voix propre, perdue à jamais, maintenant. »

(*Le Seigneur des Anneaux : Les Deux Tours*, livre III, chap. IV)

Il convient de préciser que les limites de ma collection ont évolué avec le temps, notamment avec la création de mon site internet, et qu'elle s'est accompagnée d'une exigence toujours plus grande dans ma présentation des traductions. Ainsi, premièrement, j'ai commencé par uniquement collectionner les éditions du *Seigneur des Anneaux* dans toutes les langues ; puis, deuxièmement, j'y ai ajouté *Le Hobbit* (puis finalement, de manière moins officielle, *Le Silmarillion*, que j'aime énormément). Cela en parallèle, troisièmement, de ma quête de toutes les éditions de toutes les traductions françaises de Tolkien (pour toutes ses œuvres), et quatrièmement d'au moins une édition de chacune de ses œuvres en anglais. Puis j'ai découvert qu'il existait parfois plusieurs traductions dans une même langue : cinquièmement, il m'a donc fallu les trouver... de même que, sixièmement, les éventuelles révisions desdites traductions, voire, septièmement, les éditions de ces traductions éditées dans différents pays (ainsi pour les versions en russe, les éditions publiées en Russie mais aussi en Azerbaïdjan, au Belarus, en Géorgie, au Kazakhstan et en Ukraine, à ne pas confondre avec les versions traduites en azéri, en biélorusse, en géorgien ou en ukrainien...) ! Ce qui m'a conduit, au bout d'une vingtaine d'années de recherches, à entreposer dans mon salon, tant bien que mal, plus de 900 volumes de Tolkien...

À l'heure actuelle, combien de traductions avez-vous dénombré ?

Je manque désormais de temps pour être à jour sur la question, mais à mon dernier pointage, en 2018, j'en étais arrivé à recenser 87 traductions du *Seigneur des Anneaux* (plus 18 traductions révisées) dans 57 langues, et 125 traductions du *Hobbit* (plus 25 révisions) dans 69 langues. Cela, bien sûr, sous réserve de découvertes dont je n'aurais pas connaissance.

C'est d'ailleurs un scrupule constant : apporter sur mon site des données exactes, avérées, alors même que je n'ai pas toujours accès à toutes les informations et que dans bien des cas la langue de la traduction constitue un obstacle. Une pression d'autant plus forte que mon site est devenu, peu ou prou, une sorte de référence pour bien des lecteurs (quelle surprise, par exemple, de le découvrir cité en préface d'une édition vietnamienne se fondant sur lui pour faire le décompte des traductions !). Bref, c'est un travail long et patient, qui rend humble.

Avez-vous des anecdotes particulières concernant ces acquisitions ?

Bien souvent, la quête d'une traduction s'accompagne de sa petite histoire.

Un exemple datant de l'époque préhistorique (c'est-à-dire avant Internet) : j'ai eu l'occasion, pendant un an, de suivre des cours d'islandais à la Sorbonne, et naturellement, je me suis mis en quête d'un *Seigneur des Anneaux* en islandais. Ayant trouvé dans les volumineux catalogues (version papier, sans illustrations) de la Bibliothèque nationale les références de trois volumes répondant au doux titre de *Hringadróttinssaga*, je me suis empressé d'aller les commander dans une librairie parisienne spécialisée en littérature nordique : prix plutôt élevé (normal, pour les pays du Nord), délai assez long (envoi par bateau), et finalement j'ai reçu... les trois tomes de l'adaptation islandaise en bandes dessinées du dessin animé de Ralph Bakshi ! Mauvaise pioche...

La petite histoire qui rejoint la grande : un contact cubain, Gonzalo, n'a pas seulement trouvé pour moi, sur place, le rare *Hobbit* édité à Cuba, il m'a aussi appris qu'il existait également une édition cubaine du *Seigneur des Anneaux* (qu'il m'a aussi envoyée, comme toujours, en échange de livres, pour contourner les tracas de l'embargo en vigueur à l'époque). À la réception, j'ai découvert que le roman était imprimé sur plusieurs types de papier. Explication de Gonzalo : cette édition a été lancée au moment de l'effondrement de l'URSS. L'économie cubaine se retrouvant privée de son soutien principal, les imprimeurs ont dû se débrouiller comme ils pouvaient pour trouver du papier, enchaînant donc des restes de bobines différentes pour un même livre.

Une rencontre inattendue : vers la fin de la dictature en Albanie, il était encore difficile de trouver des éditions en vente sur la Toile. Mais j'ai eu la chance de tomber sur le contact d'un certain Matthew, missionnaire évangéliste américain envoyé en Albanie, qui a très gentiment accepté de trouver les traductions sur place et de me les expédier.

Un énorme coup de chance : il existe deux traductions du *Hobbit* en géorgien, mais la première est désormais rarissime. Encore grâce à Internet et à un réseau social qui n'existe plus aujourd'hui, j'ai pu contacter George, grand amateur de Tolkien. Or, non seulement il a réussi à me trouver une édition de ce livre, mais en plus il connaissait personnellement la traductrice, à qui il a gentiment demandé de me dédicacer l'exemplaire.

De drôles de coïncidences : une autre pièce très rare est la traduction de *Smith de Grand Wootton* en afrikaans. À force de recherches (notamment auprès de la bibliothèque de Bloemfontein qui a accepté de me scanner la couverture de son exemplaire), j'ai fini par tomber sur un site sud-africain de livres d'occasion, proposant l'ouvrage pour un prix dérisoire (le libraire ne se doutait pas de sa valeur) : marché conclu... et plus rien. L'ouvrage avait finalement disparu des rayonnages, sans doute après un cambriolage survenu très peu de temps auparavant. Dommage. Mais quelques mois plus tard, le vendeur me recontacte : le livre était en réalité tombé derrière un meuble ! Marché conclu de nouveau, je trépigne d'impatience, et je le reçois par la poste... un 3 janvier (jour de naissance du professeur) ! Mais là, cruelle déception : le livre est détrempé et couvert de moisissures; il a sans doute pris l'eau dans l'avion (et sans doute avant dans la boutique). Alors je me suis remis à l'ouvrage. Jusqu'au jour où, enfin, j'ai remporté une enchère sur un autre site sud-africain, pour un prix plus que modique. Je dois donc être l'une des rares personnes à avoir reçu ce livre deux fois (la seconde étant la bonne, en très bon état). Et le comble : ce second exemplaire m'est parvenu exactement un an après, le 3 janvier de l'année suivante !

Il y aurait encore bien d'autres anecdotes à raconter, sans doute, mais ce serait certainement très long !

~ Der Herr der Ringe, Die Zwei Türme (Les Deux Tours), jeu, Reiner Knizia, Ravensburger, 2002.

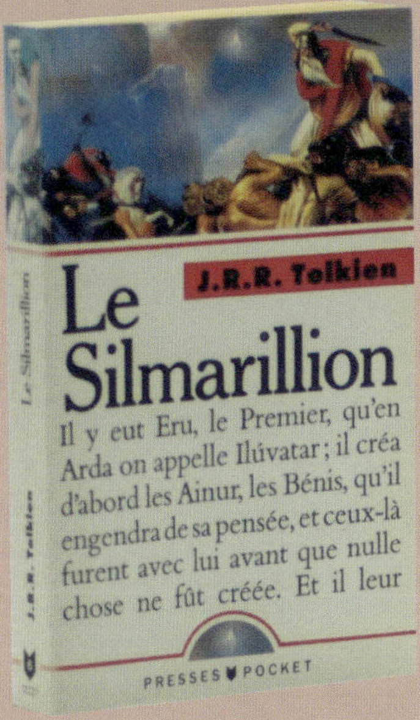

~ *The Origin of the Rings, an unauthorized tribute*, Sean Buckley, VHS, 2001.
~ *Markas*, Yvan Strelzyk, Éditions de l'Astronome, 2018.
~ *Le Silmarillion*, J. R. R. Tolkien, Presses Pocket, 1991, illustration de Wilson Brossura.

Vous êtes aussi écrivain. Vous n'avez jamais été tenté d'écrire quelque chose dans l'univers créé par Tolkien ?

Si, bien sûr ! J'avais en tête une sorte de cycle de nouvelles se déroulant dans l'Est lointain de la Terre du Milieu, cette partie du monde dont on parle si peu dans l'œuvre de Tolkien, en m'inspirant néanmoins des quelques rares mentions de ces régions pour rester cohérent avec le reste de son univers. L'ensemble, ébauché très sommairement autour de sept trames romanesques, se serait appelé *Rómen* (« Est » en quenya). Mais naturellement, pour plaisante que soit cette idée, elle se heurterait certainement à des questions de droits... et surtout, je n'aurai jamais la prétention de vouloir réellement m'immiscer dans la création de Tolkien, même par le biais d'une œuvre-hommage comme ce projet.

En outre, il se trouve que les jours passent trop vite et que je dois faire des choix : je me suis lancé dans un autre projet littéraire, bien plus vaste et entamé voilà plus de vingt ans, qui requiert presque tout mon temps libre. Mais si *Eklendys*, ce cycle de fiction historique se déroulant au bord de la mer Baltique, n'a absolument rien à voir avec l'univers de la *fantasy*, à la réflexion, il doit beaucoup à Tolkien dans la manière de mettre en scène un univers imaginaire de manière crédible.

Pourquoi votre site n'est-il disponible qu'en anglais ?

Il a d'abord été bilingue, et baptisé *La Bibliothèque d'Elrond*. Mais au fil des différentes versions du site, le travail de mise à jour s'est révélé considérable, et bien trop important pour sa partie française compte tenu de la fréquentation de ces pages par rapport aux pages en anglais. J'ai donc fait le choix de ne conserver en français que les pages concernant les éditions françaises. J'ose croire que les pages en anglais sont malgré tout facilement compréhensibles par des visiteurs uniquement francophones...

Au passage : un immense merci à Christina Scull et Wayne Hammond pour leur aide plus que précieuse dans la traduction anglaise de mon essai sur les premières éditions françaises de Tolkien !

Cette collection peut ne jamais s'arrêter de grandir. Pensez-vous atteindre vos limites un jour ?

Oui. Je pense même que c'est déjà fait : pour des questions de place, la bibliothèque spécialement aménagée dans mon salon ne pouvant même plus accueillir les derniers livres que j'ai acquis ; pour des questions de budget également ; et surtout désormais pour des questions de temps. Ces recherches sont très chronophages, et il faudrait aussi que je mette mon site à jour pour quelques éditions... ce que je n'ai pas trouvé le temps de faire depuis un an.

Pour autant, chaque année qui passe apporte son lot de nouvelles traductions ou de révisions, et par définition cette collection ne peut avoir de fin. Pendant plus de dix ans, *Elrond's Library* a tâché de présenter la synthèse la plus fiable possible concernant les traductions du *Seigneur des Anneaux* et du *Hobbit* ; aujourd'hui, je ne sais pas encore si j'aurai la possibilité de poursuivre l'aventure. Mais d'autres collectionneurs pourront prendre la relève, que ce soit par le biais de mon site ou en créant le leur. *The road goes ever on and on !*

BIBLIOGRAPHIE DE TOLKIEN

ŒUVRE ROMANESQUE

1937 : *The Hobbit, or There and Back Again*

1969 : *Bilbo le Hobbit*, traduction de Francis Ledoux

2012 : *Le Hobbit*, traduction de Daniel Lauzon

1954-1955 : *The Lord of the Rings: The Fellowship of the Ring* et *The Two Towers* en 1954, *The Return of the King* en 1955

1972-1973 : *Le Seigneur des Anneaux* (*La Communauté de l'Anneau, Les Deux Tours, Le Retour du roi*), traduction de Francis Ledoux

2014-2016 : *Le Seigneur des Anneaux* (*La Fraternité de l'Anneau, Les Deux Tours, Le Retour du roi*), traduction de Daniel Lauzon

1962 : *The Adventures of Tom Bombadil* (*Les Aventures de Tom Bombadil*), traduit par Dashiell Hedayat (1975), revu par Céline Leroy (2003)

2014 : *The Adventures of Tom Bombadil Extended Edition*, version étendue de *The Adventures of Tom Bombadil* publiée de façon posthume par Wayne Hammond et Christina Scull

1965 : *Once Upon A Time* (*Il était une fois*), poème sur Tom Bombadil non intégré à *The Adventures of Tom Bombadil* et publié dans *Winter's Tales for Children I*, traduit par Stéphanie Loubechine

2013 : *Tom Bombadil's Last Song: Tolkien's "Once Upon A Time"* dans *Tolkien Studies*, volume X, réédition du poème *Once Upon A Time* et commentaire par Kris Swank

1967 : *The Road Goes Ever On: A Song Cycle*, édité en collaboration avec Donald Swann

1974 : *Bilbo's Last Song* (*L'Album de Bilbo*), illustré par Pauline Baynes, traduit par Pierre de Laubier (1991)

1975 : *Guide to the Names in the Lord of the Rings*, édité par Christopher Tolkien dans *A Tolkien Compass* de Jared Lobdell

2006 : Réédition sous le titre *Nomenclature of the Lord of the Rings*, éditée par Christina Scull et Wayne Hammond dans *The Lord of the Rings: A Reader's Companion*

1977 : *The Silmarillion* (*Le Silmarillion*), édité par Christopher Tolkien, traduit par Pierre Alien (1978)

1980 : *Unfinished Tales* (*Contes et légendes inachevés*), édité par Christopher Tolkien, traduit par Tina Jolas (1982)

1983-1995 : *The History of Middle-earth* (*L'Histoire de la Terre du Milieu*), édité par Christopher Tolkien

1983 : *The Book of Lost Tales I* (*Le Premier Livre des contes perdus*), traduit par Adam Tolkien (1995)

1984 : *The Book of Lost Tales II* (*Le Second Livre des contes perdus*), traduit par Adam Tolkien (1998)

1985 : *The Lays of Beleriand* (*Les Lais du Beleriand*), traduit par Daniel Lauzon et Elen Riot (2006)

1986 : *The Shaping of Middle-earth* (*La Formation de la Terre du Milieu*), traduit par Daniel Lauzon (2007)

1987 : *The Lost Road and Other Writings* (*La Route perdue*), traduit par Daniel Lauzon (2008)

1988 : *The Return of the Shadow*

1989 : *The Treason of Isengard*

1990 : *The War of the Ring*

1992 : *Sauron Defeated*

1993 : *Morgoth's Ring*

1994 : *The War of the Jewels*

1995 : *The Peoples of Middle-earth*

2007 : *The Children of Húrin* (*Les Enfants de Húrin*), édité par Christopher Tolkien, traduit par Delphine Martin (2008)

2007 : *The History of The Hobbit, volume I: Mr. Baggins* et *The History of The Hobbit, volume II: Return to Bag-End*, édité par John D. Rateliff

2017 : *Beren and Lúthien* (*Beren et Lúthien*), édité par Christopher Tolkien, traduit par Adam Tolkien, Elen Riot et Daniel Lauzon (2017)

2018 : *The Fall of Gondolin* (*La Chute de Gondolin*), édité par Christopher Tolkien, traduit par Tina Jolas, Daniel Lauzon et Adam Tolkien (2019)

Textes divers

1981 : *Lettres*, édité par Humphrey Carpenter avec l'assistance de Christopher Tolkien, traduit par Delphine Martin et Vincent Ferré (2005)

2005 : *The Lord of the Rings: A Reader's Companion*, par Wayne Hammond et Christina Scull (contient de nombreux commentaires de J. R. R. Tolkien sur *Le Seigneur des Anneaux*, ainsi que *Nomenclature of the Lord of the Rings*)

2009 : *Fate and Free Will* dans *Tolkien Studies: An Annual Scholarly Review*, volume VI

2014 : *Fragments sur la réincarnation elfique* dans *La Feuille de la Compagnie n° 3 : Tolkien l'Effigie des Elfes*

Vinyar Tengwar (13 numéros sur 50 reprenant des travaux de Tolkien sur ses langues imaginaires)

Parma Eldalamberon (11 numéros sur 22 reprenant des travaux de Tolkien sur ses langues imaginaires)

Histoires à destination de la jeunesse, contes et poèmes

1911 : *The Battle of the Eastern Field* (*La Bataille du champ oriental*) dans *The King Edward's School Chronicle*, traduit par Damien Bador (2017)

1922 : *The Clerkes Compleinte* dans *The Gryphon*, poème en moyen anglais parodiant les textes de Chaucer et publié sous le pseudonyme N.N.

1936 : *Songs for the Philologists*, recueil de textes en vers édité avec E. V. Gordon

1936 : *Noel*, poème publié dans *Annual of Our Lady's School*

1945 : *Leaf by Niggle* (*Feuille, de Niggle*)

1945 : *The Lay of Aotrou and Itroun* (*Le Lai d'Aotrou et Itroun*) dans *The Welsh Review*, volume IV, n° 4

2016 : *The Lay of Aotrou and Itroun*, réédition posthume augmentée commentée par Verlyn Flieger

1949 : *Farmer Giles of Ham* (*Le Fermier Gilles de Ham*)[1]

1999 : *Farmer Giles of Ham (50th Anniversary Edition)*, version étendue publiée de façon posthume par Wayne Hammond et Christina Scull

1953 : *The Homecoming of Beorhtnoth Beorhthelm's Son* (*Le Retour de Beorhtnoth fils de Beorhthelm*)[2]

1967 : *Smith of Wootton Major* (*Smith de Grand Wootton*)

2005 : *Smith of Wootton Major Extended Edition*, version étendue publiée de façon posthume par Verlyn Flieger

1967 : *For W.H.A.* dans *Shenandoah: The Washington and Lee University Review*, volume XVIII, n° 2, poème en vieil anglais et anglais moderne en l'honneur du 60e anniversaire du poète W. H. Auden

1975 : *Doworst* publié de façon incomplète dans *Monash Review*, volume III

1 Disponible dans *Faërie* (publié en 1974) puis *Faërie et autres textes* (2003).
2 *Ibid.*

1976 : *The Father Christmas Letters* (*Lettres du père Noël*), édité par Baillie Tolkien, traduit par Gérard-Georges Lemaire, revu par Céline Leroy (2004)

1982 : *Mr. Bliss* (*Monsieur Merveille*), traduit par Pierre Grammont (2009)

1984 et 1986 : *The Clerkes Compleinte* et *The Clerkes Compleinte Revisited* dans *Arda*, volumes IV et VI, réédition posthume et commentaire du poème par Anders Strenström, Tom Shippey et Christopher Tolkien

1988 : *Mythopoeia*[3]

1998 : *Roverandom*, édité par Wayne Hammond et Christina Scull, traduit par Jacques Georgel (1999)

2018 : *Conférence sur les dragons*, éditée par Wayne Hammond et Christina Scull dans l'édition Facsimile Gift Edition de *The Hobbit*

Réécritures et traductions de textes anciens, travaux universitaires

1922 : *A Middle English Vocabulary*, glossaire de vocabulaire moyen anglais publié comme complément de *Fourteenth Century Verse and Prose*, recueil de textes en moyen anglais de Kenneth Sisam (1921)

1925 : *Some Contributions to Middle-English Lexicography* dans *The Review of English Studies*, volume I, n° 2

1925 : *The Devil's Coach-Horses* dans *The Review of English Studies*, volume I, n° 3

1925 : *Sir Gawain and the Green Knight*, coédition avec E. V. Gordon du texte en moyen anglais

1929 : *Ancrene Wisse and Hali Meiðhad* dans *Essays and Studies by Members of the English Association*

1931 : *A Secret Vice* (*Un vice secret*)[4]

2016 : *A Secret Vice*, édition étendue posthume par Andrew Higgins et Dimitra Fimi

1932 : *The Name "Nodens"* dans *Report on the Excavation of the Prehistoric, Roman, and Post-Roman Site in Lydney Park, Gloucestershire*, R. E. M. Wheeler et T. V. Wheeler

1932 : *Sigelwara Land Part I* dans *Medium Ævum*, volume I, n° 3 (la deuxième partie est parue dans *Medium Ævum*, volume II, n° 2, en 1934)

1934 : *Chaucer as a Philologist: The Reeve's Tale* dans *Transactions of the Philological Society*

1936 : *Beowulf: The Monsters and the Critics* (*Beowulf : Les Monstres et les Critiques*)

1939 : *The Reeve's Tale: Version Prepared for Recitation at the 'Summer Diversions'*

1940 : *On Translating Beowulf* ou *Prefatory Remarks on Prose Translation of "Beowulf"* (*Traduire Beowulf*)

1944 : *Sir Orfeo*, édition du texte en moyen anglais

2004 : *"Sir Orfeo": A Middle English Version* dans *Tolkien Studies*, volume I, réédition posthume de Carl Hostetter

1947 : *"iþþlen" in Sawles Warde* dans *English Studies*, coécrit avec Simonne d'Ardenne

1947 : *On Fairy-Stories* (*Du conte de fées*)

1948 : *MS. Bodley 34: A re-collation of a collation* dans *Studia Neophilologica*, volume XX, n° 1-2, coécrit avec Simonne d'Ardenne

1953 : *Middle English "Losenger"* dans *Essais de philologie moderne (1951)*

1953 : *Sir Gawain and the Green Knight* (étude du poème *Sire Gauvain et le Chevalier vert*)

1962 : *Ancrene Wisse: The English Text of the Ancrene Riwle*

1963 : *English and Welsh* (*L'anglais et le gallois*)

3 *Ibid.*

4 Publié en France dans *Les Monstres et les Critiques* (2006).

1975 : *Sir Gawain and the Green Knight, Pearl and Sir Orfeo* (traduction de trois poèmes médiévaux par J. R. R. Tolkien), édition posthume de Christopher Tolkien

1979 : *Valedictory Adress to the University of Oxford* (*Discours d'adieu à l'université d'Oxford*), édition posthume de Christopher Tolkien

1982 : *The Old English Exodus* (texte original, traduction et commentaire par J. R. R. Tolkien), édition posthume de Joan Turville-Petre

1983 : *Finn and Hengest: The Fragment and the Episode* (traduction et commentaire de J. R. R. Tolkien), édition posthume d'Alan Bliss

2009 : *The Legend of Sigurd and Gudrún* (*La Légende de Sigurd et Gudrún*), édition posthume de Christopher Tolkien, traduit par Christine Laferrière (2010)

2010 : *Essays on Kalevala* dans « "The Story of Kullervo" and Essays on Kalevala », *Tolkien Studies*, volume VII, édition posthume de Verlyn Flieger (réédité en 2015 dans *The Story of Kullervo*)

2013 : *The Fall of Arthur* (*La Chute d'Arthur*), édition posthume de Christopher Tolkien, traduit par Christine Laferrière (2013)

2014 : *The Book of Jonah* (traduction de J. R. R. Tolkien), édition posthume de Brendan N. Wolfe publié dans *The Journal of Inklings Studies*, volume IV, n° 2

2014 : *Beowulf: Translation and Commentary* (*Beowulf : Traduction et commentaire*), édition posthume de Christopher Tolkien, traduit par Christine Laferrière (2015)

2015 : *The Story of Kullervo*, édition posthume de Verlyn Flieger

2019 : *Tolkien's Lost Chaucer*, édition posthume de John M. Bowers

~ Prospectus touristiques proposant de visiter les lieux de tournage.
~ Document promotionnel pour la Nouvelle-Zélande.

RESSOURCES

Celle ou celui qui veut en savoir plus sur Tolkien, son œuvre et ses influences n'a que l'embarras du choix. Depuis une quarantaine d'années, de nombreux ouvrages, revues et documentaires ont fleuri sur les étalages. Nous nous cantonnerons à des ouvrages francophones et quelques-uns anglophones dans cette (toute petite) sélection.

BIOGRAPHIES

1980 (réédition revue en 2002) : *J. R. R. Tolkien, une biographie*, Humphrey Carpenter, éditions Christian Bourgois

2014 : *Tolkien et la Grande Guerre*, John Garth, éditions Christian Bourgois

2019 : *Tolkien, créateur de la Terre du Milieu*, Catherine McIlwaine, éditions Hoëbeke

ANALYSES DE L'ŒUVRE ET DES INFLUENCES

2001 : *Le Monde légendaire de Tolkien*, Marc-Louis Questin, éditions Trajectoire

2004 : *Tolkien, le chant du monde*, Charles Ridoux, éditions Encrage

2007 : *Tolkien et le Moyen Âge*, Leo Carruthers (dir.), éditions CNRS

2009 : *Tolkien et ses légendes*, Isabelle Pantin, éditions CNRS

2014 : *Pour comprendre Tolkien : une lumière éclatée, logos et langage dans le monde de Tolkien*, Verlyn Flieger, éditions Desclée de Brouwer

2014 : *Lire J. R. R. Tolkien*, Vincent Ferré, éditions Pocket

2016 : *Tolkien et la religion*, Leo Carruthers, Presses universitaires de la Sorbonne

2016 : *J. R. R. Tolkien, auteur du siècle*, Tom Shippey, éditions Bragelonne

2019 : *La Terre du Milieu : Tolkien et la mythologie germano-scandinave*, Rudolf Simek, éditions Passés composés

2019 : *Tolkien et les sciences*, Roland Lehoucq, Jean-Sébastien Steyer et Loïc Mangin (dir.), éditions Belin

2019 : *Tolkien : Voyage en Terre du Milieu*, Vincent Ferré et Frédéric Manfrin (dir.), BnF Éditions

2019 : *Tolkien's Library: An Annotated Checklist*, Oronzo Cilli, Luna Press Publishing

2020 : *Tolkien's Worlds*, John Garth, White Lion Publishing

ÉTUDES LINGUISTIQUES

2002 : *Dictionnaire des langues des Hobbits, des Nains, des Orques*, Édouard Kloczko, éditions A.R.D.A.

2012 : *Le Haut-Elfique pour les débutants*, Édouard Kloczko, éditions Fetjaine

ENCYCLOPÉDIES

2012 (édition révisée en 2019) : *Dictionnaire Tolkien*, Vincent Ferré (dir.), éditions CNRS (Bragelonne pour la seconde édition)

2018 : *Dictionnaire de la fantasy*, Anne Besson (dir.), éditions Vendémiaire

ATLAS ET CARTES

1981 : *The Atlas of Middle-earth*, Karen Wynn Fonstad, Houghton Mifflin

1996 : *La Carte du Hobbit : Nouvel aller-retour*, John Howe et Brian Sibley, éditions Christian Bourgois

2003 : *Les Voyages de Frodon : L'Atlas du Seigneur des Anneaux*, Barbara Strachey, BFB Éditions

ILLUSTRATIONS

1992 : *Le Monde de Tolkien : Visions des Terres du Milieu*, collectif, éditions Glénat

2001 : *L'Album de Bilbo le Hobbit*, J. R. R. Tolkien (poème) et Pauline Baynes (illustrations), éditions Gallimard

2006 : *Cahier de croquis du Seigneur des Anneaux*, Alan Lee, éditions Christian Bourgois

2011 : *Une tapisserie pour Tolkien*, Cor Blok, éditions Christian Bourgois

2013 : *Les Années Tolkien des frères Hildebrandt*, Greg et Tim Hildebrandt, éditions Panini

2018 : *Un voyageur en Terre du Milieu*, John Howe, éditions Christian Bourgois

2018 : *Trésors de Tolkien*, Catherine McIlwaine, éditions Christian Bourgois

LIVRES SUR LES ADAPTATIONS CINÉMATOGRAPHIQUES

2002 : *Le Seigneur des Anneaux : L'Histoire du tournage de la trilogie*, Brian Sibley, éditions Le Pré aux Clercs

2004 : *Le Seigneur des Anneaux : Le Livre de la trilogie*, Jude Fisher, éditions Le Pré aux Clercs

ACTES DE COLLOQUE

2007 : *Actes du colloque du CRELID*, Anne Besson et Myriam White-Le Goff (dir.), éditions Bragelonne

2011 : *Tolkien aujourd'hui* (actes du colloque de Rambures 2008), Vincent Ferré, Charles Ridoux et Michaël Devaux (dir.), Presses universitaires de Valenciennes

DOCUMENTAIRES

2014 : *J. R. R. Tolkien, des mots, des mondes*, Simon Backès, studio Compagnie des Phares et des Balises

Enfin, cet ouvrage n'aurait pas pu voir le jour sans la Toile, source inépuisable (mais à utiliser avec précaution), pour retrouver certains textes et des références, au-delà de ces ouvrages. Trois sites internet m'ont été particulièrement utiles :

- **Tolkien Gateway**, site encyclopédique anglophone ;

- **Tolkiendil**, émanation en ligne de l'association éponyme, dont la communauté permet d'enrichir en permanence l'encyclopédie tolkienienne ;

- **Elrond's Library**, qui recense toutes les éditions du *Hobbit* et du *Seigneur des Anneaux* dans le monde, dans toutes les langues, alimenté par Yvan Strelzyk.

Le site **www.tolkien-music.com** est également une source inépuisable de références sur les artistes musicaux qui ont été inspirés par l'œuvre de Tolkien.

Pourquoi Tolkien ?

Ce livre est parti d'une conversation. Une conversation qui date du début de l'année 2019. Lors d'une réunion familiale, la discussion à table dévie de façon totalement inattendue sur Tolkien. La personne que je pensais la moins intéressée par l'œuvre du professeur, à savoir un de mes oncles, commence à en faire l'apologie face à mon père, extrêmement sceptique sur le sujet. Fasciné par cette œuvre depuis près de trente ans, je m'immisce dans la conversation, et me rends compte de deux choses : l'universalité des valeurs, des propos et de la portée de cette œuvre, mais aussi l'absence d'un ouvrage à portée du grand public sur le sujet, une partie de ce grand public n'ayant comme point de repère que les films de Peter Jackson.

Ma rencontre avec Tolkien remonte à 1990. Lors d'un séjour en vacances, mon regard a été attiré par la couverture du tome I du *Seigneur des Anneaux* dans une librairie. Je l'ai acheté, je l'ai lu et j'ai dévoré les tomes suivants dès que j'ai pu. Cela a été une véritable révélation, la découverte d'un autre monde, cohérent, avec une histoire, une mythologie, des races, des langues dotées d'une grande cohérence et d'une inventivité incroyable. Sont ensuite arrivés *Le Hobbit*, *Les Contes perdus*... Après une pause, j'y suis revenu pour lire les inédits. Puis sa biographie officielle. Des analyses et des études sur son œuvre. En français. En anglais. En italien, en espagnol. Ne me contentant pas d'une seule édition de poche, j'ai multiplié les versions de mes romans préférés; en plusieurs langues, dont certaines que je ne parle et ne lis pas. Puis j'ai acheté des tasses, des calendriers, des T-shirts. Rencontré d'autres fans, participé à des conférences...

Quelques semaines plus tard, la rencontre avec un éditeur me décide à sauter le pas : pourquoi ne pas écrire moi-même cet ouvrage grand public, nourri des lectures accumulées depuis trois décennies, mais aussi de l'actualité toujours brûlante – cent ans après sa création – autour de la Terre du Milieu ?

La Terre du Milieu est une contrée que j'ai parcourue maintes et maintes fois, au fil de mes lectures, mais aussi en jeu video, en bande dessinée... Souvent, j'en ai fait des comptes-rendus sur mon blog, pour une poignée de lecteurs, j'ai même écrit des histoires courtes prenant pied dans cet univers. Ces notes ont donc servi de base à la matière du livre que vous tenez entre les mains, et que vous avez eu, à votre tour chers lecteurs et chères lectrices, le bon goût d'acheter. Recevez ici mes remerciements.

Elen síla lúmenn' omentielvo. Une étoile brille sur l'heure de notre rencontre[1].

Ce livre a aussi, en partie, été écrit pour mon père.

1 Salut adressé par Frodo à un groupe d'Elfes dans *Le Seigneur des Anneaux* (livre I, chapitre III).

~ *The J. R. R. Tolkien Calendar*, 1974. Calendrier.

L'ÉQUIPE

Hommage à J. R. R. Tolkien
Promenade en Terre du Milieu
Yannick Chazareng

Ynnis Éditions, 38 rue Notre-Dame-de-Nazareth, 75003 Paris / ynnis-editions.fr
Président : Cédric Littardi
Directeur éditorial et artistique : Sébastien Rost
Corrections : Sarah Touzeau
Conception graphique : Cerise Heurteur
Couverture : Sébastien Rost
Photographies : Benjamin Pascal et Esteban
Collections de l'auteur et de Benjamin Pascal
sauf photographies page 112 :
Collection Cité internationale de la tapisserie, Aubusson
Fabrication : centSucres
Marketing & communication : Célia Bourrel

Éditions augmentée 2025 :
Corrections : Mélissa Veludo
Édition : Charlotte Thomas
Maquette et couverture : Sébastien Rost

Livre non officiel.
Les images qui ponctuent ces pages sont uniquement publiées à des fins illustratives des propos des auteurs.

ISBN : 978-2-37697-571-7
Dépôt légal : septembre 2025
Achevé d'imprimer en août 2025 par Imago Group France (Chine)

Remerciements

Merci à Stéphanie Chaptal, qui m'a présenté l'éditeur et donné l'idée de ce bouquin. Merci à Sébastien, qui m'a présenté Stéphanie. Merci à Facebook, qui m'a présenté Sébastien. Un message chaleureux à l'autre Sébastien, mon éditeur, qui a su répondre présent quand j'étais un peu en galère. Big up à Ghislain Masson pour son coup de pouce.

Merci aux gens de l'association Tolkiendil, qui m'ont accepté dans leurs rangs depuis quelques années, et qui m'impressionnent par leur érudition et leur gentillesse. Leur site internet est une véritable mine de mithril[1] dans laquelle j'ai pu piocher pour éviter d'écrire des erreurs. Un salut tout particulier à Vincent Ferré, dont l'ouvrage *Sur les rivages de la Terre du Milieu* m'a ouvert la voie et donné envie de relire Tolkien avec une approche critique et analytique. J'ai eu la chance de croiser Vincent à plusieurs reprises depuis, et d'apprécier l'homme au-delà de l'enseignant et de l'essayiste.

Un petit coucou à Adrien, engagé dans un processus semblable en même temps que moi. J'ai hâte de lire TON bouquin, l'ami.

Je ne saurais trop remercier Guillaume, Stéphanie, Olivier et Dimitri, relecteurs émérites, qui n'ont cessé de mettre de l'huile dans mes mots un peu maladroits et ma langue fourchue. Stéphanie, à nouveau, pour l'aide à la traduction lorsque mes limites en anglais me faisaient buter sur les interviews d'éminents spécialistes anglophones. Merci à Miss K. pour son œil expert de dernière minute.

Un remerciement tout particulier à toutes les personnes ayant accepté de répondre à mes questions : Vincent, à nouveau, mais aussi John Garth et Brian Sibley, Mahdî Brecq, William Chad Newsom, Marie Bretagnolle, Jérôme Larré et Coralie David, Laura Martin-Gomez et Yvan Strelzyk. Merci également à Anne Besson de m'avoir fourni de la matière concernant la postérité du professeur en *fantasy*. Un coucou à Leo Carruthers qui n'avait pas de temps à me consacrer mais dont les ouvrages et la conférence à la Bibliothèque nationale de France ont nourri certains fragments de cet ouvrage. Sans tous ces experts, le livre que vous tenez entre vos mains n'existerait tout simplement pas.

Merci à l'IMEC pour son accueil, à Lulu pour ses encouragements. À Philippe Dapelo pour m'avoir embarqué sur un autre projet dans le même univers en 2018.

Une pensée pour Jérémie, jeune homme de grande valeur tragiquement disparu alors que ce livre n'en était qu'au stade de vague projet... Je suis sûr qu'il aurait eu son mot à dire sur le chapitre consacré aux cartes, un sujet qui le passionnait.

Ce livre a été écrit pour mon père, qui a toujours beaucoup lu, un peu de tout. Tout comme ma mère. Mais pour qui Tolkien n'est pas un auteur « sérieux ». Papa, si ton opinion a changé après la lecture du présent ouvrage, j'aurai atteint mon objectif.

Je dédicace ce livre à Christopher Tolkien, dernier fils de J. R. R. Tolkien et exécuteur littéraire de celui-ci, disparu au moment où nous bouclions ces pages. Nous espérons que les quelques pages que nous lui consacrons sauront rendre justice à son dévouement, sa passion et refléteront l'énorme respect que nous avons pour lui.

Merci à toi, lecteur, lectrice, d'avoir acheté ce livre. J'espère qu'il t'intéressera.

À ma Fraternité : Lúthien, Arwen et Sam.

1 Métal précieux d'Arda.